Gallmeister

Schottische Geschichte in 5 Bänden

Hagen Seehase / Axel Oprotkowitz
Schottische Geschichte in 5 Bänden
Band I bis Band V im exklusiven Schuber

Auf insgesamt mehr als 1.200 Seiten erleben Sie schottische Geschichte von den Ursprüngen bis in unsere unmittelbare Gegenwart. Die Gesamtausgabe ist das Standardwerk für jeden Geschichtsinteressierten, der sich in allgemeinverständlicher, sachbezogener Weise über Schottlands einzigartige Historie und die Reisemöglichkeiten in das sagenträchtige Land informieren möchte. Ein Sonderteil mit einem ausführlichen Personen- und Sachregister erleichtert die Suche nach geschichtlichen und gegenwärtigen Ereignissen in den fünf Bänden. Je ein Kapitel über die vielfältigen touristischen Reiseangebote nach Schottland lädt zu einem Besuch der legendären historischen Stätten ein.

5 Bände, gesamt ca. 1.300 Seiten, viele Farb- & sw-Abbildungen, historische Karten, Literaturverz., Personen- u. Sachreg., 5 Einzelbände, Hardcover, geb., im farbigen Schuber, Einzelband 16,5 x 24,5 cm, Schuber 17,0 x 25,0 x 11,0 cm; **ISBN 978-3-934673-06-9**

Als Einzelbände erschienen

Hagen Seehase / Axel Oprotkowitz
BAND I: Die Highlander
Geschichte der schottischen Clans

Die Familiengeschichten der wichtigsten schottischen Clans mit eingearbeiteten Anekdoten und Reisemöglichkeiten zu allen historischen Stätten. Im Anhang findet der Leser eine Chronik der Herrscher und Könige Schottlands, ein Sachverzeichnis mit Waffen, Schlachten und Namen und verschiedenen historischen Karten.
240 Seiten, Farb- & sw-Abbildungen, Hardcover, gebunden, Format 16,5 x 24,5cm,
ISBN 978-3-9806185-1-9

Hagen Seehase / Axel Oprotkowitz
BAND II: Bannockburn
Schottlands Kampf um die Freiheit

Die Zeit zwischen dem letzten Canmore- und dem ersten Stuart-König ist Gegenstand dieses Bandes. Es ist die Darstellung des schottischen Unabhängigkeitskrieges mit allen legendären Figuren in neuer Sicht.Exkurse und Anekdoten sowie Reisevorschläge und schottische Geschichte in Daten runden das Buch ab.
240 Seiten, Farb- & sw-Abbildungen, Hardcover, gebunden, Format 16,5 x 24,5cm,
ISBN 978-3-9806185-3-3

Hagen Seehase / Axel Oprotkowitz
BAND III: Die Borderer
Krieger aus dem Grenzland

Als „Borders" wurde seit dem 11. Jahrhundert das Grenzland zwischen England und Schottland bezeichnet. In diesem dritten Band unserer Buchreihe „Schottische Geschichte" nehmen Sie am legendären Kampf von König Artus gegen die Angelsachsen ebenso teil, wie an kriegerischen Begebenheiten aus dem wahrlich finsteren schottisch-englischen Mittelalter, an Schlachten und Intrigen des englischen Bürgerkrieges und den Jakobitenaufständen. Abgerundet durch Reisevorschläge, *Sach- und Literaturverzeichnis u. Daten zur Geschichte.*
256 Seiten, Farb- & sw-Abbildungen, Hardcover, gebunden, Format 16,5 x 24,5cm,
ISBN 978-3-934673-00-7

Hagen Seehase / Axel Oprotkowitz
BAND IV: Montrose
Der Feldzug in den Highlands

Es ist genau 350 Jahre her, da wurde in Edinburgh der Marquis of Montrose hingerichtet, weil er dem König die Treue hielt gegen dessen Feinde... Über den denkwürdigsten Highlandfeldzug und dessen Hintergründe, über den Heldenmut der „Irish-Brigade“ und der „Gordon Horse“, über große Kämpfer, Strategen, Verräter und Freibeuter erfahren Sie alles in diesem vierten Band unserer Buchreihe „Schottische Geschichte“.
256 Seiten, viele Farb- & sw-Abbildungen, Exkurse zu schottischen Clans, Sachverzeichnis, historische Karten, Hardcover, gebunden, 16,5 x 24,5cm; **ISBN 978-3-934673-09-0**

Hagen Seehase / Axel Oprotkowitz
BAND V: Die Stuarts
Geschichte einer Dynastie

Ohne diese Familie, die aus der Bretagne nach Schottland kam, wäre die Geschichte Schottlands, Englands und Europas anders verlaufen. Große Namen wie Maria Stuart, Schlachten wie die 1513 bei Flodden Hill, hochgeschätzte Monarchen wie James IV. und historische Wendepunkte wie die Hinrichtung Charles I. 1649 erwarten den Leser ebenso wie Geschichten um königliche Greueltaten und Verblendung. Das Buch folgt den Stuarts von der Begründung der Dynastie durch Robert II. 1371 durch gute und schlechte, immer aber kampferfüllte Zeiten, bis zu Bonnie Prince Charlie, dessen tragisches Schicksal im 18. Jahrhundert das letzte Aufbäumen der Familie Stuart im Kampf um den schottischen Thron besiegelt. Exkurse, Anekdoten und Reisevorschläge runden das Buch ab.
304 Seiten, viele Farb- & sw-Abbildungen, Exkurse, Sachverzeichnis, historische Karten, Hardcover, gebunden, Format 16,5 x 24,5cm; **ISBN 978-3-934673-15-1**

Als Ergänzung zu Band I erschienen

Axel Oprotkowitz / Hagen Seehase
Schottische Geschichte
DIE HIGHLANDER
Die Geschichte der schottischen Clans Band 2

Als im Jahr 2001 Band 1 des gleichnamigen Buches erschien, ahnten wohl die wenigsten, das der Band in kurzer Zeit sieben Auflagen erreichen und zu einem Klassiker der historischen Literatur über Schottland im deutschsprachigen Raum werden würde. - Es war jedoch in diesem Buch nicht möglich, alle Familiengeschichten der wichtigsten Clans aufzuzeigen. Diese inhaltliche Lücke füllt der nun vorliegende Band 2, in dem vor allem die Clans MacDougall, die Sutherlands, die MacLarens und die MacFarlanes im Mittelpunkt des Geschehens stehen. Über die Familiengeschichten hinaus enthält das Buch Exkurse und Anekdoten um das Ende des ersten Grafenhauses Lennox, der Aufstieg Somerleds, die Schlacht von Harlaw und vieles mehr. Abgerundet wird der Band in bewährter Weise mit der Beschreibung von Reisemöglichkeiten zu vielen historischen Stätten. Folgende schottischen Clans werden mit ausführlicher Geschichte vorgestellt: MacDougall - Drummond - MacLachlan - MacAulay - MacArthur - Menzies - MacInnes/MacMaster - Macfarlane - Barclay - Macintyre - MacKinnon - MacNab - Galbraith / Mitchell - Lamont - MacRae - MacKay - MacEwan - Scrymgeour - MacLaren - Oliphant - Sutherland
230 Seiten, viele Farb- & sw-Abbildungen, Quellen- und Literaturverzeichnis, touristische Hinweise, Hardcover, 16,5 x 24,5cm; **ISBN 978-3-939856-85-6**

Alle Infos zum Verlagsprogramm auch im Internet unter:
www.buchverlag-koenig.de

CE QUI VIENT APRÈS

JoAnne Tompkins

CE QUI VIENT APRÈS

Roman

Traduit de l'américain
par Sophie Aslanides

Gallmeister

FICTION

Ouvrage publié sous la direction de Philippe Beyvin

Titre original: WHAT COMES AFTER

ISBN 978-2-35178-221-7
ISSN 1956-0982

Photo de l'auteur © Mark Sandvig
Illustration de couverture © Charlotte Day
Conception graphique : Aurélie Bert

Pour Alexa
Et en souvenir de Hank

Alors, bien qu'il n'y eût ni jeux d'enfants, ni pigeons, ni toits bleus, j'ai senti que le village vivait et que si je n'entendais que le silence c'était que je ne m'y étais pas encore habitué...

JUAN RULFO, *Pedro Páramo*

Nous sommes déjà un.
Mais nous imaginons que nous ne le sommes pas.

THOMAS MERTON, *Journal d'Asie*

PARTIE I

I

D'ABORD, LES FAITS BRUTS.

Une semaine après sa rentrée au lycée, en dernière année, mon fils Daniel ne revint pas de son entraînement de football. Quand je constatai que le matin suivant, il n'avait toujours pas réapparu, j'appelai sa mère, Katherine. Elle quitta immédiatement son poste d'infirmière à l'hôpital de Spokane et après six heures de route embarqua sur un ferry pour Port Furlong. Elle arriva devant chez moi à l'instant où le shérif Gary Braton partait. Tous mes appels aux amis et membres de la famille n'ayant rien donné, je l'avais contacté. Gary, un homme bourru et efficace, avait en l'espace de quelques heures recruté deux douzaines de personnes et organisé les battues.

Dans les jours qui suivirent, Katherine et moi consacrâmes toute notre énergie à chercher notre fils. Des élèves, des professeurs et des amis, des étrangers même, se joignirent à nous, ratissant les ruelles, les parcs, les bois autour de notre petite ville. Au bout de sept jours, nous n'avions pas recueilli le moindre indice.

Le matin du huitième jour, l'ami d'enfance de Daniel fut retrouvé mort. Dans une lettre d'adieu, Jonah avouait le meurtre de Daniel. Même s'il donnait des informations précises sur l'endroit où se trouvait le corps de notre fils, il ne fournissait pas d'explication ni de détails sur son geste. Jonah – qui était presque comme un deuxième enfant pour nous, qui chaque jour avait fait semblant de participer aux recherches – avait dû voir notre douleur et fini par choisir de nous épargner de plus amples tourments, ceux de l'espoir.

On retrouva Daniel, son corps lacéré, traîné à travers les ronces et en partie mutilé par les charognards qui peuplent nos bois – probablement des corbeaux et des coyotes, d'après le rapport d'autopsie. L'arme qui avait commis cet acte sauvage était un couteau de survie à lame fixe de dix centimètres, qui avait également servi à éviscérer un grand cerf dont la carcasse en charpie gisait à côté.

Tels sont les faits. Tout ce qu'ils révèlent, c'est que les plus grands mystères sont cachés dans ce que nous croyons déjà savoir.

2

ÂGÉE D'À PEINE SEIZE ANS, Evangeline McKensey, voulant savoir où elle en était côté finances, étala devant elle, sur la table en bois éraflée, ce qui lui restait – un billet de vingt, trois billets de un dollar, et six cachets d'oxycodone, qui selon elle valaient cinq dollars chacun. La bougie qu'elle avait allumée commença à ruisseler. Elle redressa la mèche avec son couteau de poche, retenant sa respiration jusqu'à ce que la flamme retrouve de la vigueur. Si elle s'éteignait, le petit mobile home abandonné serait plongé dans les ténèbres.

Elle s'interrompit, attrapa une corbeille à papier et vomit, maintenant du mieux qu'elle pouvait sa chevelure rousse emmêlée. Pas la peine de courir jusqu'aux toilettes. L'eau avait été coupée plusieurs jours auparavant. Elle s'essuya la bouche sur son bras, tachant d'une traînée dégoûtante sa nouvelle veste en jean, celle que le destin avait laissée pour elle sur un banc du parc la semaine dernière. Elle avait espéré que les vomissements lui seraient épargnés. Certaines femmes avaient cette chance. Maintenant, ça puait atrocement.

Demain matin, elle irait vider la poubelle, et la remplirait au robinet dans le pré à chevaux voisin. Là, il faisait trop mauvais. Le vent d'automne secouait furieusement les sapins et provoquait des vibrations stridentes dans les parois en aluminium du mobile home.

Evangeline sortit une boîte de chili de son sac à dos rafistolé au scotch. Elle l'avait dérobée dans une épicerie plus tôt ce jour-là, mais la photo des haricots rouges et des bouts de viande hachée dans leur sauce grasse lui causa un haut-le-cœur, et elle la mit de côté. Elle aurait pu faucher un test de grossesse, tant qu'elle y était. Mais pour quoi faire ? Ses seins avaient clairement révélé la chose des semaines auparavant, irrités au moindre contact, même celui des soutiens-gorge et T-shirts en coton. Elle n'avait aucun doute et trouvait ahurissant que certaines aient besoin d'un plus ou d'un moins sur un bâtonnet en plastique pour les renseigner sur ce que leur corps mijotait. Maintenant, si quelqu'un se pointait avec un moyen de lui dire le jour précis où ça avait commencé, ce serait intéressant. Elle aurait la réponse à une question qui la taraudait depuis un moment.

Elle jeta le dernier avis d'expulsion qu'elle avait trouvé collé à la porte. Celui-ci mentionnait la visite prochaine du shérif. Pas étonnant. Le schéma de sa vie était déjà tracé : des moments d'horreur, suivis de brefs répits, des lueurs d'éventuels possibles, puis boum, tout redevenait merdique.

Quelques mois auparavant, elle n'aurait jamais imaginé ça. Elle rentrait à la maison par une chaude soirée de juillet, l'air était pur et doux, le ciel d'un argenté étincelant, et elle se disait que peut-être sa mère la laisserait aller au lycée à l'automne malgré la présence probable du diable dans ses murs. Mais quand elle arriva dans la clairière et qu'apparut leur mobile home de location, il en émanait une tranquillité qui lui coupa le souffle.

Elle ouvrit la porte.

— Maman ?

Dans les placards ouverts, il ne restait qu'un pot de beurre de cacahuète et quelques boîtes de thon. Un message gribouillé était posé sur la table : "Je prie pour que Jésus te pardonne." Elle ouvrit une enveloppe posée à côté. Deux cents dollars et la broche sertie de pierres précieuses de sa grand-mère. Evangeline se laissa glisser jusqu'au sol et se mit à gémir.

— S'il te plaît, maman. Dis-moi que c'est pas vrai, que t'as pas fait ça.

Mais sa mère l'avait fait. Elle l'avait prévenue. De nombreuses fois. Et maintenant, sans se soucier le moins du monde du sort de sa fille, elle avait filé.

Evangeline pleura pendant des jours, pria Jésus, craignant de s'absenter ne serait-ce qu'une seconde au cas où sa mère reviendrait. Mais comme d'habitude, les prières ne donnèrent aucun résultat, ne firent apparaître ni parent ni nourriture dans les placards. Elle devina que sa mère s'était remise à consommer. Des années de sobriété fichues en l'air. "Mon petit ami super collant", comme sa mère avait appelé l'héroïne. "Un sacré fils de pute."

Au fil des semaines, Evangeline pria de moins en moins, jusqu'à ce qu'un jour, elle se rende compte qu'elle en avait terminé. Elle avait probablement torpillé ses possibles recours à Jésus en buvant, en volant et en s'envoyant en l'air avec l'ex-petit ami de sa mère. Tant pis. Jésus n'avait jamais été fiable. Et pour ce qu'elle en savait, on pouvait inviter quelqu'un à venir dans son cœur, mais s'il refusait de venir, il fallait passer à autre chose. On devait sauver sa peau comme on pouvait.

Maintenant, le mois d'octobre était arrivé, l'hiver tapi dans les rafales de vent, dans le gris humide qui planait sur la ville. Elle avait survécu trois mois dans cet endroit sinistre. Le seul réconfort était venu des garçons – tous deux tendres et vilains – qui étaient apparus en septembre, une courte trêve animée au milieu de toute cette solitude. Mais en quelques jours ils avaient disparu. Elle les avait revus seulement en première page du journal.

"Deux garçons morts." C'était faux de penser à Jonah et Daniel en ces termes. "Morts. " "Garçons." Anonymes, génériques. Comme si elle n'avait rien à voir avec ça. Elle colla sa main contre son ventre. Allait-elle détruire le bébé aussi ? Probablement, mais elle était aussi la seule à pouvoir sauver cette pauvre petite chose.

— Mauvaise pioche pour toi, bébé, chuchota-t-elle. Mais t'as pas le choix.

Elle ramassa l'avis d'expulsion. Encore une semaine avant d'être mise à la porte de force. Elle le froissa, jeta le papier en boule dans un coin et vida le contenu de son sac à dos sur la table : des dizaines d'articles découpés dans les journaux, des papiers de bonbons, des chaussettes sales qu'elle avait espéré laver dans des toilettes publiques, le livre de sa mère, *Les Confessions* de Saint Augustin, dans lequel elle n'arrivait pas à rentrer, et l'hydroxyzine qu'elle avait chapardée à Dorothy Marsten en la prenant, dans sa hâte, pour de l'hydrocodone. Elle se pardonnait son erreur. Il valait mieux ne pas s'attarder quand on avait pénétré par effraction dans une maison.

Elle passa en revue les coupures de journaux. Bien qu'elles remontent à des semaines, les titres lui serraient encore douloureusement la poitrine. Disparu. Meurtre. Suicide. Elle prit un article illustré d'une photo d'un homme aux cheveux gris, l'examina pour la millième fois. Isaac Balch. C'était son nom. Mais une seule image aux couleurs passées ne pouvait pas lui dire qui était cet homme ; elle la reposa.

Il lui fallait un plan et elle commençait à se dire qu'Isaac Balch y figurerait d'une manière ou d'une autre. Elle plia les journaux qu'elle remit dans son sac à dos. Quant aux cachets de Dorothy Marsten, elle les rendrait le lendemain, elle les remettrait à leur place pendant la sieste de la vieille dame, de la même façon qu'elle les avait subtilisés. Les gens pouvaient vivre avec la douleur, mais d'après ce qu'elle savait, la dame avait besoin de ces comprimés pour son cœur.

Il ne restait rien de sa mère. Les deux cents dollars avaient disparu depuis longtemps, et elle avait jeté la broche dans une mare pleine de vase le soir où elle l'avait découverte dans l'enveloppe. Elle avait voulu se débarrasser de sa mère avec autant d'indifférence et de précipitation que sa mère s'était débarrassée d'elle. Maintenant, elle ne possédait plus le moindre objet qui prouve qu'elle ait jamais eu d'importance pour quiconque.

Elle finit de ranger, tout en réfléchissant. Il restait peut-être quelque chose, quand même. Pas de sa mère, mais du garçon. Elle l'avait perdu dans un bosquet sombre ; elle ferma les yeux, essaya de visualiser la scène. Avec une clarté surprenante, elle vit un buisson de ronces pleines d'épines, la branche brisée d'un sapin blessé par le vent, et elle se dit qu'elle savait peut-être bien où chercher. Avec l'outil adéquat, elle pourrait le récupérer. Elle pourrait l'enrouler une fois de plus contre sa peau.

3

La nouvelle de la mort de mon fils se répandit plus rapidement encore que celle de sa disparition. Sa perte était ressentie par toute la communauté, et elle était d'autant plus douloureuse que s'y ajoutaient son origine violente, le suicide de Jonah, et les équipes de journalistes venues de Seattle qui déferlèrent chez nous à la recherche de sensationnel. De nombreux habitants spéculèrent autour d'histoires de filles et de jalousies, de trafics de drogue et d'épisodes psychotiques, mais pas un fait nouveau ne donna la moindre crédibilité à ces hypothèses.

Le besoin d'événements collectifs pour exprimer le chagrin était intense. Dans la semaine, une cérémonie commémorative eut lieu dans le gymnase bondé du lycée. Quelques jours plus tard, une messe fut donnée dans l'église catholique pleine, les paroissiens serrés les uns contre les autres jusque dans l'entrée.

Katherine avait tenu à cette messe. Bien que Daniel ne se fût jamais considéré comme catholique, je n'émis pas d'objection. Sa mère, qui avait demandé le divorce l'année précédente, avait autant de chagrin que moi, peut-être même plus car elle avait choisi de partir vivre ailleurs et n'avait pas été très présente pendant les dix derniers mois de son fils. Je le comprenais et souhaitais qu'elle puisse y trouver tout le réconfort possible. Mais en ce qui me concernait, ces rites me laissèrent de marbre. Et je ne suis pas un homme froid.

Du moins, il fut un temps où je ne l'étais pas.

Le troisième office pour Daniel, le dernier, fut le culte quaker que j'avais demandé. Je ne me rappelle pas comment je réussis à aller jusqu'à la Maison quaker ce jour-là. Je dus y aller à pied, comme d'habitude, mais la première chose dont je me souviens est de me tenir dans le bureau du secrétaire avec Peter Thibodeau, mon meilleur ami et le principal du lycée où j'enseignais. Bien qu'il ne fût pas quaker, Peter avait tenté de m'intercepter dès qu'il m'avait vu à la porte de la Maison.

— Il faut que tu te débarrasses de ça, dit-il en désignant d'un mouvement du menton le pull en laine que je portais.

J'étais trempé. Apparemment, il avait plu pendant toute la durée de mon trajet.

— Non, fis-je avec un mouvement de recul.

Il me dévisagea. Avec ses cheveux noirs coupés très courts, ses épaules de taureau et sa mâchoire carrée, Peter était un homme imposant. Je dus vaciller sous son regard, parce qu'il m'attrapa par le bras comme pour m'empêcher de tomber. Puis il fit quelque chose de complètement inédit. Il m'attira contre lui et me serra dans une étreinte d'une force douloureuse. Qui ne dura que quelques instants.

— Tu vas y arriver ? Parce que tu n'es pas obligé. Je peux te ramener chez toi.

— J'ai demandé qu'on organise ce culte.

— Peu importe.

Il avait raison. Je pouvais partir, ou rester. Rien ne me rendrait ce que j'avais perdu.

— Je reste.

— D'accord. Mais tu sais que tu pues, hein, tu le sais ?

Cette façon d'être direct, même ici, lui ressemblait tellement. Il était pareil avec les élèves et les parents, présentait des avis de suspension et même d'expulsion avec une franchise dénuée de tout discours moralisateur.

— Qu'est-ce qui t'a pris, de venir à pied sans manteau ?

Je ne dis rien ; du pull émanaient des odeurs de cour de ferme, de laine mouillée et d'herbe. Et quelque chose de plus puissant. Au plus profond des fibres, une odeur musquée d'adolescent, celle de Daniel. Trois ans auparavant, quand mon fils avait quatorze ans, qu'il voulait encore imiter son père, il me l'avait souvent emprunté.

— Les gens attendent, dit Peter.

Comme il n'était pas quaker, il ne comprenait pas que le silence collectif était en soi une manière d'honorer une vie. Les Amis n'attendaient pas. Ils avaient commencé le culte à la seconde où ils avaient pris place.

Devant mon absence de réaction, Peter enleva sa veste de costume noire et me la tendit. Elle était trop habillée et trop sombre pour une réunion de quakers, surtout un service de commémoration. Mais je n'opposai aucune résistance quand il me la mit pour couvrir mon pull trempé. Je devais donner une drôle d'image avec mes cheveux gris en bataille dégoulinant sur mes joues et dans mon cou, une veste dont les manches peinaient à atteindre mes poignets et la coupe, courte et carrée, me faisait paraître encore plus grand et plus décharné.

Bien que plus jeune que moi d'une dizaine d'années, Peter me tapota le dos avec une gravité pleine de tendresse comme s'il était mon père ; en lui permettant de m'habiller, je l'avais rendu fier, ou triste, ou les deux à la fois.

À mon entrée dans la salle, je vis Katherine assise à l'autre bout, en face de ma place habituelle. Elle attendait. Tous les bancs étaient disposés autour du centre vide, et des Amis m'avaient gardé une place là où les angles de lumière me seraient peut-être familiers.

Mais aujourd'hui, rien ne me paraissait familier. Mon seul réconfort provenait de mon pull-over humide. Collé contre ma peau grâce à la veste de Peter, il me procurait une sensation de chaleur lourde, comme si je portais un nouveau-né pelotonné contre moi, et j'eus brusquement des visions de mon fils bébé, fraîchement débarqué dans ce monde, une vie grande ouverte devant lui. Le silence fut rompu et tandis que chaque Ami, l'un après l'autre, se levait pour parler de mon fils, je m'attendais presque à ce que Daniel apparaisse dans mes bras ou à ce qu'il entre en trottinant en fin de réunion, un petit bonhomme de cinq ans, tout juste sorti de son premier jour d'école. Je faillis rire en me rappelant comment, quand il était petit, il transformait son besoin irrépressible de faire du bruit en mouvement, comment il se laissait tomber en arrière sur mes genoux, ouvrant et fermant la bouche comme un poisson. Plus d'une fois, je m'étais pris un coup de pied dans la mâchoire au cours de ses tentatives acrobatiques pour rester silencieux.

Une quarantaine de minutes peut-être après le début du culte, je vis, sur l'un des bancs devant, Daniel à quatorze ans, portant avec fierté le pull qui me collait à la peau en ce moment même. Son regard parcourait la salle comme s'il cherchait quelque chose. Il paraissait si présent, si totalement vivant, que je jetai un coup d'œil vers Katherine, de l'autre côté. Elle devait sentir sa présence, elle aussi. Nous pouvions le vivre ensemble, n'est-ce pas ? Ce dernier moment de partage. De complétude.

Si elle était consciente de mon regard posé sur elle, si elle sentait la présence de Daniel dans la salle, je n'en vis pas le moindre indice. Ses paupières étaient mi-closes sur ses yeux qui restaient fixes. Son "ami" était assis à côté d'elle. L'homme au cou épais et au costume sombre prit une de ses mains entre les siennes et la caressa du bout du pouce. Elle leva le visage vers lui, puis, comme si tout à coup elle se souvenait, elle lança un regard de mon côté. Dès qu'elle croisa le mien, elle retira sa main, la posa sur ses genoux. Un acte de gentillesse. Ou peut-être de honte.

C'est étrange que je ne me rappelle rien de ce qui fut dit ce jour-là, que je ne parvienne pas à me souvenir du moindre mot des hommages rendus à mon fils. Mais ce moment reste gravé en moi. La connexion et le retrait. L'amour et la perte, la gentillesse et la trahison, Daniel présent et pourtant invisible, comme si ce que j'avais besoin de savoir était tout entier contenu dans ces quelques petits gestes.

Après, tandis que les Amis préparaient les tables pour le repas partagé, je cédai à une violente envie de m'enfuir. Je m'échappai par la porte de derrière et me cachai entre les bennes à ordures, attendant que le parking se vide pour pouvoir le traverser et rentrer à pied chez moi. J'entendis la porte s'ouvrir derrière moi. La mère de Jonah, Lorrie, tentait de s'enfuir elle aussi.

J'avais vu Lorrie tout à l'heure, assise au fond de la salle, mais mon esprit avait refusé d'enregistrer sa présence. Elle avait assisté à la messe et à la cérémonie du lycée également, mais là non plus, nous ne nous étions pas parlé. Quoique voisins, nous n'avions pas même échangé un salut de la main depuis l'annonce de la mort de nos fils. J'avais pardonné à Jonah. J'avais pardonné à Lorrie. Qu'est-ce que Dieu pouvait bien vouloir de moi encore ? Pourquoi Dieu ne cessait-il de la placer sur mon chemin ?

Maintenant, dans la bruine grise et mouillée, elle semblait n'être guère plus qu'une enfant, son corps frêle et farouche perdu dans une robe noire. Elle se tourna et m'aperçut.

— Isaac !

Une accusation, comme si j'avais organisé les choses pour la piéger.

— C'était bien que tu sois venue, dis-je, conscient de l'absence de chaleur dans ma voix.

Sur son visage je vis passer une fugitive expression de peur, mais elle força ses traits à retrouver un semblant de calme et baissa les yeux, dans une posture de soumission que je lui avais déjà vue lorsque son mari, Roy, était encore en vie. Je fus peiné de la voir l'adopter avec moi.

Peter fit irruption à ce moment précis, heurtant presque Lorrie.

— Pardon, je…

— Non ! dit Lorrie, soudain en mouvement, descendant précipitamment les marches en agitant une main pâle. Non, tout va bien. Je partais, justement.

Et alors que Peter ouvrait la bouche pour la retenir, elle hâta le pas vers le parking, la robe noire flottant dans son sillage.

Peter la regarda jusqu'à ce qu'elle arrive à sa voiture, puis se tourna vers moi.

— Ça a dû être difficile.

— On peut le dire.

Il voulait me donner un conseil, je le voyais bien. Dire quelque chose comme "Elle n'est pas l'ennemie, Isaac. Elle vit un deuil terrible, elle aussi." Mais il s'abstint. Il me laissa tranquille.

Je pris une grande inspiration.

— Je crois que ta veste est irrémédiablement abîmée.

— Probablement. Mais si je devais choisir par qui mon plus beau costume devait être abîmé, je te choisirais toi.

J'adorais Peter, en ce temps-là. Peut-être que je l'aime toujours.

4

Evangeline garda les yeux rivés sur le bas-côté de la route, essayant de repérer une configuration particulière d'arbres, l'endroit où elle avait perdu le petit cadeau offert par le garçon. Même si ce n'était qu'un gage sans valeur, il serait la preuve qu'elle ne s'était pas contentée de l'imaginer. Elle n'avait passé que quelques soirées avec lui, avec Jonah, mais il l'avait aimée – ou du moins, il avait eu envie d'elle d'une manière qu'on ne pouvait distinguer de l'amour. Et il l'avait aimée pas seulement pour son corps, pour la chaleur et la réalité de son corps, mais pour son… son quoi ? Son essence, osa-t-elle. Elle aurait pu dire son âme, si elle avait cru à ces choses-là.

À un bon pâté de maisons du mobile home, elle trouva l'endroit, enleva le sac de son dos et détacha la machette rouillée qu'elle avait empruntée dans la remise d'un voisin. Après avoir gravi le raidillon, elle tailla le bosquet pendant une minute ou deux, puis recula de quelques pas pour évaluer l'efficacité de son travail. À peine entamé, le buisson. Soudain furieuse, elle arma son bras et le projeta en avant de toutes ses forces. La poignée de l'outil se fendit en deux, la tête s'envola, et le tranchant de la lame alla se ficher dans un jeune arbre à quelques centimètres de sa cuisse. Elle haussa les épaules – inutile de s'inquiéter de ce qui aurait pu arriver – et se mit à arracher les ronces à mains nues, les épines lui déchirant la peau.

Après avoir dégagé un étroit passage, elle aperçut quelque chose de vaguement blanc accroché près des racines et se mit à fouiller à l'aveuglette dans la terre marécageuse. À un moment, elle crut l'avoir attrapé, mais l'objet long et fin se tordit entre ses doigts et lui échappa. Dans une tentative ultime, dopée par son énervement, elle réussit à récupérer le bracelet incrusté de terre. Guère plus qu'un morceau de corde noué, il signifiait pourtant quelque chose pour Jonah, qui le lui avait donné. Elle redescendit le coteau précipitamment, le fourra dans une poche à fermeture éclair de son sac et repartit.

Au détour d'un virage, les lumières de la ville apparurent une à une, éparpillées sur le rivage, en dessous. Quand elle était arrivée avec sa mère au printemps, Evangeline avait cru que la ville ne comptait qu'une demi-douzaine de rues bordées de vieux bâtiments. Mais même depuis cet endroit à faible altitude, on voyait que la ville était bien plus grande. Port Furlong s'étendait sur quelques kilomètres depuis un coin qui s'avançait dans le Puget Sound, se déployait sur plusieurs collines basses, et entourait un petit lac. Les colons victoriens avaient saccagé les denses forêts de sapins, avaient dépouillé la terre pour y installer leurs constructions, maisons et fermes. Il restait de grands arbres dans des parcs et le long des routes de campagne, mais en ville, les gens avaient pris leur place.

— Dix mille habitants. Plus en été, avait dit sa mère.

À cette heure, la ville étincelait de tous ses feux, et Evangeline pensa à toutes les nuits où la bourgade hantée se réveillait, avec des fantômes qui arpentaient les tourelles, les pignons et les belvédères des maisons victoriennes. Même le centre, avec son imposant tribunal en briques rouges et son bureau de poste, ses fleurons, balustrades et rangées de hautes fenêtres à voûte, semblait frémir des échos de pactes signés au siècle dernier, de couples engoncés dans leurs vêtements amidonnés traversant les murs de briques, à la recherche de certificats de capacité matrimoniale ou de lettres venues de l'autre côté de l'océan. Et plus loin, il y avait le Puget Sound, où elle sentait, comme s'ils dansaient à l'intérieur de son corps, les bateaux à voile, les remorqueurs et les ferries qui tanguaient dans le bouillonnement noir du détroit.

Des maisons scintillaient sur la colline au-dessus de la ville. Elle imagina les dîners, les séances de devoirs et les conversations en famille dans ces pièces éclairées et se demanda si elle aurait un jour sa place dans un endroit semblable, une maison dans laquelle on pouvait rentrer jour après jour, en sachant qu'on était chez soi, en sachant que sa présence était désirée. Non, se dit-elle, cela n'arriverait jamais; néanmoins, elle toucha son ventre et chuchota:

— Mais à toi, si, mon bébé. Ça t'arrivera.

Evangeline repéra un espace sombre au milieu de ces lumières étincelantes. Elle ne l'avait aperçue que deux fois, mais elle se rappelait que sa maison se trouvait sur ce terrain d'à peine plus d'un hectare, entouré d'arbres. L'homme, Isaac Balch, vivait là, seul. Du moins, elle le pensait. D'après les journaux, Daniel n'avait pas de frères et sœurs, et sa mère vivait désormais à Spokane. La maison était immense, trop immense pour un vieil homme seul. Elle comporterait forcément plein de chambres vides, au moins un lit supplémentaire – et pas un canapé-lit défoncé, un vrai lit avec des draps et une couette, un ou deux oreillers moelleux.

La dernière fois qu'elle avait dormi dans un vrai lit remontait à plus de neuf mois. Elle l'avait partagé avec sa mère, Viv. Elles vivaient dans le sud de Seattle, dans un deux-pièces au-dessus d'une boîte de nuit et à côté d'un refuge pour animaux. La nuit, les hurlements des chiens et les vibrations des basses remontaient en tremblant le long des murs, et remuaient tout à l'intérieur de son corps.

Ensuite, le petit ami de sa mère, Matt, s'installa chez elles et Evangeline fut obligée de dormir sur le canapé du salon. Pendant que sa mère passait ses journées au travail en Safeway, ce qui tenait lieu de chambre à Evangeline devint le salon personnel de Matt, où il attendait qu'on le rappelle après ses auditions. Le seul endroit où elle avait un peu d'intimité était la salle de bains, et même là, elle était obligée de supporter les jérémiades de l'autre côté de la porte.

Elle avait eu des soupçons sur Matt dès le début. C'était un grand type blond, trop beau pour sa mère. Non seulement il était aussi canon qu'un acteur de cinéma, mais il savait jouer la comédie. Du moins, il maîtrisait cette façon de regarder une fille avec une indifférence totale et un désir brûlant tout à la fois.

Il la dégoûtait jusqu'à la nausée, avec sa manière de s'étaler sur le canapé – où elle dormait toutes les nuits – et de se gratter les aisselles et les fesses à longueur de journée, en critiquant les acteurs des soaps de l'après-midi. Parfois il ne bougeait pas du tout, devenu reptilien, un lézard paressant au soleil sur une pierre, un œil indolent attendant le passage d'une mouche.

Un jour, cet œil se posa sur Evangeline ; sa langue sortit comme un lance-pierre et l'attrapa. Lui glissant un doigt entre les lèvres, il lui susurra qu'il l'aimait. Elle n'aurait jamais imaginé que son corps puisse s'emballer et se perdre à ce point. Avec sa poitrine et ses cuisses collées contre les siennes, elle oubliait le dernier devoir qu'elle avait raté, la dernière dispute avec sa mère. Elle n'était plus que peau, chaleur brûlante et un cœur battant à la folie.

Un après-midi début mars, elle se trouvait dans ce lieu d'évasion pure – chevauchant Matt sur le canapé, ses hanches entre ses mains d'homme, son jeune sein dans sa bouche d'homme – quand Viv rentra plus tôt. Elle avait une migraine, dont, rétrospectivement, Evangeline soupçonna qu'elle était en partie la cause de ce qui se passa ensuite. Sa mère attrapa sa fille par les cheveux, l'arracha à Matt et la jeta par terre en lançant d'une voix cinglante :

— Sale petite traînée.

Evangeline ne fit pas beaucoup d'efforts pour comprendre les événements qui suivirent. Quand elle y repensait – ce qu'elle essayait d'éviter –, le souvenir se présentait sous la forme de sons et d'images décousus : des cris hystériques, des menaces d'être jetée dehors, des coups de pied violents dans le cul et les cuisses, des voisins cognant à la porte, des policiers sur le seuil.

Elle se souvenait s'être mise en boule, couchée sur la moquette jonchée de Doritos écrasés pendant ce qui lui sembla être des heures. Finalement, quelqu'un lui jeta une serviette de toilette et elle réussit à se mettre debout, gagner la chambre en trébuchant et claquer la porte derrière elle.

Quant à Matt, il fut mis à la porte le soir même, un événement qui fit sangloter Evangeline pendant des heures. Cependant, la seule alternative étant qu'elle-même se retrouve dehors dans les rues sombres de ce quartier minable de Seattle, son chagrin finit par s'émousser, laissant place au sommeil.

Le lendemain matin, Viv avait jeté tout ce qu'elles possédaient dans des sacs-poubelle qu'elle avait chargés dans le vieux break Subaru. Elles remontèrent la I-5 en silence et, sous un ciel chargé de nuages, embarquèrent sur le ferry d'Edmonds, dont la coque était battue par des vagues à crête blanche. Viv mit le frein à main en marmonnant :

— Il n'aurait pas dû faire ça, ce fils de pute.

Evangeline détestait voir sa mère si démoralisée.

— Maman, je…

Sa mère se tourna brusquement vers elle.

— Quant à toi, si tu as quelque chose à dire, adresse-toi à Dieu, pas à moi.

Puis elle se mit à égrener des prières à un tel débit et avec une telle fureur qu'Evangeline crut qu'elle parlait en langues.

Une fois arrivées de l'autre côté, elles firent encore une heure de route pour arriver à Port Furlong, un petit port vieillot, dont Evangeline conclut que c'était la ville la plus perdue qu'on puisse atteindre avec un plein d'essence. Les clameurs frénétiques de sa mère tandis qu'elle lui faisait remarquer les vues imprenables sur le détroit, les imposants bâtiments et les maisons anciennes ne firent que plonger Evangeline dans un désespoir encore plus profond.

Après avoir vécu quelques jours dans un motel crasseux, sa mère loua un petit mobile home couvert de rouille en bordure de la ville. Evangeline supplia sa mère de la laisser reprendre les cours. Elle était allée au lycée à Seattle, après tout. Mais Viv refusa et décida de faire elle-même l'école à sa fille pour la protéger de "la promiscuité sexuelle omniprésente qui a infecté la culture", une citation sans aucun doute tirée d'une des nombreuses brochures religieuses de Viv. Elle refusa également de céder à la demande de sa fille d'avoir la télévision de peur que "les représentations lubriques des adolescents" égarent sa jeune âme, comme si Evangeline était une innocente fragile et non la jeune fille qu'elle avait surprise en train de baiser son petit ami de quarante ans. Evangeline envisagea de lui faire remarquer cette incohérence, mais finit par conclure que cela ne servirait pas sa cause.

L'enseignement à la maison fut d'emblée tendu ; Viv créait son propre programme d'études à partir de sa compréhension de la Bible et de son niveau d'école primaire en calcul. Au bout de deux semaines seulement, Viv prit un emploi au stand traiteur d'un supermarché local, mettant fin à ses efforts même minimaux pour donner une éducation à sa fille. Evangeline passa un printemps mouillé et gris dans le mobile home avec un robinet qui fuyait dans l'évier et des taches d'humidité qui se dessinaient comme des apparitions sur les plafonds et les murs. Les ombres des grands sapins maintenaient le logement dans une pénombre lugubre même les jours les plus ensoleillés. Parfois, Evangeline ne se donnait pas la peine de s'habiller, elle restait allongée sur le canapé en pyjama à regarder les soaps de l'après-midi, reconnaissante que l'influence corruptrice de la télévision soit devenue secondaire une fois qu'il y avait eu l'argent pour financer son achat.

Ce soir de début octobre, dans le chuchotement des sapins noirs autour d'elle, elle repensa avec nostalgie à ces journées pluvieuses et solitaires où il y avait des lumières qui fonctionnaient et l'eau courante, avec de la nourriture dans les placards, ces journées où elle s'abandonnait avec délices aux mesquins griefs quotidiens qu'une adolescente pouvait entretenir contre sa mère.

Elle fixa encore quelques instants la partie sombre de la colline puis tourna les talons. En se dirigeant à pas lourds vers le mobile home, elle se laissa aller à imaginer un nouveau foyer. Ce serait peut-être la maison d'Isaac. Ou un autre endroit. Si elle avait appris une chose, c'était qu'elle était capable de survivre à la perte d'êtres chers. On pouvait vivre sans parents ni amis, avait-elle découvert. Sans amour de quelque sorte que ce soit.

Mais parfois, la froideur de son cœur lui donnait des frissons.

5

Peter proposa de me ramener chez lui après le culte, mais je refusai et il n'insista pas. Il comprenait que ses trésors – une femme et trois jolies petites filles – étaient plus que ce que je pouvais supporter. Il me déposa, à ma demande, à l'entrée de ma propriété.

En passant à côté des plantations envahies de mauvaises herbes et des tas de feuilles en décomposition, j'eus l'impression que des saisons entières avaient défilé au cours des dernières heures. Dans la lumière cafardeuse, la maison paraissait abandonnée, figée dans une telle stupéfaction, un tel silence que j'avais des doutes sur la possibilité d'une résurrection. Même Rufus, pourtant un chien qui aboyait à la moindre provocation, était silencieux, tapi à l'intérieur.

C'était Katherine qui m'avait amené ici. Sur cette côte, dans cette petite ville, dans cette maison vide qui se dessinait devant moi. Katherine devait avoir moins de vingt-cinq ans quand je la vis pour la première fois, assise derrière une grande ferme de pierre dans les collines de Pennsylvanie.

Nous participions à une retraite au sein d'une communauté quaker à Fox Hill où nous vivions dans des chambres spartiates, avec une salle de bains pour six et un nombre considérable de tâches et de travaux pour chacun. J'approchais de la trentaine. J'enseignais les sciences dans un lycée voisin et je passais l'été à assister aux cultes quotidiens, à faire des promenades silencieuses et à récurer des montagnes de gamelles.

J'étais là depuis trois semaines lorsque Katherine apparut au culte du matin. Je ne parvenais pas à la quitter des yeux. Ce n'était pas parce qu'elle était belle, même si avec son teint mat sans défaut et ses épais cheveux noirs, elle l'était assurément. Ce n'était même pas parce qu'elle était maquillée et portait un pantalon noir avec des chaussures à talons, une tenue tellement en décalage dans cette salle pleine de visages naturels et de chaussures de travail que je soupçonnais qu'elle venait pour la première fois à une réunion de quakers. Non, ce qui attira mon attention, c'était la manière dont son regard ne cessait de parcourir la salle, vif et curieux, comme si elle avait hâte d'absorber toute cette nouveauté, l'endroit, les gens, le culte. Puis sa prise de conscience – du lieu où elle se trouvait et de ce qu'on attendait probablement d'elle – et son effort, la tête baissée pour parvenir à l'immobilité, consacré à tout ce truc autour du silence.

Elle dut surprendre mon regard insistant, parce qu'après, elle me rejoignit au petit trot tandis que je retournais dans ma chambre. Elle me demanda si j'avais un moment de libre pour parler de ma foi, mentionnant le fait qu'elle était catholique, et qu'elle n'allait rester qu'une semaine. Nous nous retrouvâmes cet après-midi-là et marchâmes pendant des heures dans les bois voisins, autour de la petite ville. Katherine parla de beaucoup de choses : de son amour pour son métier d'infirmière, de sa famille, grande et conquérante, d'une rupture sentimentale, de la beauté extraordinaire des bouleaux dans la lumière déclinante. Elle espérait un jour avoir des enfants et des chiens.

— Plein, dit-elle.

Nous finîmes par revenir à l'endroit d'où nous étions partis.

— Désolée, fit-elle, soudain timide. Je suis bavarde.

— J'aime bien cela, répondis-je.

Et c'était vrai, j'aimais la manière dont ses mots trouvaient mes béances et commençaient à les remplir.

— Désolé de l'être aussi peu.

— Oui, vous parlez peu, mais chacune de vos paroles n'en a que plus de valeur. Vous voyez ce que je veux dire ?

J'acquiesçai.

— En plus, poursuivit-elle en plongeant ses yeux dans les miens au point de réveiller toutes les cellules de mon corps, je vous vois, à l'intérieur. C'est ça qui compte.

Elle tendit la main et effleura mon poignet ; dans un frisson, les poils de mon bras se hérissèrent.

Nous nous mariâmes un an plus tard. Un matin de juillet, elle se tourna vers moi dans le lit, le soleil dansant sur ses joues, ses lèvres et ses yeux ourlés de cils noirs.

— Viens avec moi dans le nord-ouest.

Sa voix avait quelque chose d'impérieux, comme si elle avait déjà acheté son billet.

— J'allais en vacances là-bas quand j'étais enfant, reprit-elle. À Port Furlong. Tu adorerais. Il y a des bateaux, de la musique et des vieux hippies qui dansent à côté d'une fontaine. Des îles sur lesquelles nous pourrions nous perdre.

Je l'embrassai doucement.

— Nous irons un jour.

Elle s'écarta de moi.

— Non, pas un jour. Pas pour visiter. Allons nous installer là-bas. Vivre là-bas. Maintenant. Allons-y tout de suite.

— Mais, ta famille… La mienne…

Elle éclata de rire.

— Justement. Justement.

Ma femme brûlait de s'enfuir, loin de la côte Est, des histoires d'amour brisées, de son adolescence douloureuse. De toutes les topographies de sa vie. Elle désirait le saisissement de la nouveauté. Et aucune femme ne fut jamais aussi belle, aussi convaincante que Katherine au seuil de l'aventure.

— Nous créerons notre propre famille, nos propres traditions. (Elle se tourna à nouveau vers moi, glissa une cuisse chaude entre les miennes.) Tu es ma famille, maintenant. Mon ancrage. Tu le sais, n'est-ce pas ? Tu es ma retraite zen à moi – ta sérénité silencieuse est mon refuge.

Une semaine plus tard, j'étais assis dans notre bureau à la maison lorsqu'elle vint m'annoncer qu'elle avait fait des recherches sur Port Furlong.

— L'usine de papier et l'hôpital sont les grands employeurs de la ville. Il y a plein d'annonces pour des infirmières. Et tu sais quoi ? Au lycée, ils recherchent un professeur de biologie. Tout de suite ! Quels signes plus évidents pourrait-on attendre de l'univers !

— Ça a l'air prometteur, dis-je, en me levant. Et pour ce qui est des quakers ?

— Il y a une petite communauté. Ta forme de culte.

— Non programmé* ? Vraiment ?

— *You better believe it, baby*, chantonna-t-elle. (Elle rit, s'assit sur mes genoux et passa ses bras autour de mon cou.) Je ne te soumettrais jamais à quoi que ce soit d'aussi divertissant qu'une véritable messe ou un chœur. Que Dieu m'en garde.

— Il y a des catholiques ?

Elle déposa un baiser rapide sur ma joue.

— Les catholiques sont partout.

Katherine trouva notre maison dans une vente après saisie, une construction victorienne inhabitée depuis longtemps, sur quelques hectares, à la sortie de la ville. Des mûriers accrochés aux fondations grimpaient le long des murs, se collaient aux vitres fendues. Bien qu'on puisse voir des maisons similaires dans le centre de Port Furlong, à quelques kilomètres, celle-ci était la seule de son genre dans le quartier.

La construction d'autres demeures imposantes avait été prévue sur des parcelles contiguës, mais l'économie locale s'était effondrée en 1890, au moment où la nôtre avait été bâtie, et les projets avaient été abandonnés. Confronté à de graves difficultés financières, le propriétaire d'origine laissa l'étage inachevé mais finit le rez-de-chaussée dans le style le plus couru à l'époque : quatre mètres sous plafond, des moulures, des vitraux chargés, et des panneaux de cuir ouvragés sous des rangées de fenêtres à meneaux.

* Le culte "non programmé" est moins courant aux États-Unis et au Canada que la forme programmée (qui ressemble à un culte protestant typique) ; les participants se réunissent dans l'attente silencieuse, dans l'expectative. (Toutes les notes sont de la traductrice.)

Notre maison resta, décennie après décennie, grandiose en bas, nue en haut, seule et imposante, dominant la ville. Lorsque les promoteurs revinrent dans le coin soixante-dix ans plus tard, ils entourèrent notre propriété de douzaines de petites maisons de plain-pied sur des parcelles exiguës.

Une habitation aussi sophistiquée pouvait sembler être en contradiction avec les vertus quakers de sobriété et de simplicité, mais le prix était intéressant et nous croyions que notre mission de restauration était vertueuse. Pendant ces premières années, Katherine et moi consacrâmes tout notre temps libre à travailler dans la vieille maison – arracher le papier peint, réparer les dégâts provoqués par les infiltrations, poncer, colmater, peindre. Chaque nuit, nous nous serrions l'un contre l'autre et partagions nos rêves d'un temps où nos enfants gambaderaient, heureux, dans la maison et dans les champs.

Malgré tous nos efforts, nous laissâmes le niveau supérieur inachevé. Tout ce dont nous avions besoin se trouvait au rez-de-chaussée – la cuisine, le salon et la salle à manger, un bureau, une suite parentale, une chambre et une salle de bains. Nous avions peu de raisons de penser à l'espace vide au-dessus. Même l'escalier qui y montait était caché. La plus grande fraction du volume total de la maison existait hors de vue et d'usage, derrière ce qui semblait n'être rien d'autre qu'une porte de placard.

Lorsque notre fils naquit trois ans plus tard, nous eûmes encore moins de temps pour réfléchir à cet espace inutilisé. Daniel était un enfant actif, sociable et lui trouver des copains de jeu dans un environnement proche s'avéra difficile. Les Geiger achetèrent la propriété voisine, et nous découvrîmes avec joie qu'ils avaient un fils, Jonah, du même âge. Si Lorrie n'avait pas été enceinte de leur deuxième enfant, tout aurait été presque parfait. La grossesse de Lorrie était en effet un rappel douloureux de l'infertilité précoce de Katherine. À l'âge de trente ans, elle avait développé de terribles fibromes et subi une opération. Un "nettoyage pelvien", avait dit le médecin, comme s'il ne s'agissait de rien de plus qu'un petit coup de propre.

Jonah et Daniel jouaient ensemble presque tous les jours, souvent pendant des après-midi entiers. Ils devinrent tellement proches que nous en arrivâmes à voir en Jonah un deuxième fils. Quand Daniel entra au collège puis au lycée, il devint de plus en plus beau, sportif et populaire. Notre maison se mit à accueillir d'autres garçons puis des filles, qui allaient et venaient avec aisance, jouaient dans le salon, buvaient des cocas sur la véranda. Parfois ils amenaient leur chien et lançaient un frisbee dans le terrain derrière, se moquant du pauvre Rufus qui propulsait sa grosse masse noire au mauvais moment, au mauvais endroit, et se retournait en l'air, chaque fois choqué devant son erreur d'estimation.

Katherine restait souvent avec le groupe, elle leur apportait à manger et à boire, riait de leurs facéties, mais je préférais leur donner de l'espace, heureux d'entendre leurs exclamations et rires pleins de gaieté depuis mon bureau.

Tout cela avait disparu, désormais. L'atmosphère à l'intérieur de la maison était devenue rance ; je ne pus me résoudre à entrer. Je fis le tour par l'arrière, et je fus arrêté par la lumière provenant de la maison voisine, qui m'obligea à m'imaginer Lorrie. Elle était probablement dans sa chambre, en train de libérer son petit corps musclé de la robe noire, avant de la mettre de côté, soulagée de pouvoir s'en débarrasser enfin.

Je laissai mon regard errer sur le deuxième niveau de ma maison, où Daniel et moi avions commencé des travaux l'année dernière, pendant l'été. Mon fils avait abandonné le projet à mi-parcours, et je refusai de terminer sans lui. Lorsque sa mère était partie, cet automne-là, Daniel s'était quand même installé en haut, dans une chambre sans porte aux murs en plaques de plâtre, avec une salle de bains sans cloisons, juste un espace ouvert avec les tuyaux et les fils électriques à nu, un w.-c., un lavabo et une douche.

Je dépensai l'énergie produite par ma frustration à débarrasser son ancienne chambre de ses dernières possessions, passer une couche de peinture et y installer mon bureau, comme c'était le cas avant sa naissance. Mon fils ne remarqua aucune de mes tentatives pour le culpabiliser. Il passa sa dernière année au premier étage, ne se plaignant jamais du froid, de l'obscurité et des courants d'air, apparemment serein dans son logement inachevé.

La nuit était tombée, et je finis par entrer dans la cuisine. Le fauteuil du chien était vide. Je me dirigeai vers le salon tout en appelant :

— Rufus. Allez viens, mon grand.

En passant dans le hall, mon cœur s'arrêta. La porte de l'escalier était entrebâillée. Je l'avais bien fermée avant de partir, j'en étais certain. Daniel était le seul qui oubliait de la fermer.

Cet incident provoqua chez moi une panique étrange. Je savais très bien que la maison avait sa propre météorologie. La pression s'accumulait dans certaines zones, se réduisait dans d'autres. Les murs et les portes bougeaient, émettaient parfois un bruit sec puissant, d'autres fois, un frottement furtif. Certaines portes – même si celle-ci ne l'avait jamais fait auparavant – s'ouvraient toutes seules, peu importait le soin qu'on avait mis à les fermer.

Pourtant, je m'immobilisai, la regardant fixement, et essayai de me rassurer. C'était une question de mécanique, de gradients de température et de variation dans l'humidité qui s'était accumulée dans l'ossature de cette vieille bâtisse. La maison n'avait-elle pas toujours eu une sensibilité exacerbée ? Pleine de vieilles poutres et de creux invisibles, elle gémissait et grinçait pendant les orages. Une nuit, quand Daniel avait cinq ans, il avait grimpé dans notre lit pour se plaindre que la maison "chantait beaucoup trop fort". Sa voix exprimait une lassitude agacée, comme si la maison était un petit frère désobéissant à qui il fallait faire la leçon.

Donc non, cet incident n'avait rien à voir avec une présence fantomatique.

J'étais devant la porte ouverte au pied de l'escalier, sur le point de lever les yeux, lorsque, de sa grosse tête, Rufus me donna un petit coup dans l'arrière de la cuisse.

— Ah, tu es là. Tu t'étais à nouveau couché sur mon lit ?

Il me lécha la main, voulant certainement son dîner ; je repoussai la porte, m'assurai qu'elle était bien fermée, puis j'allai nourrir le chien.

Plus tard ce soir-là, je retournai vérifier la fermeture de la porte. Bien qu'elle résistât à ma tentative, j'apportai une chaise de la salle à manger et la calai sous la poignée. Je me dis qu'il y avait des rats à l'étage et que je ne voulais pas qu'ils infestent mon espace de vie.

Lorsque nous avions emménagé avec Katherine, les rats des greniers se déchaînaient. Nous avions mis du poison et évacué des dizaines de cadavres gris. J'en avais encore la nausée quand je repensais au carnage. Mais cela remontait à des dizaines d'années. C'était curieux que je m'en préoccupe maintenant. Daniel ne s'en était jamais plaint et je n'avais pas entendu un rongeur là-haut depuis des années.

C'était juste une impression. Celle d'une présence vivante, tapie dans les ténèbres au-dessus de ma tête.

6

EVANGELINE DÉCOUVRIT sur la porte du mobile home un nouvel avis d'expulsion, qui annonçait l'arrivée du shérif dans la matinée. Comme elle voyait peu d'intérêt à le rencontrer, elle resta sur le seuil, en cette nuit d'octobre humide, les yeux rivés sur ce qui avait été sa maison ces sept derniers mois, le dernier endroit où elle avait vu sa mère. La porte était grande ouverte. Les animaux n'ont qu'à s'y installer, se dit-elle. Qu'ils se nichent dans le canapé, se cachent dans les vieux vêtements de ma mère. Elle cligna des yeux et respira, s'accorda une dernière minute, puis tourna les talons.

Hissant son sac à dos plein à craquer sur son épaule, elle rejoignit la route à pas lourds. Elle venait à peine de l'atteindre lorsqu'une voiture passa en trombe. Elle lui lança une bordée d'injures. Elle n'était pas la seule victime potentielle d'une collision dans la nuit. Des faons, l'innocence incarnée sur leurs pattes grêles, paissaient sur les étroites bandes herbeuses. D'autres créatures aussi. Encore la semaine dernière, une douzaine de voitures s'étaient arrêtées au milieu d'une rue en plein midi tandis qu'une loutre traversait tranquillement avec ses trois petits. La vie sauvage essayait perpétuellement de récupérer ce qui lui avait été pris.

Des semaines s'étaient écoulées depuis qu'on avait découvert les garçons. À l'heure qu'il était, ils devaient être enterrés. Elle espérait que l'atmosphère avait retrouvé un peu de sérénité, que les gens commençaient à penser à autre chose. Bien entendu, ce n'était certainement pas le cas pour Isaac Balch. Elle le savait. Sa vie ne retrouverait jamais de sérénité. Mais quel choix avait-elle ? Demain matin, elle ne pourrait même plus s'abriter dans un mobile home puant.

Les bois devinrent des pâturages, et elle passa à côté d'un troupeau de moutons qui se mirent à bêler et à courir en tous sens comme si elle était un loup en chasse. Une maison apparut, puis une autre, et une autre, jusqu'à ce qu'elles se succèdent rapidement, entourées de jardins propres bien clôturés, avec des voitures garées devant. Si elle poursuivait encore deux kilomètres sur cette route, elle arriverait au parc où elle avait fait la connaissance des garçons.

Quand ils firent irruption dans sa vie, elle était seule depuis presque deux mois. Elle allait souvent chercher refuge au parc, pour échapper à l'absence de sa mère si flagrante dans le mobile home. Ce soir-là, il était un peu après six heures, elle était assise, les jambes croisées sur une table de pique-nique, en train de contempler le Puget Sound. La table, installée près d'une falaise, était cachée derrière de grands sapins, et elle se disait que personne ne la dérangerait. Toute la journée, la température avait avoisiné les trente degrés – une chaleur accablante, selon les normes de Port

Furlong –, et elle portait un short effiloché et un débardeur qui laissaient voir ses membres minces et parsemés de taches de rousseur. Derrière elle, des petits enfants criaient comme s'ils étaient encore en pleines vacances d'été, et devant elle, les vagues étincelaient dans des tons rose et or.

Elle laissa son regard errer vers les silhouettes sombres d'îles lointaines, les goulets, les rapides et les bras de mer qui amenaient l'océan Pacifique jusqu'à la plage en contrebas, et pendant un moment, elle oublia qui elle était. Elle imagina retourner à l'école, puis poursuivre à l'université et avoir une carrière. Une carrière honnête. Qui aurait du sens. Peut-être qu'elle aiderait les gens malades ou qu'elle plaiderait la cause des défavorisés. Elle aurait une famille. Elle aurait de l'amour. Même si elle n'avait pas la moindre idée de la manière dont elle allait bâtir une telle vie, le Puget Sound et la lumière et le paysage lui donnaient l'impression que tout était possible.

Elle se laissa porter sur cette immensité pendant une minute ou deux. Puis elle bougea. Une simple inclinaison du poids de son corps. Une écharde alla se ficher dans sa cuisse, et la brise devint rafale, grimpant la falaise avant de la gifler, et l'infini émerveillement de tout cela vint percuter son estomac vide, ses poches vides, son cœur vide. Sa propre mère avait choisi la drogue, le sexe et Dieu plutôt que sa fille. Dans un monde où une telle chose était possible, pouvait-elle s'attendre à plus ?

Elle plongea pour récupérer un souvenir, une des rations qu'elle gardait au chaud en cas d'urgence. Elle avait huit ans, elle était seule, enveloppée dans une couverture sur un canapé ; elle regardait le télé-achat en attendant que sa mère apparaisse. Quelques minutes avant minuit, une clé avait tourné dans la serrure ; sa maman était là, enfin, fatiguée après des heures à jouer les serveuses. Evangeline s'était précipitée vers elle, avait touché son grand sac à main, demandant d'un regard implorant si elle pouvait y jeter un œil. Elle ne savait jamais ce qu'elle allait y trouver : des sandwichs, des fruits, un énorme morceau d'entrecôte sanguinolente. Cette fois, c'était du gâteau, du gâteau au chocolat écrasé par le transport, avec un glaçage liquide qui était resté collé à l'emballage. C'était exactement ce qu'Evangeline avait espéré. Mais avant qu'elle ait pu se jeter dessus, sa mère l'avait emmenée jusqu'au canapé, l'avait prise dans ses bras – avait enfoui son visage dans son cou, l'enveloppant dans les parfums terreux de sueur, de cigarettes et de viande grillée – et chuchoté "Je pourrais te dévorer toute crue." Et sentir les lèvres et l'haleine de sa mère sur elle comme ça, c'était mille fois meilleur que du gâteau.

Encore maintenant, Evangeline sentait les bras de sa mère qui l'enlaçaient, le cocon de sécurité qu'ils avaient créé autour d'elle, leur manière d'illuminer d'amour un monde sinistre. Mais quelle erreur, d'aller déterrer cette vieille scène éculée. Elle ne faisait que lui rappeler le mobile home abandonné, la mère qui, ne ressentant plus d'amour pour elle, avait décidé de l'abandonner.

Evangeline n'avait pas perçu la présence de quiconque avant d'entendre une voix disant :

— T'en veux une ?

Se tordant le cou, elle vit deux garçons, et celui qui était grand et beau lui offrait une bière. Elle l'accepta en souriant comme si elle était à son aise, tout en se répétant que cette partie du parc était à l'abri des regards et que la pénombre grandissante ajoutait une couche d'intimité. Même dans une ville dont le journal local publiait des titres comme “Des myrtilles volées sur la table d’une terrasse”, il pouvait arriver des merdes.

— Je m’appelle Daniel, dit celui qui avait la bière.

Il devait mesurer plus d’un mètre quatre-vingts ; il avait des cheveux et des yeux noirs, des traits tellement remarquables, symétriques et fins qu’il n’attirait pas du tout Evangeline. Depuis Matt, le petit ami de sa mère, elle se méfiait de toute beauté de cette intensité.

Un garçon plus petit, mince et pâle, avec ses cheveux bruns qui avaient l’air d’avoir été coupés par sa mère, était planté à côté, les mains enfoncées dans les poches de son short large. Il leva la tête, esquissa un mouvement de tête et dit :

— Jonah.

— Salut, dit-elle.

— T’as un nom ? fit Daniel, et elle ne l’en détesta que davantage.

Elle n’allait certainement pas donner son vrai nom, pas dans cet endroit isolé en haut d’une falaise, avec les vagues qui s’écrasaient sur la grève en dessous.

— Appelez-moi Red.

Elle descendit de la table et retrouva ses appuis. Tout allait bien, oui, mais le sol semblait onduler, et même si elle était au moins à sept mètres du bord, elle eut peur de tomber.

— Il commence à faire froid, reprit-elle. Je vais chercher un endroit à l’abri du vent.

Les garçons la suivirent, et dès que les arbres arrêtèrent le vent, dès qu’il n’y eut plus ni falaise ni îles au loin, ni grand ciel nocturne ni vagues déchaînées, Evangeline ne vit en eux que des lycéens en train de draguer une fille, et elle réussit à se détendre. Ils trouvèrent un banc qu'on ne pouvait pas voir depuis le parking, au cas où le shérif passerait dans sa voiture. Les garçons s'assirent et Evangeline s'appuya contre un pin rabougri pour les écouter parler. Enfin, en réalité, c'était Daniel qui monopolisait la parole.

Ils étaient en dernière année au lycée. Daniel avait des projets, aller à l'université et jouer au football, ensuite peut-être qu'il ferait du droit et se lancerait en politique. Le Sénat avait l'air intéressant. Il continua à parler, et pas une fois ne posa de question à Evangeline. Cela lui était égal. Elle préférait se détendre et regarder. Il ne lui fallait jamais longtemps pour repérer ce qui faisait vibrer les gens, leurs vulnérabilités et leur point d'ignition.

Quand on était sans-abri, quand la vie vous avait amenée à faire des choses que vous vouliez oublier, vous appreniez à lire les gens, à esquiver leurs manipulations et mettre au point les vôtres. Tout le monde avait un numéro préféré, et celui de Daniel était son répertoire d'histoires touchantes et pleines de modestie. "J'étais tellement con que, la première fois que mon père m'a laissé conduire la voiture seul, j'ai cramé le frein à main. Ça fumait, ça hurlait, et moi, je continuais à rouler…" "Et là, le principal qui dit : monsieur Balch, je suppose qu'il y a une raison, une raison respectable, qui explique que votre pantalon soit à l'envers."

Evangeline ne s'intéressait pas beaucoup aux garçons qui se donnaient en spectacle, mais elle se dit que Daniel ne pouvait rien au fait qu'il était populaire et sportif, à sa beauté scandaleuse qui lui laissait supposer qu'il serait partout bien reçu. Il pouvait se permettre d'être idiot en sa présence. Si jamais il avait un jour besoin d'une fille comme elle, il y aurait abondance de candidates. Daniel Balch aurait toujours des filles, des amis, des opportunités. C'était ce que la vie lui réservait.

Mais Jonah, le garçon qui rôdait dans l'ombre de Daniel, était différent. Elle le cerna immédiatement : ses chaussures usées et sa vilaine coupe de cheveux, son hypervigilance et ses sourires timides, le frémissement nerveux de son pied et la manière dont il détournait rapidement le regard quand elle le croisait. Il ouvrit la bouche une seule fois, lorsqu'Evangeline dit qu'elle ne se lasserait jamais de voir les cerfs et les lapins sur les sentiers.

Il dit que sa petite sœur, Nells, était "aussi dingue des animaux".

Jonah et elle étaient des chiens des rues comparés à Daniel, le toutou dorloté. Elle se demanda si Jonah avait passé une partie de son enfance dans des familles d'accueil comme elle, quand elle avait dix ans. Elle devina qu'il comprenait cette solitude particulière, les humiliations quotidiennes. S'il n'avait pas été en famille d'accueil, il avait connu un autre type de souffrance. Jonah et elle devaient se battre pour chaque petit plaisir dans leur vie, et même en cas de victoire, ils pouvaient tout perdre en un clin d'œil. Quand elle se décida à rejoindre les garçons sur le banc, elle se glissa délibérément à côté de Jonah. C'était comme si elle s'asseyait à côté d'elle-même.

Une heure plus tard, elle était installée entre les garçons dans le pick-up de Jonah, demandant qu'ils la déposent à l'usine à papier. Daniel sortit d'un bond. Avant de l'imiter, Evangeline se pencha et déposa un baiser sur la joue de Jonah. L'expression sur le visage des deux garçons – de la stupéfaction pure – n'était pas la raison pour laquelle elle avait embrassé Jonah, mais elle aurait suffi.

Evangeline passa son sac sur son autre épaule, se rappelant son dernier regard ce soir de septembre, celui qu'elle avait lancé avant de s'enfoncer dans les bois comme la créature sauvage qu'elle était. L'expression choquée de Jonah s'était transformée. Son visage s'était éclairé comme par un soleil intérieur, l'incarnation même de la stupeur émerveillée.

Elle avait senti que sa vie prenait un tournant à ce moment-là. Sauf qu'Evangeline n'aurait jamais imaginé celui-là. Elle parcourut des yeux la colline qui dominait la ville et se dirigea vers la zone plongée dans l'ombre. Si elle ne se perdait pas, elle y serait dans moins d'une heure.

Comme il était étrange de connaître deux garçons qui étaient morts si violemment. Elle se demanda s'ils demeuraient dans son sillage, si cela avait un sens de se rapprocher de leurs fantômes plutôt que de s'en éloigner.

7

LE JOUR DE MA MORT

Il est minuit et quart. Dans quelques heures, quatre heures au plus, je serai mort. Je ne cherche pas à éveiller la pitié. C'est ainsi, voilà tout.

En bottines à semelle crantée et pantalon de toile, je suis allongé sur mon lit, un lit double au matelas ferme, collé contre un mur. Quelque chose claque dans un bruit de ferraille, dehors. Ce n'est rien, seulement le vent qui a fait tomber un râteau. Ma mère et ma petite sœur dorment, dans leur chambre. J'imagine que maman pourrait être réveillée, avec le bruit, mais j'en doute, pas après la longue journée qu'elle a eue. Et je le saurais, si Nells était réveillée. Sans le mur entre nos lits, ils se toucheraient. Elles comprendront plus tard que je leur ai dit au revoir il y a quelques heures.

J'ai fait la connaissance de Red il y a dix jours. La première fois qu'elle m'a regardé, tout ce que j'ai pensé, c'est : Ouah, le regard de cette fille peut couper un gars en deux. J'ai éprouvé un soulagement délirant d'être regardé de cette manière, à croire que Red me connaissait. Ensuite, quand ses lèvres ont touché ma joue, devant Daniel en plus, ça m'a brûlé tellement fort que l'endroit devait rougir comme un tatouage sacré.

On ne pouvait pas toucher cette fille sans avoir l'impression que sa peau se dissolvait, qu'on se transformait en eau et qu'on se jetait dans un océan chaud. Je donnerais tout pour toucher Red une dernière fois, pour poser l'extrémité de mon doigt sur la veine de sa gorge, sentir la vie palpiter là, chaude, contenue. Elle est tellement vivante, cette fille. Elle croit possibles encore tellement de choses.

C'est pourquoi je consacre ces dernières heures à essayer de tout décrypter. Pour elle. Il faut qu'elle sache qu'elle n'a rien à se reprocher. Je ne réunis ces réflexions que maintenant, et j'espère qu'elles lui parviendront, d'une manière ou d'une autre. Non pas que je sois capable de vous dire dans quel monde cela pourrait arriver pour de vrai, mais il est très difficile de ne pas croire qu'il existe des royaumes inconnus quand c'est précisément vers eux qu'on se dirige.

J'ai échafaudé une ou deux théories. Sur moi, sur les raisons pour lesquelles je suis comme je suis. Par exemple, sur le fait que je me sens à l'aise avec un certain type de mal. Le mal pur. Celui des Joker et Docteur Fatalis du monde. Et c'est le cas depuis que j'ai dix ans, l'année que Daniel et moi avons passée avachis dans sa chambre à lire des bandes dessinées de super-héros, un peu amoureux des méchants. J'ai compris alors que le monde a besoin du vice. Le bien est toujours à la recherche d'un mal à anéantir, n'est-ce pas ? Est-ce que ça ne rend pas le mal au moins un tout petit peu bien, cette façon de donner au bien l'occasion de faire ses preuves ?

Je ne dis pas cela parce que je suis devenu un meurtrier. Mais je porte un regard nouveau sur les choses, par exemple, je vois comme chacun recherche désespérément une haine justifiée, une furie pleine de ferveur à déchaîner sur le monde. Et quel meilleur objet que le mal ? Quel meilleur endroit pour diriger la haine qu'on porte en soi depuis toujours ?

Mais pour que ce soit véritablement gratifiant, il vaut mieux que le mal qu'on décide de haïr soit de qualité supérieure, de la cruauté pure. Si ne serait-ce qu'un tout petit peu d'amour vient s'en mêler – à un bout ou à l'autre, chez le juge ou le jugé –, on n'obtient que de la souffrance.

Prenons un exemple simple. Disons que vous avez onze ans, et un type ivre, ramolli (certainement pas votre père) frappe une femme au visage (certainement pas votre mère) sur le parking d'un supermarché – il la frappe fort, sous votre nez, elle se retrouve à terre, le sang gicle de sa bouche et éclabousse la seule paire de baskets correctes que vous ayez. Vous vous sentirez mal pour la dame, bien sûr, vous serez fâché pour vos chaussures, tout ça, mais vous éprouverez aussi une certaine satisfaction, un frisson même, dans le fait d'identifier le mal en le voyant, dans le fait de n'avoir aucun doute.

Maintenant, disons que l'homme est votre père, et disons que vous l'aimez un peu. Pas nécessairement beaucoup. Tous les autres regards portés sur lui, y compris ceux d'un ancien professeur et de la sœur d'un ami (parce qu'apparemment, on n'arrive jamais à éviter les gens qu'on connaît dans cette ville), voient le mal pur. Ils voient un méchant de bande dessinée. Mais vous, à cause du tout petit peu d'amour que vous avez en vous, vous ne savez pas ce que vous voyez.

Voilà ce qui vous perturbe. L'amour. On ne voit pas les choses comme il faut quand on a ça dans le cœur. Ou peut-être qu'on est le seul à vraiment voir quelque chose.

D'une manière ou d'une autre, vous êtes baisé. D'une manière ou d'une autre, vous n'apprécierez plus jamais les bandes dessinées.

Me voilà devenu théoricien. J'essaie de ne pas ressentir, je suppose. Et quand il est question de Red, ne pas ressentir exige toutes sortes de concentration, parce que la fille que j'ai rencontrée dans le parc – celle qui n'a jamais eu un vrai nom, ni une maison qu'elle accepte de montrer – m'a insufflé une espèce d'enfer splendide. Cette fille m'a rempli d'une souffrance miraculeuse.

On ne peut pas trouver la vérité avec plein de bruits différents dans la tête. On ne peut pas savoir à quel moment son cœur est tombé malade, à quel moment un trou béant s'est ouvert et le mal s'est infiltré. Finalement, ce n'est pas comme si Dieu vous disait ce qui se passait minute après minute, pas de néons clignotants affichant OUI – NON – BIEN – MAL.

Monsieur Balch dit que le seul espoir est d'écouter son âme. Mais pour ce que j'arrive à en percevoir, notre âme est une espèce de mauviette qui chuchote si doucement qu'il faut du silence pour l'entendre. Et ça marche. Le fait de rester immobile. J'ai appris ça dans les cultes de quakers auxquels j'ai assisté avec lui. Je regrette de ne pas avoir continué à y aller ces derniers mois. Rien de tout ceci ne serait arrivé si j'avais continué. Tout ce silence me calmait, m'ouvrait à l'intérieur. Je ne me sentais plus aussi nul. Si seulement je n'avais pas eu aussi peur au dernier culte, si seulement je n'avais pas redouté que les Amis m'aient vu trembler, les mains tendues vers le ciel.

Mais ce dernier matin de ma vie, peu importe ce que quiconque a vu en moi ce jour-là. J'essaie une dernière fois, l'attente silencieuse, espérant que ce que je dois savoir – ce que Red doit savoir – apparaîtra bientôt.

8

La messe pour Jonah eut lieu quelques jours après la dernière célébration donnée pour Daniel, un rassemblement triste de quelques douzaines de personnes perdues dans la vaste chapelle au sol couvert de moquette bordeaux de la maison funéraire. Katherine ne s'y rendit pas.

— Laissons cette femme enterrer son fils dans la paix, dit-elle, puis elle repartit à Spokane.

Je ne parlai pas à Lorrie ce soir-là, choisissant d'entrer en douce un peu en retard et de partir quelques minutes avant la fin. Je ne sais pas trop pourquoi j'y allai. Cela ne contribua en rien à nous apporter la paix, ni à elle ni à moi. Peut-être voulais-je que d'autres voient en moi quelqu'un d'éclairé sur le plan spirituel. Ce serait assez mon genre.

Il était huit heures lorsque j'ouvris la porte du vestibule. Bien que je n'eusse qu'une envie, aller me coucher, je me forçai à m'asseoir dans le salon avec le journal local, espérant qu'un article sur une course de bateaux jusqu'à l'Alaska me change les idées. Mais je ne cessais de voir Lorrie au premier rang, son profil sévère et endeuillé, comme si son squelette lui-même s'était modelé sur son chagrin.

Peut-être que c'était le cas. Personne dans mon entourage n'avait connu plus de souffrances. Un an auparavant, son mari Roy s'était donné la mort. Il avait souffert pendant dix ans d'une dépression agitée, dont j'étais certain que Lorrie avait souvent payé le prix.

Rufus entra à pas lourds et donna un coup de patte au journal, le faisant tomber. Il grimpa sur moi et posa sa tête contre ma poitrine dans un gémissement sourd. Avec ses trente-cinq kilos de muscle, il n'avait rien d'un petit toutou qu'on garde sur les genoux, mais il réussit, et se colla à moi comme une éponge, comme s'il voulait aspirer tout ce qui me faisait souffrir à l'intérieur.

Tandis que Rufus se mettait à ronfler et à baver sur ma chemise d'enterrement, je pensai à Jonah. Depuis ses six ans, et jusqu'à l'âge de quinze ans, Jonah avait dormi chez nous presque tous les samedis soir. Si Daniel venait avec moi au culte, Jonah venait aussi. Quand il eut quatorze ans, Daniel décréta que c'était une perte de temps, et les garçons se mirent à faire la grasse matinée. Mais un dimanche, alors que j'étais prêt à partir, j'aperçus Jonah assis sans bouger dans le salon. Je lui demandai s'il avait envie de m'accompagner, et il prit son blouson.

À partir de ce jour-là, je le trouvai là tous les dimanches, même quand il n'avait pas dormi à la maison. Il m'attendait dehors sous une pluie battante ou dans un vent terrible, tout maigre et voûté dans son blouson trop mince. Il y avait quelque chose de pathétique dans cette recherche d'attention paternelle, même avant la mort de son père.

Après, Katherine me demandait souvent :

— Comment va ton petit chaton mouillé ?

C'était son expression pour les créatures perdues, animales ou humaines, que j'adoptais régulièrement. Je pensais que Dieu me les envoyait pour une raison précise. Même Rufus, un croisé pitbull, avait été mon "petit chaton mouillé" quand je l'avais sorti de la fourrière, malade et squelettique, pour le ramener à la maison.

Dès le début, Jonah m'impressionna au culte. À douze ou treize ans, ce garçon pouvait rester assis sur le banc dur dans une immobilité extraordinaire pendant une heure. Il possédait une affinité particulière pour le Divin, un accès refusé à la plupart d'entre nous. Parler ainsi d'un meurtrier doit paraître fou, mais c'était vrai. Il fut témoin de choses dont j'ai seulement rêvé.

Au mois d'avril précédant le meurtre de Daniel, Jonah cessa de venir. Bien qu'il ne m'eût jamais dit pourquoi, je soupçonne qu'il avait été ébranlé par le dernier culte auquel il avait participé. Voir soudain l'étincelle divine à l'intérieur de soi peut être bouleversant. Du moins, c'est ce qu'on m'a dit.

Après ça, les garçons passèrent moins de temps ensemble. Jonah était un gamin timide, sans ambitions sportives, et je comprenais les raisons pour lesquelles il ne s'intégrait pas au groupe de Daniel. Ce n'est que fin juillet, quand je tombai sur lui au magasin de bricolage où il avait un petit boulot, que je compris à quel point ils s'étaient perdus de vue. Nous bavardâmes un peu et au moment où je partis, il dit : "Dites bonjour à Daniel pour moi", comme s'ils ne s'étaient pas parlé depuis un certain temps.

Ce soir-là, je fis la leçon à Daniel.

— Nos vies sont révélatrices. Tu as beau être populaire, ce qui importe aujourd'hui, c'est la manière dont tu traites les autres. En particulier ceux qui sont dans le besoin, comme Jonah. Tu sais à quel point la vie est dure pour lui depuis la mort de son père.

Je lui rappelai que j'avais promis à Lorrie que nous serions là pour Jonah. Daniel grommela qu'il ne devrait pas être obligé de tenir une promesse qu'il n'avait pas faite, mais pendant ces derniers mois, il respecta l'engagement. Il invita souvent Jonah avec d'autres amis à la maison. Il le taquinait comme il taquinait tous ses copains, et je voyais Jonah rire, content d'être intégré au groupe. Mais parfois, je le trouvais assis seul dans un coin sombre. Il disait qu'il était fatigué ou qu'il ne se sentait pas bien. Quand Daniel sortait avec les autres, Jonah choisissait inévitablement de rentrer chez lui.

Ce garçon se sentait seul. Je ne comprenais pas pourquoi il rejetait l'amitié qui lui était offerte.

Il était peu après neuf heures, et mes jambes commençaient à être percluses de crampes. Je fis descendre Rufus. Je n'avais pas encore dîné et je ne me rappelais pas si j'avais déjeuné. Même si la nourriture ne m'attirait pas du tout, je me dirigeai vers la cuisine, Rufus sur mes talons. Je me souvins alors que le chien avait souvent suivi Jonah dans la maison. Une semaine seulement avant le meurtre, j'avais aperçu Jonah sur le canapé du salon, Rufus sur ses genoux, pesant de tout son poids.

Peut-être que Rufus avait senti le trouble intérieur de Jonah, comme ce soir il avait senti le mien.

9

Evangeline resta cachée entre les arbres en bordure de la forêt. Elle avait tout de suite trouvé la maison où l'homme vivait, comme si elle y était allée des milliers de fois. Comme si elle rentrait chez elle.

Le vent nocturne la transperçait ; elle sortit la veste en jean de son sac. Au moment où elle l'enfilait par-dessus son gilet, le clocher du palais de justice se mit à sonner. Au neuvième et dernier coup, quelque chose de doux effleura ses lèvres, un effleurement tendre, hésitant, comme le baiser d'un garçon timide. Elle passa sa main sale sur sa bouche, le goût de la pourriture s'infiltrant jusque sur sa langue. Elle examina les lumières en contrebas. Il existait forcément un foyer, un abri moins hanté. Mais dans quel autre lieu pouvait-elle aller ? Avec quel autre endroit avait-elle le moindre lien ? Elle toucha son ventre. Non. Il n'y avait pas d'autre endroit possible. Il n'y avait qu'ici.

Elle se força à avancer, ignorant les branches de mûrier qui s'accrochaient à ses cheveux. L'allée était plus longue qu'elle ne l'aurait cru, et décrivait une courbe en montant légèrement. Après avoir dépassé un grand bosquet de sapins, elle la vit, la maison victorienne, sa grande façade sans ornements. Elle était plongée dans le noir, pas une lumière à l'intérieur, et elle se surprit à se demander si le propriétaire n'était pas mort, si les rats n'étaient pas en train de le dévorer. Elle pensa cela parce que… parce que voilà le genre de choses auxquelles elle pensait en ce moment.

Comme elle avait été idiote, de croire qu'elle arriverait à imaginer que les garçons étaient vivants, seulement absents. À l'instant où elle avait mis le pied dans la propriété, elle avait compris que tout, l'herbe et les arbres, la maison et la terrasse, toutes les pièces à l'intérieur, le moindre objet, savait exactement où étaient les garçons et comment on les avait trouvés.

Un très vieil arbre aux branches tortueuses montait la garde à côté d'une grande terrasse dallée et elle s'arrêta en dessous. Elle avait pris sa décision : elle n'allait pas entrer en douce. Elle ne frapperait même pas à la porte. La nuit pouvait devenir aussi froide, mouillée, inhospitalière qu'elle voulait, Evangeline resterait blottie dehors, seule. Elle attendrait le temps qu'il faudrait pour qu'on la trouve. Pour qu'on l'invite à entrer. Son apparition ne devait pas sembler calculée. Cet aspect était crucial. Les gens étaient toujours soupçonneux devant des filles pas lavées qui échafaudaient des plans.

Lorsque ses yeux s'accoutumèrent à la pénombre, elle vit que la pelouse de l'autre côté de la maison semblait luire, comme si une pièce à l'arrière était éclairée. Elle remarqua d'autres choses aussi, comme un porche tout autour de la maison et un grand barbecue installé sur la terrasse, et son imagination abandonna promptement les corps en décomposition pour peindre des après-midi tranquilles à boire le thé sous une brise légère, des soirées d'été pleines du parfum enivrant de la viande en train de griller.

Elle n'aimait pas beaucoup les maisons victoriennes. Port Furlong en était plein, en particulier du type haut et étroit qui lorgnait sur les trottoirs. Elles lui faisaient penser à des vieilles filles aigries affublées de robes à frous-frous ; mais celle-ci était passable. Plus large, plus ample, sans toutes les enjolivures trop lourdes. Elle avait l'air confortable malgré sa taille imposante.

Après l'avoir observée pendant un moment, elle sentit le regard de quelqu'un peser sur elle. Une présence qui la scrutait depuis une des fenêtres du rez-de-chaussée, juste au niveau du rebord de la fenêtre, comme si un petit enfant regardait dehors. Mais les journaux avaient dit que Daniel n'avait pas de frères et sœurs, et même si c'était le cas, personne ne pouvait la voir, là où elle se trouvait. Impossible. Personne ne pouvait la fixer ainsi, comme elle en avait l'impression. Elle cligna des yeux et la présence disparut, il n'y eut plus qu'une fenêtre parmi d'autres dans une vieille maison immense.

Elle se demanda si elle devait s'inquiéter du fantôme vengeur de Daniel. N'allait-il pas considérer qu'elle était responsable de ce qui était arrivé, au moins en partie ? Mais elle repoussa cette pensée. Daniel savait ce qu'il avait fait. Il refuserait de se confronter à elle. En plus, alors que les vivants lui avaient causé des chagrins inconsolables, elle n'avait jamais eu le moindre problème avec les morts.

Une lampe fut allumée dans la cuisine et le père de Daniel entra d'un pas lourd. Elle le reconnut tout de suite d'après sa photo dans le journal. Sa tête grisonnante s'avançait avec effort, comme si elle devait entraîner le reste de son corps, comme s'il avait des boules de bowling enchaînées à ses jambes de cigogne. Il s'approcha du réfrigérateur et en sortit une boîte en plastique – probablement un plat qu'un ami avait déposé. Les gens du coin faisaient ce genre de choses. Il sortit une cuillère de l'évier et se mit à manger la nourriture froide, une tâche à accomplir, rien de plus.

Les rafales de vent sifflaient dans les arbres, faisaient tomber sur Evangeline des pluies de feuilles. Elle défit une petite couverture qu'elle avait attachée à son sac à dos et s'enroula dedans. Elle se demanda à quel degré de froid un corps pouvait survivre, mais elle savait déjà que quelqu'un l'avait vue et voulait qu'elle soit là.

Elle s'appuya contre l'arbre tortueux, en regardant le vieux monsieur manger devant l'évier de sa cuisine. Et elle eut à nouveau l'impression que quelqu'un se trouvait dans la pièce voisine, en train de la regarder. Droit dans les yeux.

10

L'ÉVIER DE LA CUISINE, où s'empilait depuis longtemps de la vaisselle sale, avait commencé à sentir mauvais. Tout en me gênant terriblement, ce désordre me procurait un réconfort étrange, comme si la maison pleurait aussi, comme si elle avait décidé de se soustraire, comme moi, aux conventions étouffantes de la propreté et de l'hygiène.

Je me forçai à avaler quelques bouchées de salade de haricots rance puis je jetai la boîte dans l'évier, sans me donner la peine de la vider. Le plat avait commencé à moisir et je voulais l'ajouter à la mare graisseuse. La moisissure était vivante. Voilà ce que je me dis. C'était mon excuse. Je restai là, mon reflet déformé dans le vieux verre de la fenêtre noire, et regardai des haricots couler au fond tandis que d'autres flottaient à la surface.

Ensuite, je me retirai dans ma chambre et m'endormis, épuisé, pour me réveiller à une heure du matin à cause de Rufus qui geignait et tapait de la patte sur le lit, sa tête fourrée sous mon bras. J'avais oublié de le sortir. À peine eus-je ouvert la porte de derrière qu'il partit à toute vitesse et disparut dans la nuit. Vingt minutes plus tard, il n'était pas revenu, malgré mes innombrables appels. J'enfilai sur mes pieds nus des bottes de travail froides, mis un manteau et sortis armé d'une lampe torche.

Tandis que j'arrivai à mi-chemin du terrain, Rufus déboula depuis l'autre côté de la maison, haletant et les yeux écarquillés, refusant de me laisser l'attraper par le collier. Il aboya comme s'il voulait me dire de le suivre et repartit en courant.

À l'autre extrémité de la maison, un animal était couché sous le vieux prunier. Lorsque j'approchai, la créature prit une autre forme, devint humaine. Balayant les ténèbres avec le faisceau de ma lampe, je réussis à reconstituer une image – une fille, une adolescente, devinai-je, dont les cheveux ébouriffés étaient pleins d'aiguilles de pin et d'écorce, qui plissait les yeux pour se protéger de la lumière aveuglante.

Rufus posa la tête sur ses genoux, et elle l'entoura de ses bras, son visage tourné sur le côté comme si elle souffrait. Lorsque j'éteignis ma lampe, elle dit :

— Merci.

À cause d'une tonalité familière dans sa voix je me demandai si elle était une de mes élèves, ou la fille d'un voisin. Je m'accroupis à côté d'elle. Elle tremblait de froid.

— Est-ce que ça va ?

— Ouais, répondit-elle en essuyant sa joue pour enlever les feuilles mortes.

Elle n'ajouta pas un mot, alors je lui demandai si je pouvais la raccompagner chez elle.

— J'ai pas de chez-moi.

— Chez un ami, alors ?

— Pas d'ami. On vient d'arriver.

— On… ?

— Je veux dire, moi. Il n'y a que moi.

— Tu n'as personne par ici, alors ?

Elle hésita, puis dit :

— Non. Personne.

Elle expliqua qu'elle était en ville depuis quelques jours, qu'elle avait remonté mon allée en pensant qu'elle se trouvait dans un parc, espérant trouver un abri. Rufus m'avait conduit à une enfant abandonnée. Quel autre choix avais-je que de la ramener au chaud, lui offrir à manger et un lit propre si elle était dans le besoin ? Je l'emmenai à l'intérieur et l'installai à la table de la cuisine, mais la puanteur et le désordre qui régnaient dans la pièce me firent honte, et je me levai pour aller nettoyer l'évier.

— Vous en faites pas, c'est pas grave, dit-elle.

Elle sourit et soutint mon regard d'une manière qui me mit mal à l'aise, et je détournai les yeux pendant un long moment. Lorsque je la regardai à nouveau, elle ressemblait davantage à ce qu'elle était en réalité, une créature abandonnée, petite, vulnérable, féroce. D'un air absent, elle toucha son poignet gauche, et son regard fusa en direction du sac élimé qu'elle avait apporté et déposé à côté de la porte.

Son jean était couvert de boue, et ses cheveux roux pendaient jusqu'au milieu de son dos, collés en paquets et sales ; ils n'avaient pas été lavés depuis des semaines. Qui savait ce qui pouvait y vivre, caché dans les nœuds ? Son visage, bien que couvert de crasse, était lisse et parsemé de taches de rousseur, et ses yeux étaient d'une étonnante couleur jaune vert, comme de la jeune mousse. Elle caressait Rufus avec des mains dans un état épouvantable – les ongles noirs de saleté amassée, une crasse collante entre les doigts, des traînées de sang sur les mains et les avant-bras, comme si elle avait creusé son chemin à travers la terre noire jusqu'à émerger à l'endroit où je l'avais trouvée.

Elle ne cessait de jeter des regards du côté du réfrigérateur. Elle avait faim. Bien entendu. Je l'ouvris, sortis une des nombreuses boîtes en plastique et examinai le contenu.

— Des lasagnes, dis-je. Je pense qu'elles sont encore bonnes. Je vais te les réchauffer.

— Froid, ça ira.

Elle alla à l'évier, trempa la main dans l'eau dégoûtante à la recherche de couverts. Elle sortit une grosse cuillère et deux fourchettes et se mit à les rincer. Quelque chose d'assuré dans sa façon d'agir me rendit nerveux, et je me demandai depuis combien de temps elle était sous cet arbre.

— Pardon, mais est-ce que je te connais ? demandai-je. Est-ce que je t'aurais oubliée ?

Elle tourna brusquement la tête.

— Non, dit-elle d'un ton crispé. (Puis, plus calmement :) Non, comme j'ai dit, je viens d'arriver dans la région.

Elle sortit les mains de l'évier.

— Oh. Peut-être que je n'aurais pas dû faire ça. Je voulais aider. Vous êtes tellement gentil.

— Non. Tout va bien, mais je t'en prie, assieds-toi.

J'allais la nourrir, mais après ? Il n'y avait aucune raison de prévenir la police, et il n'y avait personne que je souhaitais effrayer avec un appel téléphonique au milieu de la nuit.

— Mange. Après, si tu veux, je t'installerai dans la chambre d'amis.

Je lui servis une grande portion du plat démesurément chargé en fromage, un des nombreux cadeaux que des Amis attentionnés avaient déposés sur le pas de ma porte après le culte. Avec son épaisse couche de gras jaune sur le dessus, le plat ne semblait guère appétissant, mais elle se jeta dessus, engloutissant une demi-douzaine de bouchées avant de s'arrêter et de lever la tête.

— Vous voulez bien manger avec moi ? S'il vous plaît…

La voix était celle d'un petit enfant, et sa peau claire rougit.

— Bien sûr, si tu veux.

Je déposai une modeste cuillerée sur une autre assiette, et elle attendit, un sourire sur son visage baissé. Je n'avais presque rien mangé depuis des semaines, mon pantalon fronçait autour de ma taille comme une jupe. Mais je pouvais imaginer la gêne de la jeune fille à l'idée de manger seule et avec voracité dans la maison d'un étranger. Je m'assis et, par courtoisie, je pris une bouchée. À ma grande surprise, les pâtes grasses au goût riche, dense, m'ouvrirent l'appétit comme si je sortais d'hibernation. Après avoir terminé ma petite portion, je me resservis.

La fille sourit, en me regardant droit dans les yeux.

— Alors, c'est bon ? C'est pas seulement moi, parce que j'avais tellement faim ?

J'acquiesçai. Et c'était bon, vraiment bon. Cette nourriture, et le petit allègement que je sentais dans ma poitrine.

II

LE PÈRE de Daniel conduisit Evangeline au bout d'un hall sur lequel donnaient quatre portes joliment sculptées. Il passa celle qui avait une chaise coincée sous la poignée et ouvrit la suivante. La porte émit un grincement strident. Allumé par un interrupteur, un lustre chargé éclaira la pièce, mais l'air était glacial, pas plus chaud que sous l'arbre.

Isaac – il avait dit qu'elle pouvait l'appeler comme ça – déposa des serviettes de toilette sur le lit, un grand lit avec un vieil édredon bleu et une tête de lit sculptée comme la porte. Il alla jusqu'à une bouche d'aération, posa un genou sur le sol, puis l'autre. À deux mains, il se battit avec le levier jusqu'à ce qu'il cède brusquement et bascule dans un bruit métallique sourd. En quelques secondes, une odeur de chaud, de renfermé, se répandit, et elle imagina les quantités de poussière et de moisissures, de cadavres desséchés d'insectes et de bouts de peau morte qui étaient restés des mois, peut-être des années dans le conduit, des vestiges de vies passées lâchés tout à coup dans la chambre.

L'homme se remit péniblement debout, sans la moindre fluidité, comme si non seulement ses genoux mais toutes ses articulations le trahissaient. Il sortit une couverture en laine du placard et la posa sur le lit.

— Je ne chauffe pas cette pièce d'habitude.

Evangeline ne bougeait pas, serrant son sac à dos contre sa poitrine. Ce n'était pas la chambre qu'avait occupée Daniel. Elle était contente. Mais elle ne s'attendait pas à ce qu'une porte aussi jolie cache un endroit si sommaire. Les murs étaient nus, on devinait les traces d'un motif floral sous une peinture blanche défraîchie. En dehors du lit, il n'y avait qu'une table de nuit, une lampe et une chaise à dossier – pas même un petit tapis sur le plancher usé. Elle avait peur de bouger, ne voulant rien toucher de peur d'y laisser une tache.

— Tu peux poser ton sac sur la chaise. Il y a des tiroirs dans le placard, si tu veux.

Il marqua une pause, regarda autour de lui puis annonça qu'il en avait pour une minute.

Une fois qu'il eut rejoint le hall, une porte s'ouvrit – pas celle avec la chaise – et elle entendit le poids de ses pas descendant un escalier. Il devait y avoir un sous-sol, et elle sut sans l'avoir vu que c'était une grotte de terre battue, de pierre et de vieilles poutres rustiques. Il revint quelques instants plus tard avec un grand carton portant la lettre K inscrite sur le côté.

— Des vêtements, annonça-t-il. Ils sont vieux mais propres. J'avais prévu de les donner à une friperie.

Il posa le carton sur le lit, repartit, et revint avec une brosse à dents neuve.

— Tu as aperçu la salle de bains en passant. Il devrait y avoir du shampoing. Il faut laisser couler un peu pour que l'eau chaude arrive.

Elle le remercia et demanda :

— Ça vous dérange pas si je me douche maintenant ? Je ne réveillerai personne ?

Il resta bouche bée, puis répondit :

— Non. Tu ne réveilleras personne.

Il s'apprêta à partir, hésita en arrivant sur le seuil.

— Je vais fermer ta porte maintenant, et tu feras pareil après ta douche. Si tu entends un grattement, ce n'est que Rufus. Peut-être qu'il geindra un peu. Mais ne le laisse pas entrer. J'essaie de lui apprendre… maintenant que mon fils…

Sans finir sa phrase, il se redressa.

— Bon, eh bien… voilà, dit-il, comme si tout avait été expliqué.

Evangeline avait été surprise lorsqu'elle avait vu la photo d'Isaac dans le journal. Elle s'était attendue à ce que le père de Daniel soit musclé et doté d'une mâchoire forte, un beau quinquagénaire. Mais l'homme du journal paraissait plus âgé qu'elle l'aurait supposé ; il était grand, mince, le visage anguleux, ses yeux clairs à peine visibles sur la page. Ses cheveux, qu'elle avait imaginés noirs et bien peignés, étaient d'un gris irrémédiablement ébouriffé.

Elle avait été attirée par cette photo. Quelque chose de compliqué et d'étrange chez cet homme, la manière dont il paraissait brisé sans le moindre espoir de guérison, et en même temps indestructible. Le mot "stoïque" lui vint à l'esprit, un mot qu'elle ne définissait pas clairement, mais qu'elle percevait au fond d'elle comme un vide plein de dureté.

Chez l'homme en chair et en os, ces effets étaient amplifiés. Avec des jambes trop longues pour son corps, Isaac semblait penché, presque bancal, comme si la moindre bourrasque pouvait le renverser. Il dégageait une certaine douceur qu'initialement elle avait prise pour de la faiblesse. Mais déjà elle sentait que son axe était extrêmement rigide, un poteau en acier qui le traversait de part en part, une fixité qui était à la fois un ancrage et une douleur. Elle n'aurait pas été capable d'exprimer ces choses – les connaissances les plus précieuses qui l'habitaient étaient sans mots –, mais elle sentait sa douceur amère, impitoyable. Elle aimait bien Isaac. Surtout, elle aimait son amertume.

Elle entendit ses pas qui repartaient vers la cuisine et elle devina qu'il allait veiller un peu. Elle avait désespérément besoin d'une douche, mais elle n'avait pas de peignoir. Dans le carton, elle trouva des T-shirts passés, des pulls pelucheux, un pantalon en toile déchiré au genou, une chemise de nuit en coton léger. Tout était un peu grand mais pas trop, elle pourrait peut-être rouler les manches ou faire un nœud aux hauts, déchirer le pantalon un peu plus, se bricoler une tenue potable. Elle attrapa la chemise de nuit et la tint à la lumière. Mince mais pas au point qu'on voie à travers. Bien. Si elle croisait Isaac, personne ne pourrait dire qu'elle s'était montrée impudique.

L'eau coula une bonne demi-heure dans la douche, le temps qu'elle se lave et relave les cheveux, jusqu'à ce qu'ils soient parfaitement rincés. Avec un rasoir rouillé, elle se rasa les jambes et les aisselles, faisant sortir de sa gangue la fille qu'elle était avant de devenir sauvage, puis elle s'essuya avec la serviette, qui, bien que rêche, lui sembla être le luxe à l'état pur. Après, elle se planta devant le miroir et se démêla les cheveux avec un peigne aux dents larges; dans la glace, elle vit une fille plus jolie que dans son souvenir. Se penchant en avant, elle toucha sa joue, sa peau parsemée de taches de rousseur aussi parfaite que du satin. Elle avait au moins ça, une certaine beauté.

Elle avait pensé qu'elle pourrait s'en servir ici, de sa beauté. Pas dans un jeu de séduction directe, grands dieux non, mais en usant du léger flirt dont elle avait découvert qu'il rendait les hommes plus généreux. Mais Isaac était un drôle de bonhomme. En entrant dans la cuisine, elle l'avait testé avec un regard espiègle un peu appuyé. Il avait détourné les yeux avec fermeté, sans être gêné ni la juger, mais en transmettant un message clair: il ne se laisserait absolument pas séduire, et il lui donnait quelques instants pour se ressaisir. À ce moment-là, elle renonça à tout simulacre, et tout se passa mieux ensuite. Mais qu'avait-elle d'autre à lui offrir? Qu'est-ce qui empêcherait Isaac de la dénoncer aux autorités?

Il y avait le bébé, oui. C'était la raison pour laquelle elle était venue. Mais pas question qu'il l'apprenne. Pas maintenant; alors que les blessures étaient si récentes, avec deux garçons morts et toute la ville à la recherche d'une fille pour servir de bouc émissaire. Il faudrait qu'elle se débrouille avec la vérité de sa situation, le fait qu'elle était seule et dans le besoin.

Lorsqu'elle retourna dans la chambre, l'odeur de moisi s'était tassée, et la combinaison miraculeuse de la propreté de sa peau et de celle des draps lui fit temporairement oublier tout ce qui s'était passé. Il parut possible qu'elle se trouvât au milieu d'une autre vie, dans laquelle cette maison était la sienne, et quand elle se réveillerait le lendemain matin, elle trouverait sa mère en train de préparer le petit déjeuner dans la cuisine, une vie où il n'y avait pas de garçons morts, où elle n'était pas enceinte et seule et coupable d'innombrables petits délits, une vie dans laquelle la malchance et les mauvais choix n'avaient pas eu leur place.

Il était vain de se laisser aller à ce genre de pensées. Elles ne pouvaient donner lieu qu'à la frustration. En s'enfonçant dans l'oreiller moelleux, Evangeline se rendit compte qu'elle n'avait pas vomi une fois depuis qu'elle était arrivée, alors qu'elle avait mangé un repas copieux de viande hachée, de fromage, de sauce épaisse. Cela signifiait forcément quelque chose. Un genre d'approbation pour la décision qu'elle avait prise. L'autorité décidant qui subissait quoi lui lâchait enfin la grappe.

Elle remonta la couverture en laine jusqu'à son menton et éteignit la lampe. Elle avait obéi aux instructions d'Isaac et bien fermé la porte. Moins d'une minute plus tard, quelque chose de lourd s'affala tout contre la porte sculptée avec un *boum* sourd. Elle l'entendit se retourner, son pelage – elle supposait qu'il s'agissait du chien – frottant contre le bois.

— Rufus ? chuchota-t-elle.

Le bruit cessa. Un apaisement remarquable et soudain, même le vent mourut brusquement. Elle attendit un moment, puis se mit sur le côté. Le frottement recommença, mais s'arrêta peu après. Ensuite, comme si la créature avait attendu le parfait instant de silence, un long soupir d'infinie tristesse s'éleva dans le hall.

Bien qu'elle fût épuisée, Evangeline ne parvenait pas à dormir. Elle sentait Daniel dans la maison, et son regard était constamment attiré vers le plafond, car elle était certaine que sa chambre se situait à l'étage.

Après leur première rencontre, elle avait revu Daniel une fois. Elle était assise sur leur table dans le parc, le lendemain soir, se demandant si les garçons viendraient, une éventualité qui avait déclenché un mélange d'envie et de non-envie. Elle força son regard à se porter sur l'océan, jusqu'aux délicates îles bleues au loin, essayant de faire taire tout ce désir inutile. Mais le scintillant Puget Sound semblait n'être rien de plus qu'une fresque murale aux couleurs légères comparé à l'éclat brûlant qui la parcourait quand elle se représentait les garçons.

Elle examina le ciel. Il faisait encore jour, mais tout changerait dans l'heure suivante. Un éreintement violacé allait s'infiltrer dans les couches supérieures de clarté, se répandre dans le ciel jusqu'à rencontrer la ligne noire de l'horizon. Une paupière se fermant sur les certitudes du jour. Elle décida de retourner au mobile home désert. Il valait mieux rentrer avant que la nuit ne remplisse tous ses coins de menaces.

Elle s'était détournée de l'eau et elle était sur le point de descendre de la table lorsque Daniel déboucha de la forêt sombre. Même sans Jonah pour le mettre en valeur, il irradiait la beauté : la fermeté des épaules bien musclées, la souplesse des hanches étroites, une ceinture de cuir un peu lâche dessinant ses mouvements. Ce garçon, quoique d'une arrogance agaçante, pouvait protéger une fille s'il le voulait, il pouvait la protéger sans le moindre problème.

À nouveau, il avait un sachet en papier qu'il posa sur la table.

— Salut, dit-il en sortant une bière qu'il ouvrit avant de la lui donner.

Elle but une gorgée et, l'air détendue, répondit :

— Salut.

Il ouvrit une deuxième canette et s'assit sur la table, sa cuisse touchant la sienne, l'air de rien. Il se mit à parler comme s'ils étaient de vieux amis, comme s'ils se voyaient tous les soirs, juste eux deux assis dans le parc, en train de tuer le temps.

Il avait passé la journée au stage de football. Le nouvel entraîneur "déchirait grave" et Daniel était content qu'ils aient enfin recruté quelqu'un qui comprenait "l'importance de la discipline". Personne ne prenait le football autant au sérieux que Daniel. Les autres le faisaient vraiment chier, "quelle bande de mauviettes". Il était le seul qui allait à la salle après l'entraînement – difficile à croire, hein ? –, mais c'était tant pis pour eux, parce qu'on récolte ce qu'on sème. Tout en parlant, il avala deux bières, écrasa les canettes vides dans sa main puissante et les jeta dans le sachet.

Evangeline gardait les yeux rivés sur l'horizon, hochant la tête et marmonnant un vague assentiment de temps en temps. Elle ne s'intéressait pas aux sports, encore moins au football, mais elle était frappée par la passion qui l'animait, excitée par une intensité qu'elle imaginait tournée vers elle. Il jugeait à tour de bras, c'est vrai. Ce garçon était d'une prétention incroyable, qui l'enlaidissait. Mais c'était toujours comme ça, non ? Si la beauté pure existait quelque part, elle ne l'avait jamais trouvée.

Ils restèrent silencieux un moment, puis Daniel se tourna vers elle.

— Tu veux qu'on aille se chercher une pizza ?

Elle n'avait rien mangé depuis le milieu de la matinée, quand elle avait fauché un beignet aux pommes sous une cloche en plastique dans une épicerie de quartier. Elle se serait damnée pour un truc avec de la viande.

— Bonne idée, dit-elle.

Elle fouilla ses poches comme si elle s'attendait à y trouver quelque chose.

— Désolé, j'ai dû laisser mon fric à la maison.

Avec un petit sourire en coin, il rétorqua que c'était lui qui invitait.

En marchant vers sa voiture, une berline Ford dont elle devina qu'elle appartenait à son père, l'idée d'aller dans un restaurant, même un truc à pizza pourri, de passer la porte avant de s'asseoir comme une personne normale, sans avoir à se faufiler en redoutant de se faire pincer, était tellement agréable qu'Evangeline se rapprocha de lui et le laissa lui prendre la main. D'une certaine façon, elle détestait la beauté de Daniel, c'est vrai, ses histoires autoglorifiantes, sa certitude qu'elle rêvait d'être avec lui. Mais elle se surprit à attendre avec impatience de voir comment son aura de célébrité locale – elle n'avait aucun doute qu'il en était une – allait rejaillir sur elle.

Daniel parcourut les deux petits kilomètres jusqu'à Watertown Pizza, et bien qu'il y eût beaucoup de places de parking devant, il se gara dans une petite rue adjacente. Elle ouvrit la portière, prête à descendre :

— Attends-moi ici, fit-il. J'en ai pour une minute. Pepperoni, ça te va ?

En revenant, il annonça qu'il connaissait un endroit parfait pour la manger et sortit de la ville ; l'odeur de pizza était si grisante qu'Evangeline en avait presque la nausée tant elle en avait envie. Il se dirigea droit vers son mobile home et elle commença à se demander si les garçons l'avaient suivie la veille au soir. Mais quelques pâtés de maisons avant, il bifurqua dans une allée boisée avec un panneau SANS ISSUE et se gara au bout. Il lui tendit une couverture et une lanterne, et se chargea de la pizza et des dernières canettes de bière.

Elle avait parcouru de nombreux sentiers de randonnée depuis qu'elle était arrivée à Port Furlong, mais elle ne connaissait pas celui-ci. À mesure qu'ils s'enfonçaient dans les bois, le chemin devint plus étroit. Des jeunes arbres de trois, quatre mètres de haut courbés au-dessus du chemin arrêtaient les derniers rayons du couchant. Daniel ne cessait de se baisser pour éviter les branches, et prenait soin de les retenir pour Evangeline. Les feuillages devinrent tellement denses qu'on y voyait de moins en moins. Elle alluma la lanterne, un engin à piles qui éclairait le dessous des bosquets, et ils avancèrent pendant quelques minutes encore.

Le sentier s'élargit et ils prirent ce qui serait leur dernier virage.

Maintenant, couchée dans la maison de Daniel, Evangeline sentait le poids du jeune homme sur elle, et des sombres profondeurs de son corps un souffle monta, aussi fort et aussi tendu que lors de ce chaud soir de septembre.

12

LE JOUR DE MA MORT

LE VENT SECOUE TOUJOURS le râteau dehors, mais je l'entends à peine. Je mobilise toutes mes ressources intérieures pour ne pas penser à Red. Il faut que j'ouvre de l'espace pour d'autres choses, parce que tous ces sentiments obscurs pour Daniel, ceux qui ont conduit à cette nuit, sont nés des années avant que je la rencontre. L'amour, la honte, la jalousie, la pitié. Nommez une émotion, n'importe laquelle, je vous garantis qu'elle existait quelque part dans cet espace entre Daniel et moi.

Red remonte à la surface – cette fille à la peau claire et aux yeux sauvages. Cette fois, je la pose sur un radeau, je la laisse partir et s'enfoncer dans les ombres. Et ça marche, cette dérive jusqu'à la disparition. Dès que la couleur vive de ses cheveux s'évanouit, je me vois à quatorze ans.

Il règne une fraîcheur agréable dehors, mais ma chambre devient poisseuse de chaleur, elle se remplit de l'odeur sulfureuse de l'usine à papier au sud de la ville. En général, on ne la sent pas. Mais quand les alizés du Mexique ou de l'Antarctique ou d'ailleurs soufflent comme il faut, elle est là, et on se souvient. L'usine crache constamment ses odeurs nauséabondes, mais plutôt en direction de quelqu'un d'autre d'habitude, alors ça ne nous inquiète pas. Je suis dans le jardin derrière, et voilà que Daniel traverse son terrain au beau milieu de cette puanteur, un après-midi du mois d'août. Rufus marche à grandes enjambées près de lui. Le chien s'affale sur le dos, balance ses hanches d'un côté, de l'autre, agite les pattes en tortillant du cul, pensant probablement que l'odeur monte de la pelouse morte et qu'il n'y a pas plus paradisiaque que de se vautrer dans une puanteur d'œuf pourri. J'appellerais volontiers mon chien, Brody, mais il est à l'intérieur, où il fait plus frais. C'est aussi bien. Il se déplace de plus en plus lentement, et Rufus est assez turbulent.

Daniel fait une tête de plus que moi, et trouve généralement une bonne excuse pour ne pas porter de T-shirt. Toujours en train d'exhiber ses nouveaux muscles, surtout quand ils luisent de sueur. Il tient son pistolet à air comprimé et un petit banc en bois. On s'amusait à lancer une balle gluante de bave à Rufus, mais c'est devenu chiant, alors j'ai dit: "Et si on faisait un peu de tir?"

Rufus a gémi en m'entendant, et m'a regardé de travers. Rufus comprend tout ce qu'on dit. Il est bizarre, ce chien, si tant est qu'il soit bien un chien. Je veux dire, c'est un chien. Pas de doute là-dessus. Mais il est autre chose aussi. Il vous regarde toujours fixement comme s'il voyait tout ce que vous cachez. S'il se rend compte, à votre odeur, que vous êtes triste, il grimpera sur vos genoux et posera sa grosse tête sur votre épaule. Il poussera ce gémissement de gorge comme s'il pleurait à votre place.

Mais pour l'instant, il est vexé, et même s'il ne déteste pas assez les armes à feu pour se lever et partir – en même temps, on ne le force pas à rester –, il veut qu'on sache qu'il désapprouve. Il ne cesse de donner des coups de tête dans le pistolet de Daniel, en émettant un grondement sourd comme s'il avertissait cette arme qu'elle ferait bien de se surveiller. Pour finir, Daniel lui crie d'arrêter, et le chien s'effondre sur le sol, boudeur, en laissant tomber sa tête comme une enclume sur ses pattes avec un soupir.

Je traverse le terrain avec mon pistolet et un sachet en papier plein de boîtes de conserve. Rufus bondit sur ses pattes, accourt vers moi et fourre sa tête dans le sachet, fouille, le déchire un peu. Il sent probablement l'odeur de thon, mais les boîtes sont toutes vides et il me lance un nouveau regard plein de haine. Je suis irrémédiablement sur sa liste noire aujourd'hui. Daniel pose son pistolet et va au fond du jardin. Je pose le mien à côté du sien et emporte les boîtes de conserve là où il s'apprête à poser le banc. Je commence à les aligner dessus, mais Daniel passe derrière moi et les fait tomber au fur et à mesure.

— Mais qu'est-ce que tu fous ?

Il répond :

— Je fais ce que je veux. Ça te plaît pas ?

Je suis censé lui mettre une droite, et il est supposé m'attraper par le bras et me jeter à terre, et on se battra un moment, son corps chaud et collant contre le mien dans la chaleur de l'été. Alors je joue mon rôle et il joue le sien. Sauf que cette fois, quand j'essaie de me mettre debout, il me maintient au sol, tout son poids sur moi, nos visages terriblement proches.

— Lâche-moi, connard, je dis.

Il m'écrase de sa masse musculaire, et s'il veut que je reste bloqué là, c'est là que je resterai. Sans rien dire, il appuie un peu plus fort avec ses hanches et son visage exprime un mélange de malveillance, de jubilation et de domination vertigineux. Il y a autre chose, aussi, une espèce de tendresse violente, et l'espace d'une seconde, je crois qu'il va m'embrasser, enfoncer sa langue dans ma gorge. J'essaie de ruer pour me débarrasser de lui, mais je n'arrive à rien. Tout à coup, Rufus nous grimpe dessus, croyant à un nouveau jeu très amusant, et ça fait rire Daniel, alors je me mets à rire moi aussi et nous finissons tous par nous remettre debout. Nous installons les boîtes de conserve et retournons chercher nos armes comme si tout ceci faisait partie du jeu.

Daniel et moi sommes d'assez bons tireurs et nous faisons gaillardement sauter les boîtes. Rufus secoue la tête, repart vers la maison et à mi-chemin, se couche, non sans garder un œil sur nous. Au bout d'un moment, on est déchaînés, on rit et on tire sur les arbres et des oiseaux au loin, comme si tous les animaux et les végétaux du monde étaient des cibles que nous pouvions dégommer selon notre bon vouloir. De longues ombres passent sur le terrain, le vent se lève, les herbes sèches frémissent. Daniel pose son pistolet et s'appuie contre le vieux chêne, celui qui a la cabane pourrie dans ses branches. Je suis sur le point de le rejoindre quand un animal passe à toute vitesse dans les ombres près du banc.

— Lapin !

J'épaule et je tire. L'ombre dans l'ombre s'arrête.

Rufus bondit et traverse le champ en courant.

— Va chercher, Rufus ! je crie. Va chercher ! Rapporte-nous le pauvre petit lapin.

Rufus trouve l'animal facilement, mais il ne nous le rapporte pas. Il y plante ses crocs, puis le secoue comme s'il essayait de démantibuler son squelette. Le lapin n'a pas l'air tout à fait comme il faut, par exemple, on dirait qu'il a une longue queue. Avant que j'aie le temps de bouger, Daniel est au beau milieu du champ et crie :

— Rufus ! Laisse, laisse !

Mais Rufus n'obéit pas. Daniel fonce et envoie au chien un grand coup de pied dans les côtes en hurlant :

— Méchant chien ! Méchant chien !

Rufus pousse un cri et lâche sa proie, s'éclipse, sa mince queue entre les jambes.

Quand je le rejoins, Daniel est accroupi à côté de l'animal à la gorge déchiquetée. Il tend la main et tourne le collier pour qu'on puisse lire la médaille.

— Jingles.

C'est le chat gris des Wiley.

Je me vois encore, complètement fou, en train de sauter dans tous les sens, secouant les mains comme si elles étaient mouillées après ce que j'avais fait.

— Putain ! Putain putain putain putain putain de merde !

Je tremble de tout mon corps, et maintenant, j'ai du mal à me rappeler pourquoi j'ai pété un plomb comme ça. Ça devait être lié à mon père. Il était toujours vacillant, au bord de la colère, et le fait que son fils ait tué le chat d'un voisin risquait de le faire disjoncter.

— Calme-toi. Tu n'as pas tué le chat, dit Daniel. Tu l'as sonné. Un peu abîmé. Mais tu l'as pas tué. C'est Rufus.

Je pourrais l'embrasser. Nous cherchons Rufus des yeux. Daniel le repère caché à côté de la maison, son arrière-train dépasse des buissons. Daniel se remet debout, fâché, et je sais qu'il a envie d'aller tabasser le chien à nouveau.

— Non ! je dis.

Quelque chose dans le fait de défendre le chien me rassérène. Je ne tremble plus.

— J'ai tiré. Je lui ai dit d'aller le chercher. Il faisait juste ce que font tous les chiens.

— Tu ne lui as pas dit de le tuer, remarque Daniel, mais il semble moins en colère.

— C'est tout comme.

Nous nous accroupissons à nouveau, les yeux rivés sur le chat, comme si sa gorge pouvait par miracle se refermer, comme s'il pouvait se lever et s'en aller à pas lourds. Daniel finit par dire :

— Je vais chercher une pelle.

Je reste avec le cadavre et je regarde les muscles de son dos tandis que Daniel se dirige vers la cabane à outils, sa peau encore nue malgré la brise et les ombres de l'après-midi. On ne voit plus Rufus, même son cul a disparu.

Quand Daniel revient, il me tend la pelle, se couche par terre et regarde le ciel sans ciller. J'entame le sol dur, je creuse la tombe de l'animal. Mes bras fatiguent, perdent de leur contrôle musculaire, mais je ne m'arrête pas. Je continue à creuser, à enfoncer la tranche de cette pelle dans la terre, encore et encore.

13

Pendant que la fille se douchait, je purifiai la cuisine. Voilà le terme qui me vint à l'esprit : purifier. La saleté et la décomposition qui m'avaient réconforté quelques heures auparavant m'apparaissaient soudain comme une forme de sacrilège. Et bien que "sacrilège" fût un mot fort pour quelque chose d'aussi commun que de la vaisselle sale, la fille avait apporté avec elle, malgré sa crasse et son côté débraillé, une lumière qui avait éclairé la pièce, qui avait mis en évidence les plans de travail souillés et la puanteur pour ce qu'ils signifiaient : un refus. Je n'aurais pas su identifier l'objet de ce refus, mais je savais que quelque chose avait été offert, l'était toujours et qu'à tort, je le refusais.

Je ramassai des torchons nauséabonds et des poubelles qui débordaient, des papiers et des prospectus publicitaires, des pots de yaourt et des canettes en aluminium vides, puis m'aventurai dans la nuit, sous des trombes d'eau, pour faire plusieurs allers-retours à la poubelle et aux bennes de recyclage. De retour dans la cuisine, j'empilai les assiettes couvertes de gras sur le comptoir, remplis à nouveau l'évier et me mis au travail. Quand toute la vaisselle fut propre et rangée, j'astiquai les vieux plans de travail et passai une serpillière sur le sol.

Je ne cessai de penser à la jeune fille, qui elle aussi avait manifesté un besoin de purification, en allant à l'évier pour laver ses mains crasseuses, qui était impatiente de prendre une douche. Elle était restée figée dans la chambre d'amis, mal à l'aise, hésitante, comme si elle ne se trouvait pas assez bien pour la maison. Je ne savais pas ce qu'elle avait fait ces dernières semaines, ces derniers mois, en tout cas, elle cherchait à s'en débarrasser.

Je luttai contre l'envie pressante de récupérer ses vêtements et de les laver, leur rendre leur propreté pour elle. Avec un garçon, je n'aurais pas hésité. Mais elle devait avoir à peine seize ans. J'avais eu dans mes classes des filles de son âge et je savais comme il était facile de les faire souffrir, d'être intrusif. Il suffisait d'un regard particulier ou d'une approche trop manifeste. Certains enseignants hommes jouaient régulièrement avec ces limites. Certaines filles se dérobaient, d'autres entraient dans le jeu. Quelle que fût leur réaction, il s'agissait d'une atteinte à leur intégrité.

Cette fille-ci, elle serait du genre à faire semblant que ça lui plaît. Je l'ai vu dans la manière dont elle a souri lorsqu'elle est entrée dans la cuisine. Elle a laissé son regard s'attarder sur mon visage ridé comme si ces poses étaient sa monnaie d'échange et qu'elle demandait ce que j'étais éventuellement prêt à offrir pour en obtenir davantage.

Mais voilà que je prêche, que je donne dans le biblique avec ma purification et mon sacrilège, mes débraillements et atteintes à l'intégrité. Si Katherine était là, elle froncerait les sourcils et dirait :

— Isaac… Tu ne peux pas parler comme une personne normale ? S'il te plaît.

Et je répondrais :

— Mais tu me chéris, n'est-ce pas ? Peu importe ma façon de parler ?

Et elle me prendrait dans ses bras, parce qu'elle savait que dans mon monde, "chérir" était l'expression d'une immense affection.

Mais bien entendu, ce n'est pas vrai. Si Katherine était là, il n'y aurait pas d'étreinte, et même s'il y en avait une, elle serait accordée par pitié, pour me consoler du désir que j'éprouvais encore, elle le savait, et de ce qu'elle ne pouvait plus me donner. Katherine avait longtemps souffert à la fois de mes silences et de mes monologues, et même si je peux imputer mes silences à mon père quaker, je ne sais pas trop d'où viennent les seconds, bien que le grand-père maternel de ma mère ait été un prédicateur évangélique ; peut-être le conflit de styles spirituels est-il profondément ancré en moi.

Pour revenir aux vêtements sales de la fille, je n'allais pas m'en occuper. Pour le moment, elle avait les vieux vêtements de Katherine. Au matin, je lui proposerais de faire une machine ou mieux, je lui montrerais la buanderie et elle déciderait.

Je me levai à six heures le lendemain sans être fatigué du tout. Rufus, qui avait passé la nuit collé contre la porte de la fille, se mit péniblement debout quand il me vit, engourdi par les heures d'immobilité dans le hall froid. Après avoir avalé son bol de croquettes et être brièvement sorti, il alla se pelotonner sur son fauteuil rembourré à côté du poêle à bois, ses vieux os recherchant la chaleur.

Peter s'attendait à ce que je retourne à l'école la semaine suivante, et je m'installai dans la cuisine avec mes livres et mes plans de cours. En vérité, mon but était de monter la garde à la porte, pour empêcher la jeune fille de se sauver. Elle avait probablement fugué, et si elle préférait avoir faim, froid, se faire renifler par les animaux sauvages la nuit, gratter la terre dans l'espoir de dénicher une carotte fanée plutôt que de rentrer chez elle, elle avait probablement une bonne raison.

J'essayai d'échafauder un nouveau cours sur l'habitat maritime, mais je me surpris à fixer Rufus. Il s'était mis à ronfler. Il avait presque onze ans, et même s'il n'était pas très âgé, pour sa race, il avait vieilli plus rapidement que la plupart de ses congénères. Ses pattes frémirent dans l'air et un aboiement mourut dans sa gorge. Comme d'habitude, il avait de la morve qui lui coulait du nez et sa langue tachetée de noir continuait à laper même dans ses rêves.

J'adorais Rufus, et il avait adoré mon fils. Mais l'amour ne cachait pas l'étrange trouble qu'il provoquait. Le chien savait des choses. Pas seulement les souffrances éphémères des autres, mais des choses graves, les questions de vie et de mort. Rufus savait depuis plus de dix ans comment mon fils allait mourir. La prophétie qu'il m'avait faite s'était réalisée.

Quand Daniel eut sept ans, il commença à nous supplier de prendre un chiot. Un matin de juin, j'emmenai discrètement Daniel au refuge le plus proche. Katherine était opposée à ce projet, mais pas au point que nous le considérions comme exclu. Une fois là-bas, Daniel voulut adopter tous les animaux, même un immense malamute qui hurlait et se jetait contre les parois de sa niche. Je ne vis pas un seul chien qui paraissait convenir, et nous étions sur le point de partir malgré les bruyantes protestations de Daniel quand une jeune femme, une bénévole, attira notre attention sur une autre zone, où se trouvait un chiot noir, probablement âgé de six mois. Elle nous informa qu'il devait être euthanasié ce jour-là.

— C'est un bon chien malgré son apparence.

Assis sans bouger sur le sol bétonné de sa cage, le poil rare et parsemé de croûtes, le museau couvert de sa propre merde, il m'attendait. Il attendait Daniel aussi, apparemment, car nous décidâmes de concert que le chien fixait avec intensité une seule paire d'yeux. Sauf que je prétendis que c'était les miens, et Daniel, les siens. J'ignore ce que Daniel vit, mais pour ma part, je rencontrai une entité qui me connaissait, qui me connaissait avant que j'existe, une connaissance informe, mystérieuse, qui avait pris l'apparence d'un chien et m'avait attiré à elle.

Ces mots, si maladroits qu'ils semblent, viennent seulement de prendre forme. À l'époque, j'aurais attribué le choix à moi seul, mon intuition, mon jugement sur la nature animale et l'adéquation entre deux tempéraments. Même ainsi, j'hésitai. Le chien avait du sang pitbull. On le voyait à sa grosse tête carrée et à la largeur de son poitrail, et je savais que les voisins ne seraient pas tranquilles. Il était probable que ce malheureux héritage, plus que sa mauvaise santé évidente, était responsable de son abandon. Comme il était plus haut sur pattes et plus étroit de carrure que la plupart des pitbulls – il devait avoir aussi une part de labrador noir –, j'espérai qu'il ne ferait pas trop peur dans le voisinage.

Mais je l'aurais choisi même s'il avait été un pitbull pur sang. J'avais grandi avec un chien de cette race et j'étais convaincu que l'hostilité grandissante à leur égard relevait plus d'une polémique contagieuse que d'une véritable réflexion sur leur nature. Quand j'étais petit, on appelait les pitbulls les chiens nounous. Ils étaient connus pour leur bonne humeur et leur impassibilité, leur patience avec les maladresses des enfants. Depuis toujours les humains choisissent leurs héros et leurs scélérats en suivant des modes éphémères et contraires. Même si parfois – et c'est arrivé non seulement avec des pitbulls, mais avec toutes sortes de gens et des pays entiers –, nous désignons nos scélérats puis les traitons de telle façon qu'ils finissent par nous prouver le bien-fondé de nos prophéties.

Voilà que je pontifie à nouveau, un trait que Katherine a fini par détester. Elle n'a jamais compris que c'était presque toujours moi que je tentais d'instruire. Bref, lorsque nous sortîmes le pitbull dans l'allée centrale du refuge, un autre animal, un rottweiler, se jeta sur lui et le chiot eut une réaction des plus étranges. Il resta parfaitement immobile, étonnamment serein, et regarda avec un certain détachement le molosse gueulard et écumant dont la fureur ne faisait que croître devant son absence de réaction. Finalement, un bénévole l'éloigna en tirant sur sa laisse.

Sur le trajet du retour, Daniel et moi échangeâmes des taquineries sur celui que le chien attendait, mais il ne fallut guère de temps pour que le choix du nouveau venu devienne clair. Une fois le chiot nourri, il suivit Daniel en trottinant. Plus tard ce jour-là, je les découvris ensemble, Daniel recroquevillé sur le plancher du salon, le ventre contre le dos du chien, dont la tête était nichée sous le menton de mon fils. Les jambes du petit humain et les pattes du petit chien étaient entremêlées, et l'image était celle d'une créature mythique, une bête-enfant qui venait de naître dans cette tache de soleil un chaud matin de juin.

Daniel l'appela Rufus. Je dis à Katherine qu'il avait voulu rendre un hommage à Rufus Jones, un important quaker. Elle me lança un regard amusé.

— C'est un nom de chien, Isaac. Notre fils de sept ans n'a rien d'un historien du mouvement quaker.

Dès le départ, le chien souffrit des émissions malodorantes courantes chez cette race ainsi que d'une infection chronique des sinus qui affectait aussi sa poitrine et le faisait siffler. Mais arrivé à l'âge de deux ans, son pelage était luisant et son poitrail avait atteint sa largeur maximale ; il avait un cou puissant et un front musclé qui se tendaient lorsqu'il était inquiet. Il était tendre et attentif avec nous tous, en particulier avec Daniel, et ce fut un soulagement après tous les avertissements bien intentionnés de nos amis.

Un soir, j'arrivai tard à la maison. Katherine avait verrouillé la porte de derrière, probablement parce qu'il y avait eu un cambriolage dans le quartier récemment. Je n'avais pas mes clés, alors je testai les autres portes et en trouvai une ouverte. En entrant dans la pièce plongée dans le noir, je fus saisi par l'intensité du silence puis par un brusque déplacement d'air tandis qu'une bête puissante s'envolait, tel un démon ailé. Un éclat brilla dans les yeux de la créature. À cet instant, nous nous reconnûmes. Rufus se tordit et l'essentiel de l'impact fut infligé à la porte fermée. Mais il était trop tard, car j'avais vu ce qu'il pouvait devenir.

Une semaine plus tard, Katherine partit prendre son service très tôt le matin. Je me levai à six heures et fis sortir Rufus. Il revint environ une demi-heure plus tard, du sang plein le museau. Je l'examinai à la recherche d'une blessure et n'en trouvant aucune, commençai à m'inquiéter sérieusement. J'enfermai le chien dans la cuisine et fouillai le terrain. Le portail du fond était ouvert. Juste derrière la clôture, je trouvai des entrailles, une bouillie dégoûtante de sang et de merde, et des côtes enfantines d'où le muscle avait été arraché. Je me mis à fouiller frénétiquement les ronces, avec les pieds et les mains, à la recherche d'autres morceaux. C'est seulement quand je vis une patte avec un sabot et de petites taches blanches sur un pelage brun que je compris que j'étais devant les restes d'un faon.

La chose dont je me souviens ensuite, c'est d'être de nouveau dans la cuisine, avec Daniel en pyjama, en train de pleurer.

— Ne le tue pas, papa ! Ne le tue pas !

Je ne saisis pas. Puis je vis mon poing passé dans le collier de Rufus, ma main en train de l'étrangler. Daniel criait quelque chose sur une meute de coyotes, et Rufus qui avait bondi du lit pendant la nuit et s'était jeté contre la fenêtre pour essayer de les atteindre.

— Il n'a pas tué le bébé, papa. Il essayait de le sauver ! De le sauver !

Il en était tellement sûr qu'il était hystérique.

Je me souvins alors que, réveillé d'un rêve avant le lever du jour, j'avais entendu les grondements et les cris des coyotes monter dans le ciel qui commençait à rougeoyer. Néanmoins, mon poing restait serré autour du collier de Rufus, et bien qu'il ne bougeât plus, je ne pouvais le lâcher.

— Papa… Papa… Papa…

Le mot sortait en cascade de la bouche de mon fils, en un staccato agonisant, comme s'il était déjà trop tard.

Le chien avait les yeux qui lui sortaient des orbites. Je le lâchai et m'écroulai sur une chaise, Rufus se laissant tomber à mes pieds. Daniel se jeta sur le chien, le serra contre lui, l'embrassa. Lorsque je tirai Daniel, son visage était taché de sang, et la vision que j'avais eue derrière la remise, avant de comprendre que j'étais devant un cadavre de faon, réapparut. C'était une hallucination tellement viscérale, tellement parfaite dans ses contours et ses sensations, que pendant des années je crus y voir une prémonition. Elle me hanta jusqu'à ce que Daniel devienne jeune homme et que je choisisse d'y renoncer comme on renonce à la terreur des monstres tapis sous son lit d'enfant.

Ce que j'avais vu d'emblée derrière cette remise n'était pas la carcasse démembrée d'un faon, mais celle d'un jeune garçon. C'était Daniel que j'avais vu déchiqueté sur le sol de la forêt.

Dix ans plus tard, un matin de la fin octobre, Rufus était trop âgé pour faire apparaître un nouveau rêve, trop épuisé pour redessiner un monde brisé. Lui aussi était endeuillé. Il n'avait pas mangé depuis des jours.

Je forçai mes membres pétris d'arthrose à bouger, m'approchai du chien et m'accroupis devant lui. Je pris sa tête entre mes mains et regardai ses yeux s'ouvrir. Ils étaient voilés, et je sentis qu'il s'était retiré dans un endroit qui se trouvait au tréfonds de lui. Je le fixai, certain que c'était seulement là, dans ces sombres yeux animaux, que je trouverais mon fils.

14

À MIDI, EVANGELINE entra dans la cuisine. L'homme, voûté au-dessus de la table, sursauta en la voyant, comme s'il avait oublié qu'il avait découvert une fille dans son jardin au milieu de la nuit.

— Salut, dit-elle, soudain gênée.

Elle portait un T-shirt trop grand et le pantalon déchiré qu'elle avait pris dans le carton.

— J'espère que ça gêne pas. Mes affaires étaient tellement sales.

Il recula sa chaise et se mit debout, grand et raide, comme si elle était une dame et lui un chevalier, ou peut-être un maître d'hôtel mal peigné.

— Bien sûr. Prends ce qui te convient. C'est ta taille ?

— Un peu grand, mais c'est mieux comme ça.

Elle rit, sachant qu'il ne comprendrait pas la plaisanterie.

Ils restèrent quelques instants à se regarder. Elle ne cessait de penser qu'il allait dire quelque chose, mais il avait l'air de trouver normal de ne pas parler à cette fille inconnue qui se trouvait dans sa cuisine. Peut-être qu'il n'avait pas l'énergie. En lui il y avait un vide, un immense besoin inassouvi qui donnait à Evangeline l'envie de s'enfuir en courant. Dans une niche elle prit une photo encadrée de Daniel, surprise que ça ne provoque rien chez elle.

— C'est votre fils ?

Elle ne savait pas pourquoi elle faisait ça, pourquoi elle allait droit au sujet le plus douloureux. Peut-être qu'elle voulait le déstabiliser ou couvrir ses propres traces inavouables. Ou peut-être, et c'était l'explication la plus probable, elle était juste en train de foirer.

Il resta quelques secondes la bouche ouverte. Puis il la ferma et dit :

— Oui.

Elle posa la photo et se tourna vers lui. Sa peau avait pris la couleur de la cendre et elle remarquait maintenant les larges plis de son pantalon qui tombait comme s'il n'y avait rien dedans. Elle n'avait pas imaginé que ce serait comme ça d'être en face d'un homme à ce point noyé dans le chagrin, avec des photos de son fils partout sur le plan de travail. Elle avait été tellement sûre, tellement absolument sûre de son plan, mais en voyant cet homme à la lumière du jour, sa souffrance qui alourdissait l'air, elle se dit qu'elle n'aurait pas la force.

— Je suis désolée. Je vais y aller. C'était une erreur.

— Non. Tout va bien. Vraiment.

Même s'il essayait de le cacher, elle perçut son empressement. Il prit un moment pour retrouver son sang-froid, puis ajouta :

— Laisse-moi au moins te préparer des œufs.

— D'accord, dit-elle. (Elle prendrait volontiers un autre repas avant de partir.) Avec plaisir.

Il poussa les livres sur le côté et l'invita à s'asseoir. Elle hésita.

— Ça vous dérange si je lave mon linge dans la machine ? Je m'en irai après ça, je vous le promets.

Isaac dit qu'il n'y avait pas d'urgence et lui montra où tout se trouvait. Lorsqu'elle revint à la cuisine, elle trouva une assiette d'œufs brouillés au fromage tout chauds et du pain grillé tartiné d'une épaisse couche de beurre qui l'attendaient. Pendant qu'elle mangeait, il resta assis en face d'elle. Il faisait semblant de travailler, mais son regard ne cessait d'aller dans sa direction, et lorsqu'elle lécha la confiture de framboise qui avait coulé sur son poignet, il baissa la tête pour cacher un sourire.

Après qu'elle eut fait descendre la dernière bouchée d'œufs avec du jus d'orange, après qu'il eut enlevé son assiette et passé un coup d'éponge en dessous, il se rassit en face d'elle.

— Evangeline.

Malgré les présentations de la veille, il ne l'avait pas encore appelée par son prénom, comme si c'était une lourde porte qu'il avait eu du mal à ouvrir.

Quand elle constata qu'il ne poursuivait pas, elle crut qu'il avait besoin d'une confirmation.

— Ouaip. C'est moi.

Il lui fallut un moment pour trouver ses mots. Elle le voyait qui cherchait chacun d'entre eux.

— Si ça te convient, Evangeline (deuxième tentative avec son prénom) j'aimerais contacter ta famille, leur dire que tu es en sécurité, finit-il par dire.

N'avaient-ils pas fait le tour de cette question hier soir ? Elle expliqua à nouveau qu'il n'y avait personne à contacter. Mais il insista, et tandis que d'autres questions venaient, elle décida de cracher le morceau, de donner une nouvelle version de sa vie, une version minutieusement, complètement, absolument vraie, même si quelques détails étaient modifiés.

Selon elle, les gens se laissaient absorber par les menus détails de qui faisait quoi à quel moment et passaient à côté de vérités émotionnelles essentielles. Si quelques soi-disant faits avaient besoin d'un petit ajustement ici ou là pour aider l'autre à comprendre – ou pour le détourner de l'idée d'enquêter sur la vie qu'elle menait avant à Port Furlong –, elle n'hésiterait pas à les fournir.

Dans cette version, elle était enfant unique. Elle aimait bien commencer par une vérité. Elle dit qu'elle n'avait jamais connu son père – vrai aussi – et que sa mère bien-aimée était morte d'un cancer de la thyroïde dans l'Ohio dix-huit mois plus tôt. Pas vrai, mais assez correct sur le plan émotionnel. Il s'avéra que le détail sur l'Ohio était une mauvaise idée, car ses notions de géographie étaient vagues et Isaac, qui avait des cousins là-bas, parut surpris qu'elle ne parvienne pas à situer Columbus ni Cincinnati.

Elle poursuivit son récit, expliquant qu'elle était passée d'une famille de parents éloignés à l'autre, qui tous se lassaient de voir leur bureau ou leur salon occupé par une fille qu'ils connaissaient à peine. En mars, elle avait été envoyée vivre à Seattle avec une tante qu'elle n'avait jamais vue, et un soir de juillet, elle découvrit en rentrant l'appartement déserté, vidé de tous ses meubles. Elle chargea la tante : plein de jules, une consommation régulière de drogue et une méchanceté innée – ainsi, il ne serait pas tenté de la retrouver. Il voudrait certainement un destin plus souriant pour sa nouvelle orpheline. Ensuite, elle dit qu'elle avait vécu dans la rue, dans le quartier de l'université, avec d'autres gamins. C'était l'été et il faisait chaud, alors ce n'était pas si mal.

— Comment es-tu arrivée ici ?

En août, raconta-t-elle, un garçon l'avait emmenée en ferry à Bainbridge Island pour la journée. Mais il s'était camé et c'était vraiment un connard, alors elle avait refusé de repartir avec lui. En plus, elle aimait bien être loin de la ville. Elle avait l'impression d'être plus en sécurité. Quand elle avait entendu parler de petits boulots dans les restaurants de fast-food à Poulsbo, elle y était allée en auto-stop et avait dormi dans le parc jusqu'à ce qu'un collègue lui propose son canapé. Evangeline s'arrêta, satisfaite de cette variante de sa vie.

— Poulsbo se trouve à quarante-cinq minutes d'ici, dit Isaac d'une voix douce. Comment as-tu atterri à Port Furlong ?

— J'ai entendu dire que c'était mignon, alors j'ai pris un bus il y a deux jours.

— Pourquoi ?

Elle hésita, secoua la tête.

— Plus ou moins à cause d'un garçon.

Malheureusement, cette histoire créait plus de confusions que d'éclaircissements, provoquait plus de questions et davantage de réponses douteuses.

— Je n'ai aucune idée de l'endroit où ma tante est allée. Elle pourrait être n'importe où. Au Mexique, même. Elle parlait beaucoup du Mexique… Comment elle s'appelle ? Babs Phatbut*… Oui, Phatbut est un nom allemand pas très courant, je crois.

* Phonétiquement : *fat butt*, “gros cul”.

Elle ne réagissait pas toujours très bien sous la pression. Il ne parut pas la croire sur l'histoire de Phatbut, mais elle avait bien connu une fille de ce nom-là autrefois – bien que, en y repensant, ce fût peut-être son surnom.

— Mon nom de famille ? McKensey.

Ça, il le crut, ou du moins semblait ne pas y voir d'objection.

Dans l'ensemble, elle redoutait que, malgré ses tentatives pour fournir des détails éloquents, il se laissât distraire par ce qu'il percevait comme des bizarreries factuelles. Elle se demanda si un récit moins imaginatif aurait permis à Isaac d'approcher plus près la vérité vraie.

— Et voilà, conclut-elle, choisissant un ton victorieux, enjoué. Voilà toute mon histoire.

Elle se dit que peu importait ce qu'il croyait. Elle ne se serait même pas donné la peine de répondre à ses questions si ses vêtements n'avaient pas été en train de tourner dans la machine.

Il pencha la tête en avant et se frotta le cou, comme si le fait de l'écouter lui avait donné un torticolis. Ses mains étaient un peu tordues, les bouts de ses doigts pas tout à fait alignés. Au bout d'une minute, il prit une longue et profonde inspiration et releva la tête pour la dévisager. La manière dont ses yeux se posèrent sur elle, comme ceux d'un animal qui se demandait ce qu'elle était, la désarçonna. Comment répondait-on à un tel regard ?

— Je vais mettre mes habits dans le sèche-linge, et débarrasser le plancher, dit-elle.

Mais avec les yeux de l'homme toujours rivés sur elle, elle était incapable de bouger.

Il prit une autre lente inspiration.

— On dirait que tu n'as pas d'endroit où aller.

Que pouvait-elle répondre ? Elle essaya de se lancer dans une histoire compliquée d'amis d'amis habitant une ville voisine, mais elle était certaine qu'il la percerait à jour.

— J'ai une chambre d'amis qui ne sert à personne, dit-il. Pourquoi tu ne resterais pas ici ? Pour le moment.

Elle pensa à la pluie à laquelle elle avait tout juste échappé la veille au soir, au froid qui s'installait. Elle pensa au mobile home et à la peur qu'elle ressentait là-bas. Elle pensa au bébé et au fait qu'elle était seule. Elle ne s'était jamais donné le temps de constater à quel point ça avait été dur, ces trois derniers mois. Mais pouvoir déposer son fardeau, ne serait-ce que pour une nuit, dormir dans un lit propre et chaud sans se demander si elle mangerait le lendemain… En se rendant compte de ce qu'elle avait enduré, elle céda.

— D'accord, dit-elle enfin. Peut-être quelque temps.

Elle resterait pour le bébé. Pour le bébé, il fallait qu'elle soit au chaud, qu'elle mange de la bonne nourriture. Il fallait juste qu'elle n'oublie pas que la générosité de l'homme ne durerait pas. Rien ne durait jamais. Il l'avait dit clairement. Ce qu'il offrait, il l'offrait seulement "pour le moment".

15

CHAQUE JOUR, je me demandai si la fille serait encore là le lendemain. Elle emportait son sac à dos plein à craquer partout où elle allait et elle rentrait rarement à l'heure qu'elle avait annoncée. Elle passait beaucoup de temps à dormir, pillait le garde-manger – secouait la boîte de céréales au-dessus de sa bouche ouverte, trempait ses doigts dans le beurre de cacahuètes et la confiture – puis elle sortait en fin d'après-midi.

Elle me rappelait Henry, un terrier miteux que j'avais adopté quand j'avais une vingtaine d'années, un cabot à la frimousse rigolote qui devait être perdu depuis un moment. Chaque fois qu'il entrait dans une pièce, son regard filait vers les fenêtres et les portes. Il examinait les meubles sur lesquels il pourrait grimper si par hasard il devait se réfugier en hauteur. Il fuguait régulièrement, mais je réussissais toujours à le retrouver et le ramener à la maison. Jusqu'à ce que je ne réussisse pas. Jusqu'à ce que je ne le revoie plus jamais.

Quelle importance si cette fille partait pour ne jamais revenir ? Pourquoi chaque fois qu'elle s'éclipsait, ressentais-je une sorte de solitude, alors que je déclinais pourtant les propositions de Peter de passer me voir ? Il est probable que je n'étais pas prêt à ce que Peter sache, pour la fille. Qu'il puisse penser que sa place était ailleurs m'inquiétait, parce que la même pensée me taraudait. Mais il y avait autre chose aussi, qu'elle et moi partagions et que Peter et moi n'avions pas. Nous partagions une ignorance réciproque. Voilà ce qui me manquait quand elle sortait, le soulagement d'une autre présence sans la notion illusoire de la familiarité.

Pendant ces premiers jours, nous nous concentrâmes sur les fondamentaux : comment la faire retourner au lycée, l'achat de vêtements et de fournitures. J'instaurai deux règles dans le foyer, la présence au dîner et l'obligation de me dire où elle se trouvait. Elle parut troublée par l'énoncé de ces courtoisies élémentaires.

— J'ai seize ans, vous savez. Je ne "pointe" plus depuis que j'en ai dix.

Lorsque je lui assurai que malgré tout c'était l'usage à la maison, elle haussa les épaules et marmonna dans sa barbe :

— C'est carrément bizarre. (Puis elle me dit, comme si elle n'avait pas commenté :) Bon, ça paraît raisonnable.

Il s'avéra complexe de trouver des tenues appropriées. Mon penchant pour les vêtements simples et fonctionnels était plus qu'une préférence ; c'était une profession de foi. Nous étions tous égaux, et la tenue vestimentaire ne devait jamais suggérer autre chose. Daniel était facile. Il ne portait que des jeans et des T-shirts, une ou deux chemises en flanelle. Les vêtements simples lui convenaient.

Je n'étais pas assez bête pour penser qu'il en serait de même pour une fille. Mais je voyais seulement de la vertu dans ma proposition qu'elle récupère les affaires de Katherin, et seulement un geste attentionné quand je lui offris un nécessaire à couture pour qu'elle puisse reprendre les vêtements qu'elle souhaitait. Elle portait effectivement certains de ceux-là à la maison, mais elle n'eut jamais recours aux aiguilles, et lorsqu'elle sortait, c'était toujours dans les vêtements qu'elle avait le soir de son arrivée.

Le quatrième jour, lorsque je la vis partir une fois de plus dans son jean taché et son gilet rouge plein de bouloches, je compris la honte qu'elle ressentirait en arrivant au lycée avec les vieux vêtements d'une femme de quarante ans. Quand je pense au temps qu'il me fallut pour réaliser cela, je suis effaré, mais le chagrin laisse peu de place pour quoi que ce soit d'autre.

Je finis par réussir à la voir comme la verraient les autres lycéens. Ils sentiraient sa pauvreté, un mode de vie inférieur au leur, et garderaient leurs distances. Ils avaient agi ainsi avec Jonah, l'évitement systématique. Même Daniel l'aurait peut-être bien rejeté si je ne lui avais pas enjoint de garder Jonah dans son groupe. Et Evangeline n'avait pas d'ami comme Daniel pour lui ouvrir la voie. Elle allait faire sa rentrée seule, avec plus d'un mois de retard sur les autres, n'ayant guère besoin du fardeau supplémentaire que serait la honte de sa tenue.

Je pratiquais régulièrement le processus de discernement quaker et je décidai de le faire. Ce n'est rien de plus, en réalité, que de rester assis, immobile. Certains appelleraient cela de la méditation, mais je ne le considère pas ainsi. Quand je médite, mon esprit s'agite avec des jugements sur ma posture ou les pensées qui invariablement me traversent. Est-ce grave que je change de position ou que je me gratte si cela me démange ? Non, mon processus n'avait rien d'aussi compliqué que la méditation. J'attendais simplement que l'obscurité dans mon esprit se dissipe pour que me soit révélée la réponse qui s'y trouvait déjà.

Pour finir, j'ouvris une ligne de crédit au magasin de la ville et y envoyai la jeune fille. Même si elle fut probablement déçue par le choix limité, elle rentra avec deux tuniques larges, des leggings et une paire de bottines souples. Elle acheta aussi une robe en laine toute simple dont je soupçonnai qu'elle lui donnerait une apparence complètement différente.

Mais j'ai délibérément omis le détail le plus important de ces premiers jours. Je savais que la jeune fille était enceinte. Tous les matins aux environs de sept heures, elle filait dans la salle de bains et claquait la porte. Bien qu'elle fît couler un jet puissant dans la douche, celui-ci ne suffisait pas à occulter le bruit de ses hoquets et vomissements. Au bout d'une demi-heure environ, elle retournait se coucher, et apparaissait dans la cuisine des heures plus tard, l'air en forme ou alors le visage gris. Je voulais l'aider du mieux possible, mais j'étais un étranger de cinquante ans, et elle, une fille de seize ans. Si je l'interrogeais sur sa santé, sur son corps, ce serait inévitablement ressenti comme intrusif.

Mercredi, le cinquième jour après son arrivée, elle entra dans la cuisine aux environs de dix heures, particulièrement livide. Elle refusa les œufs que je lui proposai, mais comme j'insistais pour qu'elle mange, elle accepta un bol de flocons d'avoine. Je m'assis en face d'elle et me plongeai dans la lecture du journal. Elle était penchée sur son bol, tapotant avec sa cuillère comme si les céréales étaient un serpent pas tout à fait mort. Je trouvais ses manières à table très inappropriées et elle omettait souvent de me remercier, mais j'avais des soucis plus importants. Je pris une décision et posai mon journal.

— Je vais prendre rendez-vous pour toi auprès de mon médecin.

Elle leva brusquement la tête.

— Pourquoi ? Je vais bien.

— Tu vas peut-être bien, mais tu as besoin de voir un médecin.

— Oh, dit-elle.

Elle ne savait pas quoi dire, tout à coup, ce qui lui arrivait rarement. Au bout d'un moment, elle recommença à tripoter ses céréales et je repris mon journal.

— J'ai une autre idée, dit-elle en mettant quelques autres coups de cuillère dans son bol. Et si vous preniez rendez-vous chez un gynéco, plutôt ?

Étant donné tout ce qui s'est passé depuis, il m'est difficile de me rappeler tous les détails de ces premiers jours, mais je me souviens de ce moment, parce qu'elle leva les yeux pour observer mon expression, et alors que je ne puis dire ce qu'elle lut sur mon visage, je fus abasourdi devant le sien. Je m'attendais au regard fuyant typique de la gêne, peut-être même de la honte, mais je me trouvai devant un menton levé plein de défi, des yeux plissés, presque railleurs, comme si elle me disait : Voilà dans quoi tu t'embarques, le vieux. T'es sûr que tu pourras assurer ?

16

À SON ARRIVÉE, six jours plus tôt, Evangeline scruta l'homme pour découvrir comment il fonctionnait. Il était la clé qui lui donnerait accès au lit, à la nourriture et à l'eau chaude. Mais lorsqu'il offrit ces choses sans rien demander en retour, elle décida de l'ignorer et de se reposer.

Les trois premiers jours, elle passa le plus clair de son temps à dormir. Parce qu'elle le pouvait. Parce que cela lui paraissait être un luxe infini. Elle dormit pour rattraper ces mois couchée sur ce canapé convertible cassé, l'oreille perpétuellement tendue, attendant qu'on défonce une porte, qu'on casse une fenêtre, qu'un homme plein d'alcool ou de meth ou de la certitude de son bon droit apparaisse près de son lit. Elle avait attendu cet intrus comme s'il était son destin. Et elle avait attendu des choses plus violentes encore, qu'un cougar hisse sa proie sur le toit, qu'il balance des entrailles de là-haut, qu'un ours se dresse sur ses pattes arrière et secoue le mobile home jusqu'à le pulvériser. Pire que tout, elle avait attendu, sans aucune illusion, et malgré la souffrance quotidienne d'une irrémédiable déception, que sa mère revienne.

Alors pendant ces premiers jours dans la maison de l'homme, elle dormit, et lorsqu'elle se réveillait chaque après-midi, elle devait s'échapper pendant quelques heures. La maison devenait sinistre quand la lumière tombait. L'homme restait assis – pendant des heures, lui semblait-il – le dos droit et en silence dans son fauteuil de bureau. Bien qu'il ait dit qu'il était quaker, et elle devinait que ça avait quelque chose à voir, cette immobilité rigide paraissait macabre, comme si chaque soir il mourait et que la rigidité cadavérique s'installait. Et puis, il y avait cette chaise coincée contre la porte de l'escalier, comme une barricade érigée contre des univers sombres. Et qui ne finirait pas par se lasser de devoir constamment tâtonner dans la pénombre des couloirs et tapoter les murs à la recherche des interrupteurs qu'il ne cessait de fermer ? S'il n'y avait pas eu Rufus, elle n'aurait pas tenu plus de deux jours.

Le chien pouvait être une terreur, elle n'avait aucun doute à ce sujet. Il était capable de se jeter en hurlant sur les portes et les fenêtres si par hasard un cerf s'aventurait sur le terrain. Mais avec elle, il était un tendre compagnon ; comme s'il l'avait toujours connue et aimée. Quand elle s'allongeait pour une sieste, il sautait sur le lit, piétinait tout autour d'elle, lui donnait des petits coups avec son museau, pétrissant ses bras et ses jambes, ses reins, comme si elle était un oreiller ou une couverture qu'il pouvait modeler pour s'en faire un nid. Elle lui disait d'arrêter, qu'elle en avait plus qu'assez, merci, et il la regardait quelques instants, puis il disposait doucement son corps contre le sien, son dos tout doux contre son ventre, pour ne pas risquer de lui donner des coups de patte pendant son sommeil.

La nuit, il restait couché au pied du lit, face à la porte. Son maître avait décidé qu'il était d'accord, finalement. Et elle se sentait en sécurité avec un chien comme ça à ses pieds. Un être qui, en un instant, pouvait se transmuter en boule de muscles bandés et de juste rage, qui mourrait pour elle si nécessaire. Elle en était déjà certaine.

Un matin, elle se réveilla et le trouva couché sur le flanc, en train de la fixer, leurs nez à quelques centimètres l'un de l'autre, soufflant vers elle les effluves de son haleine puant la merde de biche. Des petits sanglots montaient du fond de sa gorge, comme si même cette courte distance entre eux était trop douloureuse à supporter. Il soutint son regard pendant un long moment, comme s'il s'infiltrait dans son esprit, et quand il eut cessé, quand il eut sauté du lit, qu'il fût sorti d'un pas nonchalant, elle se leva et alla trouver l'homme.

Elle lui demanda s'ils pouvaient garder des lumières allumées dans les pièces principales la nuit, au moins quand ils étaient réveillés, et est-ce qu'il fallait vraiment qu'il y ait cette chaise dans le couloir ? Il eut l'air surpris par ses demandes, dit qu'il y réfléchirait, mais quelques heures plus tard il revint la voir en disant que bon, un peu plus de lumière le soir, c'était possible, et qu'il allait enlever la chaise ; elle n'était là que pour empêcher la porte de s'ouvrir avec le vent et ce n'était jamais arrivé, alors, il devait pouvoir l'enlever. Il la pria seulement de ne pas toucher à la porte, de ne pas déranger l'étage. Il n'expliqua pas pourquoi. Il ne lui avait pas encore dit que son fils était mort.

Donc, elle resta un jour, puis un autre, jusqu'à ce que l'homme, Isaac, qui apparemment l'avait entendue vomir le matin, brise le silence du petit déjeuner et insiste pour qu'elle soit vue par un médecin.

Et maintenant, ça s'était passé. Elle avait été examinée et était rhabillée, et elle attendait le retour du médecin. Elle passa le temps en imaginant que le Dr Taylor était issue d'une vieille famille d'aristocrates. Forcément, d'où viendraient ces belles pommettes hautes et ce teint de porcelaine, ce corps grand et mince et cette aura de dignité royale ? Elle avait probablement grandi avec des chevaux de polo, des maisons partout dans le monde, un bal des débutantes. Pourquoi une femme de ce genre avait choisi Port Furlong pour ouvrir son cabinet fut une autre diversion qui évitait à l'esprit d'Evangeline de s'appesantir sur la date du terme et tout ce que cela pouvait signifier.

La médecin entra, s'assit sur le tabouret et se rapprocha d'elle.

— OK, voilà ce qui se passe.

Son visage n'était pas aimable, mais il promettait un discours concret dénué de sensiblerie, qu'Evangeline préférait.

— Vous êtes enceinte. De six semaines, à mon avis.

Six semaines. C'était bien. Excellent, en fait. C'était ce qu'elle avait pensé. Vraiment. Mais quand même, elle faillit rire tant elle était heureuse. Elle ne pensait pas être enceinte de neuf semaines. Elle avait eu des petites règles bizarres après l'excursion à Bremerton, alors elle était déjà presque sûre, mais quel soulagement que cette hypothèse soit exclue. Il y a six semaines. Une vie pouvait être organisée autour d'une date comme celle-là.

La médecin avait continué à parler pendant qu'elle réfléchissait à tout ça, alors la plus grande partie de son discours échappa à Evangeline, et maintenant elle lui posait une question.

— Alors, quel est votre projet ?

— Mon projet ?

— Oui. Voulez-vous garder le bébé ?

— Vous suggérez un avortement ?

— Oui. Ou une adoption.

— Non ! Ni l'un ni l'autre.

Elle n'avait envisagé ni l'un ni l'autre, et elle se rendait compte maintenant à quel point c'était étrange, étant donné sa situation et les pères possibles de l'enfant. Mais bon, sa mère l'avait eue à quatorze ans sans père dans le paysage, et Evangeline était heureuse d'être en vie, malgré toutes les merdes qu'elle avait déjà eues.

La femme soupira comme si elle avait déjà vu ça trop souvent.

— Bon. Vous avez encore du temps. Enfin, pas tant que ça si on envisage l'avortement. Réfléchissez, et si vous avez la moindre question, appelez-moi, d'accord ?

Devant le silence d'Evangeline, la médecin se pencha vers elle, la fixa de son regard sévère et dit :

— On est en train de parler de votre vie, là.

Evangeline acquiesça.

— Ouais. Je sais.

Lorsqu'elle revint à l'accueil, elle eut la surprise de découvrir Isaac qui l'attendait. Quand il avait pris le rendez-vous, elle avait proposé d'y aller à pied, mais il avait insisté pour la conduire, disant qu'il était grand temps qu'elle apprenne à se fier à un adulte. Cela l'avait fait rire. Et elle n'avait pas pensé une seconde qu'il allait rester. Elle s'était absentée au moins quarante minutes.

Son visage avait l'air interrogateur, mais elle ne parvenait pas à lire au-delà de ça. C'était un drôle de bonhomme, Isaac, si lent à commencer à parler, tout était refoulé chez lui, ce chagrin terrible qui transparaissait dans la teinte bleutée de sa peau. La veille au soir, elle avait fini par lui avouer qu'elle était au courant, pour son fils. Elle avait l'impression qu'elle allait exploser à force de le regarder tourner autour du pot, sans savoir comment le dire.

— Je suis au courant, pour votre fils. Je suis désolée.

Une petite convulsion, comme un choc, mais il ne quitta pas des yeux la côtelette de porc qu'il essayait vaguement de manger. Au bout d'un moment, il répondit au morceau de viande :

— C'est bien que tu saches.

Rien de plus après cela. Un autre repas en silence, avant de ranger en silence. Ce n'était pas aussi pénible qu'on pourrait le croire. Elle commençait à s'y habituer, et rien là-dedans n'était dirigé contre elle.

En sortant du parking, Isaac ne parla pas, mais elle savait qu'il était impatient, que seule son étrange retenue l'empêchait de poser des questions.

— Elle dit que je suis enceinte. Comme si c'était un scoop.

Il roula un peu, puis dit :

— Elle a une idée depuis quand ?

— Elle a dit environ six semaines. (Evangeline feuilleta les documents.) Cela fait un terme le 9 juin. Elle a écouté avec le Doppler et elle a pas entendu le cœur du bébé. Je suppose que c'est normal, c'est trop tôt. Parfois ils font une échographie pour avoir une date plus précise, mais c'est cher et elle n'en voyait pas l'utilité.

Evangeline se demanda s'il réalisait qu'elle était tombée enceinte juste avant que son fils soit assassiné. Peut-être que oui, parce que son visage s'était figé. Il s'était enfoncé si profondément dans ses pensées, était si inconscient de ce qui se passait devant lui qu'elle faillit attraper le volant.

Ce soir-là, ils partagèrent un autre repas presque totalement silencieux, et rangèrent aussi sans parler, sauf que cette fois, le silence était lourd. Elle avait son propre trouble intérieur, mais une nouvelle perturbation touchait Isaac aussi.

En allant se coucher, elle marqua une pause à côté de la porte de l'escalier. Elle eut l'étrange impression que ce n'était pas tant sa grossesse qui le tourmentait que le fait d'avoir enlevé la chaise. Elle tendit la main vers la poignée, se disant qu'elle allait découvrir le mystère que cachait cette maison. Mais sa main s'arrêta à mi-chemin et retomba le long de son corps.

Elle avait promis à Isaac qu'elle n'ouvrirait pas la porte. Pour une raison obscure, cette promesse était l'une des rares qu'elle avait envie de tenir.

17

PETER M'AURAIT VOLONTIERS accordé un congé supplémentaire, mais les jours s'empilaient depuis plus d'un mois maintenant, et ils formaient déjà un mur presque trop haut à franchir. Si je ne retournais pas travailler lundi, je n'y retournerais probablement jamais.

Evangeline devait faire sa rentrée ce jour-là. Elle avait insisté pour cocher "avant-dernière année", bien que je l'aie avertie qu'elle aurait peut-être un retard considérable. Ce n'est que le dimanche soir qu'elle commença à se tracasser, me demandant si les professeurs étaient gentils, s'ils ne seraient pas tout le temps sur son dos. Le lendemain matin, je lui proposai de l'emmener en voiture, mais elle refusa, décidée à faire les deux kilomètres à pied. Malgré ses récents achats, elle portait son vieux jean et son gilet rouge. C'est la dernière fois que je la vois, me dis-je en la regardant descendre l'allée devant la maison, son nouveau sac à dos plein à craquer.

Quand elle eut disparu, j'avalai péniblement quelques bouchées de pain grillé avant d'attraper mes clés et de courir à ma voiture. Il fallait que je la trouve. Vingt minutes plus tard, je me garai sur le parking du lycée, après avoir suivi l'itinéraire le plus logique puis fait quelques détours. Pas la moindre trace d'elle. Je me dis qu'elle était partie, que c'était mieux ainsi, et pourtant, une paralysie s'était emparée de mes bras et j'étais incapable d'ouvrir la portière de la voiture.

Devant l'entrée, Jackson Matthews et Wyatt Berg, tous deux joueurs dans l'équipe de football du lycée, bavardaient et souriaient aux filles, comme n'importe quel autre jour. Je m'étais préparé à ressentir de la colère contre les vivants, contre cette manière qu'avait la vie de refuser de s'arrêter devant la mort. Mais les élèves étaient innocents. C'était le bâtiment lui-même qui me mettait en rage. Avec sa mauvaise ventilation et ses moisissures, ses briques qui s'effritaient et ses rebords de fenêtres gonflés d'humidité, il nous accusait tous, nous hurlant presque à la figure : "Quel gâchis des frais de scolarité ! Quelle indifférence irresponsable à l'égard du bien-être de nos enfants !" Comment étions-nous devenus aussi égoïstes ? Quand avions-nous commencé à ne plus nous en préoccuper ? Pas étonnant que les enfants soient perdus.

Je réussis à m'échapper de ma voiture et à avancer vers ces élèves, qui avaient ce jour, demain, et le suivant devant eux. Jackson et Wyatt s'interrompirent à mon passage, comme si je les avais surpris au milieu d'un acte de cruauté. Lorsque j'entrai dans le bâtiment, la chaleur vibrante, bruyante des adolescents, les cris d'un bout à l'autre des couloirs, les éclats de rire et les claquements des portes des casiers se ramassèrent en une vague devant moi, un concentré de vie qui menaça de me submerger. Quelques élèves remarquèrent ma présence et se turent. Des chuchotements montèrent et se propagèrent, et il y eut un mouvement général vers les murs pour m'ouvrir un passage.

En face des portes d'entrée, au comptoir de l'accueil, Peter était en grande conversation avec Carol Marsten, la nouvelle principale adjointe. Sensible au changement de pression atmosphérique, sa tête fit un mouvement dans ma direction ; il se précipita.

— Isaac !

Il dut crier parce que j'avais déjà filé dans le couloir.

Lorsque je m'arrêtai, il me rejoignit au petit trot, sa cravate violette voletant contre sa chemise bleue. Il m'attira dans une salle de cours déserte, pour me regarder d'un air interrogateur.

— Tu essayais de m'éviter ?

Je haussai les épaules, incapable de fournir une explication.

— Si j'ai fait quoi que ce soit…

— Non, non, pas du tout. C'est juste… c'est juste que c'est tellement… compliqué.

— Ouais, fit-il, avant de soupirer, tellement, tellement compliqué. (Il passa à autre chose.) Je me suis inquiété pour toi.

— Je sais. Je suis désolé.

— Bon sang, Isaac. Ne sois pas désolé. C'est la dernière chose que je veux. Mais parle-moi, d'accord ? Qu'est-ce qui se passe ? Tu refusais de me voir la semaine dernière. Et ce matin, j'apprends par Carol que tu as inscrit une nouvelle qui fait sa rentrée aujourd'hui…

— Elle est là ?

Il pencha la tête.

— Pas à ma connaissance. Tu ne l'as pas amenée ?

— Elle a insisté pour venir à pied.

— C'est une de tes nièces, une parente ? Je peux aider d'une manière quelconque ?

Avant que je puisse répondre, la cloche sonna.

— Je sais que tu dois y aller. Si tu as un moment, passe au bureau avant de partir.

Je dis que j'essaierais et m'éloignai. Dick Nelson, un professeur de sociologie jovial, me tapota l'épaule avec gravité en passant. Quelqu'un me toucha le bras, et je découvris Connie Swanson, le visage plus rouge et ému que d'habitude. Bien que son labo de chimie fût voisin de ma salle, elle avait été curieusement absente lors des battues organisées pour retrouver Daniel. Elle retint ses larmes en clignant des yeux et produisit un gémissement pitoyable avant de se détourner, gênée.

En regardant Connie s'enfuir, je me demandai pourquoi quelqu'un de son âge et de son poids choisissait de porter une jupe aussi courte et aussi moulante. Étrange, ce qui reste quand tout ce qui importe a été balayé jusqu'à la dernière miette.

Je ne reconnus pas ma salle. Mike Fuentes avait disposé les tables en cercle, laissant le centre vide. Le break dance avait récemment fait son retour à l'école et j'imaginai les élèves en train de tourner sur la tête comme des toupies au son d'une musique assourdissante, Fuentes hurlant en vain. Mais lorsque je pris place à mon bureau, le centre se transforma, devint un lieu où – comme au culte quaker – la vacuité permettait à des visions d'émerger.

À part la cérémonie commémorative pour Daniel, je n'étais pas allé au culte depuis la mort de mon fils. Je comprenais le fardeau que j'apportais. Que dire au parent d'un enfant assassiné ? Comment se comporter ? La peur de me blesser causait aux gens de la souffrance et du trouble, et leur souffrance s'ajoutait à la mienne. Je voulais épargner aux Amis ma présence. D'autre part, que me restait-il là-bas ? Certainement pas l'inspiration divine. Dieu m'avait détruit, m'avait volé Katherine et mon fils. Dieu, apparemment, avait même pris la fille et la promesse de son bébé.

Non, je ne rechercherais pas ce Dieu, lui qui même maintenant me narguait avec des élèves arrivant d'un pas lourd, qui se moquait de moi avec une lumière matinale se répandant dans la salle comme une pluie radieuse, qui éclairait les grosses veines de mes mains, pleines et palpitantes, posées sur le bureau. Pas le Dieu qui se délectait de cet instant divin, de ce rappel insistant chuchoté à mon oreille : Je t'ai tout pris, mais tu es vivant, vivant, vivant.

Tu es vivant. Il faut que tu l'acceptes.

18

Quand Evangeline partit pour cette première journée au lycée de Port Furlong, elle n'était pas décidée à y aller. Elle n'était pas décidée à ne pas y aller non plus. Ses pieds partirent du bon côté, mais à mi-chemin ils s'engagèrent sur un sentier, firent le tour du lac et la menèrent à un point de vue qui dominait le lycée.

Elle enleva son sac à dos et se percha sur un rocher. Elle s'était réfugiée ici des dizaines de fois au cours du printemps précédent, quand elle voulait échapper à sa mère. À cette époque-là, presque tout chez cette femme donnait la nausée à Evangeline – son regard abrasif, sa bouche tordue par le dégoût, son bourrelet de graisse qui ballottait sous ses T-shirts trop moulants. Assise exactement là, Evangeline avait ciselé tout ce dédain pour en faire une pierre aux bords coupants qu'elle rangeait sous son cœur, savourant la douleur et la colère distillées à chaque battement. Et maintenant, si elle parvenait à trouver son tranchant, s'appuyer sur sa force de lacération, elle pourrait peut-être à nouveau croire aux joies d'une existence sans mère, elle pourrait peut-être se relever et se diriger vers une nouvelle vie. Mais la pierre avait disparu. Tout ce qui restait, c'était un endroit tendre et boueux, une contusion profonde, indélébile.

En contrebas, la cloche sonna. Des retardataires filèrent au pas de course. Comme c'était étrange que ses jambes refusent de l'emmener. Elle avait supplié d'aller à l'école, s'était battue avec sa mère pour ça, avait menacé d'aller s'inscrire toute seule. Viv avait répondu qu'elle savait ce qui se passait sur les parkings pendant les pauses déjeuner et après les cours, qu'elle refusait d'avoir "une pute pour fille". Viv partirait si ça arrivait. Evangeline avait obéi, et quel bénéfice en avait-elle tiré ? Sa mère était partie quand même. Quant au fait d'avoir une pute pour fille, peut-être que sa mère avait formulé une prophétie autoréalisatrice.

Le soleil continua à monter dans un ciel froid, vide. Pourquoi était-il si difficile de retourner à l'école ? Sa mère avait déménagé tous les deux ou trois ans, et Evangeline avait toujours réussi à s'intégrer. Peut-être était-ce parce que ces derniers mois elle s'était cachée, recroquevillée dans un coin comme si elle était obscène. Mais ce n'était pas la seule raison, au fond d'elle-même, elle avait l'impression de patauger, comme si elle avait perdu l'ancrage qu'apporte une mère – si nulle soit-elle – qui permet à une fille d'aborder une nouvelle terre à la nage sans avoir peur d'être emportée au large.

Elle se dit qu'elle avait l'homme, Isaac. Il se comportait plus comme une mère que Viv l'avait jamais fait. Il avait été salement contrarié quand elle était partie en cachette les premiers soirs. Mais même la troisième fois, quand il lui avait fait la leçon sur la nécessité de maintenir une courtoisie élémentaire – quoi que cela veuille dire –, il lui avait préparé une assiette de purée avec du poulet. Il l'avait posée devant elle d'un geste contrarié, mais quand elle s'était jetée dessus comme la fille affamée qu'elle était, elle avait bien vu que ça lui faisait plaisir.

Et tous les matins, il était dans la cuisine avec ses fruits et ses flocons d'avoine, ou ses œufs et ses toasts, il insistait pour qu'elle s'habille plus chaudement, comme si elle était une fille délicate qui avait besoin qu'on s'occupe d'elle. Elle aimait ça, qu'on la pense délicate. Non pas qu'elle le soit. Non pas qu'elle veuille l'être. Ça, non alors. Mais avoir quelqu'un qui s'inquiète pour elle, qui soupçonne qu'elle avait été blessée et pouvait l'être, se rendre compte que ça avait de l'importance pour quelqu'un… c'était la même impression que si on lui mettait un manteau sur les épaules alors qu'elle ne s'était pas aperçue qu'elle avait froid.

Malgré tout, la gentillesse d'Isaac était un mystère dont elle n'arrivait pas à cerner le prix. Si la vie lui avait appris une chose, c'était que rien n'était gratuit. Elle refusait de penser aux deux garçons et à la culpabilité qu'elle avait enfouie, à ce qui arriverait si Isaac la découvrait. Mais cette culpabilité vivait en elle, profondément incrustée dans ses os, si froide qu'elle la faisait presque claquer des dents.

Tout, aujourd'hui, lui faisait peur : les gens qui l'avaient peut-être vue, les gamins qu'elle ne connaissait pas encore, les cours, les devoirs, les projets qu'elle avait manqués. Le temps dans sa totalité semblait être un danger, qu'il s'agisse des secrets de son passé ou des menaces de l'avenir. Surtout, elle avait peur d'Isaac, de tout ce qu'elle avait récemment reçu et qui pouvait désormais être perdu.

C'est quand elle se vit ainsi, comme une flaque de terreur frémissante, qu'elle s'intima l'ordre de bouger son cul et d'aller à l'école, qu'elle dit à son corps qu'à partir de maintenant, c'était elle qui commandait. Et finalement, son corps obéit, lui fit descendre la colline, contourner le lac, traverser le parking, et franchir les portes d'entrée du vieux bâtiment.

Y en a marre d'avoir peur. À partir de maintenant, ce serait sa devise.

19

À MIDI, je l'aperçus. Elle disparaissait dans le réfectoire avec sa crinière tempétueuse. Une sensation triomphante m'anima soudain. Lorsque je jetai un œil dans la salle, elle était assise seule dans un coin, et je réprimai mon envie de la présenter aux autres. Heureusement, deux ou trois filles gentilles, de celles qui étaient rarement invitées au bal, vinrent s'installer à sa table.

— Tu jettes un œil sur ta protégée ?

Je me retournai et découvris Peter à côté de moi.

— J'imagine, oui, dis-je en reprenant mon souffle. Je n'étais pas sûre qu'elle y arriverait, pour être honnête.

— Ce n'était pas gagné. Carol a dit qu'elle s'est présentée aux environs de dix heures.

— Dix heures ?

— C'est vraiment difficile de franchir les portes d'une nouvelle école. Et ça devenait certainement encore plus dur à mesure qu'elle reportait l'échéance. (Il parcourut la salle des yeux.) Où est-elle ? J'étais sorti quand elle est arrivée.

Je désignai l'endroit, mais un groupe de gamins lui bouchaient la vue. Peter s'avança de quelques pas, mettant un point d'honneur à regarder d'abord dans la direction opposée, exprès pour ne pas qu'elle se fasse remarquer. Dans toutes les choses qu'il faisait, il émanait de lui une intelligence pleine de douceur. Il connaissait tous les élèves, tous les clans, savait qui composait le noyau dur de chaque groupe et qui étaient les satellites. Il savait repérer les rares élèves qui se mêlaient à plusieurs groupes et ceux qui avaient du mal à rester longtemps dans une bande.

Evangeline était assise de profil par rapport à la porte. Lorsque Peter la vit, son visage se contracta comme si quelque chose l'avait piqué. C'était un détail. Je n'y aurais probablement pas accordé d'importance s'il n'avait pas eu le visage grave lorsqu'il revint.

— Tout va bien ? demandai-je.

— Ouais. Bien sûr. (Il s'éclaircit la voix.) Dis-moi, comment est-ce que tu as rencontré cette fille ? Elle est de ta famille ?

— Non. Pourquoi ? Tu la connais ? Tu parais… surpris.

— Je l'ai déjà vue.

— Quand ?

Il se passa une main dans les cheveux.

— Pardon… qu'est-ce que tu me disais, sur votre rencontre ?

— Rien, en réalité. Rufus l'a trouvée au milieu de la nuit. Il y a environ une semaine. Elle était tapie sous notre vieux prunier. Il faisait un froid terrible.

— Elle a débarqué chez toi ?

Il paraissait très inquiet.

— Elle a dit qu'elle était sans domicile. Je l'héberge dans la chambre d'amis.

Je surpris ce qui semblait être un regard furtif et involontaire dans la direction de la jeune fille.

— Tu sais autre chose sur elle ? demanda-t-il. D'où elle vient, par exemple ?

— Mais qu'est-ce qui se passe ? Pourquoi toutes ces questions ?

— Je vais t'expliquer. Mais s'il te plaît, dis-moi ce que tu sais.

— Très bien. La version courte est que sa mère est morte et qu'elle a fini seule à Poulsbo. Elle est montée dans un autocar pour venir ici il y a quelques jours, avant d'atterrir chez moi.

Il secoua la tête.

— C'est pas bon. Pas bon du tout.

— Qu'est-ce qui n'est pas bon ?

— Le fait est qu'elle te ment.

— Je ne comprends pas où tu veux en venir, dis-je, incapable de contenir mon agacement.

Il jeta un coup d'œil à sa montre.

— Écoute, je suis désolé. C'est un peu compliqué, et là, tout de suite, les Harrison m'attendent dans mon bureau. Ils veulent me passer un savon à propos de notre manuel d'histoire. Apparemment, il est antiaméricain.

Il leva les sourcils comme s'il espérait obtenir de la compassion. Constatant qu'il n'en recevait aucune, il poursuivit :

— Quand est-ce que tu as une heure de libre ?

— À deux heures et quart.

— Je vais m'arranger. Viens à ce moment-là.

Peter avait raison. La fille avait improvisé certaines parties de son histoire. Elle n'avait pas été élevée dans l'Ohio, j'en étais certain. Mais les adolescents essaient souvent de s'inventer des histoires différentes, surtout ceux qui cherchent à fuir. Je n'arrivais pas à imaginer ce qui inquiétait autant Peter.

À deux heures et quart, j'arrivai dans son bureau, espérant que l'entretien ne durerait pas longtemps. Je voulais être à la maison pour accueillir Evangeline après son premier jour. Même avant de perdre sa mère, cette fille avait clairement passé beaucoup de temps seule. Lorsque je lui avais rappelé de me tenir informé de ses allées et venues, elle avait été troublée.

— Je pige pas. C'est pas comme si vous étiez mon père, ou quoi. Personne ne vous tiendra pour responsable s'il m'arrive quelque chose.

Elle ne pouvait pas comprendre qu'un adulte puisse être intéressé par autre chose que sa propre obligation légale.

Peter se détourna de son ordinateur lorsque je frappai, et me fit signe de m'installer à la petite table qu'il réservait aux rendez-vous.

— Comment ça s'est passé avec les Harrison ? demandai-je.

Il parut perdu un instant, puis il sourit et secoua la tête.

— J'ai dû leur promettre que je ferais part de leurs inquiétudes au conseil d'administration.

— Tu le feras ?

— Bien sûr que non.

— J'admire ton courage, dis-je.

Il ne rit pas. Il ne dut même pas entendre, tout occupé qu'il était à s'assurer que la porte du bureau était bien fermée. Il me versa un verre d'eau et s'assit en face de moi.

— Alors, comment s'est passée ta journée ?

Sa question était sincère, mais je sentais à quel point il était distrait, pressé d'en venir au sujet de notre entretien. Ou peut-être était-ce ma propre impatience qui créait cette crispation dans l'air, comme des parasites.

— Bien. Enfin, non, un peu dure, en fait, mais les gamins ont été super. Ça va juste prendre un peu de temps.

— Oui, dit-il en décrivant sur la table des cercles nerveux avec ses mains.

Son regard perçut le mouvement et il les obligea à arrêter. Je bus une gorgée d'eau et attendis.

— La fille, reprit-il, les doigts agités. Ça m'inquiète qu'elle soit chez toi.

— Je le vois.

J'avais pris un ton un peu taquin, mais il ne sourit pas.

— Je ne sais pas bien te cacher des choses, n'est-ce pas ?

— C'est une de tes plus grandes qualités.

Il se pencha en avant.

— Bon, alors, écoute-moi bien. Cette fille t'a dit qu'elle est arrivée en ville quelques jours avant que tu la trouves, c'est ça ?

J'acquiesçai.

— Est-il possible qu'elle soit venue avant ça ?

— Peut-être, mais à l'entendre, c'était la première fois.

Ses sourcils se froncèrent.

— Tu vois, ça ne colle pas, parce que je l'ai vue début septembre.

— Début septembre ? Où ?

— Vers Coleman Way, près de l'usine à papier.

— Elle faisait quoi ?

— Elle descendait d'un pick-up.

— Ça n'a pas l'air tellement grave.

— Il était tard, plus de neuf heures et demie. Et presque en dehors de la ville.

Pensait-il qu'elle était impliquée dans une activité criminelle ?

— Je suis désolé d'être si bouché, mais je ne…

— Je m'inquiète pour toi. Tu ne vois donc pas ? Cette fille débarque chez toi. Ta maison n'est pas facile à trouver. Il faut monter une bonne partie du chemin pour la voir. Pourquoi chez toi ?

— Elle espérait trouver un abri. Elle a cru que c'était le parc.

Il s'adossa dans son fauteuil.

— Tu la crois ?

Je m'apprêtai à discuter, puis m'arrêtai, laissant l'air de mes poumons sortir, me dégonflai.

— Je ne sais pas. Je ne sais pas ce qu'il faut croire à son sujet.

Il pinça les lèvres, comme pour rassembler ses forces, et dit :

— Il y a autre chose… Le pick-up dont elle est descendue. C'était celui de Jonah. Daniel en est sorti, lui aussi.

— Quoi ? Quand ?

— Quelques jours avant le meurtre.

— Et comment tu as vu ça ?

Cet homme disait n'importe quoi.

Il entendit mon incrédulité, ma colère, et dit :

— Je sais que c'est difficile.

J'avais envie de lui hurler qu'il ne savait rien de ce qu'était la perte d'un enfant.

Ça aussi, il l'entendit comme si j'avais parlé à haute voix.

— Je suis désolé. Je sais que je n'ai aucune idée de ce que tu traverses. Je le sais. Mais je l'ai vue. Je rentrais de Poulsbo. Tous les deux ou trois mois, les principaux des établissements de la région se retrouvent pour dîner et je sortais de ce long virage, près de l'usine. J'ai vu un grand garçon descendre d'un vieux pick-up bleu marine, côté passager. Quand je me suis rapproché, j'ai réalisé que c'était Daniel. Au moment où je passais, la fille en est descendue à son tour.

— Tu as vu Evangeline ?

— Presque sûr. Je crois que Daniel la laissait sortir. C'est du moins ce que j'ai cru. Il est probablement remonté, mais je n'ai pas vu. J'étais déjà trop loin.

— Et c'était quelques jours avant le meurtre ?

— Tu comprends maintenant pourquoi je suis inquiet…

— Est-ce que tu es sûr de ça ? Nous nous sommes tous demandé si une fille était impliquée. Qu'on dit les enquêteurs ? Ils ont dû chercher la fille.

— Je… Je ne leur en ai pas parlé.

Comment était-ce possible ? Pendant une semaine nous avons cherché mon fils disparu. Nous étions aux aguets, avides de la moindre information.

— Je sais que ça paraît dingue maintenant, mais il faisait sombre et ça n'a duré qu'un instant. J'ai surtout vu les cheveux. Il y a ce gamin maigrichon de Chimacum. Derek quelque chose. Celui qui vient souvent aux matchs. Il a de longs cheveux roux comme ça. Tu vois de qui je parle ? J'ai cru qu'il s'agissait de lui. Je n'avais jamais vu une fille comme ça dans le coin, et je connais à peu près tout le monde. Mais aujourd'hui, en la voyant, en voyant ces cheveux… C'est bien elle que j'ai vue.

— Alors, pourquoi tu n'as pas parlé à la police de Derek ?

— Je l'ai fait. Il a nié avoir vu les garçons à ce moment-là. Mais il a coopéré, il a même donné un échantillon d'ADN. Pas de correspondance.

Je me frottai la nuque.

— Je suis troublé. Tu viens juste de me dire que tu n'en as pas parlé aux enquêteurs.

Son visage se figea comme s'il se repassait ses paroles exactes.

— Non. Je ne leur ai pas parlé d'une fille. Voilà ce que je ne leur ai pas dit. Je ne savais pas jusqu'à aujourd'hui qui j'avais vu, en réalité.

Il me dévisagea, probablement à la recherche d'un indice montrant que je le croyais, que je lui pardonnais ou que j'entendais ses paroles, tout simplement. Il ne trouva rien.

— J'aurais dû t'en parler à ce moment-là, mais tu sais que Daniel avait une vie sociale très active. Nous l'avons tous vu avec des dizaines de jeunes, pendant cette première semaine de cours. Quand Derek a été mis hors de cause, je n'y ai plus attaché d'importance.

Je m'écartais de la table, essayant d'échapper aux mots qui menaçaient de me noyer.

— Peut-être que tu avais raison. Peut-être qu'il s'agissait de Derek.

Son visage, qui avait été terriblement agité, se tendit brièvement, puis se libéra. Pour la première fois depuis que j'étais entré dans le bureau, il sembla me voir vraiment.

— Peut-être. (Il soupira profondément.) Peut-être…

Et lorsque j'entendis cette petite concession, tout en moi voulut être énoncé, être partagé avec mon ami : l'arrivée d'Evangeline avec ses mains sales, abîmées; son histoire inventée; ses sorties furtives et ses retours tardifs; ses descentes dans le garde-manger. Et les petits détails qui la rendaient réelle: les combats pour plus de lumière le soir, la confiture léchée sur les poignets, et encore la veille au soir, une berceuse chantée à un chien derrière la porte fermée de sa chambre. Surtout, je voulais lui parler de sa grossesse, me débarrasser d'une partie du poids.

Je me levai d'un bond, submergé et inquiet à l'idée que j'en dise trop, que je révèle des secrets qu'il ne m'appartenait pas de partager.

— Qu'est-ce que tu vas faire, Isaac?

— Je ne sais pas.

— Je suis là pour t'aider. L'administration aussi. Nous avons des papiers à remplir pour les services sociaux. Tu le sais. Ils pourront la placer dans un bon foyer.

— Non! dis-je, surpris devant ma propre précipitation. Elle a un foyer, chez moi.

Il me donna quelques instants, puis dit doucement:

— Tu es un homme bon, Isaac. Elle a besoin d'un endroit pour vivre, et tu as un très bon cœur, toujours grand ouvert pour les égarés. Mais réfléchis-y, d'accord? Et pour les papiers, je suis d'accord avec toi. Si je pouvais, je ne m'en soucierais pas plus que ça, mais on s'est fait remonter les bretelles la dernière fois. Tu te souviens? Avec le petit Salconi? Il y a beaucoup de gens dont nous devons tenir compte ici, y compris toi. Nous ne pouvons pas savoir ce qu'elle cherche vraiment.

— Elle cherche un foyer, et j'en ai un. Et il est bien trop grand pour moi.

Peter se leva et posa ses mains sur mes épaules.

— OK. Reparlons-en dans quelques jours. Pour l'instant, contente-toi de… je ne sais pas, sois vigilant, d'accord ? Qui sait à quoi nous avons affaire ?

20

En rentrant à pied après les cours, Evangeline se dit que la journée s'était passée aussi bien que possible. Bon, elle avait été vraiment mal à l'aise, mais quelques filles l'avaient abordée à l'heure du déjeuner, et une en particulier l'avait fait rire, lui avait fait croire qu'elle pourrait trouver sa place.

Elle finissait à peine sa première bouchée de salade lorsqu'une fille avec des cheveux noirs ondulés s'était approchée, promenant ses courbes épaisses avec une fierté décomplexée. Elle s'affala sur une chaise.

— Moi, c'est Natalia, dit-elle en prenant son assiette avant de pousser son plateau sur le côté.

— Evangeline.

Natalia suspendit son geste et la dévisagea.

— C'est un chouette nom. Evangeline. J'aime bien.

Evangeline en fut contente, plus qu'il ne semblait raisonnable. Elle était sur le point de poser à Natalia une question stupide, du genre dans quelle classe elle était, quand celle-ci se retourna et interpella deux filles qui étaient installées à une autre table.

— MJ ! MJ ! Par ici. (Et à Evangeline, elle expliqua :) Masie et Jillian. Masie, c'est la petite. Tout le monde les appelle MJ.

Pendant que les autres rassemblaient leurs affaires, Natalia commença à se plaindre des morceaux de gras dans l'effiloché de porc. Elle s'arrêta au milieu d'une phrase, se pencha brusquement, et chuchota :

— Tu vois cette prof là-bas, qui surveille la salle ? Elle porte encore un collant. C'est pour ça qu'elle est tellement peau de vache.

Evangeline dut avoir l'air interloquée, parce que Natalia haussa les épaules.

— C'est un truc pour la circulation.

Ouais, la journée avait été pas mal. Evangeline s'imagina en train de parler de Natalia à Isaac. Peut-être qu'elle passerait un peu de temps dans la cuisine, qu'elle proposerait son aide pour préparer le dîner. Se rappelant les blancs de poulet qu'elle avait aperçus en train de décongeler dans le réfrigérateur ce matin, elle s'arrêta, essaya de se représenter une page spécifique d'un magazine, s'efforça de lire la recette qui s'y trouvait. Satisfaite, elle bifurqua et prit une autre direction.

Quarante minutes plus tard, ses poches de veste étaient pleines : un petit bocal de câpres, un citron et un morceau de parmesan. Il était facile de piquer des petites choses comme ça. Elle n'aurait pas dû mettre autant de temps, mais le premier magasin n'avait pas de câpres et elle avait été obligée d'aller au suivant, qui était plus loin.

Elle avait appris toute seule à cuisiner le printemps précédent. Rien de très élaboré. Surtout des pâtes et des soupes excessivement épicées. Son plat le plus réussi était la piccata de poulet, une recette qu'elle avait trouvée dans un vieux magazine. Sa mère avait pris une bouchée et levé la tête, surprise.

— Ouah, c'est vraiment bon.

Peut-être était-ce la culpabilité, mais pendant ces premiers mois à Port Fulong, Viv avait été plus gentille avec Evangeline qu'elle ne l'avait été depuis des années, la remerciant toujours pour les repas, si simples soient-ils, et insistant pour débarrasser bien qu'elle fût visiblement épuisée. Il y avait même des moments où Evangeline ressentait de la tendresse pour sa mère. Quand Viv se trempait les pieds dans une cuvette en plastique ou s'endormait cinq minutes après le début de sa série préférée, Evangeline envisageait de lui proposer un massage du cou. Elle ne le fit jamais, mais son cœur était rempli de bonheur du simple fait qu'elle l'avait à moitié voulu.

Naturellement, cette période ne dura pas. En mai, Viv avait déjà rencontré Gus, un ouvrier du bâtiment soi-disant chrétien "born again*" qui venait tous les après-midi au rayon traiteur chercher un sandwich au rosbif et un moment de flirt plein de tension sexuelle. Du moins, c'est dans ces termes que la mère raconta l'histoire, gloussant comme une préadolescente quand elle décrivait la manière dont Gus se passait la langue sur les lèvres après chaque bouchée de sandwich. Evangeline eut envie de fuir, mais elle s'abstint, parce que cela aurait signifié qu'elle avait bien entendu sa mère dire ces choses, et elle essayait justement de se convaincre que ce n'était pas le cas.

* Ou "régénéré", terme qui désigne les chrétiens évangéliques.

En juin, Evangeline se retrouvait une fois de plus sur le convertible dans le salon et rien de ce qu'elle faisait ne trouvait grâce aux yeux de sa mère. Pour autant qu'elle puisse le dire, le charme de Gus résidait exclusivement dans la répulsion qu'il inspirait. Entre ses yeux rapprochés, les poils noirs qui lui sortaient des narines et des oreilles, et une haleine qui sentait le hot-dog trop bouilli, sa mère n'avait pas à s'inquiéter qu'Evangeline soit tentée de le lui piquer.

Malheureusement, cela n'empêcha pas Gus d'épier le moindre mouvement d'Evangeline, avec la lubricité que Viv avait précisément cherché à fuir en déménageant à Port Furlong. Evangeline se mit à porter des pulls larges et cessa de se doucher. Sa mère l'accusa de se promener "en pyjama" et de répandre une "odeur terreuse" pour inconsciemment séduire tout ce qui passait.

Un soir au dîner, Evangeline tendit la main pour attraper l'un des petits pains que sa mère avait rapportés du travail, et son T-shirt remonta, laissant apparaître un peu de son ventre. Elle sentit le courant d'air sur sa peau, mais c'était trop tard. Gus remarqua la peau nue, et sa mère remarqua que Gus avait remarqué et elle démarra au quart de tour. Elle tapa la main d'Evangeline, qui laissa tomber le petit pain dans la salade pleine d'huile, et lui dit qu'elle grossissait. En plus, elle était paresseuse et sale et ignorante, et il était grand temps qu'elle bouge son gros cul et qu'elle aide plus à la maison.

— Tu ne peux pas continuer à vivre à nos crochets jusqu'à la fin des temps, fit Viv. J'avais seulement quatorze ans…

— … quand j'ai été mise dehors, dit Evangeline, finissant le refrain familier.

— Oui, jeune fille. Quatorze ans. Tu sais comment…

— … c'était ? Je vais te dire comment c'était.

— Tu veux que je te mette une gifle, c'est ça que tu veux ?

Evangeline répondit :

— Pas particulièrement.

Et sa mère se coucha sur la salade pleine de sauce, tachant d'huile son dernier T-shirt pour aller travailler, et gifla Evangeline tellement fort que si quelqu'un était entré à ce moment-là, il aurait su exactement ce qui s'était passé, à la marque rouge vif sur la joue d'Evangeline, et aux larmes de surprise indignée dans ses yeux.

Elle venait d'arriver dans l'allée devant chez Isaac. Elle chassa Viv de son esprit, l'imagina lui plutôt, et sa surprise lorsqu'il goûterait la première bouchée de sa délicieuse piccata. Une chaleur l'envahit à nouveau, comme un grand manteau qu'on lui mettait sur les épaules et elle se sentit presque… elle eut du mal à trouver le mot. Aimée ? En famille ? L'expression la plus adéquate était "en sécurité". Elle avait de la peine à le croire. Pour la première fois depuis ce qui semblait être une éternité, elle se sentait un tout petit peu en sécurité.

21

Je remontai le couloir à grands pas tandis que la dernière remarque de Peter tournait dans ma tête : Qui sait à quoi nous avons affaire ? Je faillis faire demi-tour, rouvrir sa porte et lui hurler : “On ne sait jamais à quoi on a affaire ! Tu ne le comprends donc pas ?”

Un an auparavant, vingt ans après notre mariage, ma femme m'avait informé qu'elle avait une liaison, avait rassemblé ses affaires et déménagé à l'autre bout de l'État. Ensuite, mon fils, mon fils si fort, indestructible, avait été assassiné par un gamin chétif, pas du tout sportif, un garçon doux, un garçon que je savais être pieux.

Je ne cessai de hurler dans ma tête : On ne sait jamais à quoi on a affaire ! On ne sait jamais à quoi on a affaire ! Le problème ne se situait pas dans le fait de ne pas savoir. Le problème était de croire que je devrais savoir. Peter avait raison. Je ne savais pas à quoi j'avais affaire. Ni avec Evangeline, ni avec ma femme, ni avec les garçons, ni avec Peter, ni avec mes élèves, ni avec Rufus. Pas même avec moi-même.

J'avais presque réussi à m'échapper du bâtiment quand la porte d'une salle s'ouvrit brusquement et Samantha

Askelson, qui avait été pendant longtemps la petite amie de Daniel, faillit me faire tomber. Elle eut un mouvement de recul, arrêtant brutalement les élèves qui la suivaient.

— Monsieur Balch, dit-elle, en faisant un pas de côté.

— Bonjour Sammy.

Sa peau claire rougit.

— J'avais prévu de passer vous voir dans votre salle aujourd'hui. (Elle parlait vite, le regard fuyant.) Pour dire bonjour. J'avais entendu dire que vous étiez revenu, mais M. Nelson…

— Tu te doutais bien que mon premier jour serait très chargé.

J'interromps rarement les gens, mais il y a des moments où c'est un véritable bienfait.

Elle réussit à retrouver son sang-froid et à croiser mon regard.

— Comment allez-vous ? Je veux dire, est-ce que tout… ?

Elle laissa sa phrase en suspens, se passa une main dans ses longs cheveux blonds.

— Ça va, dis-je. J'ai lu dans le journal que tu avais remporté l'épreuve de nage libre lors du dernier championnat. On dirait que tu es en passe de battre le record de l'État.

— Ouais, fit-elle avec un petit sourire.

Ses performances sportives étaient toujours un sujet qui fonctionnait.

— En fait, j'ai doublé les séances d'entraînement, là, je vais à la piscine, justement. Alors… faut que j'y…

— Bien sûr, vas-y. J'ai été content de te croiser. Passe me voir quand tu veux dans ma salle. Ou à la maison. Rufus serait content.

Elle répondit qu'elle n'hésiterait pas avec une telle sincérité que, l'espace d'une seconde, je crus qu'elle l'envisageait vraiment.

En rentrant à la maison, je repassai dans ma tête ce que je savais de Sammy. Elle et Daniel avaient été ensemble depuis la fin de leur première année au lycée. Si mon fils avait jamais été amoureux, il l'avait été d'elle. Elle était grande comme Daniel, aussi populaire que lui, avec une peau parfaite et le corps sculpté d'une nageuse. Ils formaient un couple magnifique. Et même si c'était important pour Daniel, il y avait autre chose en plus. Sammy avait un sens de l'humour affûté. Chaque fois qu'elle se lançait dans une de ses histoires, Daniel se retirait du devant de la scène et la regardait avec fierté et fascination.

Après la disparition de Daniel, Sammy avait dit aux enquêteurs qu'elle s'était séparée de lui "pour de bon" cet après-midi-là. À ce moment, j'avais mis cette annonce sur le compte de la personnalité de Sammy. Il fallait que cette fille soit l'axe autour duquel toutes les histoires tournaient et Daniel n'avait pas mentionné qu'ils avaient des soucis. Mais je n'en étais plus aussi sûr maintenant. Daniel avait été agité cette dernière semaine, particulièrement ce dernier matin. Peut-être savait-il ce que la journée lui réservait.

Après le meurtre, une nouvelle rumeur fit son apparition – certains prétendirent qu'elle avait été lancée par Sammy; Jonah en aurait pincé pour elle et c'était sa jalousie qui avait motivé l'assassinat. Il est vrai que Jonah était jaloux de Daniel. Je crois qu'il l'avait toujours été. Mais pas à cause de Sammy. Un jour, alors que Jonah et moi rentrions du culte, je parlai d'elle. Je ne me rappelle plus pourquoi. Il haussa les épaules et dit :

— Je ne comprends pas trop tout ce foin autour de Sammy, pourquoi tout le monde pense qu'elle est tellement fascinante. Bon, je sais qu'elle est belle, tout ça, mais elle ne m'attire pas du tout, c'est bizarre, non ?

Il ne s'agissait pas de dépit. Jonah était simplement désorienté. Alors, non, Jonah n'avait pas tué Daniel dans un accès de jalousie rageuse à cause de Samantha. Malgré tout, je me demandai si elle avait joué un rôle quelconque, si elle avait déclenché la série d'événements.

Je m'arrêtai dans l'allée, perturbé. Aucune logique dans tout ça. Et pour chaque mystère chez Samantha, il y en avait une douzaine chez Evangeline, dissimulés derrière son rideau de mensonges.

Je m'installai dans la cuisine comme souvent, dans le but de surprendre Evangeline dès qu'elle rentrerait. Après vingt minutes passées à l'attendre en vain, je me demandai si elle était arrivée avant moi et était allée faire une sieste, car les premières semaines de grossesse l'épuisaient. J'allai jusqu'à sa chambre et frappai à la porte. Pas de réponse. J'entrai.

D'un coup d'œil, je compris que cet espace était privé. L'ancienne chemise de nuit de Katherine était en boule par terre, et des accessoires de maquillage, du blush et un tube de brillant à lèvres, étaient jetés sur le lit pas fait, ainsi qu'un petit miroir. Le carton contenant les anciens vêtements de Katherine avait été fouillé, son contenu gisait en tas. Plusieurs tenues avaient été disposées dans un coin, des mélanges de nouveautés qu'Evangeline avait achetées et de vêtements de Katherine, des hauts noués à la taille, des jambes de pantalons roulées. J'imaginai Evangeline plantée devant, combinant les hauts et les bas, cherchant des tenues qui lui convenaient.

Je m'intimai l'ordre de partir. Ce n'était pas parce qu'Evangeline risquait de me surprendre. Rufus ferait du bruit en la voyant rentrer, et elle ne me soupçonnerait jamais d'avoir pénétré dans son intimité. Mais c'était précisément cette confiance que je ne voulais pas entamer.

Malgré tout, je restai. Lorsque je bougeai, ce fut pour explorer son placard. Le grand dressing était presque vide. Quelques hauts et la robe qu'elle avait achetée étaient suspendus dans la penderie. Un petit tas de vêtements gisait au fond. Je supposai qu'il s'agissait de tenues sales, pourtant, à y regarder de plus près, je vis que c'était des vêtements d'été, des débardeurs et des shorts, usés mais propres.

C'est à ce moment-là que je remarquai une bandoulière sous le tas de frusques. Je les déplaçai du bout du pied, détournant le regard comme si je désavouais ce pied devenu rebelle. Lorsque j'examinai la lanière de plus près, je vis que le sac à dos rafistolé au scotch, celui qu'elle avait trimballé partout avec elle depuis son arrivée, était là. Il n'était plus plein à craquer, mais il n'était pas vide non plus.

À nouveau, j'essayai de partir, de cesser mes violations, mais mon regard y retournait sans relâche. Qui était cette fille ? Si elle avait connu Daniel et Jonah, si elle avait passé du temps avec eux pendant les derniers jours de leur vie, alors ses mensonges n'étaient pas des inexactitudes mineures sur sa vie personnelle, mais de véritables tromperies quant à son but en venant chez moi. Et elle était très en retard. Selon moi, elle avait décidé de passer à autre chose. Ou peut-être qu'il lui était arrivé quelque chose. Peut-être qu'un ancien petit ami la suivait, la harcelait. N'avais-je pas une obligation de découvrir qui elle était et pourquoi elle était ici ? Non seulement pour ma propre protection, mais pour la sienne ?

Je m'accroupis, posai le sac à dos sur mes genoux pour le soupeser. Elle avait si peu de choses dont elle pouvait revendiquer la propriété. J'étais sur le point de le remettre à sa place lorsque j'attrapai la tirette et ouvris la fermeture éclair d'un geste rapide et violent, comme un coup de couteau, sans me laisser le temps de changer d'avis. À l'intérieur, je trouvai le pot de beurre de cacahuète que j'avais cherché, quelques cookies rances dont j'avais oublié l'existence, des barres énergétiques que je ne reconnus pas. Cette manière de cacher de la nourriture malgré sa disponibilité, de la garder dans des coins sombres comme un rongeur qui risquait de se faire piétiner, me causa une telle tristesse que je manquai m'arrêter là. Je faillis tout remettre dans le sac et partir. Vraiment.

Voilà ce que j'appris ce jour-là : une violation de propriété en entraîne une autre, chacune abaissant le seuil pour la suivante, jusqu'à ce que celui qui s'était interdit de mettre dans la machine à laver les vêtements sales de la fille de peur qu'elle le perçoive comme une intrusion se retrouve à quatre pattes dans son placard, à tripoter ses objets les plus privés, tout en justifiant son acte – comme le font tous les hommes de ce genre – en disant que ces violations étaient pour son bien à elle.

22

Evangeline se tenait devant son ancien mobile home, sous une fine pluie sinistre, les branches noires des sapins tressaillant dans le jour déclinant. Le canapé sur lequel elle avait dormi pendant des mois gisait ouvert, jonché d'un tas de sacs-poubelle, sur le terrain envahi de mauvaises herbes. Elle en déchira un et y trouva les vêtements abandonnés de sa mère. D'autres contenaient tout ce qu'elle avait considéré comme lui appartenant. Même la table était en morceaux, comme si, après avoir été soulevée dans les airs, elle s'était écrasée au sol. Le mobile home lui – d'où toute trace d'elle avait été enlevée – avait été fortifié avec des carrés de contreplaqué cloués au pistolet sur les fenêtres et la porte. Il y avait quelque chose de sauvage là-dedans, un clou pour chaque centimètre, comme pour bien marquer à quel point les filles comme elle étaient débauchées.

Et elle était débauchée, n'est-ce pas ? Isaac, du moins, était de cet avis. Le projet de piccata n'avait pas pris la tournure escomptée. Elle avait été obligée de s'enfuir de chez lui avec rien de plus que ce qu'elle avait sur elle. Fatiguée par la marche, elle vira les sacs et s'écroula sur le canapé. Elle avait la tête vide. Elle la laissa dans cet état. Il y régnait une sorte de paix, qui lui permettait d'ignorer son estomac qui gargouillait, le froid qui s'accentuait. Les adultes passaient leur temps à vous abreuver de "sers-toi de ta tête", "réfléchis avant d'agir", mais parfois, souvent même, il valait mieux ne pas réfléchir pour continuer.

L'épuisement la submergea ; elle sortit les vieux jeans, leggings, chemisiers et pulls de sa mère. Le canapé était humide, elle étala des vêtements secs pour pouvoir se coucher, puis empila sur elle autant de couches qu'elle put. Recroquevillée en position fœtale, elle enfouit son visage dans un pull. Il sentait le moisi. Parfait. Elle aimait bien les choses qui parlaient vrai.

Il faisait nuit quand elle se réveilla. Elle consulta l'heure sur son portable. Presque huit heures. Isaac lui avait donné le portable prépayé seulement la veille, espérant qu'Evangeline se transformerait en un genre d'animal qui serait séduit par la possibilité d'une famille, qui se soumettrait à ses règles ridicules : être présente au dîner, appeler pour lui dire où elle se trouvait. Elle rit en repensant à la façon dont il lui avait offert ce téléphone de dealer pour essayer de l'apprivoiser, la façon dont elle avait failli avaler ses promesses et ses mensonges.

Malgré tout, elle n'aurait pas dû le traiter de putain de salopard. Elle le regrettait maintenant.

Quand elle était entrée dans la cuisine, quelques heures auparavant, il était assis à la table tel un vautour sur une branche morte. Ses coupures de journaux et le bracelet de Jonah étaient étalés devant lui comme s'ils étaient une charogne qu'il s'apprêtait à dévorer. Cet homme en qui elle avait confiance – à qui elle avait accordé sa confiance, comme une idiote – avait pénétré dans sa chambre et fouillé ses coins les plus sombres.

Peu importe ce qui se passa ensuite dans cette maison sinistre. Juste une scène supplémentaire à oublier. Evangeline examina ce qui avait été autrefois son foyer, un endroit où, un soir de printemps qui n'était pas si loin, Viv avait levé les yeux de son assiette comme si elle trouvait chez sa fille quelque chose qui motiverait une mère à rester.

Evangeline s'était trompée là-dessus. Sa mère n'avait rien vu de ce genre, et la poêle qu'elle avait utilisée ce jour-là gisait à moitié enfoncée dans la boue. Il n'y avait rien d'autre ici que pluie et ruine, les premiers relents de pourriture hivernale dans la fraîche nuit de l'automne.

Elle tremblait à cause du froid et de l'humidité. Rien de ceci ne pouvait être bon pour le bébé, alors elle se força à se repasser la scène avec Isaac. Il fallait qu'elle sache s'il y avait quelque chose à sauver du côté du bonhomme, parce que – elle était prête à l'admettre – elle voulait retourner là où se trouvaient le lit et les vêtements, la nourriture et Rufus, et lui aussi, même après ce qu'il avait fait. Elle n'avait jamais eu confiance en lui de toute façon. Tous les adultes qu'elle avait croisés avaient fouillé ses affaires.

D'abord, elle s'était arrêtée dans les magasins, et ça l'avait mise en retard. Quand elle était arrivée, elle avait traversé le vestibule sans s'arrêter pour accrocher son manteau. Isaac était toujours dans son bureau à cette heure de la journée, elle avait prévu de se glisser dans la cuisine en catimini et de ranger les denrées qu'elle avait dans les poches au fond du frigo. Plus tard, en présence d'Isaac, elle fouillerait, les "trouverait" et dirait :

— Tiens, j'ai une idée.

Mais Isaac était assis tout raide à la table de la cuisine, et sur son visage, une expression de… Elle s'interrompit. Elle n'avait pas vu son visage, si ? Elle avait vu les coupures de journaux et le bracelet. Dans la demi-seconde avant de percevoir l'expression de son visage, elle devina la suite des événements. Il serait forcément dans une colère noire. Il la mettrait dehors pour lui avoir menti, pour avoir été liée au meurtrier de son fils, pour avoir eu une responsabilité quelconque, peut-être.

Elle avait fait demi-tour et s'était enfuie. Et même alors qu'il criait : "Evangeline, s'il te plaît !", elle avait claqué la porte du vestibule. Elle était presque arrivée au garage quand il ouvrit la porte de derrière et lui cria :

— S'il te plaît. Je veux te parler.

Et qu'avait-elle fait ? Elle avait attrapé le pot de câpres et l'avait violemment jeté sur la dalle en béton à côté du portail en hurlant :

— Putain de salopard ! Vous n'êtes qu'un putain de salopard !

Ensuite, elle avait couru, couru encore, de toutes ses jambes, son nouveau sac lui tapant le dos. Elle avait descendu en courant la longue allée, bondi par-dessus des racines, évité des plantes grimpantes. Elle avait longé des rangées de maisons, tout se dévidant sur son passage, les semaines et les mois à essayer de vivre comme elle pouvait, la peur de se faire prendre quand elle s'introduisait chez des étrangers ou s'enfuyait des magasins par la porte de derrière, les regards chargés de cupidité, de pitié ou de dégoût sur ses membres et ses seins devenus des quartiers de viande. Les garçons. Les deux garçons morts. Pourrait-elle jamais s'enfuir assez loin de tout ça ?

Elle avait bifurqué dans une impasse au fond de laquelle elle savait qu'elle trouverait un sentier. Et quand finalement, cachée dans les arbres et le sous-bois dense, certaine qu'il n'y avait personne dans les environs, elle s'était arrêtée en trébuchant, elle s'était courbée en deux, le souffle court, et avait vomi.

Courir comme ça ne lui avait certainement pas fait de bien. Mais elle avait connu pire. Elle n'allait certainement pas en faire tout un plat. Evangeline lança au mobile home un dernier regard qui s'attarda sur les vestiges gluants de pétunias, et elle revit sa mère rentrant à la maison fière comme un coq, laissant tomber le pot à côté du perron. Reculant d'un pas, elle avait admiré le tableau en disant :

— Faut me reconnaître ça. Je sais bien comment rendre un endroit joli.

Même à ce moment-là, le cœur d'Evangeline s'était un peu fissuré – devant l'étiquette rouge marquée liquidation sur le pot en plastique bon marché, les pauvres fleurs aux minces tiges recourbées.

Elle se détourna de l'ombre de sa mère, hissa son sac sur son dos et se dirigea vers la ville. Le restaurant de pizza fermait tôt, ces derniers temps, et quand il fermait, les employés jetaient les invendus dans la benne à ordures, derrière. Elle connaissait un endroit au sec où elle pourrait aller ensuite pour réfléchir tranquillement. Elle pouvait y passer la nuit du moment qu'elle partait le matin, avant six heures et demie, à peu près.

Elle n'avait même pas été obligée de fouiller dans les ordures. Le garçon qui sortait les restes la vit qui rôdait dans le coin et les lui offrit, ce fut aussi simple que ça. Maintenant son ventre était plein et elle remontait une autre route sombre, réfléchissant à ce qu'elle ferait si elle se retrouvait face à une porte verrouillée. À ce moment-là, un pick-up passa en trombe à côté d'elle, tellement près qu'elle sentit le souffle d'air la frôler. Son regard fila vers l'endroit où il devrait se trouver, au sommet de la colline. Elle eut un instant la respiration coupée. La route était déserte, il n'y avait qu'une biche qui traversait, en s'arrêtant à chaque pas.

L'espace d'une seconde, elle crut que c'était Jonah dans le pick-up. Pas son fantôme, le vrai Jonah. Elle savait qu'il était mort ; cela ne pouvait pas être lui. Elle avait l'impression de se trouver dans une superposition du temps, un passé qui avait réussi à la rattraper. Elle sentait sa présence depuis le début de la semaine. Hier, alors qu'elle passait devant la porte de l'escalier, l'odeur de son après-rasage l'avait arrêtée net.

Elle contempla la biche, se disant que le pick-up allait réapparaître, et elle se rendit compte qu'elle était précisément sur la route qu'elle avait parcourue avec Jonah quand il l'avait emmenée à la mare.

Après la nuit avec Daniel, Evangeline s'était juré de ne plus aller au parc. Mais l'après-midi suivant, elle tapait du pied dans le mobile home, et claquait son unique porte toute fine, ce qui n'était pas terriblement gratifiant puisqu'elle était la seule à entendre. Toute cette affaire était ridicule, de toute façon – pourquoi devait-elle être celle qui était exclue ? –, et en début de soirée, elle partit en direction du parc. Bien que le ciel se fût adouci pour prendre une teinte bleue cotonneuse, il ne l'aida pas à s'apaiser. Désormais, elle espérait tomber sur lui. Elle le regarderait droit dans les yeux, et l'obligerait à les baisser le premier.

Mais quand les arbres du parc apparurent, sombres et découpés dans le soleil couchant, son pas ralentit et son ventre commença à se serrer. Elle était sur le point de repartir lorsqu'elle aperçut, traversant lentement le parking, un pick-up bleu marine dans lequel il n'y avait que le conducteur. C'était forcément Jonah. Il avait probablement parlé à Daniel et devait se dire qu'il méritait son tour, lui aussi – toute sa comédie du petit garçon timide, n'importe quoi. Il fit une boucle, et alors qu'il revenait, elle se montra. Il s'arrêta à côté d'elle.

— Tu me cherches ? fit-elle.

Elle devait avoir l'air fâchée, car son visage prit soudain une expression affolée.

— Non. Je voulais juste…

Il s'arrêta, reprit sa respiration comme s'il avait couru.

— Juste quoi ? aboya-t-elle ; rien à foutre, si elle paraissait fâchée, rien à foutre de tous ces gars.

Lorsque le regard de Jonah croisa le sien, il détourna les yeux aussitôt, mais ne cessa pas de l'épier en douce. Il déglutit avec peine avant de parler :

— C'est juste que j'ai bien aimé parler avec toi l'autre jour, c'est tout.

Il expira, content d'avoir réussi à terminer sa phrase.

Elle laissa son regard s'attarder sur le garçon, sachant que, pour lui, c'était une torture. Il ne supportait pas qu'elle le regarde, ne cessait de se tortiller sur son siège, et le pouvoir qu'elle avait sur lui l'excita un peu. Elle sourit et s'appuya contre sa portière.

— Ah ouais ? C'est pour ça que t'es là ? Pour parler ?

Maintenant qu'elle était proche de lui, elle sentait une odeur musquée et étudiée, comme de l'après-rasage. La gaucherie de son choix le rendait touchant plutôt que sordide, et à nouveau, elle eut l'impression de le connaître, le rattachant à une espèce totalement différente de celle de Daniel.

— Je t'ai apporté quelque chose, mais je ne voudrais pas te contrarier.

— Pourquoi tu m'apporterais quelque chose pour me contrarier ?

— Ce n'est pas mon but, mais tu as l'air d'être déjà contrariée.

Elle rit.

— Peut-être que c'est vrai. Mais pas par toi. Dis, tu voudrais pas aller te garer.

Il trouva une place, sortit de son pick-up et se tint, tout gêné, devant elle.

— Désolé, j'ai pas apporté de bière.

Elle fronça les sourcils.

— Qu'est-ce qui te fait penser que j'attendais de la bière ?

Il baissa les yeux vers ses godillots en cuir éraflés. Certains points de la couture avaient craqué sur une des chaussures et la semelle bâillait un peu. Il dut remarquer qu'Evangeline avait vu et positionna ses pieds d'une manière bizarre, comme s'il voulait les cacher. Elle n'était pas franchement du genre à accorder de l'importance à ces choses-là – ses tongs et son short avaient connu des jours meilleurs –, mais elle se demanda s'il savait à quel point il avait l'air bizarre, à porter ces chaussures de travail en plein mois d'août, avec un short large qui lui arrivait aux genoux et une chemise en toile de vieux. Chez un garçon différent, ça aurait pu donner un côté j'en-ai-rien-à-faire, mais chez Jonah, on aurait juste dit une tenue de pauvre.

— Je ne sais pas faire ces choses-là, dit-il entre ses dents.

Elle lui toucha le bras, et tout son corps tressauta, pris d'un spasme violent comme s'il se réveillait d'un rêve où tombait dans un précipice.

— Désolé, répéta-t-il.

Le pauvre garçon avait l'air tellement malheureux qu'elle lança :

— Viens, et elle partit en direction de la falaise.

— Attends.

Il retourna dans le pick-up et souleva un sac de courses qui contenait quelque chose de lourd. Il la suivit à quelques pas de distance, tenant son sac comme s'il était nécessaire de le maintenir à l'horizontale. Lorsqu'ils arrivèrent à son endroit favori, Jonah le posa sur la table, le visage à la fois tendu et excité.

— Viens d'abord par ici, dit-elle en l'invitant d'un geste à se rapprocher du bord.

Il l'accompagna, et ils s'appuyèrent contre le garde-fou métallique. Le soleil se couchait, et transformait le Puget Sound en un ciel de reflets lumineux. La brise apportait les parfums de la mer, des pins et des mûres, tout en leur enlevant un peu du capiteux de l'été. La journée avait été chaude et comme d'habitude, Evangeline n'était pas préparée à la vitesse à laquelle tombait la fraîcheur du soir maintenant que l'automne approchait. Elle s'appuya contre Jonah, et bien qu'il ne résistât pas, bien qu'elle crût avoir entendu un petit gémissement de plaisir, ses mains restèrent fermement cramponnées à la barrière. Elle se redressa.

— Je peux voir, maintenant ?

Même dans la lumière rosée du crépuscule, elle perçut avec quelle intensité il rougit.

— C'est un peu idiot…, dit-il, mais il courut presque jusqu'à la table.

Il sortit l'objet avec une douceur tellement attentive qu'il aurait pu être un médecin en train de mettre au monde un bébé.

Il tendit sous son nez un grand bocal en verre avec quelque chose à l'intérieur.

Elle se pencha.

— Qu'est-ce qu'il y a dedans ?

Il le brandit dans les dernières lueurs du soleil. Des trous avaient été percés dans le couvercle, et maintenant, elle voyait des graviers, de la mousse, de l'eau et des brindilles, une grande feuille qui tremblait.

— C'est une grenouille. Toute petite. À peine deux centimètres.

— Une grenouille ?

— L'autre soir, tu n'arrêtais pas de désigner les différents oiseaux, de faire remarquer que les écureuils ici sont petits et noirs. Tu as dit que tu adorais la façon dont les grenouilles chantent le long des sentiers et tu te demandais où elles vivaient. Elle est silencieuse, là, mais je t'assure qu'elle est capable de coasser fort, pour sa taille.

Sa main esquissa un mouvement, comme s'il voulait tendre le bras, la toucher.

— Je sais que tu voudrais un chien, mais peut-être qu'elle pourrait être un genre d'animal de compagnie.

Avait-elle vraiment dit toutes ces choses ? Ça lui ressemblait ; la bière la rendait souvent un peu fleur bleue. Elle l'embrassa sur la joue comme elle l'avait fait l'autre soir, glissa son bras dans le sien et dit :

— Tu as une lampe de poche ? J'aimerais bien la voir mieux.

De retour au pick-up, Jonah sortit un plaid en polaire de l'arrière et enroula Evangeline dedans, puis prit une lampe torche dans sa boîte à gant et dirigea le faisceau sur le bocal. Un éclair d'un vert translucide plongea sous une feuille. Emmaillotée de nuit, la maison de la grenouille devint la chose la plus réelle du monde, un royaume enchanté de vrilles vertes délicates et de galets lissés par l'eau, une cabane de feuilles séchées, une toute petite mare d'où émergeaient des narines minuscules et des yeux exorbités. La créature bondit et Jonah faillit lâcher le bocal. La grenouille se posa sur la plus grosse brindille, ses pattes palmées secouées de spasmes.

Evangeline l'étudia pendant un long moment, humant l'odeur de garçon un peu bêta que dégageait Jonah, puis elle leva les yeux vers lui. Il gardait les siens rivés sur la grenouille, trop timide pour croiser son regard aussi près. Pâle, le torse étroit, il avait d'épais cils noirs et une plaque de boutons rouges sur le menton.

— J'aime beaucoup ton cadeau, dit-elle. Il est magique. Tu as vu ses pieds, comme ils sont étranges ?

Elle tint le bocal à hauteur d'yeux, tout près de son visage, tandis que Jonah orientait la lampe de manière à ne pas l'éblouir.

— J'adore, fit-elle en le posant sur ses genoux. Vraiment. Mais qu'est-ce que tu dirais si on la ramenait chez elle, et qu'on la laissait partir ?

Il expira comme s'il avait retenu son souffle longtemps.

— Je suis tellement content que tu dises ça ! (Il riait presque.) Je me sens tellement mal depuis que je l'ai enfermée là-dedans.

Il l'emmena jusqu'à une petite mare un peu à l'écart d'une route de graviers, à environ deux kilomètres du parc. Ensemble, ils se frayèrent un chemin dans les hautes herbes en direction de la berge. Pendant qu'ils avançaient péniblement dans ces taillis sombres, Jonah devant, il y eut un moment où le cœur d'Evangeline se mit à battre la chamade, une ombre soudain l'oppressait. Elle était sur le point de s'enfuir en courant quand Jonah s'arrêta soudain et se tourna vers elle.

— Ça va ? Tu veux qu'on fasse demi-tour ?

On aurait dit que sa peur à elle s'exprimait par sa bouche à lui.

Elle inspira.

— Non. C'est moi qui ai des vapeurs.

— T'es sûre ? Parce que…

— Non, je t'assure. Tout va bien. On est presque arrivés.

La biche avait fini par rejoindre l'autre côté de la route. La mare ne pouvait se trouver loin, et en arrivant au sommet de la colline, elle vit la pancarte ZONE PROTÉGÉE. Jonah et elle avaient parcouru ces derniers mètres, la mousse et les fougères s'écrasant avec un bruit de succion sous leurs pieds, et s'étaient tous les deux accroupis au bord de la mare. Quand elle avait dévissé le couvercle, la grenouille avait jeté un coup d'œil dehors, sans bouger. Ils discutaient pour savoir s'ils seraient obligés de retourner le récipient lorsqu'ils constatèrent qu'il était vide.

Dans la nuit froide et mouillée, Evangeline passa une main sur son ventre et regarda vers le bout du chemin où, un soir à la fin de l'été, la fuite furtive d'une grenouille – une créature présente, et disparue la seconde suivante – s'était offerte comme un petit miracle parmi tant d'autres.

23

LE JOUR DE MA MORT

Le froid s'infiltre à travers ma fenêtre, mais la pièce est pleine de l'odeur puissante de la boue chaude et de la mousse humide, mêlée d'une promesse de brise de nuit estivale. Quand je ferme les yeux, il y a Red et la petite grenouille sur la berge de la mare, la nuit.

J'essaie de remonter plus loin dans le temps, mais mon esprit s'y refuse. Même mon cœur rechigne. J'essaie de découvrir à quel moment j'ai cédé, à quel moment quelque chose s'est cassé en moi. Et ce n'est pas cette nuit à la mare, c'est archi sûr. Au contraire, l'espace d'un moment de béatitude, je me suis senti guéri. Et peut-être est-ce une raison suffisante pour suivre cette piste. Alors je tends l'oreille, et bientôt, j'entends la respiration de Red au milieu d'un chœur de grillons.

Nous avons laissé partir la grenouille et nous sommes retournés au pick-up. Je me sentais bien. On pourrait croire que c'est un détail, je sais, mais ce n'est pas le cas. Je ne me suis jamais senti bien avec une fille avant. Pas sûr que je ne me sois jamais senti normal avec qui que ce soit depuis la mort de papa. Depuis toujours, peut-être. Alors, me sentir bien avec une fille – ni brillant, ni canon, ni drôle, juste bien –, c'était la sensation la plus énorme, la plus libératrice du monde. Tandis que nous avancions dans les hautes herbes, sa jambe effleurant la mienne, je ne me préoccupais pas de mon torse maigrichon ni de ce que je devais dire. Je ne me reprochais pas d'être malhabile ou bizarre. Je me sentais vraiment bien.

Nous sommes remontés dans le pick-up, et j'ai repris la route de graviers. Arrivé à la rue, je me suis arrêté, ne sachant pas trop où aller. Nous étions dans mon quartier. Si Red avait regardé un peu vers la gauche, elle aurait pu voir ma maison. Elle ressemblait à la plupart des autres dans le coin, une petite maison de plain-pied sur un terrain d'une taille correcte. Le vélo de Nells gisait sur la pelouse, mais au moins, notre jardin n'était pas envahi de jouets en plastique comme celui de la plupart de nos voisins. Maman avait empilé sous les auvents le bois qu'elle avait coupé pour l'hiver et, pour une raison inconnue, j'en étais fier. J'imagine qu'il n'y avait pas franchement de quoi être fier. Ce n'était pas un quartier de pauvres, mais on n'en était pas très loin non plus, surtout avec le type, plus bas dans la rue, qui entassait tout chez lui de manière compulsive et la maison avec le toit enfoncé par l'épaisseur de mousse, celle dont les locataires changeaient tous les deux ou trois mois.

Il aurait ressemblé à n'importe quel autre pâté de maisons s'il n'y avait pas eu la demeure de M. Balch. La grande et vieille maison victorienne trônait fièrement sur son vaste terrain comme un membre de la famille royale contemplant ses sujets d'un air méprisant, faisant paraître tout le reste triste et bas de gamme. Avec les grands sapins, on ne voyait pas grand-chose, mais Red était curieuse, elle se tortillait en tous sens, essayant de l'apercevoir. Les lumières de la cuisine brillaient entre les arbres, et certaines de ses cheminées étaient visibles entre les branches.

— Qui habite là ?

— Tu te souviens de Daniel ? Le gars qui était avec moi l'autre soir ?

— Ouais.

— C'est là qu'il habite.

— Merde alors.

— Ils ne sont pas riches. Quand ils l'ont achetée, elle était abandonnée, dans un sale état.

— Quand même, ils doivent être un peu riches.

Elle avait l'air impressionnée, et boum, tout à coup, je ne me sentais plus bien. J'étais idiot et rachitique et pauvre, et content qu'elle ne demande pas où j'habitais, parce que maintenant, je remarquais combien notre jardin avait l'air affreux, l'herbe maigrelette et pleine de pissenlits montés en graine. Le garçon qui vivait là était forcément un cossard de première.

— Je ferais bien de te ramener, dis-je.

— Le parc, ce sera parfait.

— Tes parents ne s'inquiètent pas ?

Elle a haussé les épaules.

— J'ai pas de père, et ma mère, elle se fiche pas mal de savoir où je suis.

— Je suis sûr que non. Sérieux, ça me pose aucun problème de te ramener.

Elle se raidit.

— Ce ne sont pas tes affaires. Laisse-moi juste au parc. Tu peux faire ça ?

J'ai dit oui, je peux le faire. Nous n'avons pas beaucoup parlé sur le trajet, juste quelques échanges gênés sur le fait que c'était vraiment bizarre que la nuit soit déjà tombée. Je n'arrivais pas à croire à quelle vitesse tout avait changé.

Au parc, elle n'est pas sortie d'un bond comme je m'y attendais. Elle est restée appuyée contre sa portière, loin de moi, à regarder par la vitre passager. Il n'y avait rien à voir, en dehors du parking désert et des arbres sombres qui cachaient l'entrée.

Au bout de quelques minutes, j'ai dit :

— Je n'ai pas de père non plus.

Elle s'est tournée vers moi.

— Ah bon ?

— Il est mort il y a un an.

Elle a dit qu'elle était désolée, et je crois que c'était sincère, mais ensuite, elle a ajouté :

— C'est nul, c'est vraiment nul, mais au moins, tu avais un père. C'est quelque chose, déjà.

— Tu veux dire que t'en as jamais eu ?

— Ma mère m'a dit qu'il était mort dans un accident affreux avant ma naissance, mais c'est des conneries. Il était probablement son mac ou un client.

— Ta mère est une prostituée ?

Elle s'est mise à rire tellement fort que j'en ai eu chaud au visage. Elle se calmait un peu, puis ça reprenait, elle se remettait à ricaner et glousser.

— Désolée, désolée, dit-elle en reprenant son souffle. C'est tellement drôle de penser à ça, vu que ma mère est à fond dans Dieu et tout. Mais je la vois tellement bien en dominatrice, en même temps, en train de fouetter un pauvre type et le condamner à aller en enfer.

— Tu n'as pas dit que…

— Tu as raison, tu as raison. Le truc, c'est qu'elle m'a eue très jeune, j'ai vu des photos d'elle et je peux te dire qu'elle n'avait rien d'une fêlée de Jésus à cette époque. Des shorts courts et des débardeurs très échancrés, des sandales compensées avec des semelles d'au moins dix centimètres. Bref, ma mère devait faire des passes. Sa propre mère l'a fichue dehors à l'âge de quatorze ans. Il fallait bien qu'elle mange. (Elle a hésité.) Je lui en veux pas, ni rien. Si elle… si elle faisait des passes, tu lui en voudrais ?

— Je n'arrive pas à y croire, j'ai dit, rendu fou à cette idée.

On aurait cru que je venais de gifler Red, alors je me suis dépêché d'ajouter :

— Pas les trucs sur ta mère. Sur ta grand-mère. Je n'arrive pas à croire ce qu'elle a fait. Comment est-ce qu'une mère peut mettre son enfant à la porte comme ça ?

J'étais en train de merder. Je le sentais. Elle n'avait plus l'air aussi blessée, mais elle était plus absente, elle en avait marre de notre discussion.

— Ouais, chais pas, elle l'a fait.

Cette lassitude m'a énervé, comme si le fait que sa mère soit abandonnée n'était pas tellement grave. Ça m'a rappelé ma sœur après la mort de papa, qui balayait tout – bon ou mauvais – avec un regard vide et un haussement d'épaules. Les deux étaient comme des machines sans cœur.

— Tu trouves que c'était "quelque chose" d'avoir un père ? j'ai dit d'un ton agressif, et elle s'est tournée vers moi. Eh bien, mon père s'est fait sauter la cervelle dans notre cuisine devant ma mère, ma petite sœur et moi. Et nous, on était juste soulagés que rien de pire ne soit arrivé. Alors, ouais. C'était quelque chose.

J'avais envie de lui jeter tout ça à la figure, d'ouvrir une brèche dans sa posture rien-ni-personne-ne-peut-m'atteindre, j'avais envie de la secouer pour qu'elle ressente les choses. Parce qu'il me semble que soit on est disposé à ressentir, soit non.

Ses yeux se sont remplis de larmes comme si des grosses poussières s'y étaient logées, et je me suis dit que, si elle était une machine, ses yeux ne se mouilleraient pas comme ça.

— Mon Dieu, a-t-elle chuchoté.

— Ouais… Mon Dieu.

Je savais que j'étais un vrai con, mais ça me faisait du bien de voir un peu de ma souffrance sur son visage, j'étais peut-être pas obligé d'être si seul avec cette douleur.

Il y avait plus à dire sur l'histoire de mon père, beaucoup plus, mais j'avais déjà dépassé la version validée par la famille : "Après un long combat contre la dépression, notre père a mis fin à ses jours." Joli, vague, propre, comme s'il avait pris des pilules au goût sucré et que nous l'avions retrouvé blotti dans un lit confortable, tel un ange endormi. Sauf que le shérif et le médecin légiste savaient comment il avait fait. Et ils ne connaissaient que la toute fin. Quant au nettoyage et à la peinture, maman et moi l'avons fait nous-mêmes. Elle n'a pas demandé à Nells de participer. Étant donné ce qui s'était passé, cela paraissait juste. Mais nous nous sommes tous accordés pour garder le secret. "Ce qui est arrivé ici ne regarde absolument personne dans cette ville", avait dit maman.

Red m'a dévisagé longuement, puis elle a lancé :

— Je boirais bien une bière maintenant.

J'ai cru qu'elle parlait sérieusement. Elle l'a compris à ma tête et a ri, avant de se mettre à parler en chuchotant, d'une voix plus aiguë, comme si elle témoignait à l'église.

— Ô Dieu du ciel, Notre Sauveur céleste, Jésus béni, nous t'ouvrons notre cœur pour que tu le reçoives avec bonté et amour, sachant que peu importe combien de merdes horribles tu nous balances sur la tronche, ton amour est sacré et pur, un amour tellement magnifique qu'il dépasse notre piètre capacité d'entendement. Avec gratitude nous nous soumettons, humbles vers de terre que nous sommes, à ta bienveillante volonté. Amen.

Elle s'était plaquée contre son dossier, les bras étendus comme si Dieu était descendu jusqu'à elle, le dos de sa main gauche touchant ma poitrine. Je l'ai attrapée, attirée contre moi et embrassée. J'avais déjà embrassé des filles avant, mais jamais comme ça, pas dans ce genre d'anéantissement, tout ce qui me faisait mal avait disparu et tout le reste trouvait sa place, une chaleur sombre et pleine de vie entre nous. Je n'avais jamais été perdu comme ça. C'est probablement la raison pour laquelle j'ai bondi comme je l'ai fait quand sa main a empoigné ma queue à travers mon short, pourquoi j'ai failli exploser.

Elle s'est écartée brusquement, son visage exprimant un mélange de surprise et de douleur. Pourquoi avais-je fait ça ? Elle était belle, et je rêvais de ses mains sur moi. J'ai essayé de l'attirer à nouveau à moi, mais elle était passée à autre chose, la moindre étincelle de chaleur en elle était éteinte. De toute façon, il ne restait plus grand-chose de mon érection.

Elle a essuyé sa main sur son short comme si elle l'avait contaminée en me touchant.

— Bon, j'ferais mieux d'y aller. Merci encore pour la grenouille.

Avant que je puisse l'arrêter, elle avait ouvert la portière et avait filé à toute vitesse entre les arbres, en direction de la falaise.

J'ai failli la suivre, mais que pouvais-je dire ? Que j'étais un idiot ? Qu'elle était la fille la plus sensationnelle, la plus sexy que j'avais jamais vue ? Qu'elle pourrait être défigurée dans un accident affreux que mon cœur aurait quand même l'impression d'exploser, qu'il exploserait et ferait valser mes côtes fracassées comme du shrapnel si je ne devais jamais la revoir, si je ne pouvais pas retourner avec elle dans cet endroit où tout le reste disparaissait.

Je me suis avachi sur mon siège. Non. Si je voulais qu'elle disparaisse pour toujours, c'était bien la meilleure chose à faire. Avoir recours à des trucs romantiques, à l'eau de rose. Red n'était pas aussi dure qu'elle le prétendait, mais elle voulait que je croie qu'elle l'était. On n'attrape pas des créatures sauvages en leur courant après. J'ai attendu dix minutes, puis dix autres minutes, et encore dix autres, pensant qu'elle reviendrait peut-être auprès de moi, que si je restais calme, silencieux, patient, elle reviendrait peut-être se poser sur moi comme un oiseau sur une branche.

À dix heures et demie, je me suis dit que ma mère s'inquiétait et que Red avait dû quitter le parc par une autre sortie, alors j'ai démarré et je suis rentré. J'ai cru que je ne la reverrais jamais. J'ai cru qu'elle allait me manquer pendant des années.

24

Evangeline était partie en trombe, et je l'avais laissée courir jusqu'à ce qu'elle ait parcouru une distance telle qu'il était inutile de me lancer à sa recherche. Je ne la trouverais pas à moins qu'elle veuille être trouvée. Qu'elle revienne de son propre gré ou qu'elle me laisse tranquille.

Elle avait fracassé un bocal en verre à côté du portail et Rufus sortit mener son enquête. Après l'avoir rentré, je l'enfermai à l'intérieur et allai nettoyer. Une odeur forte, âcre et caractéristique m'assaillit. Je m'accroupis pour inspecter les lieux. Des câpres ?

Une fois que je fus certain d'avoir ramassé tous les éclats de verre, je relâchai Rufus. Il courut droit à l'endroit que je venais de laver, renifla et le tapota du bout de la patte, puis se jeta sur le portail. Il aboya et se dressa sur ses pattes arrière, griffa les planches, arrachant de la peinture et des éclats de bois comme s'il essayait de sortir.

Je l'attrapai par le collier et le traînai jusqu'à la maison ; je lui donnai à manger tôt pour le calmer. Une fois le chien couché paisiblement, je vis ce qu'Evangeline avait dû voir. Son vieux sac à dos vidé, jeté sur le sol comme une ordure, sa petite collection d'objets personnels étalée sur la table devant un homme qu'elle connaissait à peine.

Et dans quel but ? Pour la condamner ? La railler ? La culpabiliser ? Qu'avait-elle pu y voir d'autre ? Evangeline avait raison. J'étais un putain de salopard. Probablement un homme parmi tant d'autres qui avait envahi ce qui aurait dû demeurer sien exclusivement.

Mais mon moment de regret fut bref, déchiré par la colère. Cette fille était une menteuse. Comment arrêter ses incessants faux-fuyants autrement qu'avec des preuves irréfutables de la vérité ? Non seulement elle savait que mon fils était mort bien avant d'arriver, mais elle avait été suffisamment intime avec son meurtrier pour posséder son bracelet. Il n'y avait aucun doute, c'était bien celui de Jonah. Lorsque, accroupi dans ce placard sombre, en le retournant dans ma main, un petit morceau de boue séchée était tombé, j'avais vu le J cousu d'une main maladroite au fil rouge.

Peut-être que je suis un putain de salopard. Et si quelqu'un a le droit de l'être, c'est bien moi.

Il était neuf heures passées lorsque je retrouvai mes esprits et me rappelai qu'Evangeline était une enfant. Je rassemblai les coupures de journaux et les rangeai dans son sac à dos avec le bracelet et la nourriture, puis allai poser le tout sur son lit. Accompagné de Rufus, je m'enfonçai dans la nuit mouillée, me disant qu'elle s'était peut-être cachée sur la propriété comme le premier soir.

Quand j'ordonnai à Rufus de trouver Evangeline, il se mit à zigzaguer sur le terrain, la truffe au ras du sol. Je balayai les lieux avec ma lampe torche, éclairant la pluie cinglante, les gouttes étincelant comme des braises. Une paire d'yeux sans corps brillèrent d'un éclat vert près de la clôture du fond. Un raton laveur, un lynx ou un coyote. Ils papillonnèrent et disparurent. J'étais content que Rufus soit occupé. Ce chien n'avait jamais été capable de résister à une créature sauvage en manque d'une bonne course-poursuite. Mais je m'inquiétais pour Evangeline dans ce vent qui soufflait en rafales, avec des yeux comme ceux-là qui l'attendaient.

Rufus et moi passâmes devant la maison. Au niveau du vieux prunier où il avait trouvé la jeune fille, le chien recommença à gémir et donna des coups de patte au tronc. Pendant quelques instants, je crus qu'elle avait peut-être trouvé refuge dans ses vieilles branches. Mais l'arbre était désert, il n'y avait que du lichen et de la mousse poussant comme des bernacles sur sa peau ridée. Je ramenai Rufus à l'intérieur et pris mes clés.

Le moteur de la voiture rugit, et je marquai une pause dans l'obscurité rassurante du garage, la respiration courte, pleine d'échos. Qui était cette fille pour mon fils ? Le seul témoin du meurtre était l'assassin, et lui aussi était mort. Avec deux adolescents, et seulement quelques bières et un cerf qui s'était trompé de saison pour toutes preuves d'une activité criminelle, il était facile de soupçonner qu'une fille se trouvait au cœur du drame. Mais un mois était passé depuis sa mort, sans le moindre indice.

Puis, elle était apparue. Cette fille avec sa beauté désinvolte. Cette fille de seize ans, enceinte. Cette fille qui s'était levée de sous un arbre noueux au milieu de la nuit comme un cauchemar – ou un souhait.

Je sortis du garage en marche arrière. Elle avait prétendu chercher le parc. Même si tout, dans son histoire, était probablement un mensonge, celui-ci exprimait peut-être une inclination de sa part, alors je pris cette direction.

Le vent était devenu violent, et au moment où je bifurquai vers la ville, une grosse branche fut arrachée à un arbre et manqua de peu la voiture. Maintenant, j'avais le meurtre et le bébé, les animaux sauvages et les branches létales qui m'occupaient l'esprit. C'est pourquoi je n'avais pas entendu l'autre respiration dans la voiture, pourquoi mon cœur bondit quand une ombre émergea de la banquette arrière.

— Vous me cherchez ? dit Evangeline.

Le vent secouait les rampes et les pontons, les voiliers et les bateaux de pêche, mettant tout en branle dans un grand cliquetis confus. Un panneau STOP, fiché dans un bloc de béton, avait été déraciné au marteau-piqueur et déposé quelques places de parking plus loin, sans rime ni raison. Il luisait sous un lampadaire, fouetté par le vent, vibrant si fort que le blanc du mot se fondait dans un océan de rouge. Nous étions face à la marina, la voiture humide et étouffante, où régnait l'âcreté de la sueur et de quelque chose ressemblant à la panique. Evangeline ouvrit la portière arrière.

— Non, reste là.

Elle referma la portière, mais je la sentis derrière moi, penchée en avant.

— Pourquoi on ne rentre pas à la maison ? dit-elle, la chaleur de son haleine dans mon oreille.

— Je ne suis pas prêt.

— Si je pouvais seulement…

— Silence !

Evangeline prit une profonde inspiration. Sa peur était légitime. La raison m'avait abandonné, remplacée par une rage qui se répandait comme un seau de sang vidé dans l'eau. Je brûlais de fureur. Je haïssais tant de gens, assis dans cette voiture froide, bousculée par le vent nocturne. Je haïssais non seulement Jonah mais sa mère, Lorrie. J'en voulais à Katherine d'être partie et à Peter de m'avoir confié ce qu'il savait. À mon fils d'être mort et à moi d'avoir laissé cela arriver. À Evangeline d'avoir la beauté de la jeunesse qui pouvait séduire un garçon comme Jonah. Je voulais lui faire mal. Je voulais la mettre en pièces pour trouver mon fils.

Je révèle ceci parce que le récit n'a plus d'intérêt si je cache ce qui me fait honte. Si cela en rebute certains, qu'il en soit ainsi. Mais je me demande si les envies irrésistibles – celles sur lesquelles nous refusons d'agir –, nous rendent méprisables. Le mal et sa violence nous guettent tous, cherchant toujours des points d'entrée, n'est-ce pas ? Notre résistance à ces envies régressives ne devrait-elle pas être le critère selon lequel nous sommes jugés ?

Pour ce qui est de la bête, elle est vivante. Elle vit depuis toujours. Elle est une des formes terribles que prend Dieu.

Evangeline resta penchée en avant, dans l'attente. Je rassemblai mes esprits et dis, plus doucement cette fois, contrôlant ma colère.

— J'ai besoin de quelques minutes. Je briserai le silence quand je serai prêt. Reste où tu es. Il vaut mieux que je ne puisse pas te voir.

— Mais… le rétroviseur.

Je levai la tête et il y avait ses yeux, gonflés et ombrés. Je détournai le miroir, et Evangeline se tut. Cette dernière semaine, elle s'était familiarisée avec mon habitude de réflexion, avec mes phases mutiques “bizarrement longues”. Ça l’exaspérait, mais elle savait que toute tentative de forcer la communication ne ferait que prolonger mon besoin de silence. Une minute passa, puis une autre. Elle s’écroula sur la banquette arrière en soupirant.

Qui pouvait condamner mon retrait ? Le fait que j’imagine ma propre gorge tranchée, espérant presque que cela arrive ? Je ne savais pas qui était cette enfant, de quoi elle était capable. La vérité la terrifiait, son imagination était débordante et elle était encline à la manipulation – un animal luttant pour leur survie, à elle et son enfant. Il fallait être idiot pour tenter d’affronter une telle créature sans la sérénité de l’esprit adéquate.

Nous restâmes dans le noir ; j’entendais sa respiration, congestionnée comme si elle avait pleuré, et ma rage fut remplacée par un désir soudain, irrépressible, de la réconforter. Mais je n’en fis rien, parce que je ne pouvais pas faire confiance aux déchaînements de mon cœur. Je contemplai le balancement des bateaux et les mouvements du Puget Sound, et finalement, ma tempête intérieure se transféra à ces vagues qui montaient et roulaient.

Au bout d’une heure, j’étais prêt à parler. Evangeline s’était enveloppée dans la couverture destinée à Rufus lorsqu’il voyageait avec moi. Malgré son odeur déplaisante, elle l’avait remontée contre son nez comme si cela la calmait. Sa respiration était lente et régulière et ses lèvres bruissaient de petits chuchotements. Il était presque onze heures, et les crises de la journée s’étaient évaporées. Je ne parvenais plus à comprendre comment cette enfant endormie – ou l’ami qui semblait avoir dit la vérité – avait provoqué une telle rage chez moi.

Je me dirigeai vers la maison, mon esprit et mon corps lavés. Une sorte de paix régnait désormais en moi, une douce affection pour Evangeline, et même pour moi. Peut-être que, de tout ce qui se passa cette nuit-là, c'est le plus difficile à expliquer.

25

Le lendemain matin, Evangeline se prépara pour partir en cours comme s'il ne s'était rien passé. Pourquoi les gens persistaient-ils à trimballer la puanteur des jours précédents alors qu'elle pouvait tout aussi facilement être ignorée – si ce n'est pour toujours, du moins pendant un moment ? Elle ne le comprenait pas.

Elle s'attendait à trouver Isaac assis à la table, silencieux et austère, tellement sérieux, toujours tellement sérieux. Mais il était décontracté, en pantalon et chemise, plongé dans la lecture du journal du matin, lui souhaitant le bonjour tout sourire. Elle crut un instant avoir imaginé la nuit précédente, que son sac à dos vidé, les vêtements à moitié pourris de sa mère, eux deux dans la voiture battue par le vent, n'étaient rien d'autre que des effets secondaires de sa grossesse, des rêves délirants au parfum de réel.

Isaac se leva comme s'il s'apprêtait à lui préparer son petit déjeuner, et elle ressentit un élan d'affection en voyant la manière dont il s'efforçait de faire semblant avec elle que rien n'avait changé. Elle lui fit signe de s'asseoir.

— Je peux me servir des toasts et du jus de fruits.

— Tu devrais manger plus.

— J'attraperai une banane à l'école. Peut-être des œufs. La cafétéria ouvre tôt, non ?

— C'est vrai. Tu as de l'argent ?

Elle se tortilla, mal à l'aise, se demandant s'il contrôlait le contenu de son portefeuille. Elle avait pour règle de ne jamais prendre plus de vingt pour cent de ce qu'elle trouvait, mais certaines personnes surveillaient leur réserve d'argent liquide au dollar près, et elle eut soudain l'impression qu'Isaac était de ce genre.

— Assez pour acheter à manger à la cafétéria.

— Nous reparlerons d'argent au dîner. Je pense qu'il te faudrait de l'argent de poche.

Il le dit avec légèreté, mais lorsqu'il la regarda, elle comprit qu'il savait exactement combien d'argent lui manquait. Et elle en fut d'autant plus troublée ; n'était-ce pas une raison supplémentaire pour qu'il la mette à la porte ?

— Et nous devrions parler de quelques autres sujets aussi, notamment de papiers à remplir.

Evangeline, qui était en train de poser une tranche de pain dans son assiette, se figea.

— Quel genre de papiers ?

— Le principal Thibodeau m'a rappelé qu'il y a des documents exigés par l'administration.

Elle se tourna.

— Le type à la mâchoire carrée ?

— Oui. L'État demande une notification des mineurs abandonnés…

— Je n'ai pas été abandonnée ! Je vous l'ai dit, ma mère est morte. C'est pas de l'abandon !

Isaac revint sur l'épisode avec la tante, la période où elle était sans domicile fixe.

— Vous ne voulez pas que je reste ? Parce que si c'est le cas, dites-le…

— Si, dit-il avec une fermeté qui lui apaisa le cœur. Je veux que tu restes. Et j'espère que ça se fera. Mais l'administration aura peut-être son mot à dire. Il se peut qu'elle décide d'un autre endroit pour toi.

Elle s'assit face à lui.

— Sauf si vous ne leur dites rien, non ?

— Je vais voir si je peux trouver une solution avec le principal, d'accord ?

— Aujourd'hui ? Vous vous en occuperez aujourd'hui ?

— Pas aujourd'hui. Mon emploi du temps est trop chargé. Demain, probablement. Personne ne te mettra à la porte dans les deux jours qui viennent.

Evangeline regarda fixement la table pendant une minute, puis se leva, ramassa son sac à dos et se dirigea vers le vestibule.

— Faut qu'j'y aille.

— Tu as le temps. Mange ton pain.

Elle promit qu'elle prendrait des flocons d'avoine en arrivant au lycée et partit affronter la bruine de ce jour qui tardait à se lever.

Tandis qu'elle longeait la route d'un bon pas, le ciel s'éclaircissant derrière une crête sombre, elle remarquait à peine la pluie. Elle n'avait qu'une pensée en tête : il n'était pas question qu'elle soit confiée aux services sociaux de l'État. Et certainement pas par ce type dans le bureau du principal.

"Le bien-être des enfants est la première priorité de l'État." Combien de fois avait-elle entendu ces conneries dans sa vie ? Toujours dans la bouche d'un adulte stressé, qui serrait dans ses mains inefficaces un dossier ou une fiche. Elle savait ce que cela signifiait. Un établissement aux murs en béton, avec des enfants difficiles – des malades mentaux, des gamins violents. Quant à la possibilité d'un autre placement en famille d'accueil, dans une "gentille famille", hors de question, bordel. Voilà ce qu'elle pensait de tout ça.

Elle avait eu sa dose de bienveillance d'État quand elle avait dix ans. Bien sûr, elle avait besoin d'aide à cette époque-là. Elle voulait bien l'admettre. Sa mère était partie depuis une semaine lorsqu'une dame avait frappé à la porte dc l'appartement, tard un soir. Evangeline n'avait pas ouvert, mais la dame ne cessait de crier, prétendant qu'elle avait une information concernant sa mère.

Evangeline hésita. Elle avait essayé de faire revenir sa mère toute seule. Elle avait mis ses T-shirts et dormi dans son lit, tenté de la ramener en inhalant son odeur. Elle avait bu tout le lait, gratté le pot de beurre de cacahuète jusqu'à ce qu'il ne reste rien, et fini les céréales. Mais sa faim n'avait pas provoqué le retour de sa mère. Alors quand la dame frappa à nouveau, quand elle dit qu'elle était envoyée par les services sociaux et qu'elle pourrait lui donner quelque chose à manger, l'emmener dans un endroit sûr, Evangeline avait retenu son souffle et ouvert la porte.

Pendant que sa mère se désintoxiquait de son héroïne, Evangeline passa six mois dans une famille d'accueil, à pleurer dans le petit placard de sa chambre. Et sa maman réussit à devenir clean. Enfin, à part sa nouvelle addiction à Dieu, qui ne semblait pas inquiéter les autorités. Au début

Evangeline s'était aussi laissé séduire par Dieu, la manière dont il vous regardait avec ses yeux pleins d'amour, en vous promettant la vie éternelle.

Il s'avère qu'après avoir prié un certain nombre de fois, et en vain, pour avoir un petit jouet ou des chaussures à sa taille ou une mère qui rentre le soir, on se rend compte qu'on a été trompé. C'était ces choses-là – les familles d'accueil, sa mère, les trahisons de Dieu pour ci ou ça – qu'Evangeline avait tant voulu partager avec Jonah, tant voulu chuchoter dans la pénombre de son pick-up, le cœur du garçon battant fort dans son oreille. Elle en avait eu envie avec une intensité qu'elle ne pouvait pas expliquer, un désir douloureux de se débarrasser de secrets qu'elle avait jusque-là gardés à n'importe quel prix.

Mais Jonah n'était plus là, et sa mère avait disparu. Tout ce qu'elle avait désormais, c'était l'homme et le chien, et il n'était certainement pas question qu'elle laisse le type à la mâchoire carrée l'envoyer ailleurs avec quelques formulaires administratifs.

Bien que les salles de classe fussent plongées dans le noir, les portes d'entrée étaient ouvertes et le bureau de l'administration éclairé. Une femme minuscule en tailleur sortit du bureau du principal adjoint. Evangeline, qui épiait les mouvements, se réfugia rapidement dans l'obscurité du couloir. La femme alla farfouiller dans les tiroirs à l'accueil puis retourna dans son bureau. Se glissant derrière le comptoir, Evangeline se dirigea vers la porte ouverte du principal.

Il était en train d'écrire à sa table, dos à elle. Quand il entendit le doux cliquetis de la porte, il se retourna aussitôt.

Il lui fallut un moment pour la reconnaître, et lorsqu'il y parvint, tout le sang se retira de son visage. Elle n'avait jamais rien vu de tel – comme si on avait enlevé la bonde au fond de l'évier. Son visage à elle blêmit aussi. Jusqu'à maintenant, elle n'était pas sûre à cent pour cent. Elle avait passé les deux derniers mois à essayer d'oublier le jour où elle l'avait rencontré, et lundi, elle l'avait surtout vu de profil.

Il était intéressant de l'observer, maintenant il bougeait le visage comme s'il essayait de faire revenir le sang dans ses veines. Elle aurait dû s'attendre à la suite. Si elle avait eu plus de temps pour envisager tous les scénarios possibles avant de foncer à toute vitesse au lycée, elle aurait été mieux préparée.

L'homme posa son stylo, lui offrit un sourire apparemment sincère, et dit :

— Tu dois être la nouvelle. Celle dont M. Balch m'a parlé. Je suis content que tu sois passée me voir. Y a-t-il quelque chose que je puisse faire pour t'aider à prendre tes marques ?

Elle faillit se laisser prendre. Il avait l'air différent avec la cravate, le grand bureau, la table entre eux. Evangeline réveilla le souvenir qu'elle avait gardé de Bremerton : l'homme au volant qui se penchait, prêt à ouvrir la portière passager, s'arrêtant et la regardant fixement. Le soleil de l'après-midi, bas sur l'horizon derrière elle, avait mis en lumière une mâchoire puissante, avait fait étinceler ses yeux bleu foncé. Combien d'hommes pouvaient avoir une mâchoire comme celle-là ? Et des yeux pareils ?

— Ouais, dit-elle. Vous pourriez m'aider à “prendre mes marques” en lâchant Isaac avec ces histoires de déclarations aux services sociaux.

Il baissa les yeux, réfléchit puis releva la tête.

— L'État tient à protéger...

— C'est que des conneries et vous le savez !

Il la dévisagea, reprenant rapidement son sang-froid.

— Je vois bien que tu es bouleversée, dit-il sur ce ton typique des adultes qui veulent faire croire à leur inquiétude. Mais ce n'est pas moi qui fais les règles. L'administrateur général est très pointilleux...

— Écoutez !

Elle se tut, déglutit, s'obligea à ralentir. À le regarder, le regarder vraiment, elle n'était plus si sûre. Peut-être que les yeux de cet homme étaient bruns. Il était difficile de savoir, avec cette lumière. Et celui-ci avait un grain de beauté sur la joue, pas gigantesque ni poilu, juste un grain de beauté, mais malgré tout, elle s'en souviendrait, non ? Elle choisit ses mots avec soin, se demandant s'ils porteraient.

— Le directeur est très pointilleux ? Pointilleux juste avec la paperasse ou est-ce qu'il s'intéresse à d'autres aspects du bien-être des élèves ? J'ai comme une idée que oui.

Le principal Thibodeau se leva, fit un pas comme s'il voulait s'approcher d'elle, mais elle le fusilla du regard et il s'immobilisa.

— Pardonne-moi, ma secrétaire me l'a dit, mais peux-tu me rappeler ton nom ?

— Evangeline. Evangeline McKensey.

Et ce fut ça qui la mit le plus en colère, cette manière qu'il avait de la rendre complice de cette scène où ils faisaient semblant de ne pas se connaître, où il lui imposait de n'être rien de plus qu'une nouvelle dont le nom avait été noté par un administratif.

— Eh bien, Evangeline. Je suis heureux que tu sois chez nous au lycée de Port Furlong, heureux que tu aies M. Balch pour s'occuper de toi. Parfois c'est un peu difficile de s'intégrer dans des classes qui sont déjà constituées, alors n'hésite pas à nous dire s'il y a quelque chose qu'on puisse faire pour t'aider. La principale adjointe Marsten est la personne à qui s'adresser pour toutes les questions de cursus.

Là-dessus, il se rassit, se détourna et se mit à taper sur son clavier. Evangeline refusa de bouger, resta là à fixer son dos. Au bout d'une minute, il dit, sans se retourner :

— Y a-t-il autre chose que je puisse faire pour toi ?

Evangeline tremblait, maintenant, craignant de parler de peur de fondre en larmes. Elle tourna les talons, sortit et alla se réfugier dans les toilettes les plus proches.

Plus tard, en repensant à cette matinée, elle revit la principale adjointe, et l'image d'un flacon de médicaments lui apparut – hydroxy-quelque chose. Elle se demanda si la principale adjointe Marsten avait une mère qui se prénommait Dorothy et si sa mère avait eu des problèmes avec son cœur le jour où ses médicaments avaient disparu.

26

La peur qu'Evangeline manifesta à l'idée que les services sociaux se mêlent de ses affaires me parut très exagérée. Je me demandai si elle se cachait de quelqu'un que l'administration risquait de contacter, un parent ou tuteur violent. Ou peut-être y avait-il des mandats d'arrêt lancés contre elle. Cette fille était une petite délinquante, après tout. Mais c'était probablement plus simple que ça. Elle avait dû être une enfant placée et n'avait aucune intention de retourner en famille d'accueil.

J'avais décidé d'aller voir Peter après mon dernier cours, mais lorsque la cloche de midi sonna, je le trouvai qui m'attendait à la porte de ma salle.

— Emporte ton déjeuner, dit-il. J'espère que tu es prêt à venir marcher un peu avec moi.

C'était un de ces rares jours d'octobre où la température était clémente et le ciel dégagé, les feuilles étincelant comme des joyaux. Je suivis Peter hors du campus, tandis qu'il me parlait de sujets on ne peut plus légers, comme le talent de sa petite dernière pour la gymnastique.

— Je sais que je ne suis pas objectif, mais même la professeur a dit qu'elle n'avait jamais vu une enfant de trois ans qui ait un tel équilibre.

Dans un petit parc voisin, nous nous installâmes sur un banc en face d'un carré d'herbe. Tout au bout, une sculpture en métal tournait dans la brise. Je ne parvenais pas à détacher mon regard de cette œuvre aux contours floutés constamment changeants. Nous mangeâmes en silence. Nous étions capables de rester sans parler. Peter était mon seul ami non quaker qui le pouvait. Mais ce jour-là, mon esprit était excessivement agité. Je finis mon sandwich et dis :

— Tu voulais me parler de quelque chose en particulier ?

— Pas vraiment. C'est juste que ça fait des mois qu'on n'a pas eu un moment tranquille, tous les deux. Par un miracle soudain, mon agenda était vide. Et ce temps... Je sais que tu aimes être dehors par ce temps.

Nous parlions ainsi côte à côte, comme si nous nous adressions au parc baigné de soleil.

— Je pensais qu'il s'agissait peut-être d'Evangeline, dis-je.

— Seulement si le sujet te préoccupe.

Bien sûr que le sujet d'Evangeline me préoccupait. J'avais décidé de parler à Peter de sa grossesse. Il connaissait déjà la partie la plus accablante, le fait qu'elle avait menti à propos des garçons. Il me fallait l'amener à la considérer non plus comme une fille probablement liée à un meurtre, mais comme une personne aussi proche qu'une parente. Je m'étais convaincu que révéler son secret ne constituerait pas une violation de son intimité. Peter, en tant que principal, n'était-il pas une sorte de tuteur ?

— C'est le cas, en effet, repris-je. Quand tu m'as raconté l'avoir vue, hier, je n'ai pas très bien géré…

— Non, non, m'interrompit-il. C'est moi qui ai mal réagi. Je ne sais pas ce qui m'a pris. Je n'aurais pas dû accorder foi à un souvenir plus récent au détriment de celui que j'avais gardé de l'époque. C'est Derek que j'ai vu. J'en suis sûr. C'est juste qu'il y avait cette hypothèse qu'une fille était forcément impliquée. Je n'arrive même pas à imaginer à quel point tout ceci a pu te contrarier. (Il sortit un cookie aux flocons d'avoine et me le donna.) Tiens.

Je le remerciai et mordis dedans, surtout pour me donner le temps de réfléchir.

— Pour être honnête, reprit-il, voilà la raison pour laquelle je voulais te parler. Je voulais te dire que je m'étais trompé. Que j'étais désolé.

Mêmc si je ne tire aucune satisfaction à l'admettre, avec ce retournement surprenant, le droit à l'intimité d'Evangeline prit une importance nouvelle, et je décidai de laisser Peter continuer à croire qu'elle n'avait aucun lien avec les garçons.

Je jetai un coup d'œil à ma montre.

— On ferait bien d'y retourner.

Nous jetâmes nos déchets et partîmes. En traversant la rue, je dis :

— Il y a encore une chose.

— Oui ?

— Les déclarations aux services sociaux. Elle est vraiment contrariée à l'idée qu'ils soient prévenus. J'ai comme l'impression qu'elle a vécu dans un contexte de violence. Je crains qu'elle ait été maltraitée. Il se pourrait qu'elle soit en train de fuir quelqu'un de dangereux.

Sans s'arrêter, Peter dit :

— C'est important pour toi, qu'on laisse de côté ce dossier ?

— Oui.

Il hocha la tête, faisant la grimace comme s'il luttait intérieurement.

— Je viens de penser à quelque chose. J'ai une vieille amie dans le Nevada. Maggie Jensen. Je lui en ai déjà parlé. Sa fille vient de quitter la maison. Il se trouve qu'elle a appelé hier soir, et nous a dit qu'elle envisageait d'accueillir un autre enfant. Je ne peux imaginer meilleure tutrice. Si la fille n'est plus ici, il n'y aura pas de déclaration à faire.

— Et les services sociaux du Nevada ? Elle serait confrontée aux mêmes problèmes là-bas. Et Evangeline n'a pas besoin d'un foyer.

— Ah bon ?

— Elle peut vivre avec moi. En plus, le Nevada… pourquoi si loin ?

— Pour la seule raison que mon amie vit là-bas. Ça ne résoudra peut-être pas tous ses problèmes, mais si elle est en danger ici, est-ce qu'elle ne serait pas plus en sécurité dans un autre État ?

Je ne pouvais contester la logique de son raisonnement sans lui parler de sa grossesse, alors je me contentai de répondre :

— Je lui parlerai, même si je suis presque sûr qu'elle préférera rester ici.

— OK, fit Peter d'un ton léger. C'était juste une idée. Je me disais simplement qu'une fille de son âge… serait peut-être plus à son aise avec une femme.

Je compris le sous-texte. C'était louche, un homme de mon âge, enseignant en plus, qui recueillait chez lui une adolescente. Mais Peter savait que l'opinion générale, quand on s'en servait comme argument, ne me rendait que plus inflexible.

— Bonne remarque, dis-je. Il faut prendre tout en compte.

Peter s'arrêta et se tourna vers moi.

— Tu ne vas même pas lui en parler, c'est ça ?

— Exact. (Il avait vu clair en moi.) Je ne vais pas me débarrasser d'elle comme si elle était le problème de quelqu'un d'autre. Et tu sais qu'elle le percevrait ainsi. Si je commençais à parler de Maggie dans le Nevada, je ne serais qu'un adulte de plus qui l'abandonne, qui lui fait des promesses qu'elle n'a aucune raison de croire. Un adulte de plus qui dit qu'on ne veut pas d'elle là où elle est, telle qu'elle est. Ça ne fait peut-être pas longtemps que nous nous connaissons, elle et moi, peut-être qu'elle n'est pas attachée à moi, mais elle l'est à Rufus. Et rien que ça, avoir un chien qui l'aime…

Je me détournai, intimidé par la pression que je sentais dans ma gorge.

Au bout d'un moment, Peter dit doucement :

— OK. J'ai compris.

Nous repartîmes en silence, les contours rendus acérés par le soleil, les ailes des oiseaux cisaillant l'air. À un pâté de maisons du lycée, il nous restait encore à résoudre la question des formulaires. J'étais sur le point d'aborder le sujet lorsque Peter reprit :

— Il paraît qu'il y a eu des problèmes récemment aux services sociaux.

— Quel genre de problèmes ?

— Des tas de données qui disparaissent. On remplit des formulaires, tout est fait comme il faut, et pourtant les informations ne parviennent jamais au système. Il y a eu beaucoup de plaintes à ce sujet. Apparemment, ça arrive plus souvent qu'on ne le croit.

Nous avions presque atteint les portes. Je me tournai vers lui.

— Tu es un homme bien, Peter.

Il soutint mon regard.

— Ne l'oublie pas, OK ? Souviens-t'en si un jour on me demande des comptes.

27

Cet après-midi-là, j'annonçai à Evangeline qu'elle n'aurait pas à se préoccuper des services sociaux. Elle se mordit la lèvre, puis éclata de rire.

— Des fois, les situations de merde peuvent bien tourner !

Elle exprima son contentement à Rufus, en lui faisant un énorme câlin.

Une demi-heure plus tard, tandis que je sortais le poulet du réfrigérateur, elle me chassa, me disant qu'elle allait préparer "un plat génial" pour fêter la nouvelle.

— Je suppose que vous n'avez pas réussi à sauver quelques câpres d'hier ?

Je ris. En un jour, j'étais passé de putain de salaud à un homme méritant un repas spécial.

— Impossible. Tu les avais rapportés pour me préparer un dîner ?

Elle rougit.

— Une piccata de poulet. C'est pas compliqué. Mais avec du citron et du parmesan, ça ira. On a du beurre, hein ?

J'acquiesçai. Le choix du sujet "on" allumant une lueur dans ma poitrine.

Je ne sais pas trop pourquoi je refusai de laisser filer. Au moins ce soir-là, au moins pendant le dîner qu'elle voulait me préparer et dont elle avait fauché les ingrédients. J'allais devoir lui parler de ces larcins. Même ce sujet-là aurait été meilleur que celui que je choisis.

Evangeline avait fini sa deuxième assiette de poulet, et je m'étais extasié sur son plat délicieux. Son visage était encore éclairé de la joie de m'avoir fait plaisir lorsque je dis :

— Parle-moi de Jonah.

Elle toussa, et je lus sur son visage qu'elle cherchait frénétiquement une histoire. Elle déglutit et s'essuya la bouche avec une serviette.

— Jonah ? Le Jonah ?

Je hochai la tête.

— On parle de l'ami de votre fils ? Votre voisin ? Qu'est-ce que je pourrais bien savoir de lui ?

Elle ne s'adressait pas à moi mais aux restes de poulet qu'elle promenait dans son assiette au bout de sa fourchette.

N'avait-elle pas vu le bracelet posé sur la table ?

— J'ai reconnu le bracelet de Jonah. Et Peter Thibodeau – le principal – t'a vue descendre de son pick-up peu de temps avant le meurtre.

Je choisis de ne pas parler de la rétractation de Peter.

Elle eut l'air surprise mais se reprit rapidement pour afficher un intérêt très vague.

— Ah ouais ? Il a dit ça à l'époque ? J'ai entendu dire que tout le monde voulait à tout prix trouver des “personnes d'intérêt”.

— Le bébé. Il est de Jonah ?

Elle s'essuya les mains sur la serviette, lentement, soigneusement, et dit :

— Ma vie sexuelle ne vous regarde pas du tout.

Je réussis à ne pas bouger, le cœur battant, la confusion, la colère et le chagrin de la nuit précédente refaisant surface, plus forts après une journée entière de déni. Pourquoi une telle rage se formait-elle maintenant, pourquoi se jetait-elle contre mes côtes, faisant trembler tout mon squelette ? Je ne comprenais pas. Je bondis sur mes pieds, ma chaise bascula et alla valser par terre. Rufus se précipita sur moi en aboyant comme si c'était moi le danger.

— Non ! criai-je.

Par réflexe, il s'assit, mais les muscles de son front et son arrière-train restèrent bandés tandis qu'il continuait à me fixer d'un air féroce.

La fureur se déversa dans mes jambes, qui se mirent à arpenter la pièce en tous sens.

— Pourquoi vous le dites pas ? cria Evangeline. Vous voulez que je parte ? Je pars. Et je vous demanderai plus jamais rien. Et ce sera plus votre problème, qui est le père de mon bébé.

Je me tournai pour lui faire face.

— À moins qu'il soit de Daniel. À moins qu'il soit mon petit-fils. Dans ce cas-là, ce sera mon problème, tu ne crois pas ?

Elle sourit, une froideur teintée de méchanceté dans les yeux.

— Ah ouais ? Les grands-parents ont des droits ici ? Les grands-parents peuvent donner des ordres aux parents ? J'ai comme l'impression que le papa n'est pas là, et comme clairement, la maman, c'est moi, je fais la loi.

Je m'assis et calmai ma respiration. Ce sang-froid était un aspect d'Evangeline que je n'avais encore jamais vu, même si je n'étais pas surpris. Comment aurait-elle survécu seule, sinon ?

— Tu es en train de dire que je suis grand-père ?

— Je n'ai pas dit ça.

— Non, effectivement.

Elle s'écarta de la table et se leva, prête à partir.

— Je veux que tu restes.

Elle pinça les lèvres en une moue cruelle. Elle vacilla, puis se durcit à nouveau.

— Je suis pas sûre de comprendre. Vous pensez que c'est peut-être le bébé du meurtrier de votre fils et vous voulez que je reste ?

— Je ne sais pas quoi penser. Mais ce qui est arrivé n'est absolument pas la faute de ce bébé.

Elle resta sans bouger, apparemment disposée à se laisser convaincre, sa bouche et ses yeux moins durs, et bien que j'aie dit tout ce qui importait, je me lançai dans une logorrhée comme le font les gens lorsqu'ils sont déstabilisés.

— Je sais que ce bébé mérite un foyer accueillant, une bonne alimentation et des examens médicaux. Je sais que tu ferais n'importe quoi pour ce bébé, Evangeline. Je le vois en toi.

Elle se rassit, prit sa fourchette et piqua le dernier morceau de poulet.

— OK. Je reste pour le bébé, donc.

Son ton de voix était las, comme si un lit confortable et de la nourriture en abondance étaient des sacrifices que seul l'amour pour son enfant rendait supportables.

— Nous allons y arriver, dis-je. Toi et moi. Nous trouverons une solution.

Nous terminâmes notre dîner en paix, et Evangeline insista pour faire la vaisselle.

— Mais tu as cuisiné, dis-je. Tu connais le contrat. Celui qui cuisine ne fait pas la vaisselle.

— J'en ai envie, d'accord ?

On aurait dit qu'elle tenait à s'excuser, alors je cédai.

— C'est gentil de ta part. Merci.

J'entrepris de débarrasser la table pendant qu'elle remplissait la sauteuse d'eau savonneuse chaude avant de se mettre à la frotter. C'est là que la bête se réveilla, cette fois sous l'habit de l'indifférence feinte.

— Peu importe qui est le père, dis-je. En tout cas pour le bébé ; du moins, pour l'instant. Et si le père ne peut pas être présent, je suis content que ça ne t'importe pas non plus.

— Je n'ai jamais dit ça ! lança-t-elle, sortant ses mains de l'eau avant de les essuyer sur son jean comme si elle se préparait au combat.

— Jamais dit quoi ?

— Que ça m'importait pas.

— En tout cas, ça n'a pas l'air de te préoccuper beaucoup, dis-je, laissant libre cours à ma colère. Même si le père n'est pas là, trouver sa famille, des parents qui pourraient t'aider à élever l'enfant n'a pas l'air de t'intéresser plus que ça.

Ses yeux se plissèrent.

— Vous ne me connaissez pas. Vous ne savez pas du tout ce qui est important pour moi.

Je commençais à me lasser de son obstruction systématique.

— Comment le pourrais-je, quand tu préfères mentir plutôt que d'énoncer la plus simple vérité ?

— Je ne mens pas ! Je ne mens jamais ! Si les faits ne correspondent pas à la vérité, c'est pas ma faute, si ?

Fatigué de ses réponses énigmatiques, je m'apprêtai à partir.

— Très bien, dit-elle dans mon dos. Vous voulez savoir une petite chose sur moi ? Vous voulez la vérité ? Eh bien, c'est important pour moi, qui est le père. C'est super important.

Je me tournai vers elle, observai sa moue de défi.

— Tu ne sais pas, en fait, c'est ça ?

Ma voix exprimait plus l'étonnement que le jugement, et peut-être est-ce ce qui rendit la suite possible.

Elle expira et posa sa main sur son ventre. Rufus s'approcha d'elle et colla sa tête contre sa cuisse. Une certaine douceur apparut sur son visage. Sans un regard pour moi, elle se laissa glisser le long des placards jusqu'à se retrouver assise par terre. Rufus posa sa tête sur ses genoux, et elle passa ses mains sur ses oreilles et son museau, sur toute la longueur de son corps musclé, chaque caresse chargée d'intention, comme si ses mouvements étaient des mots choisis. Prenant la tête de l'animal entre ses deux mains, elle la tourna vers elle, leurs nez se touchant presque, et chuchota :

— C'est exact. Je ne sais pas. Je n'en ai pas la moindre idée, vous voyez ?

C'était la première chose d'importance qu'elle énonçait et que je croyais sans la moindre réserve.

28

Le samedi matin suivant, Evangeline débarqua dans la cuisine – pas coiffée et vêtue d'un jogging attrapé dans le carton marqué K – et se retrouva nez à nez avec Peter. Il se tenait derrière Isaac, qui était assis à la table de la cuisine devant un iPad. Lorsque Peter leva les yeux, elle serra instinctivement ses bras autour d'elle pour cacher sa poitrine nue sous son T-shirt.

Avec un sourire chaleureux, il poussa vers elle une assiette contenant un croissant aux amandes et un beignet au sirop d'érable.

— J'ai apporté des gâteaux. Isaac m'a dit que tu étais gourmande.

Devant ses hésitations, Isaac l'encouragea :

— Un gâteau ne fera pas de mal au… (Il se reprit de justesse.) Ne te fera pas de mal.

Peter ramassa l'assiette, la tendit vers elle. Sa mâchoire paraissait différente. Pas aussi marquée que dans son souvenir. Ça la rendait folle, de ne pas pouvoir se fier à sa mémoire.

— Merci, dit-elle en attrapant le croissant avant de mordre dedans.

— Assieds-toi donc, dit Isaac. Peter me montre des photos de travaux qu'il a entrepris dans son cottage à Lake Chelan. Nos familles y vont en vacances tous les étés. Nous y étions encore en juillet…

Il ne termina pas sa phrase.

Evangeline s'assit sur une chaise en face d'eux.

— Ça fait un sacré moment qu'on se connaît, hein, dit Peter.

Bien qu'il ait parlé à Isaac, Evangeline était persuadée qu'il s'adressait à elle, histoire de bien établir de quel côté irait sa loyauté.

— Dix ans au moins, renchérit Isaac en passant un de ses doigts tordus sur l'écran. Oh, c'est beau. Le fait d'ajouter une grande baie vitrée, ça changera tout.

Evangeline fut surprise qu'ils parlent d'un endroit où Daniel avait séjourné. Il était enterré depuis moins d'un mois. Mais peut-être était-ce précisément cela – le fait de se souvenir d'un temps plus heureux – qui faisait d'Isaac un être presque normal, presque heureux, tandis qu'il contemplait l'écran. Elle ne comprenait ni Isaac, ni le deuil, ni les hommes comme Peter.

— L'été prochain, toi et moi serons assis là-bas, une bière à la main, dit Peter, les fenêtres grandes ouvertes, en train de regarder les bateaux qui naviguent sur le lac. Tu marmonneras que tu regrettes de ne plus savoir faire du ski nautique. (Peter étouffa un petit rire.) Comme si tu avais su un jour.

Isaac rit, et Peter croisa le regard d'Evangeline.

— Il est bon ?

— Quoi ? fit Evangeline.

— Le croissant aux amandes. Je n'en ai jamais mangé.

À nouveau, elle eut l'impression qu'il lui adressait un message, bien qu'elle fût incapable d'en comprendre le sens.

Elle recula sa chaise, qui crissa, et la tête d'Isaac se releva brusquement.

— Quelque chose ne va pas ?

Elle mangea la dernière bouchée de croissant et ramassa son assiette.

— Non. Je crois que je vais emmener Rufus se promener, si ça vous va.

Isaac parut troublé. Elle n'avait jamais proposé une chose pareille.

— Bien sûr. Rufus adore se promener. Prends des sacs en plastique avec toi. On est censé ramasser.

Il vit la tête qu'elle faisait et ajouta :

— Je sais, je sais. Tous les autres animaux laissent leurs crottes dehors, mais fais-le, d'accord ?

Elle était sur le point de partir lorsque Peter lui lança :

— Allez, il n'était certainement pas si mauvais que ça.

Evangeline pivota pour le regarder fixement.

— Quoi ? Qu'est-ce qui n'était pas si mauvais ?

S'il tenait absolument à parler de manière codée, elle allait lui faire cracher le morceau.

— Le croissant aux amandes que tu viens d'avaler. On dirait qu'il n'était pas si mauvais que ça.

L'air automnal sentait le pin et le poêle à bois. Les lapins couraient se réfugier dans les taillis et les écureuils bondissaient de branche en branche. Evangeline leva les yeux vers un grand pic doté d'une crête rouge vif en pleine action.

Rufus aussi semblait plus gai, la tête dressée pour humer les odeurs, sa démarche presque sautillante.

Ils prirent un sentier étroit et Evangeline remarqua tous les tunnels creusés dans la végétation : des chemins pour les rats, les campagnols et les petits oiseaux qu'elle voyait souvent, des plus grands pour les ratons laveurs et les opossums, des encore plus larges pour les coyotes et les lynx et peut-être le cougar qui, paraît-il, hantait la région. Partout, il y avait des traces de cerfs, des empreintes fraîches laissées par leurs sabots dans la terre couverte de mousse des talus raides et à travers les champs herbeux.

Penser à tant d'animaux absorbés par leur vie, essayant tous de manger sans se faire manger, la rassérénait. Elle était des leurs, il n'y avait pas si longtemps. Mais elle avait trouvé le chemin pour sortir des bois, pour se réfugier dans une maison avec de la nourriture et un lit chaud. Du moins, pour un temps. Jusqu'à ce que quelqu'un débarque et fiche tout en l'air.

Elle se demanda ce que Peter savait, à quel moment il l'avait vue avec Jonah. Elle avait toujours supposé qu'elle était invisible. Il y avait une forme de solitude dans cette idée, mais une certaine sécurité aussi. Le fait d'avoir été observée à son insu lui donnait un peu la nausée, comme si elle découvrait qu'elle avait été pelotée pendant qu'elle dormait. Et ces pensées remplissaient ces tunnels de paires d'yeux qui scrutaient le moindre de ses gestes. Elle tourna les talons et rebroussa chemin.

De retour sur la route, elle emprunta une nouvelle rue, sur un coup de tête. Quelques minutes plus tard, son corps sursauta brutalement et s'immobilisa. Elle parcourut des yeux les environs, se demandant pourquoi. Elle se trouvait assez loin de chez Isaac. C'est alors qu'elle la vit, la petite maison verte aux volets jaunes. Elle était là. Exactement là. À l'endroit où elle avait aperçu Jonah pour la dernière fois.

Après qu'ils eurent libéré la grenouille, Evangeline avait passé une autre soirée avec Jonah, une soirée si lourde de sentiment qu'elle avait décidé de renoncer à lui. Mais dès le lendemain, elle rompit la promesse qu'elle s'était faite, retournant au parc le soir, puis celui d'après, et celui d'après encore, dans l'espoir de le voir, mais il ne vint jamais.

Lorsqu'elle lut dans le journal la nouvelle de la disparition de Daniel, elle laissa échapper un soupir de soulagement. Jonah devait participer aux recherches avec les habitants de la ville. Elle ne s'inquiétait pas pour Daniel, il finirait par réapparaître. Il n'arrivait pas de choses terribles aux Daniel de ce monde. Mais le sixième jour, un samedi, n'ayant toujours pas revu Jonah, elle décida de conduire ses propres recherches. La matinée était belle, et elle avait l'intention de prendre la maison de Daniel comme point de départ. Les garçons avaient dit qu'ils étaient voisins. Ils habitaient probablement à quelques rues l'un de l'autre. Si elle parvenait à repérer la vieille bâtisse victorienne, elle trouverait peut-être le pick-up de Jonah pas loin.

Elle n'aurait jamais deviné qu'il serait si difficile de localiser une maison victorienne sur un grand terrain. Les rues partaient à des angles bizarres, et des dizaines de terrains auraient pu convenir. Il était presque midi lorsqu'elle aperçut la longue allée en graviers et les cheminées qui sortaient la tête des branches. Elle partit de là, faisant le tour de chaque pâté de maisons, quadrillant le quartier plusieurs fois.

Une heure plus tard, elle n'avait pas vu la moindre trace de Jonah. Elle se trouvait à plusieurs rues de chez Daniel, fatiguée, assoiffée et prête à retourner au parc, quand le vieux pick-up bleu marine tourna au coin et se dirigea vers elle. Elle cria, fit de grands gestes, mais il s'arrêta trois maisons avant.

Elle se mit à courir et se trouvait presque à la hauteur de la vitre ouverte de Jonah lorsque leurs regards se croisèrent. Elle ne se serait pas sentie plus anéantie s'il l'avait frappée. Elle n'avait jamais vu des yeux pareils, si pleins de chagrin, de terreur et d'amour. Il énonça quelque chose sans voix. Deux mots qu'il répéta. Puis il fit rugir le moteur, démarra en trombe en faisant sauter des graviers qui vinrent cogner contre ses tibias.

Elle se retourna brusquement, se disant que quelque chose l'avait effrayé. Mais la route, les jardins et les fenêtres étaient déserts. En fait, dans son souvenir, le quartier à midi était sinistrement inanimé, pas même une tondeuse au loin ou un enfant en train de jouer. Elle partit au petit trot dans la direction que Jonah avait prise, retenant cet instant dans sa tête, le répétant, l'incrustant dans sa mémoire, déjà un souvenir aussi distant et cristallin que le mobile home abandonné ce soir argenté de juillet.

Ce qui fut échangé entre Jonah et elle dans ce dernier instant était si complexe et difficile, si plein de tout ce qui était arrivé dans leurs vies et pouvait arriver à l'avenir, qu'il ne pouvait pas être déconstruit. Evangeline sut qu'elle garderait ce regard gravé en elle jusqu'à sa mort – la solitude et la communion qu'il contenait, toutes deux absolues, comme si Jonah et elle s'étaient rencontrés dans un endroit où la véritable rencontre n'était pas possible. C'était incompréhensible, mais elle pensait que certaines choses étaient ainsi ; seul un coup d'œil fugace pouvait faire émerger leur signification. Disséquée, la chose la plus vraie au monde devient un mensonge. Ou rien du tout.

Elle se retourna, examina les petites maisons qui bordaient la rue. L'une d'elles était probablement celle de Jonah. Sa mère et sa sœur ne devaient pas être loin.

29

La porte du vestibule qu'Evangeline venait de claquer vibrait encore quand Peter se tourna vers moi.

— Je me fais des idées, ou elle a l'air fâchée ?

— Un peu.

— À propos des services sociaux ?

— Peut-être, mais elle sait que nous avons résolu le problème.

Il se prépara à se lever.

— Ah… Alors, ça doit être ses hormones.

Ma main eut un mouvement involontaire et je renversai du café sur la table.

Il fit une grimace comme pour s'excuser.

— D'accord, d'accord. Nous ne sommes plus censés dire des choses pareilles. Mais tu sais parfaitement bien que je dis la même chose des garçons. Ils sont tous un peu fêlés à cet âge-là. Nous aussi, on l'était.

Je laissai échapper une expiration soulagée.

— Tu veux une autre tasse de café ?

— J'adorerais, mais c'est mon tour d'emmener Zoe à la gym. Est-ce que je t'ai raconté que sa professeur dit qu'elle n'a jamais vu une enfant de trois ans avec un tel sens de l'équilibre ?

La dynamique Peter-Evangeline était loin d'être le seul mystère, à ce moment-là. L'identité du père du bébé d'Evangeline semblait être inconnue, même pour elle. Vu ce que j'avais trouvé dans son sac, je ne pouvais ignorer la possibilité que le bébé fût de Jonah. Il était de mon devoir d'en informer Lorrie, mais je ne l'avais pas vue depuis l'enterrement de Jonah et je n'avais aucune idée de la manière dont je pouvais l'approcher pour lui en parler.

À une époque, je pensais que les Geiger étaient des amis proches. Je ne sais pas trop pourquoi. Il y avait toujours eu une certaine distance entre nous. En dépit du ton amical de nos conversations de part et d'autre de la clôture, Lorrie et Roy ne nous avaient jamais invités chez eux. Même quand nous ramenions Jonah après un après-midi de jeu, nous ne franchissions jamais la porte.

Katherine et moi soupçonnions que cela avait quelque chose à voir avec la disparité entre nos maisons, alors c'était nous qui les invitions. Nos enfants de trois ans devinrent rapidement amis, mais Katherine n'accrocha jamais avec Lorrie. "Elle est plus comme toi que moi", dit-elle un jour, et je crus comprendre qu'elle trouvait Lorrie trop discrète. Quant à Roy, il apportait un pack de six et m'en offrait une. Nous ouvrions nos bières, les regardions vaguement quelques minutes, puis inévitablement, il disait : "Ça t'ennuie si je prends des nouvelles du match ?" Il y avait toujours un match à la radio ou à la télé, et il n'hésitait pas à se servir de la nôtre.

Nous nous inquiétions pour Roy, Katherine et moi. Il était aussi mou que Lorrie était dure. Son pantalon large glissait sous le poids d'un gros ventre, et ses yeux étaient toujours injectés de sang et larmoyants, au point que je me demandais s'il n'avait pas un problème médical.

À mesure que les années passèrent, notre appréhension grandit. Parfois, quand nous étions dans le jardin, nous entendions des jurons lancés d'une voix tonitruante dans leur maison. Un jour, Lorrie arriva à notre porte, tremblante, les yeux fiévreux, une ombre sur la joue. Elle dit que leur téléphone ne fonctionnait pas et elle demanda si elle pouvait utiliser le nôtre, "en privé, si possible". Nous sortîmes de la cuisine avant de refermer la porte. Quelques minutes plus tard, elle ressortit et nous remercia, sans autre explication.

Roy se suicida quand Jonah avait seize ans et sa petite sœur, douze. Nous étions partis voir la famille de Katherine à Spokane quand Lorrie nous appela.

— Roy est mort, dit-elle. Il s'est tué. C'est à cause de cette opération du dos, il y a des années… Impossible de travailler, surdose de cachets. Je ne voulais pas que vous l'appreniez par quelqu'un d'autre. C'est une affaire privée. J'espère que vous comprenez.

C'était un jour de la fin de l'été, le soleil était brûlant ; Daniel et ses cousins écoutaient du rap à fond et sirotaient des cocas sur la terrasse couverte. Katherine alla le chercher, l'emmena dans la chambre d'amis qu'on nous avait attribuée. Lorsque nous lui annonçâmes la nouvelle, son visage ne changea pas, mais on aurait cru qu'il s'était recroquevillé de l'intérieur.

— Merde, dit-il, la respiration heurtée. Merde…

Je suggérai qu'il appelle Jonah.

— Il faut qu'il sache qu'il n'est pas seul, en ce moment.

Daniel promit de le faire, et même s'il retourna sur la terrasse une minute plus tard, même si je ne l'entendis jamais passer cet appel, je crois qu'il l'a fait. Je le crois.

Vers dix heures ce même jour, je me trouvai dans le couloir lorsque j'entendis Daniel qui m'appelait.

— Papa.

Je me retournai et il s'approcha, m'entourant de ses bras. Il se cramponna comme un enfant apeuré, fort, fébrile, colla sans retenue son corps contre le mien. Ce fut une longue étreinte, presque interminable, et j'y perçus une demande plus pressante que celle que je pouvais satisfaire. Puis il se raidit comme s'il avait été piqué et s'écarta.

C'est la dernière fois que je me souviens avoir touché mon fils.

Lorsque nous arrivâmes chez nous quelques jours plus tard, Janice Wilson, une voisine friande de potins et encline à l'exagération comme aux propos salaces, arriva au galop en me voyant à la boîte aux lettres.

— Vous êtes au courant, pour Roy ? N'écoutez pas ce qu'elle dit, c'était pas des cachets. Il s'est tiré une balle, voilà ce qu'il a fait. J'ai entendu les coups de feu. Deux. Quand ils l'ont emmené, il y avait du sang plein le drap.

Cela ne pouvait être vrai. La police ne l'aurait jamais emporté dans cet état. Et les enfants étaient présents. Si un coup de feu avait été tiré, ils auraient accouru sur le champ, ils auraient vu. Non, Roy avait dû faire une overdose silencieuse, et Lorrie l'avait trouvé dans leur chambre à coucher ou leur salle de bains. La scène avait été épargnée aux enfants.

Une semaine après l'enterrement de Roy, je lisais le journal tôt un dimanche matin. Katherine travaillait et Daniel dormait encore. Je savourais le bruit de la pluie qui dégouttait des avant-toits lorsque quelqu'un frappa à la porte. Je l'ouvris et trouvai Lorrie. Ses cheveux étaient trempés, sa combinaison de travail couverte de taches de boue.

— Je suis désolée de te déranger, dit-elle d'une voix tremblante. Mais j'aurais besoin de ton aide.

J'attrapai ma veste imperméable et la suivis jusqu'à la bande de servitude devant nos clôtures. Elle repoussa des ronces et fit un pas de côté. Sauvagement étalé sur le sol gisait un animal éventré et démembré. Je ne reconnus pas Brody tout de suite. Je n'avais pas vu leur vieux labrador chocolat depuis un certain temps. Un mois auparavant, j'avais aperçu le chien dehors, debout sur ses pattes vacillantes, paraissant sur le point de s'écrouler. Je ne fus pas surpris qu'un prédateur l'ait tué.

— Tu penses qu'il s'est fait attaquer par un lynx?

Elle pleurait maintenant, et tremblait de tous ses membres.

— Non, dit-elle en essuyant sa joue mouillée avec un gant sale qui laissa une trace noire. Il est mort il y a plus d'une semaine. (Son visage exprimait la confusion la plus totale.) Nous l'avions enterré. Jonah et moi. Nous l'avions enterré.

Elle me conduisit à la tombe à trois mètres de là, à l'endroit où j'avais découvert le faon mutilé presque dix ans auparavant. Le trou d'un bon mètre de profondeur avait été creusé dans un accès de rage, avec de la terre et des pierres gisant tout autour sur un rayon de plus de deux mètres. C'était l'œuvre de charognards, probablement les coyotes que nous entendions souvent hurler dans la nuit.

Lorrie s'écroula à genoux, la poitrine soulevée de gros sanglots, disant entre deux respirations qu'elle ne pourrait pas recommencer, que c'était trop.

— Je ne peux pas demander à Jonah, je ne peux pas lui redemander, ne cessait-elle de répéter.

Je la relevai, la serrai contre moi.

— Je vais m'en occuper. Je vais l'enterrer à nouveau. Plus profond cette fois. Rien ne l'atteindra plus jamais.

Au bout d'un moment, elle cessa de hoqueter et s'écarta de moi, passa son bras sous son nez, renifla, étala encore plus de saleté sur son visage. Après cela, elle ne croisa plus mon regard.

Elle hocha la tête une fois, tendue, marmonna un merci et s'en alla.

Pendant des jours après cela, en faisant cours, en mangeant, en me douchant avant de me coucher, je sentis cette femme dans mes bras, la densité cinétique pure de son corps. Cette minuscule créature si dure.

Autrefois je rêvais de Lorrie, de ce jour où je l'avais tenue dans mes bras, la brume effaçant les traînées sur son visage. Et ensuite, elle aussi se dissolvait, ses doigts, ses mains, ses pieds puis ses jambes, ses cheveux et son visage se transformant en une douce lueur, jusqu'à ce que je me retrouve seul dans ces ronces, un cadavre de chien à mes pieds.

J'ai rêvé une seule fois de Lorrie depuis le meurtre. Le rêve commençait de la même manière : Lorrie serrée contre moi. Sauf que là, ce n'était pas la brume, mais le feu qui éclatait entre nous, qui la consumait.

30

Au cours de la semaine suivante, Evangeline arpenta les sentiers avec Rufus tous les après-midi. Ça le rendait fou de joie. Il oubliait son vieux corps douloureux et barbotait dans les flaques comme un chiot, sautait par-dessus les arbres cassés par l'orage, plongeait pour attraper des créatures qu'il avait à peine entrevues. Il avait constamment la truffe au vent. Parfois, il repérait une odeur tellement sauvage et rare qu'elle tendait tous ses muscles et dressait les poils tout le long de son dos.

Avec Rufus à côté d'elle, les bois devinrent un chaudron où bouillonnait une vie mystérieuse. Tandis que le jour baissait, elle s'enfonçait plus profondément sur ces chemins noirs, prenait des virages en retenant son souffle. Elle explorait les lisières de sa peur comme une langue cherchant à tâtons une dent arrachée. C'était une peur contrôlée, comme un écobuage, et elle amplifiait l'exaltation du retour dans une maison chauffée et éclairée.

Evangeline avait besoin de cet afflux d'énergie pour réveiller son esprit, pour se mettre en condition avant le travail scolaire qui requérait toute sa concentration. Le dernier jeudi d'octobre, elle revint de sa promenade et alla droit dans sa chambre, prête à se plonger dans ses devoirs de calcul et de trigo. Les cours étaient incroyablement difficiles. Elle n'y serait jamais arrivée, mais les professeurs l'aidaient pendant la pause déjeuner et après les cours. La veille, Mlle Swanson lui avait même donné un corrigé pour qu'elle puisse vérifier ses réponses.

Un bureau était apparu dans sa chambre la semaine précédente, et Evangeline s'y était installée aussitôt, fière de ne pas reporter l'échéance. Ne trouvant pas de crayon, elle décida qu'il y en avait peut-être un dans son vieux sac à dos. Elle fouilla ses poches dégoûtantes, en sortit des papiers de bonbons vieux de plusieurs mois, des chaussettes miteuses, une petite lampe de poche avec des piles corrodées, un stylo qui fuyait.

Une poche demeura intouchée. Elle savait qu'elle n'y trouverait pas de crayon, mais elle l'ouvrit et sortit le bracelet tout sale. Elle passa son doigt sur le J penché aligné sur sa ligne de vie, au creux de sa paume. Elle l'emporta dans la salle de bains et le plongea dans un lavabo plein d'eau chaude, regarda la boue s'écouler des nœuds.

Elle ne s'inquiéta pas que Jonah disparaisse en même temps que la boue. Il avait promis que ça n'arriverait jamais.

Après la soirée avec la grenouille, elle ne s'attendait pas à recevoir un autre cadeau de la part de Jonah. Étant donné la manière abrupte dont elle avait pris congé, elle ne s'attendait même pas à le revoir. Mais quand elle s'approcha du parc le soir suivant, son pick-up se trouvait à l'endroit où elle l'avait vu la fois précédente, et elle fit un drôle de petit saut, heureuse malgré elle.

Elle avait pensé à lui toute la journée, à ces confidences qu'il avait lâchées sur son père, si lourdes de douleur et d'amertume, agissant comme s'il voulait la choquer avec son récit, alors qu'en réalité – elle en avait la certitude – il cherchait à être proche d'elle, il croyait qu'elle pouvait le soulager de sa solitude si particulière. Elle avait l'impression qu'ils avaient traversé l'événement ensemble, la détonation assourdissante, le mouvement de la tête que Jonah avait fait pour détourner les yeux. Malgré toute l'horreur de la scène, elle éprouvait de la joie à croire qu'elle connaissait ce garçon, à penser qu'ils avaient trouvé – si facilement, semblait-il – un endroit où elle serait peut-être suffisamment en sécurité pour raconter des histoires à elle.

Elle s'approcha tout doucement du pick-up côté passager, s'imaginant qu'à sa vue il rirait de joie. Mais lorsqu'elle ouvrit la portière et monta, il fut désarçonné, se cognant la tête contre la vitre. Ce garçon était nerveux, fou. Un garçon câblé tout de travers.

— Tu as dormi là ou quoi ? fit-elle, feignant de ne pas remarquer sa panique.

Il haletait, essayant de reprendre ses esprits ; elle aurait voulu pouvoir lui dire qu'elle était désolée de lui avoir fait peur, désolée d'être partie la veille au soir. Elle aurait voulu savoir comment être gentille.

— Non, non, s'empressa-t-il de répondre nerveusement. Je suis rentré hier soir, je te jure. Juste après que tu es partie. Aujourd'hui j'ai…

— T'inquiète, je te charrie, c'est tout.

Mais même là, elle commit une erreur, le ton suggérait qu'il était un idiot d'avoir pensé autre chose.

Il se força à rire, genre, ouais, je sais bien que je suis con.

Elle avait failli ne pas le reconnaître, bien qu'absolument tout soit pareil; il n'avait même pas changé de vêtements. Plus elle avait des sentiments forts pour quelqu'un, plus il lui était difficile de les imaginer avec exactitude. Et ce soir de début septembre, Jonah parut plus ordinaire que le garçon qu'elle avait créé dans sa tête ces vingt dernières heures, sa peau un peu moins claire, ses cils un peu moins fournis. Même son acné était moins visible. Mais lorsque ses yeux noisette finirent par croiser les siens, son corps se souvint parfaitement de la sensation du baiser qu'il lui avait donné. Comme s'il brûlait de l'intérieur et qu'il lui avait directement transmis cette incandescence.

— À ton avis, comment s'en sort la petite grenouille, de retour dans la nature ? demanda-t-elle.

— Super, dit Jonah, la voix soulagée. Elle chantait tellement fort qu'on l'entendait dans tout le quartier. Ma mère s'est plainte qu'elle l'empêchait de dormir.

— Alors, la grenouille et toi, vous avez fini par bien vous connaître ? Tu reconnais son coassement au milieu des autres ?

— Eh ouais, dit-il en riant. Comme une maman avec son petit.

Quand il s'était brusquement écarté la veille au soir, elle avait pensé qu'il avait parlé à Daniel, qu'il savait ce qu'elle était et ne voulait pas qu'une fille comme ça le touche. Elle n'aurait pas été plus blessée s'il l'avait giflée. Mais dès que ses pieds avaient touché le sol, elle avait su qu'elle s'était trompée. Il avait juste été surpris. Elle le constatait à nouveau ce soir, ce câblage défectueux chez lui. Elle aurait dû revenir vers lui tout de suite, mais elle avait cette habitude de ne pas faire machine arrière, surtout quand elle se comportait comme une conne. Il valait mieux attendre une journée et agir comme si rien ne s'était passé. Et ça marchait, parce qu'ils étaient bien là, ce faux pas effacé comme s'il n'avait jamais existé.

— Pourquoi on n'irait pas lui faire une petite visite ? dit-elle, revoyant le bout de la route isolée où ils s'étaient garés, sentant déjà le goût des pastilles qu'il suçait, la chaleur de la cannelle dans sa bouche.

— Tu veux dire, là, maintenant ?

Elle acquiesça.

— Ouais, OK. Je crois qu'elle serait contente.

Il démarra et elle remarqua, comme la veille, le bracelet en coton tressé avec un J rouge grossier autour de son poignet droit. Elle tendit le bras et le tapota du doigt.

— Ça vient d'une petite amie ?

Il fit grincer une vitesse en montant une colline.

— J'ai pas de petite amie. (Il lui lança un regard.) Ma petite sœur, Nells, l'a fait et me l'a offert il y a un an.

— T'es un grand frère tellement sympa que tu le portes tout le temps.

— Nells en a porté un identique pendant un moment. C'est un truc genre amis pour la vie. (Il haussa les épaules.) Elle a enlevé le sien il y a longtemps. Je devrais peut-être bien le faire moi aussi. Elle a treize ans et elle me trouve nul.

Evangeline posa sa tête sur l'épaule de Jonah, guettant les grenouilles qui n'avaient pas encore chanté. Ils ne s'étaient pas embrassés, mais ils n'étaient pas pressés, parce qu'elle savait qu'ils le feraient. Finalement, un coassement monta de la mare.

— C'est elle ? demanda-t-elle.

Jonah rit.

— Ça, c'est un garçon.

— Suis-je bête.

— C'est sûr.

Elle ne savait pas s'il lui était jamais arrivé de passer du temps comme ça avec un garçon. Juste en silence, à écouter. Cela provoquait des sensations différentes dans son corps, comme si son poids s'était envolé. Quand il finit par tourner le visage d'Evangeline vers le sien et qu'elle fut ramenée brutalement dans son corps, c'était la première fois qu'elle était si heureuse d'avoir des lèvres, une peau et la chaleur qui vibre en elle.

Il n'eut pas de mouvement de recul lorsqu'elle le toucha, cette fois. Elle avait été prudente, cependant, et avait posé sa main d'abord sur son genou. Elle aurait dû attendre plus longtemps pour prendre l'initiative, mais un désir dévorant s'était emparé d'elle, comme s'il était une table couverte de mets et qu'elle était tenaillée par la faim depuis une éternité. Avoir face à elle un garçon qui se montre réservé – qui s'inquiète qu'elle puisse ne pas être prête ou qu'elle puisse souffrir – eh bien, ça décuplerait le désir de n'importe qui, non ?

L'acte ne dura pas longtemps. Il jouit probablement dès la pénétration, mais elle continua à bouger, prétendant que ce n'était pas le cas. Elle haleta, frissonna et gémit en simulant raisonnablement, et quand elle eut décidé qu'il était convaincu, elle se jeta sur le siège passager comme si elle était comblée.

Elle remonta son jean.

— Pas mal, dit-elle, et elle l'embrassa sur la joue.

Il était figé, abasourdi, sa queue toute molle sur ses cuisses blanches, la respiration rapide, presque saccadée, comme s'il avait survécu à un horrible accident.

— On ne s'est pas protégés.

— Pas grave, dit-elle. C'est un bon moment dans le mois.

Elle n'en avait aucune idée, en réalité. Elle ne s'était pas donné la peine de compter les jours depuis ses dernières règles. Mais pourquoi s'inquiétait-il ? Elle avait plus d'une fois eu des rapports non protégés et elle n'était jamais tombée enceinte. Peut-être que quelque chose clochait chez elle. En plus, elle avait décidé depuis longtemps que si jamais elle tombait enceinte, elle ne le dirait pas au garçon. À moins qu'ils soient mariés, ou en couple. Peut-être qu'à ce moment-là, elle le dirait.

— T'es sûre ? dit-il, la regardant droit dans les yeux, comme si c'était important pour lui, et même en sachant qu'il en pinçait pour elle, elle fut surprise qu'il s'en préoccupe autant.

Elle écarta sa frange pour dégager ses yeux, regrettant la tendresse qu'elle avait mise dans son geste, de peur de l'induire en erreur.

— Ouais, j'suis sûre.

— OK. Bien.

Il remonta son short et se tourna vers elle, l'embrassa avec absolument autant de passion que s'il n'avait pas joui, que si ses sentiments pour elle se déversaient dans un flot plus vaste, plus puissant. Il ne cessait de caresser ses cheveux comme si elle était un chien. D'ordinaire elle détestait ça, mais il n'y avait rien de possessif là, seulement une intensité de sentiment qui la troublait. Il s'arrêta et se mit à défaire le nœud du bracelet.

— Donne-moi ton poignet.

— Vraiment ?

— Comme j'ai dit, Nells a jeté le sien il y a longtemps. J'aime l'idée qu'il soit en contact avec ta peau… (Il essaya de poursuivre, sans réussir.) Désolé, marmonna-t-il.

Elle tendit le bras.

— Il est parfait. Je t'assure.

Il dut faire le nœud dans la partie épaisse du bracelet parce que son poignet était minuscule, comparé au sien.

— Désolé. Il est un peu sale. Tu peux le laver.

— Je ne voudrais pas que tu disparaisses avec l'eau.

— Ne t'inquiète pas. Ça n'arrivera pas, même si tu essayais.

Une image resta ensuite inscrite dans sa mémoire : son visage ahuri quand elle avait passé sa cuisse nue sur ses genoux pour l'enfourcher. Elle avait vu des hommes submergés par le désir, sous l'emprise féroce de l'excitation, mais elle n'avait jamais constaté ce genre de ravissement choqué, une telle soumission, et elle trouva effrayante la vulnérabilité toute nue de cet état. Si elle avait été un déluge, un tourbillon d'eau de plus en plus fort, il se serait volontiers livré à elle, lui confiant ses derniers instants.

Et il y avait le caractère effrayant de ce qu'elle-même ressentait, son impression de bonheur fragile. Elle ne le supporterait pas. Impossible. Elle n'était pas certaine qu'elle serait un jour véritablement heureuse, mais elle comprenait, avec ce minuscule aperçu, que le bonheur était une addiction, qu'on était condamné à chercher pour l'éternité ce premier et parfait apogée.

Non, quoi que fût cette sensation, il fallait l'étouffer avant qu'elle prenne racine et commence à se diffuser, avant qu'elle ait besoin d'être nourrie pour ne pas la faire souffrir.

Et elle avait eu raison, n'est-ce pas ? Ce bonheur avait été une illusion. Elle se retrouvait enceinte et seule. Si elle n'avait pas couché avec Jonah, aucun des deux garçons ne serait mort. C'était forcément ça. Jonah avait dû découvrir qu'elle avait passé une nuit avec Daniel et du coup, l'avait détesté.

Elle ouvrit son livre de chimie, essaya de se concentrer sur la notation scientifique, mais elle ne cessait de voir Daniel le soir où elle avait fait connaissance des garçons. Il n'avait pas arrêté de parler, de raconter des histoires dont il était le héros. Sans raison apparente, il avait tendu le bras et ébouriffé les cheveux de Jonah. Le regard de Jonah s'était rivé sur le sol. Lorsqu'il avait relevé la tête, son sourire était crispé et plein de honte.

Elle avait interprété le geste de Daniel comme une marque d'affection et la réaction de Jonah comme l'expression de son mal-être. Mais maintenant, elle comprenait : Daniel pensait que les cheveux de Jonah – et sans aucun doute, tout ce que Jonah pensait lui appartenir – étaient à lui et qu'il était libre d'en faire ce qu'il voulait.

Peut-être que Jonah avait toujours détesté Daniel, se dit-elle.

31

LE JOUR DE MA MORT

EST-CE QUE JE DÉTESTAIS DANIEL ? Non. Je l'adorais. Il était mon meilleur ami depuis que j'avais trois ans.

Mais déjà, je mens. Mentir sur Daniel est une mauvaise habitude que j'ai. Je m'arrête, je repose la question. Absolument tout en dépend. Est-ce que je détestais Daniel ? Je veux la vérité, cette fois.

Je bâtis des arguments dans un sens et dans l'autre, sans aller très loin. Ensuite, je me souviens. Mon esprit, avec toutes ses intentions cachées, ne connaît pas la vérité et je me tourne vers mon cœur. À peine une seconde plus tard, je me regarde l'année précédente, sortant de l'école le premier jour de mon retour après avoir enterré mon père.

Cette journée avait été difficile. Tout le monde m'évitait. Du moins, j'en avais l'impression. La vérité était que je refusais de regarder dans la direction de qui que ce soit. Je me disais qu'ainsi, je leur rendais service. Si je croisais le regard de quelqu'un, il verrait ce qui se trouvait dans le mien, l'enfer qui y brûlait, et cette brûlure était si puissante que leurs globes oculaires risquaient de fondre dans leurs orbites.

Je connais bien cette vieille scène. Je l'ai répétée plus d'une fois pour prouver que Daniel m'aimait et que je l'aimais moi aussi. Mais j'ai l'impression qu'il y a quelque chose que j'ai manqué, alors je décide de la rejouer, de la regarder plus attentivement cette fois.

Au moment où je sors par les grandes portes, Daniel se trouve devant avec ses potes Jackson et Wyatt. Je me retourne brusquement comme si j'avais oublié quelque chose, mais Daniel s'écrie :

— Hé, enfoiré, comment ça va ? Je t'ai cherché toute la journée.

Je lance par-dessus mon épaule :

— J'ai oublié un truc dans mon casier.

— C'est pas vrai. Ramène ton cul par ici.

Les autres lui jettent des regards éperdus, genre, mais qu'est-ce que tu fous, bon sang ? Généralement, ils m'ignorent, ou ils me traitent comme une mascotte digne de leur plus grand mépris. Ils doivent se dire que, cette fois, ils ne peuvent pas se comporter ainsi.

Daniel et Wyatt sont assis sur un muret, et lorsque j'arrive, Daniel fait bouger Wyatt et me dit de m'asseoir à côté de lui. J'obéis, et je laisse tomber mon sac à dos par terre. Je n'ai pas envie d'être ici et encore moins de parler, mais une fois que Daniel a décidé que quelque chose va se passer, ça va se passer, et toute énergie consacrée à y résister est de l'énergie perdue.

Daniel tire sur ma chemise en flanelle, une vieille que j'ai depuis des années, et dit :

— Où t'as eu cette merde, dis-moi ? Je veux être sûr de ne jamais y mettre les pieds.

Jackson et Wyatt lancent à nouveau des regards éperdus par-dessus ma tête, comme si je ne les voyais pas faire. Mais Daniel n'en démord pas.

— Où tu trouves tes conseils de mode, enfoiré ? Dans Old Man Weekly ?

Là, Jackson décide de s'en mêler :

— Arrête, Balch. Tu sais que c'est sa petite sœur qui l'habille, et si tu peux pas faire confiance à une collégienne pour te fournir des tenues masculines hyper stylées, tu peux faire confiance à qui ?

Ils ont continué comme ça un petit moment. Ils faisaient ce genre de plaisanteries avec tout le monde. Une façon de dire qu'on faisait partie de la bande. Une semaine avant, Jackson annonçait que c'était la grand-mère de Wyatt qui l'habillait.

Wyatt a fini par me frotter la tête comme si ça portait bonheur, enfonçant ses jointures dans mon crâne, en me demandant si j'avais appris à me couper les cheveux moi-même en regardant un tuto sur YouTube. Finalement, Daniel a averti Jackson du regard et s'est levé. Puis les deux autres se sont mis debout et Daniel a dit :

— Faut qu'j'y aille, mon pote. On se voit plus tard, OK ?

Je me suis retrouvé seul et je les ai regardés partir vers la Jeep de Wyatt. Quelques retardataires sont sortis du bâtiment et sont passés devant moi comme s'il n'y avait personne assis sur le muret.

Quand la scène s'arrête, mon esprit se lance directement dans l'explication. Daniel savait que je tenais à ce qu'il soit le même connard que d'habitude, à ce que tout soit normal. Il savait que je lui en voudrais d'être tout à coup sérieux avec moi, avec le risque que je me décompose devant eux.

Et le truc, c'est qu'il n'était pas obligé de m'appeler pour que je les rejoigne, il aurait pu m'ignorer, comme tout le monde. Tout le monde a vu qu'il prenait un risque avec les autres gars. Mais il m'a quand même appelé, comme il l'avait toujours fait, et il les a obligés à agir comme d'habitude. Et pendant une seconde, je me suis senti presque normal. Comme j'ai dit, un gars de la bande.

Mais mon cœur me dit que c'est des conneries. Il n'arrête pas de me ramener au regard que Daniel a lancé à Jackson à la fin, quand il pensait que j'étais distrait par l'attaque de Wyatt sur mon crâne. Je dois reconnaître ça à Daniel, il a essayé de le cacher, de me ménager. Il a croisé le regard de Jackson et a haussé les épaules, levé les sourcils avec un petit sourire en coin, comme s'il disait : OK, OK, t'as raison, c'est un pauvre loser. On a fait notre devoir, c'est bon, on se casse.

Je n'ai jamais fait partie de la bande. Ni avant la mort de mon père, ni après. Je l'ai toujours su.

Est-ce que je détestais Daniel ?

Non. Je l'aimais, ce connard. Vraiment. J'aurais donné n'importe quoi pour qu'il m'aime aussi. Et qu'est-ce qu'on obtient, quand on a tout cet amour et qu'il n'est pas réciproque ?

On obtient un baril de poudre. Voilà ce qu'on obtient.

PARTIE 2

32

Evangeline glissa son plateau à côté de celui de Natalia. On était la deuxième semaine de novembre et une pluie fine déposait ses gouttelettes sur les vitres du réfectoire. Natalia prit le cookie aux pépites de chocolat posé sur son assiette et le posa sur celle d'Evangeline.

— Tu en as plus besoin que moi.

Natalia promenait la force de deux filles dans ses courbes. Ces dimensions paraissaient justes. Elles lui ressemblaient. Et Evangeline lui vouait une reconnaissance éternelle depuis ce premier jour où Natalia, ayant vu qu'elle était seule, était venue s'asseoir avec elle puis avait appelé Masie et Jillian, deux filles qui, bien qu'insignifiantes, étaient des corps supplémentaires pour amortir le choc de son arrivée dans le désert solitaire de ce réfectoire.

Les quatre filles déjeunaient toujours ensemble depuis, et Evangeline en était contente. Isaac et elle se querellaient au sujet des tâches domestiques, du couvre-feu, et des "courtoisies" pénibles dont il ne cessait de parler, comme ne pas oublier de tirer la chasse d'eau et de fermer les portes des placards, mais ils avaient trouvé un rythme de croisière.

Quant aux cours, elle commençait à rattraper son retard et les professeurs demeuraient indulgents. On aurait dit que la totalité de sa vie s'était posée en douceur.

— Tu manges comme ma mère, dit Natalia, tous ces légumes, beurk.

— J'aime bien ça.

— N'importe quoi. Tu les balades dans ton assiette comme si tu essayais de les faire disparaître sans les mettre dans ta bouche.

— Ouais, bon…

Evangeline ne voulait pas développer. Au moins, elle avait retrouvé de l'appétit.

Le principal Thibodeau apparut à la porte de la cantine. Il n'était pas revenu à la maison depuis ce fameux jour où il avait apporté des gâteaux, mais deux ou trois fois par semaine, elle le voyait rôder aux abords du réfectoire. Elle n'était pas paranoïaque au point de penser qu'elle en était la cause. Du moins, pas complètement. Il semblait s'intéresser à tous les gamins. S'il y avait quelque chose de bizarre, c'était plutôt qu'il n'avait jamais l'air de remarquer la présence d'Evangeline. Cependant, quand elle se détournait, parfois, les petits cheveux sur sa nuque se dressaient, comme si le regard du principal s'était posé sur elle.

Natalia se dévissa la tête.

— Qui tu regardes comme ça ?

— Personne. C'est juste le principal qui traîne par ici à nouveau.

— Ouais, fit Natalia. Il fait ça parfois. Il veut se donner l'air accessible.

— Est-ce qu'il l'est ?

— Est-ce qu'il est quoi ?

— Accessible ?

— Je crois, oui. J'ai jamais cherché à le savoir. C'est pas lui, la première personne que j'irais voir.

— Pourquoi ?

— Comme ça. C'est juste que je le trouve flippant, dit Natalia. Je sais pas trop pourquoi. La plupart des élèves le trouvent super.

Masie vint les rejoindre, ses longs cheveux bruns collés à son crâne comme s'ils n'avaient pas été lavés depuis des jours ; mais à y regarder de plus près, on voyait qu'ils étaient parfaitement propres, seulement un peu plats et fins. Elle posa son plateau et se pencha vers Evangeline, avec un sourire niais.

— Attends, dit Jillian en s'asseyant rapidement. Je sais ce que ça veut dire, cette tête.

Jillian avait pris deux cookies et Evangeline était certaine qu'elle ne les proposerait à personne. Elle se demanda pourquoi elle était si critique du poids de Jillian alors qu'elle ne l'était pas du tout de celui de Natalia.

Une fois qu'elles furent toutes installées, Masie dit :

— Ben Grassley vient de demander à Rebekah de sortir avec lui.

— Merde. Et qu'est-ce qu'Ashley a dit ? demanda Jillian.

— Qu'elle en avait rien à foutre.

Evangeline n'aimait pas beaucoup ce genre de ragots. Déjà, parce qu'elle ne savait pas qui étaient ces gens et qu'elle n'avait pas encore de rancunes à entretenir à leur égard. Mais surtout, cette distance l'aidait à voir à quel point tout cela était méchant et jubilatoire – de la part de ces filles qui avaient des pères, des mères et des frères et sœurs à la maison. Masie râlait souvent à cause de ses parents divorcés et se plaignait d'avoir à subir deux pères et deux mères. Evangeline ne pouvait s'empêcher de penser qu'elle aurait donné n'importe quoi pour avoir au moins un parent. Elle devait souvent retenir son envie de hurler quand elle entendait leurs listes de doléances ridicules et leurs apartés désobligeants, de leur demander si elles avaient déjà eu faim pendant plusieurs jours parce qu'elles s'étaient retrouvées seules sans rien à manger.

— Il se dit simplement qu'il aura une part du gâteau, disait Jillian. Si elle s'est intéressée à la fois à Daniel et Jonah, elle est visiblement peu sélective quand elle choisit un mec.

Evangeline, qui chipotait ses haricots trop cuits, se figea. Masie ajouta :

— Ashley dit que s'il veut sortir avec cette pute meurtrière, il ferait bien de faire gaffe.

— De quoi vous parlez ? demanda Evangeline.

— On t'a déjà raconté, dit Masie. Le meurtre-suicide qui a eu lieu au début de l'année, tu te souviens ? Tout le monde pense qu'il y avait une fille dans l'histoire. Maintenant, quelqu'un prétend avoir vu Daniel avec Rebekah juste avant le meurtre.

— Ce quelqu'un, c'est Sammy ?

Natalia avait montré Samantha à Evangeline la première semaine. Elle ne trouvait pas que Sammy était la beauté que tout le monde prétendait. Si elle avait été brune, personne ne lui aurait accordé un regard. Mais elle avait de longs cheveux blonds, et ça, ça étourdissait les garçons, qui se retrouvaient dans un état de soumission émerveillée.

— Non. C'est justement ça, le truc. Daniel était avec une autre fille.

— Mais est-ce que quelqu'un a vu Rebekah avec Jonah aussi ? dit-elle. Vraiment ? Parce que si c'est pas le cas...

Elle s'arrêta de parler quand elle vit comment les autres la regardaient.

— Je croyais que tu détestais ce genre d'histoires, dit Jillian.

Evangeline se rendit compte du ton précipité de sa voix, et elle fit un effort pour ralentir.

— Ce que je veux dire, c'est que c'est pas logique. Daniel trompe Sammy avec Rebekah. Pourquoi est-ce que ce Jonah tuerait Daniel à cause de ça ?

— Tu comprendrais si tu l'avais connu, dit Masie. Rebekah a probablement flirté avec lui aussi. C'est une allumeuse de première. Et Jonah... eh bien, disons qu'il ne risquait pas de sortir avec une fille si Daniel était dans le coin. Daniel s'en assurait. Peut être que Jonah croyait qu'il avait enfin une histoire qui commençait avec une fille, et qu'il a pensé que Daniel l'avait fichue en l'air.

Evangeline en eut le souffle coupé. La théorie de Masie exposait précisément le rôle qu'elle pensait avoir joué dans la mort des garçons.

Natalia, qui était restée silencieuse pendant toute cette conversation, lui toucha le bras.

— Ça va ?

— Ouais, dit Evangeline, déglutissant avec peine comme si quelque chose lui était resté coincé dans la trachée.

Elle se racla la gorge et dit :

— Y a un truc que je pige pas : même si tout ça est vrai, en quoi ça fait de Rebekah une pute meurtrière ?

— Elle a monté le coup, dit Jillian en enfournant le deuxième cookie, comme si elles étaient en train de parler de l'intrigue d'un film plutôt que de la vie de deux garçons. Elle voulait qu'ils se battent pour elle. Elle trouve ça génial que deux garçons soient morts à cause d'elle.

— Elle a dit ça ?

— Comme si elle allait le sortir direct, ricana Masie.

— Peut-être qu'elle crève de chagrin, dit Evangeline, sa tension perceptible. Peut-être qu'elle les aimait ou qu'elle en aimait au moins un…

— T'as raison, c'est pour ça qu'elle se faisait les deux…

— Stop ! fit Natalia. La lettre de Jonah ne parlait pas du tout d'une fille. Nous l'avons tous su. Maintenant, vous faites coucher Rebekah avec les deux ? Vous vous faites manipuler. Vous le savez, ça ?

Masie et Jillian haussèrent les épaules.

— Je ne veux même pas en discuter, dit Masie. (Elle prit avec indifférence une bouchée de salade.) OK, on passe à un autre sujet. J'ai entendu dire que M. Kirkpatrick saute Mlle Tobin.

Mais personne ne mordit à l'hameçon et elles continuèrent toutes à picorer dans leurs assiettes.

— Bon, fit Masie au bout d'une ou deux minutes. C'était trop la classe mais faut qu'j'me casse.

Jillian se leva, son opulente poitrine encore couverte de miettes de cookies.

— Moi aussi je vais me casser, faut que j'aille pisser.

Elles se regardèrent et éclatèrent de rire.

— Nous sommes poètes sans le savoir, gloussa Masie, et elles s'éloignèrent.

Une fois qu'elles furent hors de portée, Natalia conclut :

— Elles sont surtout idiotes, oui.

Evangeline rit, mais Natalia la dévisagea avec gravité.

— S'il y a quelque chose dont tu as envie de parler, tu sais que tu peux me le dire, hein ?

— De quoi je voudrais te parler ?

Bien sûr qu'elle voulait parler de tout, de la vie dehors, d'amour, d'abandon, de comment on survit dans un monde sans parent. Surtout, elle voulait parler du bébé, de son enfant qui aurait besoin de choses – de nourriture, de vêtements, de conseils parentaux –, de choses qu'elle n'avait aucun moyen de donner.

La cloche sonna et Natalia se mit debout, son plateau dans les mains.

— C'est juste que t'en as vu des vertes et des pas mûres.

— Je m'en sors, dit Evangeline en rassemblant ses affaires. Mais je suis triste pour Rebekah.

— Ah ouais ?

— C'est pas cool que tout le monde parle d'elle comme ça.

Natalia rit.

— C'est Rebekah qui les fait marcher, les deux, là. C'est elle-même qui a lancé la rumeur sur elle et Daniel. Masie a raison, elle veut que les gens croient que deux garçons sont morts à cause d'elle.

— Tu ne penses pas qu'une fille était mêlée à tout ça ?

— Rebekah ? Impossible. (Elles glissèrent leur plateau dans le chariot.) Une autre fille ? Natalia marqua une pause, en regardant Evangeline avec insistance. Peut-être.

Elles étaient presque arrivées à leurs casiers quand Natalia dit :

— Tu veux venir chez moi ce week-end ? Samedi, par exemple ? Faire des *tamales* avec ma mère et moi ? Ma petite sœur sera là aussi, mais t'inquiète pas, on fera comme si elle existait pas.

Cette simple invitation paraissait tellement normale. Ce fut un miracle qu'Evangeline réussisse à ne pas éclater en sanglots.

33

JUDITH, LA SECRÉTAIRE de Peter, interrompit mon cours pour me dire qu'il y avait un appel pour moi au bureau. En me rendant à l'administration, je cherchai en vain qui pouvait bien appeler au lycée plutôt que sur mon portable pour une communication si urgente qu'elle exige que je réponde séance tenante.

Dans l'appareil, j'entendis la voix rauque de fumeuse de Harriett Spencer, une amie de longue date de ma tante Becky, la seule des frères et sœurs de mon père encore en vie. Harriett voulait que je vienne en Pennsylvanie en avion le plus vite possible. Ma tante, âgée de presque quatre-vingt-dix ans, n'avait plus toute sa tête à la suite de multiples petites attaques, et risquait la saisie imminente de ses biens.

Je n'étais pas particulièrement proche de tante Becky. Pendant mon enfance, elle travaillait à l'étranger avec le American Friends Service Committee*. Mais mon père l'aimait, et à n'importe quel autre moment de ma vie je n'aurais pas hésité à prendre un congé pour raisons familiales. Je proposai

* Organisation quaker œuvrant pour la paix et la promotion des droits de l'homme.

de gérer la chose par téléphone, mais Harriett insista. La tante Becky oubliait bien plus que son hypothèque, dit-elle. La semaine précédente, elle avait laissé un steak haché sur la cuisinière allumée avant d'aller faire une sieste et elle s'était réveillée seulement lorsque l'alarme incendie s'était déclenchée, dans une maison pleine de fumée.

— Becky est têtue, dit Harriett. Il va falloir la convaincre, mais si elle ne s'installe pas bientôt dans une maison de retraite, je crains qu'il arrive bien pire que la saisie.

Ce soir-là, Evangeline jacassa longuement à propos de Natalia. J'étais content qu'elle soit distraite et qu'elle ne voie pas à quel point j'étais préoccupé.

— Natalia dit que sa mère fait les meilleurs *tamales* du monde. Elle va me montrer comment les préparer. Vous aimez les *tamales* ?

Elle parlait d'une voix enfantine, excitée, que je n'avais jamais entendue chez elle. Ces dernières semaines, elle s'était montrée si secrète, si retenue. La voir détendue, considérant peut-être ma maison comme la sienne, adoucit mon humeur morose.

— Je ne crois pas en avoir jamais goûté, dis-je alors qu'en réalité, j'en avais mangé, bien sûr.

Evangeline ouvrit grand la bouche, feignant d'être choquée, espiègle comme je ne l'avais jamais vue, les joues toutes rouges. Je continuai à exagérer mon ignorance de la cuisine mexicaine et elle s'épancha sur ses merveilles.

— Est-ce que je pourrais aller chez Natalia ce week-end ? Je pourrais vous faire des *tamales* pour le dîner de dimanche.

Je parlai à Evangeline de ma tante, de ma nécessité de m'absenter.

— J'essaierai de rentrer aussi vite que possible, mais cela risque de prendre une semaine ou deux, d'ici que je trouve une maison pour l'accueillir.

Elle piqua une rondelle de concombre, la mangea, puis dit, avec une indifférence forcée :

— Pourquoi si longtemps ? Je veux dire, vous pourriez faire une recherche en ligne, passer quelques coups de fil. En plus, elle risque de même pas vous reconnaître.

Je dus avoir l'air surpris, parce qu'elle fronça les sourcils et ajouta :

— C'est vous qui avez dit qu'elle avait perdu la boule, pas moi. Vous voilà prêt à partir à cause d'une vieille tante folle dont vous n'avez jamais parlé avant. Vous n'êtes même pas allé dans votre bureau pour "réfléchir". La dernière fois, vous avez fait votre numéro de cirque de la momie fossilisée pour décider si on pouvait allumer quelques lumières le soir. Et là, pouf, vous sautez direct dans un avion ?

Ce n'était pas tant les mots que la férocité avec laquelle elle me les jeta à la figure qui me permit de la voir comme au premier soir – apeurée, sauvage, agressive.

— Je reviendrai, dis-je. Je te le promets. Je reviendrai.

Elle se mit à débarrasser la table.

— Forcément vous allez revenir. Vous croyez que je ne le sais pas ? Il y a la maison, vos cours. Je sais à quel point vous êtes dévoué à vos "gamins".

— Et il y a toi. Je veux être là pour toi.

Elle se dirigea vers l'évier en marmonnant :

— Comme si j'en avais quelque chose à foutre.

Je restai assis à table, choisissant d'ignorer la provocation tandis qu'elle ouvrait brutalement le robinet et commençait à faire la vaisselle à grand bruit.

— Et il y a le bébé, dis-je.

Elle se figea, puis se retourna brusquement, répandant de l'eau savonneuse sur le sol.

— C'est ça, en fait, la vraie raison ? Toute cette soi-disant générosité. Vous ne vous préoccupez pas de moi. Vous pensez toujours que je porte l'enfant de votre fils. Eh bien, si je vous disais que c'est faux, que je remercie Dieu tous les jours que ce soit faux ? Et si je vous disais qu'il y a eu plein de gars et que votre fils n'en faisait pas partie, que je détestais votre fils ? Qu'est-ce qui se passerait alors ? Est-ce que vous reviendriez ventre à terre pour être sûr que je vais bien ? Est-ce que je serais même encore ici ?

Elle resta devant l'évier, ses yeux se remplissant de larmes, sa bouche cruelle et tremblante.

Je ne pouvais répondre. Pas à ce moment-là, pas avant de rechercher la grâce divine pour faire taire la bête qui s'était mise à gronder lors de l'appel ce matin – une bête que les provocations d'Evangeline incitaient à percer mes défenses, qui voulait me faire lever d'un bond et me pressait de lui mettre une gifle puissante.

Elle me regarda fixement, suivant ma lutte, et ce faisant, ses lèvres se déformèrent en un étrange sourire satisfait.

— C'est bien ce que je croyais, fit-elle, avant de reprendre sa tâche.

Je laissai Evangeline et allai dans mon bureau pour me consacrer à "mon numéro de cirque". C'était bizarre comme elle m'ébranlait, cette matérialisation d'une partie de la vie cachée de mon fils. La fermeté avec laquelle elle avait affirmé qu'il n'était pas le père ne faisait qu'accroître mes soupçons du contraire. Sa colère contre lui, bien qu'elle fût exprimée pour me blesser, paraissait viscérale, réelle. Et cela aussi augmentait mes soupçons, car il faut avoir partagé une intimité d'une forme ou d'une autre pour nourrir une colère pareille.

Et j'avais ma propre colère à gérer. En ce jour où j'étais confronté à d'autres traumatismes familiaux douloureux, j'étais obligé de faire face aux mensonges et à l'hostilité franche de la jeune fille.

Evangeline et moi reparlâmes plus tard ce soir-là, pas de ses troublantes affirmations – que je choisis pour le moment d'ignorer – mais de logistique. Elle repoussa l'idée de trouver un autre endroit où elle pourrait habiter, me faisant remarquer qu'elle avait survécu seule dans des situations bien plus difficiles. En plus, il fallait que quelqu'un s'occupe de Rufus, ajouta-t-elle.

J'acceptai de la laisser seule si je pouvais trouver un adulte responsable à proximité. Il fallait que ce soit une femme, quelqu'un à qui Evangeline pourrait s'adresser en cas d'urgence. Il y avait la vieille Janice Wilson, la cancanière du quartier, mais l'idée qu'Evangeline devienne le sujet de rumeurs malveillantes m'était insupportable. Quelques maisons étaient louées par des gens que je n'avais pas rencontrés ; cela ne laissait que Sharon Franklin au bout du pâté de maisons et Lorrie, juste à côté. Sharon était une femme charmante, mais elle travaillait à plein temps à l'usine de papier, avait trois enfants en bas âge et une mère à l'hospice. Je n'envisageai pas d'ajouter à son fardeau.

Je passai la soirée suivante à repousser le moment d'aller voir Lorrie. Tout dans cette demande me paraissait tordu. Je n'avais jamais appelé Lorrie pour discuter de la possibilité qu'elle ait un petit-enfant à naître. Quelques semaines avant, j'avais demandé à Evangeline si les gens savaient qu'elle était enceinte.

— Certainement pas ! Il ne manquerait plus que ça. Vous ne l'avez dit à personne, n'est-ce pas ?

Je lui assurai que non.

— Mais à un moment donné…

— Ce moment n'arrivera pas avant des mois. C'est bientôt l'hiver. Je pourrai le cacher encore longtemps. Et si ça se trouve, je vais faire une fausse couche. Ça peut arriver.

Était-ce son souhait ? Je ne parvenais pas à le savoir.

— Laissez-moi décider quand je le dirai, OK ?

J'acquiesçai. Elle me lança un regard noir jusqu'à ce que je dise :

— Bien sûr. Ce n'est pas à moi de prendre l'initiative.

— Non, ce n'est pas à vous.

Et même si Evangeline avait accepté que j'en parle, Lorrie m'évitait. Chaque fois que nous nous croisions aux boîtes aux lettres, elle tournait les talons et filait se réfugier chez elle – un comportement que je trouvais à la fois offensant et délicat.

Je finis par me rendre chez Lorrie vers neuf heures ce soir-là. La sonnette était cassée, alors je passai par-derrière. Elle sursauta lorsqu'elle aperçut mon visage à travers la vitre de la porte de la cuisine, et je regrettai sincèrement de lui avoir fait peur. Des manuels et des feuilles manuscrites couvraient la table, et les habituels cernes noirs autour de ses yeux avaient désormais une teinte violacée.

Elle ouvrit la porte, jeta un coup d'œil du côté du désordre qui régnait dans la pièce et de la vaisselle entassée dans l'évier, puis dit avec une gêne visible :

— Isaac… entre.

Elle entreprit de débarrasser la table, même si je lui disais de n'en rien faire.

— Désolée de tout ce bazar. J'ai un examen de microbiologie demain. Mon Dieu, ça sent mauvais ici, non ?

— Pas du tout, répondis-je alors que c'était faux.

Rien d'irrémédiable, rien de pire que des brocolis cuits ou une poubelle de quelques jours.

Elle m'offrit une tasse de thé que je déclinai.

— Je n'en ai pas pour longtemps. C'est juste que j'ai un imprévu et je me demandais si tu pourrais me rendre service.

— Ce que tu veux.

Elle parla avec sincérité, presque empressement, et je compris qu'elle m'avait évité par générosité et non par égoïsme. Je me demandai si cet empressement pouvait être de la culpabilité, si elle m'avait vu quand j'étais caché dans les arbres en septembre. Mais c'était impossible, vu la noirceur de la nuit et l'intensité du feu dans le baril entre nous.

— Je suis venu te demander un service pour Evangeline.

Je compris trop tard que j'ignorais ce qu'elle savait. Nells était encore au collège. Sans lien avec le lycée, Lorrie n'avait peut-être aucune idée que la jeune fille habitait chez moi. Quant à un lien possible avec les garçons, c'était encore moins probable.

— Il faut que j'aille en Pennsylvanie. Affaire de famille. Je serai probablement absent une semaine, peut-être un peu plus longtemps. Il y a cette jeune fille qui habite chez moi…

J'hésitai, me demandant comment expliquer.

Lorrie me regarda bizarrement.

— Je suis au courant pour Evangeline, Isaac. Les gens parlent.

Étrangement, venant de Lorrie, j'y trouvai du soulagement.

— Ah oui ?

Elle sourit.

— Eh oui.

— Bien. Bien, dis-je, en reprenant mes esprits, essayant de dominer un accès inattendu de timidité. Evangeline est remarquablement autonome, mais dans son état…

Je m'arrêtai, craignant d'en avoir trop dit.

— Elle est malade ? demanda Lorrie, avec une sincère inquiétude.

— Pas exactement malade.

Elle attendit que je détaille. Puis elle comprit.

— Ah. Elle est enceinte.

Sa voix n'exprimait ni jugement ni inquiétude. J'en fus heureux. Evangeline n'avait pas besoin de ça.

— Ce ne sont pas mes affaires. Je n'aurais pas dû le dire.

— Tu ne l'as pas dit. Mais même si tu l'avais dit, tu aurais eu raison. Elle a besoin qu'un adulte près d'elle soit au courant. Il peut y avoir des complications.

Nous convînmes que Lorrie passerait tous les deux ou trois jours pour voir comment allait Evangeline, et peut-être lui apporter une salade de temps en temps, car je n'étais pas certain qu'elle suive un régime nutritionnel adapté en mon absence.

Lorsque je me levai, prêt à partir, Lorrie dit :

— Juste en passant… quand est-ce qu'Evangeline est arrivée chez toi ?

— Il y a environ un mois, vers la mi-octobre, si je me souviens bien.

— Et avant ? Où était-elle avant ?

J'hésitai. Elle perçut ma gêne.

— Ce n'est pas grave. Pas d'inquiétude. Je passerai la voir. En fait, si elle a peur, toute seule dans cette grande maison, elle peut venir habiter avec nous.

La proposition était gentille, mais tout à coup, Lorrie parut effarée.

— Pardon, j'ai parlé trop vite.

Elle avait dû se rendre compte que la seule chambre disponible était celle de Jonah. Je m'empressai de la rassurer.

— Ou Nells et toi pourriez loger dans ma chambre. C'est un grand lit. Il y a aussi un lit de camp dans la buanderie.

— Eh bien, dit-elle en se raidissant et me regardant droit dans les yeux avec sa dignité austère si caractéristique. On verra si elle a besoin de ça.

En rentrant, je passai par le portail de derrière et coupai par notre bande de servitude. Cette décision était étrange. Bien que ce fût le chemin le plus court, la zone boisée ne comportait pas de sentier défini et elle était particulièrement périlleuse la nuit. Ce soir-là, les arbres projetaient des silhouettes noires qui traversaient en dansant dans mon champ de vision. À mi-chemin, je m'arrêtai et m'immobilisai, sentant la présence de quelqu'un tout près. Puis je la vis, cachée dans les ombres à un moins d'un mètre cinquante de moi – une présence ramassée, costaude et vivante, un homme ou un garçon accroupi. La terreur me frappa la poitrine, mais je pris une inspiration et me jetai sur lui en rugissant.

Rien. Pas même un tressaillement. La présence n'était ni un homme ni un garçon, ce n'était pas une créature. C'était un baril rouillé, celui dont s'étaient élevées des flammes au milieu de la nuit, la semaine où Daniel avait disparu.

J'avais beaucoup lutté pour oublier ce baril, ce dernier mois. Mais cette nuit-là, je pris une décision, j'allumai la lampe torche sur mon téléphone portable et m'approchai de son rebord noir. La terreur s'empara de moi à nouveau, comme si la créature que j'avais imaginée initialement se trouvait dans le fût, prête à bondir. Il me fallut une minute pour trouver le courage d'y jeter un coup d'œil. Une deuxième pour identifier ce que je voyais.

Bien entendu, je savais depuis toujours ce qui se trouvait là.

Des cendres. Rien que des cendres dans une froide soirée de novembre.

34

Ça n'ennuyait pas Evangeline d'être seule dans la maison. Ce qui, elle devait l'admettre, était un peu bizarre étant donné l'interdiction d'aller à l'étage et les photos d'un jeune homme assassiné suivant le moindre de ses gestes. Mais en même temps, Rufus était là, trottinant à ses côtés, se couchant à ses pieds.

Evangeline n'avait jamais eu de chien, et la découverte de cet amour si franc, si inconditionnel était plus intense que tout ce qu'elle aurait jamais osé imaginer. Chaque fois qu'elle sentait monter une bouffée de tendresse, elle se forçait à se rappeler que le chien l'escroquait, qu'il assurait sa prochaine gamelle de nourriture, son lit chaud, rien de plus. Les chiens savaient comment tirer les ficelles des humains. Il fallait qu'elle reste maligne. On commence à faire confiance à un chien, et ensuite ? À un homme ? Non. Ça ne risquait pas de lui arriver.

Malgré tout, elle n'avait jamais connu une créature aussi douée pour simuler l'attachement. Elle ne cessait de se rappeler un matin quelques semaines auparavant. Isaac avait interrompu son petit déjeuner, était sorti furieux par la porte de derrière et avait crié après Rufus. Le chien aboyait depuis un certain temps contre un cerf, grognait, bref, emmerdait le monde. Une fois que Rufus était rentré à la maison, Isaac avait repris son bol de céréales, mangé quelques bouchées, puis avait dit :

— Je suis juste content que mon vieux cerbère soit encore là.

Il vit son visage surpris.

— Il n'a jamais été en bonne santé. Cela fait dix ans que son nez coule sans arrêt. Même avant la mort de Daniel, il était fragile. Après... je n'étais pas certain qu'il survivrait.

Il dut sentir qu'elle voulait en savoir davantage, parce qu'il continua à parler. Ou peut-être, bien qu'Evangeline eût des doutes, il avait besoin de parler pour des raisons qui lui appartenaient.

— Quand Daniel a disparu, Rufus l'a cherché partout – il a essayé de monter à l'étage, a exploré le moindre coin et recoin sur la propriété. Il semblait triste, mais il restait lui-même. Il croyait probablement que Daniel finirait par réapparaître.

“Puis, quand on a reçu l'appel du shérif, Rufus a su. Tout de suite. Comme s'il l'avait senti sur nous. Je venais à peine de raccrocher quand il est allé se cacher au fond du garde-manger et s'est couché en boule sous une étagère. Je n'arrivais pas à le faire sortir, sauf une fois le matin et une fois le soir. Il sortait, faisait sa petite affaire, et retournait dans son placard. J'étais obligé de lui apporter de l'eau, de la poser à côté de sa bouche, de lui donner les croquettes à la main. J'étais certain que j'allais le perdre en quelques semaines.

Isaac se leva brusquement, son bol dans la main, et se détourna avant de se racler la gorge. En s'approchant du plan de travail, il dit – et elle sentit l'effort qu'il faisait pour avoir l'air nonchalant :

— Et ensuite, tu es arrivée…

Le chien avait pleuré Daniel. Et elle savait qu'il n'avait pas cessé. Parfois, elle le trouvait couché sur le flanc dans le hall, son regard mort posé sur la porte de l'escalier. Si l'amour d'un chien n'était qu'une escroquerie, pourquoi ferait-il une chose pareille ?

Malgré sa promesse de ne jamais lui faire confiance, chaque fois que Rufus était particulièrement gai, drôle ou câlin, Evangeline l'imaginait tapi dans la pénombre du garde-manger, de plus en plus maigre, et elle chuchotait, pour le chien ou elle-même, ou les deux.

— Et ensuite, je suis arrivée.

C'était un mantra. Une prophétie. Le début d'une nouvelle histoirc.

Quant au garçon des photos, un garçon qui riait, qui jouait au frisbee, qui était accroché à la barre à roue d'un voilier, ce n'était pas celui qui l'avait emmenée dans les bois. Elle examinait les photos et essayait de voir le Daniel qu'elle connaissait, essayait de le détester ou de lui pardonner ou de ressentir quelque chose, n'importe quoi, pour un garçon qui avait été assassiné. Mais tout ce qu'elle voyait, c'était un contour sur une surface plane, dessinant une poupée de papier qu'elle pourrait découper et faire bouger à sa guise.

Parfois, avant d'aller se coucher, elle aussi se rapprochait de la porte de l'escalier. Elle collait sa joue contre le bois sculpté, l'y pressait fort, pour l'imprimer définitivement sur sa peau, comme si elle désirait ardemment que ses ornements disent au monde tout ce qu'elle avait provoqué. Rufus gémissait et lui donnait des petits coups de museau dans les mollets, essayant de la faire renoncer. Peu importait la grisaille de son humeur, elle finissait toujours par rire et s'écarter.

Néanmoins, elle restait là un moment encore, les yeux rivés sur la porte, se demandant si des indices pourraient être découverts au-dessus, des éléments pour comprendre pourquoi un garçon comme Jonah massacrerait un ami. Parce que vraiment, même si Jonah avait découvert ce qui s'était passé entre Daniel et elle, comment pouvait s'expliquer une telle violence ?

Rufus s'asseyait à côté d'elle, les oreilles en avant, la tête penchée, le regard vissé sur la poignée, s'attendant à ce qu'elle tourne, comme si Evangeline savait quelque chose qu'il ignorait. Mais la porte ne s'ouvrit jamais, pas la moindre réponse n'apparut dans le bois sculpté, et Evangeline et le chien laissaient échapper un soupir – souvent au même instant – et allaient se coucher.

Le vendredi soir, Evangeline préparait son dîner quand Rufus devint fou, face à la porte du vestibule. Elle l'ouvrit et découvrit une petite femme d'une quarantaine d'années portant une chemise en laine d'homme retournée aux poignets. Des feuilles mortes tournoyaient autour de ses bottes à semelle épaisse comme si elle les avait apportées dans son sillage. Tout chez elle était mince et bien serré, ses cheveux châtain clair tirés en queue de cheval, les muscles de son visage et ses mains tendues semblant se préparer à la bagarre. Evangeline crut qu'elle luttait contre le froid, puis décida que non, cet état semblait permanent, comme si son combat était avec la vie tout entière. La femme tenait serré contre elle ce qu'Evangeline devina être une offrande de nourriture.

— Je suis Lorrie, dit-elle.

Il fallut un petit moment à Evangeline pour se souvenir.

— La voisine dont Isaac m'a parlé ?

— J'imagine, même si je suppose qu'il pourrait y en avoir une autre.

Elle tendit la jatte en plastique fermée par un couvercle.

— C'est une salade verte avec quelques petites choses supplémentaires. S'il y a un ingrédient que tu n'aimes pas, tu l'enlèves. La sauce se trouve dans un petit contenant à l'intérieur.

Evangeline se demanda si cette femme était aussi quaker, vu sa façon de parler, directe, sans détail superflu. Elle prit le plat, se souvenant de ses manières seulement à l'instant où la femme se tournait pour partir.

— Voulez-vous entrer ? Il fait froid dehors.

— Je ne suis pas loin. Ma fille est à la maison, alors je crois que je vais rentrer.

Elle était sur le point de s'en aller, puis se ravisa et se tourna vers Evangeline.

— À moins que tu aies besoin de quelque chose. Est-ce que ça va ? Tu te sens bien ?

Donc, Isaac avait parlé à cette étrangère du bébé. Après avoir promis qu'il ne le ferait pas. Pourquoi, sinon, cette femme poserait-elle cette question ? Cette intrusion dans sa vie privée l'agaça énormément, mais Evangeline retrouva ses esprits et dit :

— Je vais bien.

— Tu es sûre ? Parce que si tu as besoin de quoi que ce soit, vraiment, je suis juste là, dans la maison bleue de l'autre côté de votre terrain, derrière.

— Ça va bien.

La femme fit un signe de la tête, un mouvement rapide, sec, détournant le regard avec pudeur – comme si elle avait été remerciée alors qu'il n'y avait pas eu de remerciement.

— Eh bien, au revoir, dit-elle avant de se détourner.

— Merci pour ça, cria Evangeline, en levant la jatte en direction du dos qui s'éloignait, parce que probablement, maintenant qu'elle y réfléchissait, elle aurait dû exprimer plus clairement sa reconnaissance.

Et il y eut un nouveau mouvement de la tête, comme pour elle-même, cette fois.

Rentrée dans la cuisine, Evangeline souleva le couvercle. Des carottes, du concombre, du céleri et des tomates cerises avaient été mélangés à la salade verte. Elle allait tout manger, même les tomates, vite, en même temps que le reste pour camoufler leur acidité et leur texture granuleuse. Ça lui était égal de manger des choses dégueulasses pour le bébé. Elle aimait bien, en fait, l'importance que cela avait pris. Qui d'autre se préoccupait de ce qu'elle faisait ou pas ? Mais le bébé n'avait qu'elle pour nourrir ses petits os, son petit cœur et son petit cerveau.

Elle versa la sauce dans la jatte, la mélangea avec une fourchette et s'assit à table. Sa nausée avait disparu depuis quelques jours, et elle retrouvait de l'énergie. Cependant, il se passait quelque chose de nouveau, quelque chose d'inquiétant. Depuis peu, elle trouvait des taches de sang sur sa culotte. Elle se demanda si elle aurait dû en parler à la dame. Isaac avait dit qu'elle était un genre d'infirmière. Lorrie, qu'elle s'appelait, c'est ça ?

Evangeline prit une bouchée de salade. La sauce était délicieuse, avec une légère note d'agrumes, un tout petit peu sucrée. En mangeant, elle songea à ses cours. Elle allait devoir trouver du soutien pour la trigonométrie. Probablement en douce. Isaac avait voulu la mettre en algèbre ou en géométrie. Elle avait pris un air offensé, prétendant que les maths étaient super faciles pour elle, sous-entendant qu'elle était une sorte de génie en mathématiques.

Elle était intelligente, elle le savait. Elle avait de bons résultats en géométrie avant que sa mère la sorte du lycée. Mais la trigo, c'était pas pareil. À la minute où M. Tippet avait commencé à parler de sinus et cosinus, de sécantes et cosécantes, son cerveau s'était déchaîné pour couvrir sa voix, furieux rien qu'à entendre la terminologie. Si elle n'avait pas atterri dans cette maison avec un prof de science, un homme qui lui faisait sentir qu'apprendre des choses inutiles pouvait peut-être apporter du bien, elle aurait tout envoyé promener. Ce n'était pas comme si elle s'embarquait pour des études supérieures.

Mais au moment où elle formula cette pensée, elle se rendit compte avec une douce excitation qu'elle n'en était plus aussi sûre, finalement. Ce qui, bien entendu, était délirant. Elle n'envisageait pas de poursuivre d'études supérieures avant, mais maintenant qu'elle allait avoir un bébé toute seule, elle en rêvait ?

Toutes ces réflexions lui donnèrent des aigreurs d'estomac, alors elle alluma la radio pour les noyer. Des types qui parlaient politique, qui déblatéraient sur l'inédit ceci, l'inédit cela. L'un affirma que "notre démocratie même" était en jeu. Evangeline ne se rappelait pas avoir connu un temps où ce n'était pas comme ça – un côté qui accusait l'autre de détruire le pays. La familiarité de ces voix sérieuses aux tons alarmistes lui apporta du réconfort tandis que, sa salade finie, elle se faisait griller du pain aux graines qu'elle tartinerait de beurre et de miel pour son dessert.

Dimanche soir, Lorrie réapparut à la porte, portant la même chemise d'homme, cette fois tenant une jatte en métal couverte de film alimentaire. Evangeline espéra qu'elle contenait quelque chose comme du ragoût ou peut-être des pâtes à la viande, mais elle pouvait déjà voir que c'était une autre salade.

Evangeline n'oublia pas de l'inviter à entrer, cette fois. Lorrie lança un coup d'œil en direction de sa maison, puis dit :

— OK. C'est gentil.

Elle traversa le vestibule et, dans la cuisine, posa le saladier sur la table. Elle demanda :

— Est-ce qu'il y a quelque chose que tu préférerais que j'évite de mettre la prochaine fois ? Ou peut-être, quelque chose que je pourrais ajouter ?

— C'est très gentil de votre part, mais Isaac m'a laissé de l'argent. Je peux aller faire des courses et m'acheter ce qu'il me faut.

Elle détestait causer autant de travail à cette dame. Et autant de dépenses. Elle avait appris le prix des produits frais, qui l'avait surprise. Tous les gens qu'elle connaissait ignoraient les légumes dans leurs assiettes. Elle avait supposé qu'ils ne valaient presque rien.

— Tu ne l'as pas aimée ? Je peux changer de sauce, si tu préfères. Ou de légumes.

— C'est juste que je peux m'en sortir seule.

Elle ne réussit pas à trouver le ton qui convenait. Sur le visage de Lorrie passa une expression déçue, puis un sourire apparut pour tenter de l'effacer, alors Evangeline s'empressa d'ajouter :

— Les miennes ne seraient pas aussi bonnes que les vôtres, c'est sûr. J'ai mangé la grosse salade de la dernière fois en une soirée.

Lorrie sourit, franchement cette fois.

— Ah bon ? En entier ?

Elle n'avait plus l'air aussi tendue. En fait, elle ressemblait à une gamine esseulée à qui on offrait une belle récompense. Evangeline était contente de lui faire plaisir à ce point, mais triste aussi – qu'est-ce que cela disait de sa vie ? – et gênée pour elle, de voir que cette femme laissait ses émotions s'étaler comme ça devant tout le monde ; pour couronner le tout, elle était franchement agacée d'avoir à ressentir tout cela à propos d'une discussion sur les salades.

— Ouaip, confirma-t-elle, sans poursuivre.

Ça suffisait.

— Bon, fit Lorrie, radieuse. Marché conclu alors. (Elle jeta un coup d'œil à la cuisine comme si elle admirait sa propreté.) Je sais que tu peux très bien t'en sortir seule. Je vois que tu entretiens bien les lieux. Mais Isaac est un bon ami de longue date, et il m'a demandé de passer te voir. Tu me ferais plaisir en acceptant.

Evangeline acquiesça. Elle ne mangerait pas autant de salade de sa propre initiative. Et elle commençait à comprendre qu'accepter les choses que les gens veulent vous donner, même si ça vous contrarie un peu, ça fait plaisir. Lorrie lui rappelait Isaac. Elle aurait pu dire qu'ils étaient tous les deux timides, mais ce n'était pas tout à fait ça. C'était plutôt qu'ils ne voulaient pas s'imposer à quiconque. Passer inaperçus ou ne pas recevoir la reconnaissance qui leur était due ne les gênait pas le moins du monde. Elle pensa au lycée, à l'autopromotion permanente, à la manière dont même les filles "sympa" exhibaient leur côté sympa. Cette femme avait réussi à faire penser à Evangeline que c'était elle qui était gentille d'accepter ses salades et à la rendre fière de la cuisine rien qu'en jetant un coup d'œil autour d'elle.

Lorrie prit la boîte en plastique posée à côté du téléphone.

— Ça t'ennuie si je la reprends ?

— Oh non, bien sûr que non.

Elle voulait ajouter quelque chose, du genre merci ou vous êtes gentille, mais elle avait eu plus que sa dose d'émotions pour la soirée. Elle faillit parler de ses saignements, qui continuaient sans pourtant empirer, mais cela exigerait qu'elle parle de sa grossesse, et en plus, elles étaient déjà à la porte du vestibule.

— Je reviens demain, dit Lorrie.

— Demain ?

— Si tu peux manger une grande salade chaque jour, alors c'est ce que je vais t'apporter. Tu ne pourrais pas faire mieux pour le bébé.

Cette mention explicite du bébé prit Evangeline de court. Sa surprise dut être visible, car Lorrie dit :

— Je suis désolée. Apparemment, je n'étais pas censée savoir.

Son visage était si nu et sans défense qu'Evangeline n'eut aucune envie de discuter.

— Non, c'est une bonne chose que vous sachiez. C'est juste… personnel.

Lorrie tendit la main et toucha le bras d'Evangeline.

— Oui. Probablement la chose la plus intime et – finalement – la plus visible qui puisse arriver dans une vie.

35

Le matin où je partis prendre l'avion pour la côte Est, j'étais presque dans le garage, avec mes sacs, quand Evangeline sortit en courant en pyjama, pieds nus dans le matin gris et humide.

— J'étais pas sérieuse, quand j'ai dit tous ces trucs sur Daniel. Vous le savez, hein ?

Sur le coup, j'acquiesçai. Mais en réalité, je ne le savais pas. Tandis que l'avion décollait, cet après-midi-là, je me demandai pourquoi la haine qu'Evangeline avait prétendu éprouver pour mon fils sonnait plus vraie que sa rétractation. Daniel avait changé au cours de ces dernières années. Comme tous les adolescents, mais cela paraissait plus prononcé chez mon fils. Avec sa beauté et son corps athlétique, sa bonne humeur et son naturel liant, Daniel n'avait jamais de mal à se faire des amis. Les garçons et les filles – les adultes aussi, d'ailleurs – étaient attirés par lui. Il avait fini par croire que ses attentions envers les autres, peu importait leur forme, seraient toujours bien accueillies.

Je soupçonne que la liberté qu'il s'octroyait, à lui mais pas aux autres, finit par le rendre moins attentif. Je fus le témoin de plusieurs épisodes qui me conduisirent à envisager de recadrer mon fils – une empoignade un peu trop musclée, une taquinerie un peu trop incisive –, mais chaque fois, je conclus que j'avais mal jugé la situation. Le garçon en face se libérait en riant ou y allait de sa repartie, heureux, sincèrement heureux, que Daniel l'ait remarqué.

L'attitude habituelle de Daniel, souvent décontractée et familière, pouvait également être parfois problématique. Bien qu'il fût ainsi avec les garçons autant qu'avec les filles, plus d'une avait été déroutée. Evangeline avait peut-être détesté mon fils, mais si c'était le cas, son ressentiment était probablement fondé sur la conviction qu'il lui avait fait une promesse en l'air.

Nous arrivâmes en altitude, et alors que l'éclairage de la cabine diminuait, je me mis à penser à tante Becky. Je ne l'avais pas vue depuis la mort de mon père, cinq ans auparavant. C'était elle qui avait appelé au lycée ce jour-là. Quand j'avais pris la communication, elle s'était contentée de dire :

— Le cœur de ton père a lâché.

— Qu'est-ce que tu veux dire, son cœur a lâché ? Il n'avait que soixante-douze ans.

Le silence. J'entendais sa respiration – elle avait le nez pris. Finalement, elle parla :

— Certains cœurs sont plus forts que d'autres. Je crois que chaque cœur sait quand il a assez vécu, tu ne penses pas ?

Je sentais encore le choc qu'avaient provoqué ces mots, la manière dont ils suggéraient que cela avait été voulu. Mon père était dépressif. Il l'était depuis la mort de ma mère, des dizaines d'années plus tôt.

— Est-ce que tu veux dire qu'il s'est suicidé ?

— Non, dit-elle d'une voix calme. Non. Pas cela. Son cœur s'est arrêté, c'est tout. Mais parfois on se demande jusqu'où on peut décider.

L'été de mes huit ans, ma mère mourut d'un cancer des ovaires. J'étais dans la cuisine en train de manger un sandwich au beurre de cacahuète avec ma tante maternelle quand mon père rentra de l'hôpital. Il resta à la porte.

— Ta mère nous a quittés aujourd'hui, dit-il, en s'adressant à la pièce comme s'il voulait se débarrasser de cette révélation, refusant de croiser mon regard.

Il alla se réfugier dans la chambre à coucher qu'il avait partagée avec elle pendant plus de dix ans. Et il y resta enfermé une semaine.

Voilà le souvenir le plus clair qui me reste de ces premiers jours sans ma mère : mon père d'un côté du mur, moi de l'autre. Mais c'était un homme bien, mon père. Malgré sa douleur, il s'est toujours bien comporté avec moi. Infailliblement, il se levait, me donnait à manger, partait travailler et rentrait. Tous les soirs, comme il le faisait avant, il allait dans le bureau pour réfléchir pendant une heure ou deux. Mais quelque chose en lui avait disparu, une étincelle ou une force qu'il avait auparavant. Parfois je le suivais dans le bureau, espérant la trouver là. Il s'asseyait à sa table et moi, par terre ; je posai mes mains sur mes cuisses comme lui. Malgré une légère réprimande par moments si je gigotais trop, je sentais qu'il aimait bien que je sois avec lui.

Un jour, j'installai une chaise pliante à quelques centimètres de son fauteuil, comme si nous étions assis sur le même banc au culte. Un certain temps s'était écoulé lorsque je remarquai des soubresauts surprenants dans sa respiration. Lorsqu'en cachette, j'entrouvris les paupières, j'aperçus des larmes sur ses joues. À cet instant, alors qu'il avait les yeux fermés, il tendit le bras et prit ma main.

Toute ma vie j'avais voulu que mon père me touche, qu'il partage avec moi l'affection physique qu'il témoignait à ma mère. Sa réticence à mon égard n'avait rien à voir avec notre foi ni avec une étroitesse d'esprit. Quand les Amis se réunissaient, les pères étreignaient souvent leur fils ou déposaient des baisers sur leur tête. Parfois des Amis m'enlaçaient et m'embrassaient, essayant de compenser le déficit d'affection évident dont je souffrais.

Mais le soir où mon père m'attrapa la main, tout en moi se figea, comme s'il demandait quelque chose que je n'avais pas le moyen de donner. Il dut sentir le rejet dans la raideur de ma réaction, et sans un bruit, il retira sa main. Au bout de quelques minutes, il soupira, et bien qu'il n'ait pas pu s'écouler plus de trente minutes, il dit :

— Bon, je crois que ça suffit pour aujourd'hui.

Mon père ne me prit plus jamais la main.

Je réfléchissais à tout cela en retournant vers la période de mon enfance, éprouvant, comme souvent quand j'étais en avion, l'impression que j'avais échappé à la planète et à ses démarcations artificielles – les villes, les États, les pays, les couleurs de peaux et les genres, religions et clans politiques, les règnes animal, minéral, végétal. À douze mille mètres, ces démarcations disparaissaient. Mais même à cette altitude, je croyais avec une certitude inébranlable qu'une frontière pouvait être dessinée autour d'un petit groupe de gens et s'appeler une famille. Ma famille. La vôtre.

Sauf que la mienne n'avait plus de passé auquel je pouvais retourner ni d'avenir au-delà de ma propre vie appauvrie. Il n'y avait que l'esprit de plus en plus vacillant de ma tante et une tombe creusée à peine un mois auparavant.

36

Le lundi soir, Lorrie arriva sous une pluie battante, la capuche d'une veste de pluie violette bien serrée autour de son visage. Evangeline l'invita à entrer. Cette fois, Lorrie n'hésita pas et tendit le plat à Evangeline pour enlever son manteau dégoulinant.

Une fois qu'elles furent dans la cuisine, Evangeline se sentit intimidée. Devait-elle proposer à Lorrie de partager la salade avec elle ?

— Est-ce que tu as besoin d'autre chose ? demanda Lorrie.

— C'est tellement gentil de votre part, dit Evangeline, mais elle avait l'air raide, comme si elles étaient à un premier rendez-vous qui s'emmanchait mal.

Nouveau signe de tête, puis Lorrie demanda :

— Ça se passe bien, les cours ?

Lorrie se demandait probablement si elle s'était fait des amies, et Evangeline en conçut de la gêne, même si sur ce plan-là, ça se passait bien. Le samedi chez Natalia avait été chouette. Sa mère avait dû partir travailler à la dernière minute – elle était avocate, quelque chose comme ça –, mais Evangeline et Natalia avaient quand même cuisiné des *tamales*. Elles s'amusèrent à taquiner sa petite sœur Sophie, qui ne cessait de crier qu'elles étaient idiotes alors même qu'elle insistait pour rester près d'elles.

— Ça peut être difficile de prendre le train en marche, dit Lorrie d'une voix douce.

Evangeline se rendit compte qu'elle n'avait pas répondu, alors elle dit :

— Ça va. La chimie, c'est assez rasoir, mais ne le répétez pas à Isaac.

Lorrie rit.

— Je suis bien d'accord. J'essaie de me remettre à niveau pour passer l'examen d'infirmière. C'est dur.

— Je croyais qu'Isaac avait dit que vous étiez déjà un genre d'infirmière.

— Pas infirmière, dit-elle en s'asseyant. Seulement aide-soignante. Nous, on change les couches et on nettoie le vomi. (Elle jeta un coup d'œil du côté de la jatte.) Désolée, pas vraiment un sujet de conversation approprié à l'heure du dîner.

Evangeline souleva le couvercle du Tupperware et, déçue, constata qu'il y avait encore plus de tomates cerises.

— Mais vous savez des trucs, hein ? Des choses médicales ?

— Un peu, oui. Pourquoi ? Tu as un souci ?

— Pas vraiment. (Elle jeta un coup d'œil à la salade.) Peut-être un peu moins de tomates ?

— Quoi ?

— Vous avez dit, avant, que si j'aimais pas quelque chose, je pouvais vous le dire.

— Oh, bien sûr. Pas de tomates.

— Non. Moins de tomates. Je m'entraîne à manger des choses dégoûtantes pour le bébé. Juste, un peu moins.

Lorrie rit, d'un rire facile, naturel, comme si elles avaient été amies depuis longtemps.

— Mais on dirait qu'il y a autre chose qui t'inquiète. Un sujet médical.

— En fait, oui. Ce n'est pas grand-chose. Juste quelques saignements. Dans ma culotte.

Lorrie fronça les sourcils.

— À combien de semaines es-tu ?

— Dix ou onze.

— Quand est-ce que ça a commencé ?

— Il y a environ cinq jours. Juste des petites taches. Un peu plus aujourd'hui. J'ai mis un tampon, au cas où.

— Il y a combien de temps ?

— Deux heures, à peu près.

Lorrie se redressa, tous ses muscles fins tendus.

— OK, très bien. Mais d'abord, est-ce que tu as des serviettes hygiéniques ?

— Ouais, il y en a dans la salle de bains.

— Bien. Alors, tu vas aller enlever le tampon, voir s'il y a beaucoup de sang, et après, tu mets une serviette. Il faut que tu puisses voir ce qui se passe et les tampons sont des nids à bactéries. Pas question de ça près du bébé. Pendant ce temps-là, j'appelle la permanence de nuit pour qu'on contacte ta gynéco. Le numéro est à côté du téléphone, c'est ça ?

Evangeline hocha la tête, inquiète, maintenant.

— Ce n'est pas une urgence, dit Lorrie. J'en suis pratiquement sûre. Beaucoup de femmes ont des pertes pendant le premier trimestre, mais comme tu es vers la fin, je me sentirais bien mieux si on posait la question à ton médecin.

Lorsqu'Evangeline revint quelques minutes plus tard, Lorrie était assise à la table et faisait semblant de lire le journal local.

— Qu'est-ce qu'ils ont dit ? demanda Evangeline.

— J'ai décidé d'attendre de savoir ce que tu avais trouvé. Alors ?

— Pareil, juste un peu de rouge marron.

Elle n'éprouvait aucune gêne à dire des choses comme ça à Lorrie.

— Bien. Maintenant, je veux que tu appelles, toi, et que tu leur dises ce qui se passe. Je ne bouge pas.

— Vraiment ? Ce serait pas mieux que ce soit vous ? Je ne voudrais pas les déranger.

— Je n'aurais pas dû te proposer d'appeler. Il faut que tu voies toi-même à quel point c'est facile de les contacter si tu es inquiète. En plus, ils auront peut-être des questions auxquelles je ne pourrai pas répondre. Tu ne les déranges pas. Ils sont là pour ça.

Evangeline fit la moue et haussa les épaules. Que penserait l'infirmière au bout du fil ? Elle avait seize ans, elle était enceinte, elle saignait depuis quelques jours et elle n'avait pas appelé avant. Elle s'était pris assez de jugements à travers la figure pour au moins deux vies. Même sa propre mère avait décidé qu'elle était irrémédiablement perdue.

Lorrie fit un signe de tête autoritaire en direction du téléphone, et c'était étrange, parce que Lorrie était si claire et si péremptoire qu'Evangeline sentit qu'elle n'avait pas le choix. L'infirmière de garde posa les mêmes questions que Lorrie, et Evangeline fut réconfortée de savoir que quelqu'un qui s'y connaissait en grossesses habitait à côté. L'infirmière fit répéter à Evangeline qu'elle appellerait le cabinet de son médecin dès le lendemain matin.

En raccrochant, Lorrie dit :

— Demain, c'est mon jour de congé. Je peux t'emmener où tu veux.

Evangeline la remercia et Lorrie se leva, prête à partir. À la porte, elle précisa :

— Appelle-moi tout de suite quand tu as l'heure de ton rendez-vous. Mon numéro est à côté du téléphone. Et si la situation change ou si tu te réveilles et que tu as peur ou autre chose, tu m'appelles, d'accord ?

Evangeline acquiesça et Lorrie, comme si elle percevait de l'hésitation chez elle, ajouta :

— Autre chose qui t'inquiète ?

— Elle a dit que j'aurais dû appeler le jour où ça a commencé. (Elle leva les yeux, essaya de lire sur le visage de Lorrie.) Elle a dit que parfois, ce genre de chose peut être grave. Vous croyez que j'ai fait du mal au bébé ?

Lorrie étreignit Evangeline. Ses bras étaient denses et puissants comme des câbles métalliques et Evangeline eut un peu mal aux côtes. Malgré tout, le fait d'être enlacée comme ça, comme un enfant qui avait besoin de réconfort, lui donna envie de pleurer.

Au bout d'un moment, Lorrie s'écarta, la tint à bout de bras et lui dit d'un ton ferme.

— Tu n'as causé aucun mal au bébé. Tu fais tout bien avec ce petit. La prochaine fois, tu sauras, c'est tout.

37

LE JOUR DE MA MORT

Je n'arrête pas de penser à ma mère. Je ne peux pas m'en empêcher. Elle s'est installée dans ma tête quand j'étais petit et depuis, ses yeux de maman surveillent le moindre de mes gestes. Autrefois, ça me rendait furieux, cette façon qu'elle avait d'être là, à me juger tout le temps. Quand j'ai eu douze ans, j'ai commencé à crier contre elle, à me défendre contre des choses que j'imaginais avoir entendues de sa bouche.

Un jour, alors que je n'étais pas invité à une fête chez Jackson, j'ai crié qu'elle était la raison pour laquelle personne ne voulait de moi.

— Forcément, on est bizarre quand sa mère vous répète à longueur de journée que vous êtes un loser !

Ma vraie mère n'a jamais dit une chose pareille, mais ma mère dans ma tête le répétait tout le temps. Ma vraie maman m'a écouté pendant un moment avec sa patience habituelle, puis elle a levé une main. Une fois que j'ai arrêté de râler, elle a dit :

— Je ne sais pas trop où tu veux en venir avec tout ça, mais voilà ce qui se passe : toutes les mères bousillent leurs gamins d'une manière ou d'une autre. C'est à toi de choisir si tu restes bousillé ou pas.

À moi de choisir ? Si je me répare ou pas ? C'est la chose qu'elle a dite pour de vrai qui m'a rendu le plus furieux. Parce que ce n'est pas aussi simple. C'est vrai si on le regarde d'une manière et pas vrai si on le regarde d'une autre manière. Ça ne me met plus en colère. Je n'ai pas le temps. Mais ça me rend triste – de penser qu'elle puisse croire que j'ai choisi ce que je suis devenu.

Ma mère elle-même est comme ça. Elle apparaît d'une certaine façon sous un certain angle et d'une autre, complètement différente, sous un autre. Je ne comprendrai jamais certaines choses chez elle, par exemple, comment elle a pu être si forte et si faible en même temps, en particulier quand il s'est agi de mon père.

Je n'arrête pas de repenser à cette fois, quand j'avais onze ans, où mon père a débarqué avec un pick-up RAM 1500 d'un rouge flamboyant que nous ne pouvions absolument pas nous payer. Il avait réussi à réunir les arrhes en pillant une petite réserve que maman avait constituée pour payer nos études, à Nells et moi. Maman était furieuse, évidemment, mais je n'en ai pas voulu à papa. Son vieux pick-up, un Chevy bleu marine rouillé dont la boîte de vitesses s'enrayait, avait les sièges défoncés et l'arrière complètement cabossé. Il ne valait pas un clou, alors papa a dit qu'on le garderait et que je pourrais l'avoir à mes quinze ans. Sur le coup, j'ai trouvé que c'était une super affaire.

Le RAM a été saisi six mois plus tard, mais on l'avait toujours ce fameux jour sur le parking du supermarché, le jour où ma mère s'est fait frapper. Et tout à coup, voilà que ma chambre sent le macadam chaud et les gaz d'échappement de cet après-midi d'août.

Il ne s'agit pas d'une théorie abstraite. Je suis là-bas, planté sur le goudron bouillant, vivant l'événement comme si c'était la première fois. Quand maman tombe, mon ancienne prof d'anglais, Mme Grainger, se précipite, ainsi qu'un gars tout en muscles et au crâne rasé, qui chargeait ses courses dans sa voiture à côté. Ils attrapent maman chacun par un bras et l'aident à se relever. Elle essaie de les repousser :

— Je vais bien. Tout va bien. Décidément, je suis bien maladroite.

Mme Grainger recule d'un pas, donne un peu d'espace à maman, mais l'homme ne cède pas. Il a des mains gigantesques, avec les veines saillantes, et l'une d'elles tient fermement le bras de maman. Il la maintient à distance de papa, disant :

— Mais il vous a frappée. Il vous a mise par terre. (De sa main libre, il sort son portable de sa poche.) J'appelle la police.

Le truc bizarre, c'est que maman a l'air vraiment troublée. Elle passe son bras sur son visage comme si elle était abasourdie et dit :

— Non, non. Ce n'est pas ce qui s'est passé. J'ai trébuché. Il a avancé le bras pour me retenir. Il essayait de me rattraper, vous voyez ?

L'homme a du mal à composer le numéro d'une main. Il s'interrompt. Maintenant, c'est lui qui est troublé. Il regarde du côté de ma prof.

— Je ne suis pas sûre, dit celle-ci. Je n'ai pas vu comment ça a commencé. C'est sa chute qui a attiré mon regard.

C'est ce regard qui a vu ça ? En tous cas, il passe d'un point à un autre, sans jamais se fixer, comme s'ils ne croyaient pas un mot de ce qui sort de sa bouche.

— Mais votre visage, dit l'homme à maman. Vous saignez.

— J'ai heurté le pare-chocs en tombant.

Mon père se tient les bras ballants, les yeux larmoyants comme toujours. Il s'avance vers maman et l'homme la tire en arrière, comme si, même sous la protection d'un type fort comme un boxeur, papa risquait de lui flanquer un autre coup.

— Laissez-moi aider ma femme, fait papa.

Il le dit d'un air presque soumis, et on ne pourrait jamais imaginer un homme comme ça – si doux, si faible, si suppliant – en train de frapper qui que ce soit.

— Elle a trébuché. Je n'ai pas réussi à la retenir. Je suis inquiet pour elle. S'il vous plaît, il faut que je l'emmène chez le médecin.

L'homme lâche maman. Elle va rejoindre papa, se colle un peu contre lui, rit et dit :

— Qu'est-ce que je peux être empotée.

Papa effleure l'hématome en train de se former près de sa bouche.

— Allons montrer ça à un docteur, d'accord ?

Ils sont tellement convaincants que même moi, je commence à douter. L'homme se tourne vers moi avec cette question sur le visage, et je fuis son regard. Mme Grainger se penche vers maman et lui chuchote :

— Passez-moi un coup de fil, Lorrie, s'il y a quoi ce que ce soit que je puisse faire pour vous aider.

Maman grimace comme si on l'avait pincée, et la prof, gênée, bat en retraite. L'homme range son portable dans sa poche, lève les mains en signe de capitulation et fait :

— OK, OK.

Il dévisage papa, puis maman. Tous les deux l'ignorent et il retourne à sa voiture.

Nous rentrons à la maison en silence. Nous sommes censés récupérer Nells chez une amie, mais papa dit qu'il ira la chercher tout à l'heure. Le visage de maman continue à saigner. Elle le tamponne avec un coin de son T-shirt. Personne ne reparle d'un médecin.

Après ça, plus rien. Un écran devenu noir. J'arrête et je retourne en arrière. Je rejoue la scène, plus lentement cette fois.

Je me dis que j'ai dû le sentir – ce premier trou minuscule, celui qui laisse le mal se faufiler – quand papa a frappé maman. Je m'arrête à cet instant-là, mais je me trompe. Il n'y a rien de plus simple que de détester papa ou de se sentir coupable de ne pas avoir protégé maman.

Je continue à avancer, une seconde à la fois. Lorsque je la trouve, je suis complètement déconcerté. C'est maman collée contre papa. C'est la tendresse de papa quand il caresse son visage. C'est là qu'une rupture se forme dans mon cœur, là que je sens quelque chose de dur en train de germer.

38

Le matin suivant, Evangeline ne découvrit pas de nouvelle tache, et son médecin lui donna un rendez-vous l'après-midi même. À deux heures, elle trouva Lorrie garée devant le lycée, comme promis. Et ensuite, lorsqu'elle retourna dans le hall après l'examen, Evangeline constata à nouveau qu'un adulte l'attendait. Une partie d'elle se hérissa, celle qui détestait que les gens soient au courant de ses affaires, qui supposait que les adultes agissaient pour satisfaire leurs propres motivations égoïstes. Mais une autre partie, dominante celle-là, trouva que c'était agréable, parce qu'Evangeline sentait, savait tout simplement, que la femme s'intéressait vraiment à elle.

— Le bébé va bien, dit Evangeline. Tout va bien.

Lorrie poussa un soupir de soulagement.

— Ouf.

— Comme je n'ai pas eu de nouveau saignement, il faut juste que j'y aille doucement pendant les prochains jours et que je les prévienne si ça recommence.

— C'est bien, très bien. (Lorrie jeta un coup d'œil à sa montre.) Je ne suis pas en avance. Ça t'ennuie si on s'arrête au collège sur le chemin du retour ? Mais je te préviens – ma fille déteste que je sois en retard. Elle sera peut-être un peu en pétard.

Evangeline rit.

— Quel âge elle a ?

— Treize ans. Elle est en quatrième.

— Si elle a treize ans et qu'elle est seulement un peu en pétard, je dirais que vous avez de la chance. J'étais épouvantable à cet âge-là. Ma pauvre mère !

Ça faisait bizarre de dire ça, “ma pauvre mère”, encore plus bizarre de se sentir un tout petit peu triste pour elle.

Lorrie parut gênée en entendant cela. Elle s'absorba dans une fouille exubérante de son sac à main, sortit ses clés et dit :

— Allons-y. Allons nous confronter à la petite brute.

Evangeline n'avait jamais remarqué le collège. C'était un bâtiment bas, étendu, moderne, entouré de terrains de sport, avec un grand stade d'athlétisme derrière. Contrairement au lycée, on aurait dit qu'il avait été construit récemment.

Le parking était désert, à l'exception d'une fille seule debout sur le trottoir. Même de loin, on voyait à quel point elle était fâchée, son déhanché, ses bras croisés bien serré. À l'instant où la Toyota Corolla s'arrêta devant elle, ses bras retombèrent le long de ses flancs. Très différente de sa mère, elle était plus grande que la moyenne et un peu enrobée, à peine potelée. Ses épais cheveux noirs étaient entortillés en un chignon déstructuré sur le haut de son crâne. Lorsqu'elle remarqua la présence d'Evangeline, elle fronça les sourcils.

Evangeline défit sa ceinture de sécurité, mais Lorrie l'arrêta :

— Ne bouge pas. Elle peut s'asseoir derrière. On est à moins de deux kilomètres. Elle aurait pu rentrer à pied si elle était si pressée.

La fille ouvrit la portière arrière d'un geste brusque. Avant qu'elle puisse ouvrir la bouche, Lorrie dit :

— Nells, je te présente Evangeline.

Le cœur d'Evangeline se glaça en entendant son nom. Elle ne sut pas très bien pourquoi. Est-ce que Lorrie avait déjà cité le nom de sa fille avant ? Elle ne le croyait pas. Mais en même temps, elle ne lui avait jamais posé la moindre question personnelle.

— Salut, dit Nells, assez gentiment.

Puis elle se souvint. La sœur de Jonah s'appelait Nells. Et elle avait treize ans. Doux Jésus ! Lorrie était la mère de Jonah ? Comment était-ce possible ? Elle savait qu'ils étaient voisins, mais quand elle avait vu Jonah pour la dernière fois, c'était à plusieurs pâtés de maisons de là. Personne n'avait jamais dit que Daniel et lui étaient voisins voisins. Elle défit sa ceinture de sécurité.

— Viens t'asseoir devant, dit-elle. Je vais marcher. Ça me fera du bien.

— Certainement pas, rétorqua Lorrie. Le docteur a dit d'y aller doucement. Monter toute la côte jusqu'à la maison n'est certainement pas ce qu'elle avait en tête.

— Je marcherai pas vite.

— Hors de question.

Evangeline hésita et remit sa ceinture. Il n'y avait pas de bonne réponse.

— Désolé d'avoir pris ta place, lança-t-elle par-dessus son épaule.

— Pas de souci.

Elles roulèrent dans un silence gêné sur un ou deux pâtés de maisons, puis Lorrie dit :

— La classe de Nells étudie la réintroduction du saumon dans certains des cours d'eau de la région.

— Ça a l'air super intéressant, fit Evangeline, le ton ridicule, faussement léger de sa remarque rebondissant en échos dans la voiture comme un insecte exaspérant.

— Pas vraiment, rétorqua Nells.

Elles n'essayèrent même plus après cela, les trois enfermées ensemble. Evangeline devina qu'elle seule comprenait pourquoi elles se retrouvaient dans cette impasse. Soit Lorrie ignorait tout de Jonah et elle, soit elle était au courant et avait supposé qu'Evangeline savait qui elle était, parce que quelle personne sensée, à la place d'Isaac, n'aurait pas averti Evangeline que la possible grand-mère de son enfant risquait de passer la voir ? Quelle personne sensée dirait seulement que cette femme était "une voisine" ? Bien sûr, Evangeline n'avait jamais reconnu avoir eu une relation amoureuse avec Jonah. Seulement qu'il y avait eu beaucoup de garçons et que Daniel n'en était pas. Mais quand même.

Quand Lorrie s'arrêta devant son allée, Evangeline sortit de la voiture. Au moment où elle fermait la portière, Lorrie lui dit :

— À ce soir.

Elle se pencha dans la voiture.

— J'ai oublié de vous dire. Je vais chez une amie pour réviser les cours.

— Je peux déposer le plat à côté de la porte.

— Non, ça ira. Mon amie m'a dit que sa mère nous préparerait à dîner.

Evangeline trouva qu'elle s'était assez bien sortie d'affaire. Elle se rappela même de dire “Contente d'avoir fait ta connaissance, Nells”, avant de fermer la portière.

Ce soir-là, Evangeline resta dans sa chambre jusqu'à huit heures, se servant d'une lampe tamisée pour lire, sans allumer quand elle allait aux toilettes. Elle n'avait pas vraiment menti sur le fait de réviser avec une amie. Elle l'avait déjà fait et elle recommencerait, juste pas ce soir. Ses précautions étaient idiotes, de toute façon. Lorrie ne risquait pas de savoir si Evangeline était à la maison, à moins de venir rôder autour. N'était-ce pas exactement ce qu'Evangeline avait fait ? Ne s'était-elle pas cachée dans le noir pour épier Isaac sans qu'il le sache ? Et ça, décida-t-elle, c'était le problème quand on faisait ce genre de choses : elles pouvaient alors se reproduire dans votre monde.

Le soir suivant, Evangeline éteignit les lumières à six heures moins le quart et se planqua dans sa chambre. À six heures, Lorrie frappa à la porte. Ne recevant pas de réponse, elle fit le tour et sonna, puis se présenta à la porte de côté, frappa encore, cria le nom d'Evangeline.

Rufus devint complètement fou ; il courait, aboyait et bondissait contre la porte, revenait dans la chambre d'Evangeline pour la prévenir à grands cris, avant de foncer vers la porte derrière laquelle se trouvait Lorrie, sa course si frénétique qu'il perdait l'équilibre et se cognait contre les murs, pour revenir voir Evangeline avec des nouvelles informations sur les sournois changements de stratégie du soi-disant intrus.

Finalement, Lorrie renonça – ou peut-être commença à s'inquiéter des dégâts que Rufus infligeait aux portes – et laissa la salade sous l'auvent près du vestibule. Après son départ, Rufus émit quelques aboiements soulagés, puis se pavana d'un air suffisant dans la chambre d'Evangeline avant de sauter sur son lit, haletant comme un malade et léchant sa morve avec délice.

Quelques minutes plus tard, le téléphone sonna. Evangeline ne répondit pas, et Lorrie laissa un message suggérant qu'elle aille récupérer la salade avant qu'il se mette à pleuvoir. Malgré tout le boucan, Evangeline trouva que ça s'était bien passé. Elle était à moitié persuadée qu'elles étaient parvenues à un accord tacite. La salade serait déposée près de la porte de derrière pendant qu'Evangeline se cachait dans le noir et que Lorrie faisait semblant de croire qu'Evangeline avait tellement d'amis qu'elle était chez une nouvelle camarade tous les soirs.

Lorrie serait soulagée, non ? Si elle était au courant du lien entre Evangeline et les garçons, alors, Evangeline était la fille qui avait probablement causé la mort de son fils. Si elle l'ignorait, Evangeline n'était qu'un fardeau de plus à supporter.

Pourquoi Isaac ne l'avait pas encore mise à la porte, Evangeline n'en avait aucune idée. Elle devinait qu'il se sentait seul et qu'il espérait que le bébé soit de Daniel malgré ce qu'elle avait dit. Mais ce simulacre de famille auquel il jouait… ce n'était qu'une question de temps avant qu'il vole en éclats.

39

Ma dernière nuit en Pennsylvanie, je la passai dans un motel sur la principale avenue à la sortie de la ville, un endroit bas de gamme, anonyme, avec des plinthes chauffantes qui cliquetaient constamment et un distributeur de savon au parfum artificiel de pin. Cela avait pris plus de temps que prévu – deux semaines, en réalité – mais j'avais réussi à placer tante Becky dans une belle maison de retraite. Maintenant, j'étais écrasé de fatigue, le genre d'épuisement final qui s'installe quand à la conclusion d'un projet on se trouve confronté à d'autres tâches plus rébarbatives.

Seul un étroit trottoir séparait ma chambre du parking. Une voiture tournait au ralenti à l'extérieur, ses phares trouant le mince rideau, éclairant l'unique fauteuil dans les ombres tristes de la chambre. Après avoir empilé les oreillers contre la tête de lit, j'allongeai mes jambes douloureuses et sortis une photo de la poche de ma veste.

Je l'avais trouvée dans un des tiroirs du bureau de tante Becky – mon père avec Daniel à l'âge de sept ans. Quand il était enfant, Daniel passait tout le mois de juillet à la ferme, et ce cliché avait été pris devant l'ancien jardin de ma mère, où les fleurs avaient été remplacées par des tomates, des haricots grimpants, et de la rhubarbe aux longues tiges rouges. Mon père est vaguement accroupi, les bras grands ouverts. Daniel est en pleine course, les cheveux en arrière, les bras tendus, impatient de réduire à néant le temps et l'espace entre eux. L'embrassade n'a pas encore eu lieu, mais elle ne peut être évitée et le visage de mon père resplendit d'une joie évidente.

J'étais abasourdi par la douleur que cette photo provoquait, la manière dont elle me confirmait mes torts sur tellement de sujets. Ces dernières semaines, j'avais accumulé les reproches contre les personnes de ma vie – mon père, mon fils, Katherine, et Peter, qui m'avaient caché tant de choses. Mais à cet instant, chacun présentait ses preuves que j'avais eu des secrets moi aussi. Mon père après que j'avais rejeté son contact : "Eh bien, je crois que ça suffira pour aujourd'hui." L'incrédulité de Peter le jour de mon retour : "Tu essayais de me fuir ?"

Le spectre de Katherine remplit la pièce. "Je suis là, devant toi !" me lançait-elle, en tapotant frénétiquement sur sa poitrine, comme si mon silence lui refusait toute substance, comme si je le brandissais comme une arme. Et elle avait raison, n'est-ce pas ? Je savais pertinemment que certains silences pouvaient être aiguisés jusqu'à devenir de longues aiguilles pointues qui se glissaient sans effort dans les endroits tendres de l'être aimé. Ces silences comportaient l'avantage de leur propre alibi. On pouvait plaider non seulement leur innocence, mais aussi la communion sacrée avec le Divin qu'ils permettaient d'atteindre. Elle s'était mise à crier. Et plus elle criait, plus je devenais silencieux. Jusqu'à ce qu'un jour, mon silence la submerge et qu'elle aussi se taise.

Pendant ce temps, Daniel rôdait aux pourtours de la chambre, attendant que les autres aient eu leur tour. Une fois qu'ils eurent terminé, qu'ils eurent disparu, mon fils se leva et marcha jusqu'au milieu de la pièce, grave et solide, patient dans son propre silence jusqu'à ce que je laisse les lumières se poser sur lui.

Une semaine après la rentrée, Daniel arriva dans la cuisine sans avoir le temps de s'asseoir pour prendre un vrai petit déjeuner, irritable comme il l'était toujours à sept heures le matin. Il ignora les fruits et les céréales que j'avais sortis, enfourna une tranche de pain grillé dans sa bouche et récupéra son manuel de chimie sur le comptoir. Un papier s'envola. Il le rattrapa au vol, mais j'avais aperçu le D écrit en rouge en haut.

L'après-midi précédent, il avait désobéi à mon ordre de rentrer après l'entraînement de football et il était allé à la salle de gym. J'étais déçu qu'il se comporte ainsi après avoir reçu une aussi mauvaise note. Non. Laissez-moi reformuler. Pas déçu. Fâché. Je vais le reconnaître. Ce dernier matin, j'étais fâché.

Mon fils avait beaucoup hérité de la famille de Katherine, pas seulement sa beauté de grand brun mais ses attitudes. Les Moretti étaient des gens bruyants qui criaient leurs opinions politiques avec une assurance indignée, trouvaient qu'il était grossier d'attendre une pause dans la conversation pour donner son avis – “Mais putain, Isaac, t'as besoin qu'on te déroule un tapis rouge pour condescendre à parler ?” – et n'aimaient rien de plus qu'une partie de Frisbee dans la boue. Pourtant, Daniel avait réuni plusieurs dossiers de candidatures pour l'année prochaine et rêvait de jouer au football dans une université de rang moyen. Comme il aurait été facile de voir que son cœur était plein de désirs et d'aspirations, pas seulement pour cette journée, cette semaine, cette année, mais pour toute sa vie, pour l'homme qu'il voulait devenir.

Ce matin-là, néanmoins, je ne vis rien de cela, seulement la mauvaise note sur un devoir sans importance.

Daniel intercepta mon regard.

— Rien de grave. Juste un QCM.

Je hochai peut-être la tête. Peut-être mon regard révéla-t-il ma désapprobation. Parfois on est trahi par son corps.

— Quoi ? fit-il, sa colère grandissant face à la mienne.

— Les universités vont examiner tes notes, dis-je d'un ton parfaitement raisonnable, et donc détestable. C'est un peu plus important que tes performances sportives, ne crois-tu pas ?

Il fit claquer le livre sur la table, avec dans les yeux une froideur qui parut nouvelle.

— Et pourquoi tu crois que je préfère aller à la salle de gym que rentrer ?

— Parce que ton physique est plus important pour toi que ton esprit ?

Je renonçais à le raisonner.

— Parce que c'est comme une putain de morgue, ici. Pourquoi tu crois que maman est partie ?

— Ça, c'est une question privée entre…

— C'est ma mère ! Je voyais bien ce qui se passait. Tu lui parlais à peine. Tu essayais de faire passer ça pour des conneries de religion, mais t'es pareil avec moi. Et même, ça a empiré depuis qu'elle est partie. Tu es tout le temps dans ton bureau, prétendant que tu as besoin de communier avec le Divin ou un truc comme ça. Et quand tu parles, c'est pour faire la leçon.

Je me demandai qui était ce garçon, quand il avait décidé qu'il pouvait s'adresser à son père de cette façon. Je tentai de remonter à quelqu'un qui m'était familier, de trouver le point où je l'avais perdu. Mais j'étais moi-même perdu, perdu dans une véritable fureur devant ses dénigrements de ma personne, de ma foi, devant ses accusations concernant le départ de sa mère. Je ne parlai pas, parce que si j'avais ouvert la bouche, j'aurais crié : Alors c'est ma faute si ta mère se faisait sauter par un autre homme dans mon dos depuis un an ? Il ne savait rien de la liaison de Katherine. J'encaissai la violence de son jugement sans me défendre, croyant qu'il trouverait moins douloureux de penser du mal de son père.

— Tu vois ! dit-il, les pulsations dans les veines de son cou visibles. Même maintenant, même alors que je te hurle à la figure, tu me regardes, c'est tout. Pas un mot, bordel !

Je me mis à ranger le petit déjeuner que j'avais préparé pour lui.

— Va vivre avec ta mère, alors. Elle t'a pratiquement supplié de partir avec elle.

— Je le ferais si je pouvais. Crois-moi. Mais mes amis sont ici. Mon équipe.

— Ah oui, ton football adoré.

Il jeta son sac sur son épaule et dit d'un air outré.

— Je ne suis pas toi. Tu piges, Père ?

Un ton terriblement moqueur sur ce dernier mot. Il cligna des yeux comme si la lumière de la cuisine le dérangeait.

— Je ne serai jamais toi.

Il voulait me faire mal. Je crois qu'il voulait me faire mal depuis longtemps. J'attendis qu'il sorte de la maison en claquant la porte. Peut-être que je l'espérais. S'il avait agi ainsi, j'aurais eu la maigre consolation de savoir que c'était lui qui avait mis fin à notre entretien. Mais il n'en fit rien. Il me dévisagea, le visage plein d'une attente méchante.

Finalement, je choisis. Je me détournai de mon fils. Il me donna un moment conséquent pour rectifier le tir. Je sentais le feu de son regard. Je faillis céder. À ce moment-là, j'imaginai – comme souvent, ces derniers mois – que je me retournais, que je l'entourais de mes bras et que je lui disais que je l'aimais, que je l'avais toujours aimé. Mais je m'abstins. J'attendis jusqu'à l'entendre soupirer. Et encore un peu. J'attendis qu'il ouvre la porte de la cuisine. Qu'il s'attarde là. J'attendis, le dos obstinément tourné vers lui, jusqu'à ce que la porte se ferme sans bruit derrière lui.

Voilà ce qui me reste.

J'examinai la photo de mon père et Daniel, me demandant ce qui serait arrivé ce dernier matin si je m'étais tourné vers mon fils pour lui ouvrir les bras.

Je jetai un coup d'œil à ma montre. Onze heures et demie. Huit heures et demie à Port Furlong. Je pris mon portable et appelai Peter. Sa femme, Elaine, décrocha. Elle demanda des nouvelles de ma tante avec son habituelle bienveillance chaleureuse, et je lui demandai comment allaient les filles.

— Je sais que Peter veut te parler, mais il est sorti.

— Sans son portable.

— Il était distrait quand il est parti. Tu sais, tout ce truc politique avec l'administrateur général. Je ne suis pas trop au courant, mais il est assez énervé. Il avait encore une réunion ce soir. J'aurais pensé qu'il serait rentré maintenant. Tu veux qu'il te rappelle quand il arrive ? Je sais qu'il est déjà tard, chez toi.

Je lui dis que je serais encore réveillé une bonne demi-heure. Il me restait à faire mes bagages ; je rassemblai mes affaires, pensant à Peter et Newland qui se disputaient à nouveau au sujet du budget. J'avais éteint la lumière et j'étais presque endormi quand le téléphone sonna.

— Désolé d'appeler si tard. Pour ma défense, Elaine m'a ordonné de le faire, et j'obéis toujours à ma femme.

— Je suis content que tu l'aies fait, dis-je en me redressant, essayant de paraître éveillé. Qu'est-ce qui se passe avec Newland ?

— C'est vraiment ce dont tu veux parler à cette heure de la nuit ?

— Non, pas vraiment.

Il me laissa rassembler mes esprits, dans le bourdonnement sourd de la liaison téléphonique.

— J'ai du mal avec le dernier jour de Daniel, dis-je. Ça t'ennuierait que je te pose quelques questions ?

J'entendis un léger soupir, puis :

— Non. Bien sûr que non.

— Tu lui as parlé ce dernier après-midi, c'est ça ?

— Seulement en passant. Je l'ai croisé après les cours. Il se rendait à l'entraînement et j'ai demandé si l'équipe progressait. Rien de très original.

— Est-ce qu'il était agité ? Pas dans son état normal ?

Nous avions déjà discuté de cela de nombreuses fois, mais Peter demeurait patient avec moi.

— Il était distrait. Il m'a pratiquement ignoré, il a dit qu'il était en retard, ce qui ne lui ressemblait pas vraiment. Rien que j'aie trouvé inquiétant, ceci dit, juste l'impression qu'il était préoccupé par quelque chose.

Je laissai le silence s'installer.

— Je suis désolé de ne pas pouvoir t'en dire plus.

— Et Evangeline ?

— Evangeline ?

— Tu as cru la voir avec les garçons. Tu en étais certain. Ensuite, tu as changé d'avis. Qu'est-ce que tu penses maintenant ?

— Isaac, je te l'ai dit. Ce n'était pas Evangeline. La personne que j'ai vue était trop grande. C'était forcément Derek.

À nouveau, j'eus envie de parler à Peter du bracelet, de la grossesse. Tout ce qu'Evangeline avait reconnu. Tout ce qu'elle n'avait pas reconnu. Une fois de plus, quelque chose me retint.

— Alors tu ne penses pas qu'Evangeline ait quoi que ce soit à voir avec les garçons ?

— Vraiment pas.

Je perçus une once de frustration dans sa voix. Il était probablement épuisé après une réunion houleuse avec le directeur. Puis il me vint tout à coup une idée :

— Cette histoire avec Newland, c'est à propos d'Evangeline ?

Une pause.

— Pourquoi tu penses à ça ?

— Les formulaires des services sociaux, ceux qui n'arrivent pas toujours à destination. Est-ce qu'il a découvert le pot aux roses ?

— Non. Rien à voir avec Evangeline.

Il prit une inspiration, puis énonça le début d'un mot, puis le silence. Il toussa et sa toux était grasse, comme s'il était un peu malade.

— On m'a dit qu'elle rattrapait son retard en cours. Tout a l'air de bien s'organiser.

— C'est vrai.

— J'imagine que tu dois te lever tôt… alors, à moins qu'il y ait autre chose…

— Non, rien d'autre.

— OK, dit-il. Repose-toi et ne t'inquiète pas pour tes élèves. Fuentes s'en sort très bien. On se voit dès ton retour.

J'eus du mal à dormir cette nuit-là. Chaque jour un nouveau mystère semblait émerger. Pas seulement à propos de mon fils et de la fille, mais sur des générations d'hommes de la famille Balch. Sur le mystère d'une personne s'ouvrant à une autre.

Le mystère d'une vie qui peut ou non basculer selon un contact, donné ou retenu.

40

Evangeline était en train de déverrouiller la porte de derrière en rentrant de l'école quand une voix s'éleva dans son dos.

— Il faut qu'on parle.

Elle se retourna instantanément. Lorrie était assise sur une chaise de jardin, qu'en approchant Evangeline n'avait pas vue, cachée par des buissons mal taillés.

— Bon sang ! C'est vraiment pas cool, de faire ça.

Lorrie se leva et dit :

— Moins cool que de mentir sur le fait d'être sortie ? Moins cool que d'ignorer quelqu'un qui t'apporte à manger ?

— Je n'étais pas là ! J'ai des amis, vous savez.

Evangeline entendit à quel point elle parut enfantine, et elle détourna le regard, la plus grande concession qu'elle était prête à faire.

Lorrie la dévisagea.

— Bien sûr que tu as des amis.

Sa voix s'était radoucie, comme si elle était triste qu'Evangeline ait à mentir à propos d'une chose pareille, et sa réaction donna à Evangeline envie de hurler : J'ai des amis, pour de vrai, j'étais chez Natalia samedi. Mais ainsi, elle ne ferait que défendre un mensonge en confirmant un autre.

— Laisse-moi entrer, d'accord ?

Evangeline se tourna, puis s'arrêta, et dit :

— Hé. Pourquoi est-ce que Rufus n'est pas devenu fou, avec vous assise là, dehors ?

— Rufus n'aboie jamais contre moi quand la maison est vide. Personne à protéger, j'imagine. C'est comme ça que j'ai su que tu étais à la maison hier soir.

Le visage d'Evangeline la brûlait lorsqu'elles entrèrent dans la cuisine. Une fois à l'intérieur, Lorrie lui proposa du thé ou un verre de lait, comme si elles se trouvaient dans la maison de Lorrie et que l'invitée inattendue était Evangeline.

— Du thé, ça serait bien.

Lorrie était une vague océanique, une force gravitationnelle à laquelle on cédait, à la fin, et Evangeline décida de céder d'emblée, se sentit plus calme d'avoir renoncé à contrôler.

Une fois qu'elles furent assises avec leur tasse de thé, Lorrie dit :

— Il s'agit de Jonah, n'est-ce pas ? Tu ne savais pas que j'étais sa mère ?

Evangeline acquiesça.

La bouche de Lorrie se relâcha.

— Alors… Tu connaissais Jonah ?

— Attendez. Quoi ? Mais vous le saviez. Non ? Vous alliez à la pêche, là ?

Elle sourit un peu.

— J'en avais l'intuition. J'ai entendu la rumeur sur Rebekah Miller, mais je n'y ai jamais cru. Je ne sais pas trop pourquoi. Je ne la connais pas du tout, mais elle ne ressemble pas à une fille qui pouvait séduire Jonah. Quand je t'ai rencontrée, ma première pensée a été que Jonah t'aurait bien aimée. Ensuite, ta réaction avec Nells…

Evangeline expira lentement.

— J'ai rencontré Jonah seulement quelques fois.

Lorrie plongea son regard dans son thé.

— Parfois, il suffit d'une fois.

Evangeline ne sut pas si elle parlait d'amour, de sexe ou de quelque chose de complètement différent.

— Est-ce qu'Isaac vous a dit autre chose sur moi ? Autre chose que le fait que je suis enceinte, je veux dire.

— Non. Il ne m'a d'ailleurs pas parlé de ta grossesse, pas vraiment. J'ai compris toute seule. Il était inquiet pour ta santé et ton alimentation.

— Isaac est un salaud, dit Evangeline, sans y mettre beaucoup de cœur.

— Parce qu'il s'inquiète pour ta santé ?

— Pas pour ça. Je ne sais pas. J'ai l'impression qu'il a arrangé notre rencontre.

— Est-ce qu'il est au courant, pour toi et Jonah ?

— Il m'a questionnée sur lui.

— Sur Jonah ? Pourquoi ?

Evangeline tripota sa tasse.

— Je ne sais plus trop.

— Qu'est-ce que tu as dit ?

— Quand il m'a interrogée sur Jonah ?

Lorrie hocha la tête.

— Je lui ai crié dessus. En fait, je l'ai traité de p… de salaud, mais avec le mot entier.

Lorrie gloussa.

— Ça ne me donne guère d'informations. (Elle posa sa tasse.) Voilà ce que je sais d'Isaac : s'il n'a pas une certitude absolue sur quelque chose, il ne spéculera pas avec quelqu'un d'autre. Il n'est pas du genre à répandre des rumeurs. Personnellement, j'accorderais plus volontiers ma confiance à un homme discret qu'à un cancanier.

Peut-être Lorrie avait-elle raison, mais cela semblait risqué, Isaac se donnant tout ce mal pour arranger une rencontre sans les mettre au courant.

Elles restèrent silencieuses un moment, cramponnées à leur tasse comme à des bouées dans une mer agitée. Evangeline devina que toutes sortes de choses passaient par la tête de Lorrie à ce moment-là – est-ce que Jonah était le père de son bébé, avait-elle quelque chose à voir avec sa mort ? Du moins, c'était ce qui passait par la sienne.

Finalement Lorrie dit :

— Jonah t'a parlé de Nells ?

— Ouais, dit Evangeline. Je regrette qu'Isaac ne m'ait pas dit que Jonah habitait à côté. J'aurais pu deviner si j'avais su. Même si Jonah ne vous ressemble pas beaucoup – enfin, la carrure, peut-être.

Elle avait commis une erreur en utilisant le présent. Evangeline le vit sur le visage de Lorrie, mais elle ne pouvait plus revenir en arrière.

— Il ressemblait à mon père, en réalité. Papa était fin et nerveux comme ça. Et quant à Isaac, je suis sûre qu'il a fait ce qu'il pensait être le mieux. Ou peut-être était-il trop bouleversé pour avoir les idées claires. Cette dernière année, le pauvre homme a perdu sa femme et son fils. Sa mère est décédée quand il avait huit ans, et son père est parti il y a environ cinq ans. Maintenant, la dernière sœur de son père décline. Cela fait beaucoup à supporter pour une personne.

Evangeline n'avait pas pensé à tout cela. Pas vraiment. Merde. Qu'est-ce que cela signifiait sur la personne qu'elle était, le fait qu'elle puisse être si préoccupée d'elle-même ?

Peut-être Lorrie lut-elle dans ses pensées, parce qu'elle dit :

— Et toi. Toute seule, et enceinte, à seulement seize ans. Tu dois avoir une trouille bleue. Je ne connais pas ton histoire, mais je sais que tu es forte. (Elle laissa son regard se poser sur Evangeline.) Je reconnais la force quand je la vois, et tu en as.

Evangeline se demanda si Lorrie voulait dire froide, ou méchante, ou dure, mais elle savait que ce n'était pas le cas ; Lorrie voulait dire qu'elle était costaud, que le bébé et elle s'en sortiraient.

— Si tu le voulais bien, j'aimerais beaucoup qu'un jour tu me parles de Jonah, dit Lorrie.

— Que je vous parle… ?

Que pourrait-elle savoir que sa mère ignorait, hormis des choses qu'elle ne pouvait pas raconter – par exemple que sa bouche avait un goût de cannelle ou qu'ils avaient couché ensemble cette fois-là seulement et qu'il avait été tellement gêné parce qu'il avait joui pratiquement en la pénétrant, et le fait que rien de tout cela n'avait d'importance parce que lorsque son regard avait croisé le sien, c'était comme s'il était entré en elle par tous les pores de sa peau en même temps.

— Seulement si tu veux bien, dit Lorrie. Il y a peut-être eu des choses intimes entre vous deux – ou pas –, mais tu sais, comment vous vous êtes rencontrés, de quoi vous avez parlé, ce genre de choses. Ce serait comme… je ne sais pas, comme trouver des photos de lui que je n'aurais jamais vues.

Evangeline dit qu'il faudrait qu'elle y réfléchisse. Lorrie ne la pressa pas, et elles passèrent la demi-heure suivante à parler du lycée et des désagréments de la grossesse. Lorsque Lorrie partit aux environs de quatre heures, elle dit :

— À tout à l'heure à six heures ? et Evangeline hocha la tête.

Ce soir-là, Evangeline plongea dans son placard, et fouilla tout au fond de l'étagère haute jusqu'à sentir le bracelet. Elle l'avait accroché à un clou en haut afin qu'il ne risque pas de se perdre.

Le jour après que Jonah l'avait attaché à son poignet, Evangeline décida de rester à distance du parc. Alors qu'elle avait pris plaisir à briser le cœur de certains garçons, ça ne l'intéressait pas de faire mal à Jonah. Ses nerfs étaient déjà prêts à s'enflammer, et il portait son amour pour sa sœur et sa mère comme des blessures. Toute cette intensité. Elle faisait vibrer le corps d'Evangeline comme si un million d'abeilles s'étaient posées sur sa peau, prêtes à piquer.

Mais à six heures, alors que le jour commençait à baisser, elle ne put supporter l'idée qu'il la cherche sans savoir ce qui s'était passé. Plus tôt ce jour-là, elle avait jeté le bracelet dans la poubelle. Elle alla le récupérer, rinça ce qui était peut-être du ketchup, et le remit à son poignet. Elle se rendit au parc à pied et attendit. Sans le moindre signe de Jonah, elle rentra à la maison à huit heures, montant la route forestière, tortillant le bracelet, se demandant pour la millième fois si elle avait mal interprété ses sentiments.

Elle haletait, presque arrivée, lorsqu'elle entendit un grand bruit dans les bois. Elle s'arrêta, mais une fois sa respiration calmée, il n'y avait plus qu'un léger frémissement dans les feuilles. Elle repartit, et immédiatement, le bruit recommença. Elle s'arrêta à nouveau, et cette fois le vacarme s'amplifia, des branches qui se cassaient, des pieds ou des sabots qui tapaient, résonnant sur ce qui semblait être un sol creux. Puis les arbres explosèrent.

La créature monstrueuse sortit brusquement des branches et atterrit à moins de trois mètres d'elle, massive comme un mur, et Evangeline en eut le souffle coupé. Un grand cerf. Des épaules, un arrière-train, un cou puissants, des bois émaillés de pointes, et dangereux. Ils se dévisagèrent, les yeux du cerf écarquillés. Il hésita, puis fit un pas vers elle. Elle recula d'un bond, et il se figea, les deux immobilisés. Ensuite, avec une lenteur incroyable, comme si elle pouvait ne pas le remarquer, l'animal souleva une patte et l'avança d'une fraction de centimètre. Elle voulut hurler : Tu sais je te vois, je suis juste devant toi. Et peut-être qu'il lut dans ses pensées. Puis, *boum* ! Le pied se posa et propulsa l'animal dans les airs, où il disparut dans les arbres.

Son cœur battait encore la chamade lorsqu'elle arriva chez elle, le pull trempé malgré la fraîcheur de la nuit. Même le courrier avec son avertissement en gros caractères rouges d'une coupure prochaine de l'électricité ne mérita pas un regard, et elle le jeta. Elle se demanda pourquoi le cerf l'avait perturbée ainsi. Ce n'était pas le premier qui sortait des arbres comme ça. Les voitures ne cessaient de taper des animaux sur les petites routes nocturnes.

C'est seulement lorsqu'elle se coucha sur le canapé-lit défoncé qu'elle remarqua que le bracelet avait disparu. Elle repensa à ce qui s'était passé et le sentit presque se détacher lorsque ses bras avaient fait ce grand mouvement de surprise involontaire. Tant pis. De toute manière, elle avait fait une erreur en acceptant ce cadeau. Mais elle ne cessait de toucher son poignet, s'attendant à le trouver sous ses doigts.

Elle venait de s'endormir quand le cerf atterrit devant elle à nouveau. L'encolure sombre et luisante, les narines gonflées par l'effort. Enfouie dans ses exhalaisons, il y avait l'odeur amère de l'adrénaline. Puis un bruit soudain, un son mat, guttural, dur comme une machine irrémédiablement cassée. Elle se réveilla en sursaut, à cause d'une branche qui grattait le toit en tôle.

Le matin suivant, elle retourna sur ses pas, mais tout avait l'air différent à la lumière du jour. Par le plus grand des hasards, elle jeta un regard à cet endroit-là et vit le pauvre bout de ficelle coincé dans un buisson. Elle grimpa et faillit l'attraper, mais à la dernière minute, son pied dérapa sous elle. Lorsqu'elle retrouva son équilibre, elle constata que le bracelet était au fond d'un épais buisson d'épineux, complètement hors de sa portée.

Evangeline le remit sur le clou au-dessus de l'étagère, contente de l'avoir récupéré. Elle parlerait à Lorrie du bracelet, de la tendresse qu'il contenait – l'amour de Jonah pour Nells et peut-être un tout petit peu pour elle. Lorrie avait le droit de savoir.

41

LE JOUR DE MA MORT

NELLS MARMONNE dans sa chambre. Ça lui arrive parfois, de parler dans son sommeil. Je me suis glissé près d'elle une fois, espérant récolter des informations compromettantes que je pourrais utiliser par la suite. Elle gémissait, s'agitait, entortillait ses draps. Elle n'arrêtait pas de grommeler, "Non, arrête", mais apparemment, ça ne la soulageait pas. Elle avait l'air sans défense, comme un bébé animal aveugle. Je me suis senti plus honteux, planté là, que si je l'avais vue nue.

Il n'y a rien que je puisse faire concernant les démons de Nells, maintenant, mais elle a maman, et ça devrait la sauver. Au milieu de tout le chaos créé par mon père, j'ai toujours considéré ma mère comme une divinité. Elle a peut-être laissé mon père la frapper, elle a peut-être couvert ses mauvais agissements, mais vous auriez tort de croire qu'elle était incapable de se prendre en charge. Ni de s'occuper de nous.

Un jour, j'avais quinze ans, je me suis réveillé un samedi matin de mars où, fait rare, le ciel était étonnamment bleu. On ne s'attendait jamais à une chose pareille à cette époque de l'année et ça mettait toujours de bonne humeur. Je suis sorti du lit et sans quitter des yeux ce ciel prometteur, je me suis dirigé d'un pas lourd vers la cuisine. Nells, maman et papa s'y trouvaient, et avant même d'arriver à la porte, j'ai su que tout le bleu du ciel avait disparu. Un orage terrible se préparait et il n'y avait rien que je pouvais faire pour éviter d'y être englouti.

Nells suppliait qu'on l'autorise à aller à la fête d'anniversaire d'une amie cet après-midi-là. Elle avait attendu la dernière minute, redoutant la réaction de papa. C'était moi qui l'avais persuadée de tenter le coup. Mais papa, qui sirotait une Bud alors qu'il n'était pas encore huit heures et demie, disait pas question. Je suppose qu'il ne voulait pas se fendre d'un cadeau. Nells a dû penser la même chose.

— T'as rien besoin de faire. J'irai en ville à pied et j'achèterai un cadeau avec les dix dollars que Grand-mère m'a envoyés.

Papa était furieux.

— Je ne vais pas te laisser débarquer là-bas avec un cadeau merdique, même si c'est pour une sale gosse gâtée.

— Tu ne connais même pas Madison ! a dit Nells. Elle est super sympa…

— C'est une sale gosse gâtée, comme sa mère. Je t'assure : le fruit ne tombe jamais loin de l'arbre.

Papa disait tout le temps ça, que le fruit ne tombe pas loin de l'arbre.

— Tu te trompes, elle est…

— Ce n'est pas une question d'argent. Tu as tes corvées à faire. Je veux que toute la moisissure soit enlevée du toit de l'abri, derrière.

Maman, qui coupait du jambon en lanières pour mettre dans les œufs brouillés, a dit :

— Est-ce qu'on ne pourrait pas donner à Nells une autre…

Il a brusquement tourné la tête vers elle.

— Je t'ai demandé ton avis, à toi ?

Sa voix était méchante, son visage rouge et enflé de colère.

D'habitude, papa ne parlait pas à maman de cette façon, sauf quand il entrait dans une de ses phases, ce qui arrivait tous les deux ou trois mois. Nells connaissait les signes avant-coureurs. Elle aurait dû se taire, elle aurait dû encaisser le coup et ne pas aller plus loin, mais elle a bondi et crié :

— Tu es vraiment un sale connard !

Papa est sorti de sa chaise d'un bond, l'a giflée violemment et elle est tombée en arrière. Je me suis précipité, prêt à me déchaîner contre lui, mais maman a été plus rapide que moi. Elle s'est approchée par-derrière, et elle a appuyé le couteau contre ses côtes. Quand il s'est immobilisé, elle a dit d'une voix contenue, calme :

— Si tu frappes un de nos enfants à nouveau, si tu me frappes à nouveau, ce couteau te trouvera au moment où tu t'y attendras le moins. T'as compris ?

Papa est devenu tout mou, pathétique, comme toujours, a fondu en larmes et s'est assis. Mais maman n'a pas marché.

— Sors d'ici, a-t-elle dit.

Et il est parti.

Maman a fini par nous servir les œufs, bien que ni Nells ni moi n'ayons eu faim. Au bout d'un moment, papa est revenu, disant à Nells qu'elle pouvait aller à l'anniversaire et que maman l'emmènerait acheter un joli cadeau. Mais Nells n'irait nulle part, pas avec son visage abîmé – on aurait dit qu'elle avait les oreillons ou une autre maladie du genre.

Le lendemain, alors que j'aidais maman à décharger les courses, j'ai remarqué :

— Papa a bien mérité ça, hier.

Sans s'interrompre, elle a répondu :

— Parfois, il faut être clair.

Comme je l'ai dit, ma mère est capable de se prendre en charge. Et il faut que je lui reconnaisse ça, papa ne nous a plus jamais frappés.

Bien sûr, il y a des choses pires que d'être frappé.

42

Il était un peu après onze heures un mercredi soir quand j'entrai dans la maison après mon vol de retour. Evangeline était blottie sur le canapé du salon avec Rufus, en train de regarder un vieux film. En me voyant, elle éteignit la télé comme si elle ne faisait que passer le temps.

— Demain, c'est Thanksgiving, annonça-t-elle.

Pas un "comment s'est passé le voyage" ou "vous devez être fatigué".

— Lorrie m'a emmenée faire des courses aujourd'hui. J'ai acheté une dinde – petite – et de quoi faire la farce, de la salade et des pommes de terre et une tarte à la citrouille. On devrait inviter Lorrie et Nells à venir manger avec nous, vous ne croyez pas ? Elle n'a pas demandé, ni rien. J'ai juste pensé que ce serait gentil.

— Je suis sûr qu'elles ont déjà des projets, dis-je en passant mon sac en toile sur mon autre épaule. En plus, Thanksgiving, c'est vraiment une fête de famille.

Ce commentaire n'avait aucun sens, vu l'origine historique de la date et notre situation actuelle. Cependant, j'avais réussi à trouver le bon mot, avec "famille". Un sourire fugace passa sur le visage d'Evangeline, qu'elle essaya de réprimer.

— OK, mais on aura beaucoup de restes.

— Rien de meilleur que des sandwichs à la dinde, fis-je en tournant les talons. Je vais me coucher. Il est deux heures du matin passé sur la côte Est.

J'étais presque sorti de la pièce lorsqu'elle dit :

— Mon Dieu. Je suis nulle, je ne vous ai même pas demandé des nouvelles. Est-ce que tout s'est bien passé là-bas ?

Je m'arrêtai et me retournai. Je crois qu'elle vit ma surprise.

— Je m'efforce de ne plus être une connasse égoïste. Et il y a du boulot.

Après la solitude de la Pennsylvanie, le jour de Thanksgiving – avec la cuisine éclairée et les parfums chaleureux, Evangeline et moi travaillant côte à côte, éclatant de rire quand la dinde tomba par terre et que Rufus engloutit plusieurs bouchées de farce à la saucisse – me parut être un monde totalement différent.

Une fois que nous fûmes assis à la table de la salle à manger, les chandelles allumées, Evangeline m'interrogea sur ma tante, mon enfance, mon voyage. Je voyais son esprit se mettre à rêvasser quand je répondais, mais aussi ses efforts pour revenir au présent. Pendant les deux semaines où j'avais été absent, elle avait changé, elle était soudain ouverte à la possibilité d'une relation sans transaction.

Je crois que ce sont les progrès que je vis en elle, le potentiel pour une suite, qui me poussa à réfléchir à mes propres limites, à me demander qui je pourrais devenir si j'acceptais de m'y confronter.

Une semaine plus tard, j'étais devant l'évier de la cuisine un samedi matin à huit heures, la pluie battant les carreaux par vagues. Le vieux prunier était secoué avec une telle violence que je craignis que ses branches se cassent, et je fus heureux d'être à l'intérieur avec Rufus qui ronflait sur son fauteuil, le poêle à bois qui distillait une bonne chaleur, le *ploc-ploc-ploc* du robinet qu'il fallait que je répare. Heureux d'être à l'intérieur avec la fille, la fille enceinte, qui faisait la grasse matinée dans sa chambre.

Des projets d'élèves sur la physiologie de la microflore s'entassaient sur la table de la cuisine, mais j'étais trop distrait pour m'y mettre. À ce moment-là, Rufus bondit de son fauteuil, et se mit à sauter sur la porte du vestibule en aboyant. George Ellis, l'Ami qui avait repris mes devoirs de secrétaire, se tenait recroquevillé sous l'auvent, rond et mouillé, ressemblant à une citrouille luisante dans sa veste de pluie orange.

Lorsque j'ouvris la porte, le chien se jeta joyeusement sur George. Je l'attrapai par le collier, essayant de le retenir.

— C'est pas grave, me rassura George en enlevant sa veste pour la secouer dehors avant d'entrer. Tu sais que j'adore Rufus. (Il s'accroupit et se mit à caresser le chien.) Toi et moi, on se connaît depuis longtemps, hein mon grand ? Je suis content de te voir, moi aussi.

Il se remit debout, non sans effort étant donné son gros ventre, et dit :

— Ça fait un moment.

— Merci d'être venu, dis-je en l'emmenant dans la cuisine.

— J'étais content que tu me le demandes.

En lui versant une tasse de café, je lançai :

— Mon père s'appelait George.

— Je m'en souviens.

— C'est un nom bien.

— Je l'ai toujours pensé.

Nous restâmes silencieux pendant que je sortais les petits pains de la veille au soir et que je repoussais le tas de papiers posé sur la table. George prit une chaise et goûta un morceau de pain, tout en contemplant la cuisine comme s'il voyait des temps plus anciens. Il devait s'attendre à ce que je lui explique pourquoi je l'avais invité, mais j'hésitai. Je n'étais pas allé au culte depuis le service pour Daniel, et la requête que je me préparais à lui présenter était de taille.

Après un silence un peu long, il reprit :

— Y a-t-il quelque chose que nous puissions faire – ou que je puisse faire – pour faciliter ton retour ?

Je secouai la tête.

— Je ne serais pas vraiment de bonne compagnie.

George but une gorgée de café, le posa, et d'un air impassible, fit remarquer :

— Ah c'est vrai, le culte, c'est tout une question de distraction.

Je ris et c'était tellement agréable que je répondis :

— Espèce d'idiot.

Il sourit.

— Je retrouve mon ami. Tu es trop dur avec toi-même, Isaac. Viens au culte. Cela nous fera du bien à tous.

Je secouai la tête. Je ne portais aucun intérêt à un Dieu qui me refusait sa présence tout en m'infligeant un deuil après l'autre. Pourtant, George était là, rayonnant d'une généreuse bienveillance en sirotant mon affreux café, en prenant une deuxième bouchée de pain rassis, comme si tout ce dont il rêvait se trouvait ici, dans cette cuisine, en un samedi matin pluvieux.

Je pris une profonde inspiration, retins l'air, laissai une dernière seconde s'écouler, puis j'annonçai :

— Pas de culte. Je ne peux pas aller au culte tout de suite. Mais j'ai réfléchi à un comité de clarification.

Sa main tenant le pain retomba.

— Tu penses que tu pourrais en organiser un ? demandai-je.

— Tu es sûr ? Tu veux plonger dans le grand bain, directement ?

J'acquiesçai. Je ne savais pas quoi ajouter. J'ignorais comment expliquer que si je devais trouver le chemin menant à la vérité, j'avais besoin que des yeux et des cœurs soient concentrés exclusivement sur moi, en observant le moindre de mes gestes.

— Bien sûr que je peux. Bien sûr, fit-il.

— Ça risque de représenter un engagement considérable.

— Mon Dieu, Isaac. Nous serions prêts à y consacrer un an. Deux ans s'il le fallait. Tu le sais.

Je ris.

— J'ai bon espoir de ne pas être un cas aussi désespéré. Quelques mois, peut-être.

— C'est toi qui vois. Dis-moi de quoi tu as besoin.

La plupart des comités de clarification étaient de courte durée, deux ou trois séances de deux heures se tenant à une semaine d'intervalle, généralement pour aider un Ami à prendre une décision majeure, comme un choix de carrière ou un mariage. Mes demandes étaient plus complexes. Je ne pouvais même pas énumérer les questions que je cherchais à éclaircir.

Nous nous accordâmes sur le fait que George trouverait deux autres Amis. Nous commencerions par une séance de deux heures par semaine, et il essaierait de s'assurer d'un engagement initial de deux mois.

Quand George partit, je m'écroulai sur le fauteuil de Rufus. Le chien était à mes pieds. Je lui caressai la tête et une profonde affection grandit en moi – un bref mais remarquable amour pour le monde. Me rappelant le réconfort qu'un chien pouvait apporter, je pensai à celui de Jonah, Brody, à l'angoisse de Lorrie quand elle l'avait découvert sorti de sa tombe.

Rufus posa ses pattes sur mes cuisses, me regarda comme si son cœur souffrait avec le mien, et je sentis le désespoir du monde comme une vaste étendue permanente, un océan qui tempêtait puis s'apaisait, qui pouvait, à tout moment, emporter qui il voulait dans ses profondeurs.

Rufus se mit à geindre et me donna des petits coups avec sa truffe. Je me levai et il bondit dans son fauteuil, heureux de retrouver ce qui lui appartenait. Il me regarda longuement, comme s'il me parlait. Finalement, contrarié par mon évident manque de compréhension, il soupira et détourna la tête.

Le vendredi suivant, George appela pour me demander si ça me plairait d'aller faire du bateau le lendemain. Quand

Daniel et les enfants Ellis étaient petits, nous nous entassions tous les huit sur leur voilier de trente-deux pieds et partions pour une journée de voile, les chiens et les enfants équipés de gilets de couleurs vives trébuchant les uns sur les autres. Quand les enfants grandirent et furent occupés à leurs propres activités, les quatre adultes continuèrent à naviguer sans eux, quoique de moins en moins souvent. Cela faisait des années maintenant que je n'étais pas monté sur son bateau.

— Il va faire 7 ou 8 °C, entre dix et vingt nœuds, dit-il. Ça devrait être sympa. Amène Evangeline.

Le lendemain matin, nous arrivâmes à la marina à huit heures. Le soleil brillait d'une couleur fuchsia derrière la crête lointaine, l'air était saturé des odeurs âcres de la marée basse. Des mouettes posées sur des pilotis battirent des ailes et crièrent tandis qu'Evangeline et moi nous dirigions vers le ponton. Elle portait le vieux blouson de ski de Katherine et un pantalon de pluie qu'elle ne parvenait pas à fermer complètement et qui bruissait à chacun de ses pas.

Lorsque nous arrivâmes au *Simplicity*, Evangeline contempla le voilier comme si elle n'en avait jamais vu d'aussi près, marchant le long du ponton pour l'examiner sous tous les angles. Je reconnus dans ses yeux mon propre amour des bateaux, de leur grâce et de leur beauté fonctionnelle. La liberté sauvage, dangereuse qu'ils incarnaient.

À bord, elle passa la main sur les bastingages et la roue. George nous appela d'en bas, et nous le trouvâmes dans le carré. Il nous accueillit avec un chocolat chaud, mais Evangeline était occupée à plonger la tête dans les couchettes et à ouvrir les placards.

— Va voir sous les coussins du divan, dit George en désignant le salon.

— Du divan ?

Je lui montrai. Elle tira un des coussins et souleva le couvercle du compartiment en dessous. Juste des cordes et un tuyau d'arrosage enroulé, mais elle se redressa, tout sourire.

— Tout est caché partout.

Il hocha la tête.

— Quand je l'ai conçu, et pendant la construction aussi, je me suis battu pour récupérer le moindre centimètre carré. Sur un bateau, il ne devrait jamais y avoir de place perdue.

Cela lança la conversation entre eux. Evangeline voulait qu'il explique d'où venait "qu'il savait faire tous ces trucs" et George prenait un plaisir évident à répondre à l'intérêt qu'elle manifestait pour son sujet préféré. Lorsqu'il sortit des roulés à la cannelle faits par sa femme et les disposa dans le salon, Evangeline admira avec force exclamations la capacité de la table à monter et descendre au moyen d'un levier. Grâce à quelques coups de coude de ma part, nous réussîmes à lever l'ancre avec une heure de retard seulement.

Le vent était irrégulier, et nous eûmes droit à quelques bords périlleux, des mouvements soudains de la bôme et des inclinaisons violentes qui firent valser toutes sortes d'objets dans le carré. George leva un sourcil quand il me vit lâcher une écoute et que la voile se mit à voler dans tous les sens.

— On serait pas un peu rouillé, l'ami ?

Evangeline riait dans les vents de vingt-cinq nœuds comme si elle était sur les montagnes russes, et elle fut déçue lorsque nous eûmes une accalmie aux environs de midi. Nous en profitâmes pour déjeuner de sandwichs au jambon et de cookies achetés pour l'occasion, tandis que nous nous laissions ballotter dans le sillage des quelques bateaux à moteur qui passaient en rugissant. Tout en dérivant, nous nous approchâmes d'une balise, et un lion de mer couché sur son socle se redressa, irrité. Evangeline ne parvenait pas à le quitter des yeux. Elle ne cessa d'essayer d'imiter ses longs appels gutturaux, la manière dont sa bouche modifiait les sons, des modulations vocales lourdes d'avertissements et de plaintes, d'exigences et de supplications.

— Il nous chante une histoire, dit-elle. Elle a l'air vachement épique.

Après le déjeuner, Evangeline prit la barre, ses cheveux roux comme des braises flamboyantes dans le soleil de l'après-midi. George et moi bordions les voiles autant que possible, mais avec le vent à cinq nœuds, et quelques approximations de la part du pilote, les voiles ne cessaient de faseiller.

Elle nous regarda en fronçant les sourcils.

— Attention au profil, lança-t-elle, une des phrases préférées de George.

Nous éclatâmes de rire.

— Il n'y a pas grand-chose qu'on puisse faire avec les rafales, dit George. Mais le bateau est trop face au vent. Si tu t'écartes un peu, on y arrivera peut-être.

Elle comprit. Elle avait passé sa matinée à écouter, à poser des questions sur les termes que nous utilisions. Elle mit le cap à trente degrés à tribord, et avec quelques ajustements des écoutes, les voiles retrouvèrent leur profil.

— Joli.

George lui tendit une thermos de thé chaud.

— Tu sais, il y a des écoles de voile en ville si ça t'intéresse. Et une super école de construction navale.

Evangeline ne dit rien, mais elle jeta un coup d'œil vers moi, guettant ma réaction.

De retour au ponton, George et moi pliâmes les voiles tandis qu'Evangeline frottait le pont sans rechigner. Après avoir quitté George, nous nous arrêtâmes pour prendre une pizza. Nous étions fatigués et étourdis par le vent, et j'envisageais de la manger tranquillement à la maison, mais elle dit :

— Est-ce qu'on peut manger ici ? S'il vous plaît.

— Mais… ça n'a rien d'un vrai restaurant.

— Quand même.

Elle était si pressante que j'acceptai.

Lorsque nous entrâmes, elle se tint bien droite, étrangement fière. Elle parcourut la salle des yeux de manière délibérée, pas comme si elle voulait savoir qui se trouvait là, plutôt pour vérifier qu'on la voyait. Je me demandai si elle cherchait à montrer qu'elle ne venait pas seule, mais en famille.

Quand on nous apporta la pizza toute chaude et croustillante, Evangeline se jeta dessus avec avidité. Je m'émerveillai du fait que j'avais survécu à la journée sans m'écrouler. J'avais vu le fantôme de mon jeune fils dans ces voiles qui battaient, mais la douleur était familière, presque douce. Ce petit garçon me manquait depuis des années. Quand les enfants abandonnèrent la voile pour d'autres activités, les adultes se retrouvèrent à contempler le pont désert, avec la sensation que ces enfants appartenaient définitivement au passé. Nous les pleurâmes alors, mais nous entretenions aussi leur présence en riant et en racontant leurs histoires.

— Tu te souviens, quand on n'arrivait pas à trouver Kristie et qu'on l'a découverte en train de dormir dans le foc, à la proue ?

— Et Daniel en capitaine du canot avec Rufus comme second ? Il a été obligé de récupérer son chien dans l'eau plus d'une fois !

Je voyais si bien mon jeune Daniel, ses joies et ses déceptions, ses agacements et ses affections. Mais ces dernières années, j'avais perdu de vue sa vie intérieure. J'en avais des aperçus, de temps en temps. Je savais qu'il souffrait. J'en étais certain. Quelques mois avant sa mort, Daniel enfonça son poing dans la cloison de sa chambre après une dispute avec Sammy. Il ne me dit jamais ce qui s'était passé, mais mon fils presque adulte me laissa prendre sa main dans la mienne, panser ses blessures. Ensuite, silencieux et contrit, il m'aida à réparer les dégâts. Une fois que nous eûmes fini, il dit :

— Je me suis laissé dépasser. J'ai cru que le mur pourrait encaisser.

Une vie cachée sous cette beauté de surface, une vie pleine de désirs et de chagrins, de passions qui pouvaient exploser.

Quand Evangeline et moi arrivâmes à la maison, Rufus s'appuya contre ma jambe, sombre. Son nez et ses pattes avaient grisonné depuis ce temps où il sautait du canot, des années plus tôt. De tous les êtres vivants, c'était Rufus qui savait qui Daniel était ces dernières années, Rufus qui avait dormi sur son lit toutes les nuits.

Evangeline me remercia pour la "chouette journée", dit qu'elle était fatiguée et se retira dans sa chambre. Rufus trottina dans son sillage. J'étais sur le point de l'appeler, voulant que le chien passe la nuit avec moi. Il rêverait peut-être des années perdues de Daniel et partagerait ses rêves avec moi. À ce moment-là, Evangeline tendit la main et caressa la tête de Rufus dans un geste d'affection spontanée. Avec qui d'autre pouvait-elle partager ce genre de contact ?

Avec un sourire et un soupir, je laissai le chien partir avec elle.

43

Elle avait pensé que manger chez Watertown Pizza lui procurerait un sentiment de victoire, la sensation de récupérer un peu de ce qui lui appartenait. Mais lorsqu'elle entra avec Isaac ce soir venteux de décembre, la salle était à moitié vide, juste quelques familles distraites par de petits enfants.

Ils choisirent un box confortable et elle se plut à négocier avec Isaac sur les ingrédients : champignons et épinards pour lui, salami et saucisse pour elle. En attendant qu'on les serve, Isaac lui demanda son avis sur la manière d'obtenir l'investissement des élèves. Il écouta attentivement ce qu'elle lui disait, se penchant en avant pour l'entendre au milieu des cris stridents des gamins, posant de temps en temps une question. Il voulait savoir ce qu'elle pensait, et Evangeline en fut surprise. Être écoutée était bien mieux qu'être remarquée à la porte. Et quand la pizza arriva, elle était exactement comme il fallait, et délicieuse.

Néanmoins, elle n'avait pas prévu la manière dont le plaisir ordinaire de cette soirée allait la lessiver, comme il la forcerait à réaliser à quel point elle en avait été privée dans sa vie. Le contraste entre ce qu'elle savait désormais être possible et ce que sa vie avait été jusque-là vidait son corps de toute son énergie. Quand ils arrivèrent à la maison, elle tenait à peine sur ses jambes.

Et pourtant, elle eut du mal à trouver le sommeil. Des ombres serpentaient d'un bout à l'autre du plafond, se tordant comme ces fameuses branches un chaud soir de septembre. Et tout en étant dans la maison de Daniel, elle était de retour dans ces bois, après que Daniel l'y avait attirée avec une pizza, comme la pauvre petite bête sauvage qu'elle était.

Le chemin était devenu si étroit qu'elle crut qu'ils allaient se faire piéger dans un fourré, mais la forêt s'éclaircit et elle put respirer à nouveau. Plusieurs arbres avaient été coupés, remplacés par une causeuse en rotin qui émergeait du sol comme une fleur étrange. Des fougères et des mousses s'enroulaient autour des pieds à moitié pourris et des lianes s'entrelaçaient dans son dos, se faufilaient, la démantibulaient une minuscule jointure après l'autre. Un coussin rayé – sale et enfoncé, mais autrement intact – était miraculeusement resté en place.

Daniel prit la lanterne et la posa sur une souche basse et large, avec la pizza, puis jeta la couverture sur le coussin crasseux.

— On trouve parfois des meubles sur les sentiers, des chaises, des matelas éventrés. Un jour, j'ai vu un grand bureau. La plupart du temps, c'est juste les gens qui bazardent leurs vieux trucs, mais cet endroit a l'air différent. On dirait que quelqu'un a installé une chambre.

La lanterne créait un cercle de lumière, laissait les bois dans l'ombre. La chaude brise de la nuit apportait un effluve de menthe, et Evangeline n'avait qu'à lever les yeux pour voir le ciel plein d'étoiles et la lune presque pleine. Alors qu'ils étaient blottis sur la causeuse, un petit animal bougea dans le taillis voisin, un oiseau ou un rat ou peut-être un coyote. Oiseau ou mammifère, son territoire était la pénombre et ils étaient tous les deux dans la lumière.

— C'est chouette, dit-elle, parce que c'était vrai.

Sans ajouter un mot, elle se jeta avec voracité sur la grande pizza graisseuse. Elle réussit à en dévorer la moitié. Ils tendirent la main en même temps pour prendre le dernier morceau, et il le lui offrit.

— Pour une fille pas très grande, tu as un sacré appétit, fit Daniel.

Quand Evangeline leva les yeux, elle vit comment son regard, bien que fixé sur elle, voyait autre chose.

— Ouaip, dit-elle, et elle lâcha un rot, fort et exprès, espérant reprendre un peu de contenance.

Mais il rit, l'attrapa et l'embrassa comme s'il se laissait aller à un élan. Tout dans ce geste était faux, et elle s'écarta.

Il la serra plus fort, l'écrasant contre l'accoudoir de la causeuse, un accoudoir tellement pourri qu'elle crut qu'il allait casser, qu'elle espéra qu'il casserait, du coup ils tomberaient dans les buissons et elle pourrait se sauver. Daniel prit sa joue dans sa main, une affection à l'évidence mensongère, et tout en chuchotant qu'elle était belle, il prit sa main et la tira vers son entrejambe.

Elle résista de toutes ses forces. Cela dura un moment, tous les deux faisant comme s'ils n'identifiaient pas la réalité – un usage social ridicule, comparable à l'ignorance feinte d'un pet intempestif. Il la tira plus fort, au point qu'elle pensa que la peau de son poignet allait se déchirer, que ses os fins allaient se briser. Elle tourna la tête pour écarter son visage et réussit à le repousser.

— Je vois bien ce que t'as dans la tête, dit-elle, espérant qu'il entendait son amertume.

— Que tu es belle ?

Même maintenant, il essayait de l'embrouiller avec de la fausse tendresse. Elle se demanda s'il savait ce qu'elle était. Est-ce qu'on devenait quelque chose irrémédiablement quand on l'avait fait une fois ? Et si cette unique fois était arrivée seulement parce que la portière de la voiture s'était ouverte et que l'homme n'avait pas l'air dangereux, parce que toutes les maisons que tu avais approchées depuis une semaine étaient fermées à double tour, parce que tu ne pouvais pas t'offrir le luxe d'être vierge, et que par ailleurs, des choses pires t'étaient arrivées, parce que tu étais assez idiote pour penser que ça n'était pas si important que ça – parce que tu avais faim, si affreusement faim ? Est-ce qu'une fois t'entachait pour toujours ? Est-ce que cette fois se glissait sous ta peau, pour suppurer là, émettre une odeur qui faisait de toi une proie facile ?

Apparemment, c'était le cas, dans son esprit à elle si ce n'était dans le sien. Elle croyait aux négociations en amont des faits plutôt qu'a posteriori ; cependant, s'il pensait qu'elle lui devait une branlette pour la pizza, ce n'était pas un si mauvais deal, se dit-elle. Mais une fois sa queue sortie, elle se rendit compte qu'il voulait plus ; il appuyait sur sa tête à deux mains. Elle résista, et il poussa avec tant de force que quelque chose craqua dans son cou, et une douleur fulgurante descendit dans son bras.

Elle calcula le prix de la pizza – apportant ainsi une preuve supplémentaire à sa thèse – et se dit, bon, d'accord, une pizza pour une pipe. Mais même ça, ça ne suffit pas. Après quelques minutes, il se mit à tirer sur son short, essayant de l'enlever sans se donner la peine de défaire la fermeture éclair. Elle lutta, finit par dire qu'elle ne voulait pas. Du moins, c'est ce qu'elle crut avoir dit. Mais quelles que soient les paroles énoncées, il était trop tard. Elle avait cédé sur tant de choses déjà, et il avait sombré dans cette zone où les seuls mots qui entrent sont ceux que les mecs ont envie d'entendre.

Il n'arrêtait pas de dire : "T'as envie de moi, t'as envie de moi", avec un drôle de râle dans la gorge.

Le short resta coincé au niveau de son bassin et elle s'y cramponna, pensant qu'il la laisserait peut-être tranquille, mais avec une brutalité invraisemblable il le descendit, et les coutures grossières laissèrent des traînées rouges sur ses cuisses. Elle avait le choix. Elle ne le nierait pas. Ils parlaient des langages différents et elle pouvait avoir recours à un de ceux qu'il connaissait. Elle pouvait hurler ou lui mettre un coup de genou dans les couilles ou enfoncer ses doigts dans ses yeux. Il comprendrait certainement. Elle imaginait bien comment ça se passerait – dans cet endroit perdu, seuls dans les bois. Il n'avait probablement pas l'intention de la violer. Probablement pas.

Elle recula et aperçut son visage, où se mêlaient la colère, la tristesse et le désir. Ça lui fit encore plus peur ; qu'est-ce que cela pouvait signifier ? Elle décida de ne pas prendre le risque. Si tu dis rien, ça se passera bien. Son père adoptif lui avait appris ça. En plus, elle avait déjà établi ce qu'elle était une fois pour toutes.

Elle lui demanda de mettre une capote au moins. Non pas que ça ait de l'importance, rien n'en avait, mais il fallait qu'elle reprenne un tout petit peu de contrôle. Sauf qu'il n'en avait pas sur lui et il dit qu'il se retirerait à temps. Elle essaya d'ignorer ce qui arriva ensuite, mais à chacun de ses mouvements, une tige de rotin lui rentrait plus profondément dans le crâne, jusqu'à ce qu'elle ait l'impression que le bâton avait traversé l'os. Quand les cuisses et les fesses de Daniel se contractèrent et que son dos se raidit, elle cria :

— Sors !

Peut-être qu'il essaya, mais il ne réussit pas vraiment à sortir à temps.

Quelques minutes plus tard, ils étaient de retour sur le sentier, Daniel marchant à grands pas devant, la laissant repousser seule les branches qui revenaient la gifler. Evangeline effleura avec précaution son cuir chevelu, ses doigts revinrent rouges de sang.

Lorsqu'ils arrivèrent à la voiture, il se tourna vers elle, mais il avait les yeux baissés, fuyants, évitant soigneusement de croiser son regard.

— Je ne sais pas où t'habites. C'est loin ? fit-il.

— Un kilomètre, pas plus.

Pendant une seconde, elle crut qu'il allait la laisser là, mais il se redressa comme s'il venait de prendre une décision.

— Monte.

En dehors des indications sur l'itinéraire, ils ne parlèrent pas pendant le court trajet. Quand ils atteignirent son allée à peine visible dans les taillis, elle lui dit de s'arrêter.

— Merci pour la pizza, ajouta-t-elle, voulant de toutes ses forces qu'il entende sa rancœur.

Il posa brièvement les yeux sur elle, puis sur ses genoux.

— J'espère que je n'ai pas… je veux dire, je pensais…

Elle attendit, mais il ne termina pas sa phrase.

— Pas de souci, fit-elle, comme si elle s'en fichait complètement.

En tout cas, c'est l'impression qu'elle espérait avoir donnée.

Elle sortit de la voiture, les jambes si tremblantes qu'elles supportaient à peine son poids.

C'était ce qu'elle avait fait quand il était encore couché sur elle qui lui causait la plus grande honte. Haletant, il avait dit :

— Bon sang, t'es vraiment chaude.

Comme c'était ridicule. Elle avait trouvé agréable d'être admirée. Elle s'était sentie si sale, si souillée ces dernières semaines, comme si elle n'était même pas une fille, seulement un rongeur qui fouissait.

Alors, quand il le redit – "Sans mentir, t'es vraiment chaude" – elle avait répondu : "Merci."

Maintenant, dans la maison de Daniel, ses yeux grands ouverts rivés sur le plafond le revoyaient se remettre debout, refermer sa braguette avant de dire :

— Il est tard.

Et même là, elle avait continué à se leurrer. En cherchant en vain sa culotte, pour finir par abandonner et enfiler son short plein de brindilles, de terre et de petites bêtes, elle se dit que la seule chose qui s'était passée, en réalité, c'était qu'un beau jeune homme avait été submergé de désir pour elle, un garçon qui avait du mal à assumer à quel point il était sexy, un garçon qu'elle avait peut-être troublé en lui envoyant des signaux contradictoires et qui – si elle décidait de lui donner une deuxième chance, ce qu'elle ne ferait pas, bien entendu, mais si elle le faisait – comprendrait ce qu'elle voulait la prochaine fois, la sortirait peut-être même en public.

Elle avait passé des années à tordre les faits de sa vie pour leur donner de nouvelles formes qui lui causeraient moins de souffrance. Des années à nier ce qui était vrai. Mais elle n'était plus dans les bois. Elle était en sécurité dans cette maison avec un homme qui voulait entendre ce qu'elle avait à dire. Voilà ce qu'était la vérité de sa vie, désormais.

Elle essaya de s'abandonner à cette nouvelle sérénité, mais un corps n'oublie pas facilement les dures leçons apprises pendant des années. Son cœur ne cessait de cogner contre ses côtes dans des accès douloureux et réguliers, et elle savait qu'elle allait devoir lutter pour s'endormir.

Rufus, qui était allongé près de la porte, se leva et se rapprocha d'un pas lourd. Il hésita un instant, puis sauta sur le lit. En respirant bruyamment il contempla Evangeline, puis appuya son nez froid dans son cou chaud pour renifler, lécher, jusqu'à ce qu'elle dise :

— Ahh, Rufus, Rufus, arrête.

Puis elle l'obligea à se coucher et s'enroula contre son dos.

44

LE JOUR DE MA MORT

Le souvenir de ma mère brandissant le couteau s'est effacé. C'est à mon propre couteau que je pense maintenant. Si oncle Jim ne m'avait pas offert cette mallette de couteaux pour mon dix-septième anniversaire, rien de tout ceci ne serait arrivé.

C'est Daniel qui a insisté pour qu'on y aille ce dernier soir, qui m'a emmené à une bonne quinzaine de kilomètres après la sortie de la ville. Plus tôt ce jour-là, il m'avait demandé de venir le chercher en voiture à son entraînement de foot. Il voulait faire la surprise à Sammy de débarquer sans prévenir chez elle. Le plan ne me paraissait pas génial, mais qui étais-je pour le contredire ?

Dès qu'il est monté dans le pick-up, j'ai su que quelque chose clochait. Il parlait trop fort, il jurait à propos de tout, et il riait à de drôles de moments. Il faisait ça quand on était gamins pour s'empêcher de pleurer.

Tout à coup, il a dit :

— Ton oncle t'a pas donné un nouveau jeu de couteaux, il y a quelque temps ?

— Si. Et alors ?

— T'as envie de l'essayer ?

La réponse était non. J'avais envie de le déposer et d'aller à la recherche de Red. Elle était la seule chose qui occupait mon esprit.

— Ce n'est pas la saison de la chasse.

— Tu crois que je le sais pas ?

— Mais tu vas chez Samantha, non ?

— Naaaaan. Allons à la chasse. T'as mieux à faire ?

— Peut-être bien, ai-je dit.

Ma réponse a attiré son attention. Je n'avais jamais mieux à faire.

— Comme quoi ? Une fille ?

Je n'ai rien dit. Je n'étais pas certain que je retrouverais Red, et je ne voulais pas me porter la poisse.

Il m'a dévisagé un long moment, comme s'il déchiffrait mes pensées.

— T'as rien de mieux à faire. Crois-moi.

J'ai commencé à manœuvrer pour le ramener chez lui. Il a attrapé le volant et tiré un coup. Juste un petit coup. Juste pour me stimuler.

— Allez. Je sais que tu as les couteaux, derrière.

— Qu'est-ce que va dire ton père ?

— Il ne dira rien.

— Mais ton fusil… Il va t'entendre rentrer.

— Je vais utiliser le tien, a dit Daniel en le sortant du râtelier derrière nos têtes.

— Et moi ?

— Toi, tu vas dépecer. Ce sera ça, ton rôle.

Deux ou trois heures plus tard, Daniel a allumé la lanterne qu'il portait sur son dos et l'a accrochée à un pin maigrichon. J'ai avalé une bière et j'ai inspecté l'animal, un puissant cerf six cors. Daniel avait mis la balle parfaite, dans le dernier tiers du cou.

Le cerf nous regardait fixement, ses yeux avaient l'air faux, ce qui était bien, parce que je me sentais super mal. Je n'arrêtais pas de penser à ce bel animal qui bondissait et courait, profitant de sa vie, se tapant probablement une jolie biche ici et là. Je trouvais que c'était un beau gâchis.

Chaque fois qu'on tuait quelque chose, je passais par les mêmes affres. Mais comme mon père me l'avait appris, "Ce n'est pas comme s'ils allaient vivre éternellement, de toute façon."

Un jour, pendant un culte, j'ai entendu le père de Daniel dire "De la mort naît la vie", une phrase que j'ai bien aimée et qui m'a fait penser qu'au fond, peut-être qu'une bête tuée ne changeait pas vraiment la donne. Mais je doute que ce soit ça, le sens de sa phrase.

J'ai bu la dernière gorgée de bière et j'ai commencé, tout selon les règles : des lames super affûtées, des gants en caoutchouc, et les premières incisions précises autour de l'anus. Daniel a avalé une bière, en faisant le récit de l'action d'une voix faussement étouffée.

— Mesdames et messieurs, silence, s'il vous plaît. Le roi de la découpe s'y met. Chut. Regarde-moi ça… direct par le trou de balle… et… et… trop fort !

Il ne m'avait pas lâché de toute la semaine, pire que d'habitude même, éructant des soupirs dégoûtés chaque fois que je disais quelque chose, me traitant de "connard pathétique" dès qu'il y avait quelqu'un dans le coin. Maintenant, il était silencieux. J'ai tranché les testicules, puis j'ai coupé autour du pénis avant de le tirer en arrière pour le coincer dans l'anus. Daniel a ouvert une nouvelle canette de Bud et me l'a tendue. Je l'ai descendue d'une traite, j'ai pris mon couteau courbé et ouvert le ventre du pelvis à la cage thoracique. L'odeur chaude et cuivrée du sang frais est montée. J'ai été attentif à ne pas ne serait-ce qu'égratigner les entrailles, sinon nous aurions été assaillis par une puanteur d'un autre ordre.

Daniel s'est mis à grommeler à propos de Sammy. Quelques semaines auparavant, c'était elle qui le persécutait pour qu'il s'engage davantage, mais le vent avait tourné. Elle présentait sa candidature à des universités de l'Ivy League et avait de bonnes chances d'y être acceptée. D'après la rumeur, elle projetait de le laisser tomber. Je me suis demandé si par hasard elle ne l'avait pas déjà fait.

— Pourquoi elle aurait envie d'être avec ces lèche-culs de la côte Est ? a-t-il dit.

J'ai sectionné la trachée à partir de la base du crâne, ma nouvelle lame s'enfonçant dans ce cartilage dur comme dans du beurre mou. J'ai écouté d'une oreille ses lamentations sur son amour perdu, surpris qu'il lui ait fallu autant de temps pour comprendre que si une fille est plus intelligente que toi, et belle en plus, tu vas en prendre plein la gueule.

C'est là que son regard en biais s'est posé sur moi.

— Hé, tête de bite. (Il a attendu que je m'interrompe, d'avoir toute mon attention.) Je me suis fait la fille du parc.

— Quelle fille ? ai-je fait.

Il ne voulait pas dire Red. Ce n'était pas possible.

— Tu sais. Celle qu'on a vue y a deux ou trois jours. La pétasse rousse. Ce que tu avais de "mieux" à faire ce soir. Cette fille-là.

Et même à ce moment-là, il m'a fallu un moment, parce que la Red que je connaissais n'était certainement pas une pétasse.

Elle était belle. Ses yeux verts irradiaient une douceur incroyablement farouche, blessée mais super forte.

“Je me suis fait la fille du parc.” Je n'arrêtais pas d'entendre la phrase dans ma tête, mais je ne me souviens pas avoir éprouvé de la rancœur, de la jalousie, ou autre chose, en fait. Comme j'ai dit, il devait parler de quelqu'un d'autre. Je ne me rappelle pas avoir bougé. Je me rappelle seulement avoir vu un frémissement bizarre dans ses lèvres, comme s'il prenait plaisir au goût de ces mots dans sa bouche. Et ensuite, je ne sais pas comment, je me suis retrouvé debout, cette lame fendant l'espace entre nous.

Quand elle l'a touché au cou, nos yeux se sont rencontrés et le même étonnement est passé sur nos visages : Mais… putain… ?

Durant toutes ces années, je n'avais jamais asséné le moindre coup à ce gars. Personne ne savait esquiver les attaques comme Daniel Balch. Le pur hasard d'un coup aussi spectaculaire, quelque chose qui sortait tout droit d'un film de kung-fu, nous aurait fait éclater de rire, nous aurait réunis après notre dernière semaine pleine de haine. On se serait retrouvés tous les deux à se marrer et à rouler sur le sol humide, prêts à vomir tant nous riions, exactement comme quand nous étions gamins.

— T'aurais dû voir la tronche que t'as faite !

Mais bien entendu, la gorge de Daniel était bien tranchée et j'aurais juré que c'était mon propre sang qui coulait de son corps.

Il est difficile d'expliquer pourquoi j'ai continué à le charcuter après, sauf que c'était nécessaire, avec ses yeux qui me hurlaient toutes ses souffrances, sa gorge béante et gargouillante dans laquelle il se noyait. J'aimais Daniel. Qui d'autre allait faire que ça s'arrête ?

Une fois que ça a été terminé, je me suis remis debout, son sang encore chaud sur ma peau. Je me suis dit que j'avais juste déconné un peu avec mon couteau, en le lui foutant sous le nez. Quelles étaient les probabilités qu'il se penche en avant exactement au mauvais moment ? Un incroyable accident. Monstrueusement incroyable. Mais je n'étais pas dupe. Pendant ces quelques secondes, j'ai voulu sa mort. J'ai voulu sa mort avec une clarté absolue. Peut-être pas le moment avant ni le moment après, mais pendant que je me déchaînais sur lui, sûrement.

C'est étrange, comment on découvre ce qui se cache à l'intérieur de soi depuis le début.

Je suis allongé seul sur ce lit, mais je jure que j'entends Red en train de respirer tout près. Dans un chuchotement, je lui dis qu'elle n'est absolument pas responsable. Je suis né avec le potentiel d'exploser. Elle l'avait vu.

Et le carburant qui m'a fait décoller ? Il s'était amassé avec les années, une minuscule goutte après l'autre.

45

Les nuits devinrent plus longues, et un froid obstiné s'installa sur la ville. La maison aussi devint plus froide. Une semaine après son retour, Isaac se présenta à la porte d'Evangeline avec un édredon en duvet, marmonnant que la chaudière était vieille, qu'il fallait probablement la remplacer. Elle le remercia et se recroquevilla dessous, ayant à nouveau assez chaud pour dormir. Mais l'édredon apporta des cauchemars plutôt que des rêves, l'emmena dans les ombres d'un bois nocturne, avec des serpents enroulés autour des branches, les yeux d'un cerf rivés aux siens dans une immobilité accusatrice. Un couteau étincelait dans la lumière d'une lanterne, et elle se redressait d'un coup, à la recherche d'une goulée d'air comme si sa gorge se remplissait de sang.

Les cauchemars la poursuivirent jusqu'à ce qu'elle commence à redouter de s'endormir. Pourtant, chaque nuit, elle dormait. Chaque jour elle se levait et elle allait en cours. Chaque jour, Isaac était encore là. Elle finit par s'habituer à toute cette horreur. Puis, une semaine avant Noël, elle se réveilla aux premières heures du jour avec une envie d'uriner, et quand elle entra dans le hall sombre, elle ne sursauta pas à cause d'ombres imaginaires, elle ne serra pas sa robe de chambre pour se protéger de courants d'air intempestifs. La maison avait bougé, comme si la malveillance dont elle avait eu besoin de se défouler était passée comme une vilaine grippe.

Le matin de Noël, bien que la pénombre s'attardât encore dans des coins vides, Evangeline se sentait presque contente. Lorsqu'elle entendit frapper à la porte peu de temps avant midi, Evangeline rappela à Isaac de "se montrer gentil" et se précipita gaiement vers la porte. Nells apportait une assiette de cookies décorés et Lorrie, un plat de gratin de pommes de terre prêt à aller au four. Elles portaient d'affreux pull-overs assortis sur lesquels le nez en plastique rouge du renne Rudolph clignotait.

Isaac, qui était devant l'évier en train de laver la salade, leva les yeux quand elles entrèrent et dit : "Joyeux Noël". Evangeline pensa qu'il aurait aussi bien pu dire : Fichez le camp d'ici, vu son ton bourru.

Si Lorrie le remarqua, elle ne réagit pas. Elle posa les pommes de terre sur la table et huma l'air.

— Ça sent merveilleusement bon ici.

— J'ai fait une tarte, dit Evangeline. Vous avez vu ?

Nells, dont l'épaisse chevelure brune était retenue par un chouchou rouge, alla l'inspecter.

— Je n'aime pas la tarte à la citrouille.

Lorrie la fusilla du regard.

— Quoi ? Je dis, juste.

Isaac sortit la dernière feuille et se tourna, en s'essuyant les mains.

— Ça en fera plus pour nous, alors. (Il jeta un coup d'œil à l'assiette qu'elle tenait dans ses mains.) Tu pourras compenser avec ces jolis cookies que tu as apportés.

Sa voix était courtoise, chaleureuse et un peu taquine. Peut-être qu'il allait se laisser aller.

Le jour où la maison avait bougé, Evangeline avait décidé que Noël se ferait avec Lorrie et Nells. Elle s'était sentie très mal pendant tout Thanksgiving de ne pas les avoir invitées. Lorrie avait tant fait pour elle. Et c'était bien plus que les salades. Le soir précédant le retour d'Isaac de Pennsylvanie, Nells était partie avec une amie et Lorrie avait passé la soirée et dîné avec elle. Evangeline s'était mise à parler, et plus elle parlait, plus elle avait envie de parler, jusqu'à ce qu'elle soit ivre de ses propres mots et tout était sorti en un flot continu. Enfin, presque tout. Elle ne parla pas de ce qui s'était passé à Bremerton. Étant donné le terme de sa grossesse, cet événement affreux n'avait plus la moindre pertinence.

Lorrie savait que l'un ou l'autre des garçons pouvait être le père et qu'il n'y avait eu qu'une fois avec chacun. Evangeline ne donna pas de détails sur la soirée qu'elle avait passée avec Daniel, elle dit seulement qu'elle ne l'avait pas vraiment voulu, mais qu'elle n'avait peut-être pas été très claire. Le visage de Lorrie rougit à ces mots, les muscles de sa mâchoire se contractèrent spasmodiquement. Elle dit doucement :

— Du moment que tu sais que c'est au garçon de s'assurer que la fille est sur la même longueur d'onde. C'est terminé l'époque du on y va, à moins que la fille hurle.

Evangeline répondit que oui, elle savait, et en resta là.

Mais ce dont elle n'arrivait pas à se remettre, c'était ceci : Lorrie avait forcément conscience qu'Evangeline devait être la raison pour laquelle Jonah et Daniel étaient morts. Pourtant, Lorrie était là. Quel sens cela avait-il ?

Bien entendu, Isaac ignorait tout ceci, et Evangeline ne parvenait pas à se résoudre à le lui dire. Elle espérait que

Lorrie le mettrait au courant d'une façon ou d'une autre, et lui épargnerait la gêne de cet aveu. Mais quand Evangeline avait proposé d'inviter Lorrie et Nells à déjeuner le jour de Noël, Isaac lui avait lancé un regard noir, ouvert et fermé la bouche deux ou trois fois, et, d'un ton assez pompeux selon elle, répondu :

— Je suis content que tu les invites. Elles ont tellement souffert.

Mais chaque étape de l'organisation et de la décoration avait été une torture pour lui. Il commença par déclarer que les quakers ne croyaient pas en la célébration de Noël, que chaque jour était un jour saint et qu'on ne devrait pas distinguer un jour parmi les autres. Lorsqu'elle attira son attention sur les décorations de Noël soigneusement rangées dans le sous-sol, il prétendit qu'elles appartenaient à Katherine, que c'était les catholiques qui étaient fans de ces choses-là.

— Mais vous avez suivi le mouvement, dit-elle.

— J'étais prêt à l'accepter comme une fête culturelle, c'est vrai.

Après cela, il ne discuta plus, mais une fois en haut de l'échelle pour disposer la guirlande lumineuse sur l'arbre, il eut un haut-le-cœur comme si son dernier repas remontait. Il descendit à toute vitesse, manquant tomber, et s'enfuit dans sa chambre. Evangeline frappa à la porte pour s'assurer qu'il allait bien, puis elle finit d'installer les lumières, les guirlandes et accrocha tous les ornements qu'elle put trouver.

Elle alluma le sapin et trouva qu'il était très beau. Elle pensa qu'il égayerait Isaac autant qu'il l'égayait, elle. Mais lorsqu'il réapparut des heures plus tard, il grimaça à la vue de l'arbre, comme s'il lui brûlait les yeux. Elle vit alors ce à quoi le sapin pouvait ressembler, les ailes sombres des branches sous les lumières scintillantes, comme un ange de la mort étincelant.

Ce soir-là, après le dîner, elle monta sur l'échelle et se mit à démonter les décorations. Isaac la vit faire et lui dit :

— Non, laisse. S'il te plaît.

Il semblait incapable d'être plus explicite. Elle ne sut comment réagir.

— S'il te plaît, répéta-t-il.

Elle s'arrêta et descendit.

Ensuite, elle s'était inquiétée de la manière dont se passerait Noël, mais c'était trop tard pour annuler. Elle fut donc heureuse de voir Isaac jeter un coup d'œil au plat de pommes de terre en disant que les gratins à la crème étaient ses préférés et accepter la proposition de Lorrie de glacer le jambon.

En dehors de leur court trajet en voiture empreint de gêne, Evangeline n'avait pas passé beaucoup de temps avec Nells. La jeune fille avait accompagné sa mère une fois ou deux, mais avait à peine dit un mot. Treize ans, un âge qui lui semblait très lointain. Evangeline se creusait la tête pour se rappeler de quoi parlaient les collégiennes quand Nells, voyant la table de la salle à manger, dit :

— Ça fait pas très Noël. On pourrait la rendre plus festive ?

Étant donné la réaction d'Isaac devant le sapin, la perspective inquiéta Evangeline, mais elle se dit qu'elles pourraient imaginer quelque chose qui ne réveillerait pas le passé. Après avoir fouiné au sous-sol, elles ornèrent le buffet au bout de la table d'une guirlande en faux sapin et disposèrent dessus des lumières dorées. Dehors, elles ramassèrent des pommes de pin et du houx et en entourèrent quelques bougies à moitié consumées. Elles découpèrent du ruban doré et argenté en tout petits morceaux qu'elles jetèrent sur la table comme des confettis. C'était désordonné, mais cela ajoutait une certaine exubérance. Nells alluma les bougies et tira les rideaux.

— Ça va être magique.

Mais les rideaux étaient en fine dentelle, alors cela ne changea pas beaucoup, et les épaules de Nells se voûtèrent.

— Ce sera magnifique tout à l'heure, la rassura Evangeline en tendant le bras et pour toucher le dos de Nells.

Sous l'effet de la surprise, Nells pivota et sa main partit, tandis que simultanément, Evangeline ramenait son bras vers son ventre.

Evangeline avait de minuscules palpitations dans le ventre depuis une semaine. La docteur les avait identifiées comme des gaz, disant qu'il était trop tôt pour que ce soit autre chose. Mais voilà que ça recommençait. Aucun doute, désormais. C'était le bébé ! Comme c'était étrange que son corps ait fait cela – créé un être séparé, une créature qui vivait à l'intérieur d'elle, toquait maintenant, et semblait demander qu'on la laisse sortir.

— Ça va ? Je n'ai pas fait exprès, je t'assure.

Nells parlait vite, affolée, comme si elle était coutumière de graves blessures infligées du dos de la main.

— Tout va bien, répondit Evangeline. C'est juste des trucs à l'estomac.

Lorrie n'avait pas informé Nells de sa grossesse. À bientôt quatre mois, le petit ventre d'Evangeline pouvait encore être caché sous les multiples couches de vêtements d'hiver.

Nells se rasséréna un peu et dit :

— Je suis désolée. Parfois, mes bras font des trucs tout seuls.

— Je n'aurais pas dû te surprendre comme ça. Pas de panique, tes mains ne sont pas les armes dangereuses que tu crois.

Nells rit. Evangeline l'aimait bien. Certes, elle était par défaut toujours renfrognée, et elle avait la nervosité de Jonah, mais étant donné tout ce qu'elle avait traversé, Evangeline trouvait que c'était un miracle qu'elle respire encore.

Une fois la table prête, elles firent défiler les stations de radio, jusqu'à en trouver une qui diffusait des chants de Noël qu'elles aimaient – *Jingle Bell Rock*, *Grandma Got Run Over by a Reindeer*, pas les trucs religieux. Lorrie et Isaac étaient ensemble dans la cuisine, ils parlaient, riaient même. Evangeline jeta un coup d'œil en douce. Ils étaient côte à côte, plongés dans la recette de la mère d'Isaac pour préparer du beurre à l'orange et aux cranberries. Peut-être qu'Evangeline se trompait, mais pour la première fois, leurs corps lui semblèrent détendus tout en étant proches, et lorsqu'Isaac se tourna vers Lorrie, il ne paraissait pas fâché le moins du monde. En fait, son vieux visage ridé semblait rayonner un peu.

Une fois que le jambon et les pommes de terre furent prêts, que la salade fut remuée, que la maison embauma des odeurs de confiseries et de petits pains, que les bougies furent rallumées, ils se placèrent autour de la table tandis que la radio diffusait *The Chipmunk Song*. Ils baissèrent la tête et Isaac énonça :

— Nous sommes bénis.

Quand il fut clair qu'il n'en dirait pas plus, Lorrie ajouta :

— Amen.

Ils relevèrent la tête. Isaac s'assit à la place la plus proche de la cuisine, et déplia maladroitement sa serviette. Lorrie s'assit à côté de lui, en face des deux filles. Il sursauta quand il se rendit compte de la place qu'elle occupait. Il était clair, pour qui avait des yeux, qu'il ne voulait pas qu'elle soit là. Ce qui n'avait aucun sens. Ils s'étaient presque fait des câlins, tout à l'heure, dans la cuisine.

Lorrie bondit, demanda si elle pouvait être assise en bout de table, est-ce que ça l'ennuierait ?

— Ce sera plus facile pour aller à la cuisine.

— Si c'est plus pratique, dit-il avec un sourire totalement artificiel.

C'était un curieux arrangement, les deux filles d'un côté, Isaac seul en face et Lorrie qui présidait.

Le silence s'installa pendant quelques minutes, avec seulement le *Christmas Song* de Charlie Brown et le cliquetis des couverts à servir. Puis Lorrie risqua une remarque sur le bon goût du beurre, Nells dit qu'elle préférerait du beurre normal, et cela fit sourire Isaac. Il demanda qui elle avait en sciences sociales, et Nells lui répondit M. Reynolds.

— Quelqu'un de bien. Il te fait lire le journal tous les jours ?

— Ouais. La semaine dernière on a lu un article disant que les robots pourraient bien ressentir des choses, dans le futur.

— S'ils ressentent vraiment des choses, est-ce qu'ils seront encore des robots ? demanda Lorrie.

— Qu'est-ce qu'ils pourraient être d'autre ? fit Nells.

— Je ne sais pas, mais un robot, par définition, c'est une machine, et une machine, ça n'a pas de sentiments ?

Evangeline entra dans la conversation.

— Ils n'auront pas de vrais sentiments, ce serait des sentiments programmés, comme des faux sentiments, des pseudo-sentiments.

— Non, M. Reynolds a dit qu'un jour, ce serait plus que ça, affirma Nells. Qu'ils auront des vrais sentiments qu'ils fabriqueront tout seuls.

— Qui peut dire si un sentiment est vrai et un autre, non ? demanda Lorrie.

Isaac parla pour la première fois.

— Je me pose une question : est-ce que le robot serait capable de vraie souffrance ?

Capable de souffrance. En voilà une pensée festive. Et quelle manière bizarre de la formuler, comme si la souffrance était un talent ou une forme artistique qu'on pouvait pratiquer ou pour laquelle on pourrait être doué. Une minute lourde de gêne s'écoula, puis Nells dit :

— J'ai lu dans le magazine *People* que Sarah Dellerin – vous savez, l'actrice ? – est mariée à un type qui a vingt-cinq ans de moins qu'elle. Elle a genre quarante-huit ans et lui, à peine plus de vingt ans. Vous ne trouvez pas ça bizarre ? Elle pourrait être sa mère, presque.

— Des hommes épousent des femmes beaucoup plus jeunes qu'eux tout le temps, dit Evangeline.

— C'est différent.

— Mais pourquoi ? Je ne comprends pas pourquoi.

Les filles discutèrent vivement, puis se tournèrent comme un seul homme vers Lorrie et Isaac.

— Apparemment, ils sont tous les deux adultes, dit Isaac. Ce qui importe, c'est l'amour. Le reste est insignifiant. Notre culte reconnaît toutes sortes de mariages depuis des décennies. L'âge et le sexe ne sont pas pertinents.

Les filles échangèrent un regard, ensuite Nells s'adressa à Lorrie.

— Qu'est-ce que tu en penses, maman ? Tu ne trouves pas que c'est bizarre ?

— Isaac a raison. Quand deux personnes s'aiment, cela ne devrait pas importer que cela paraisse étrange ou mal aux autres.

Elle garda la tête baissée, parlant à son assiette, comme si elle avait peur de ce qu'elle révélerait si elle osait lever les yeux.

46

Peter, Elaine et les trois filles passèrent à la maison l'après-midi précédant la Saint-Sylvestre. Lorsque j'ouvris la porte, Hannah, six ans, était plantée devant tout le monde. Empaquetée dans un blouson rose bouffant et serrant contre elle un cadeau emballé de papier étincelant, elle rejeta ses cheveux blonds ondulés semblables à ceux de sa mère, et dit avec autorité :

— C'est pour la fête.

Sans manifester la moindre intention de le lâcher, elle ajouta :

— Je l'ai fait pour vous. Oh ! Et pour…

Elle jeta un coup d'œil à son père, un point d'interrogation sur le visage. Peter hocha la tête en signe d'encouragement.

— Et pour Evange… Evange…

— Evangeline, dit Peter.

— C'est ça, dit Hannah avec fermeté, cherchant peut-être à vérifier que son père savait.

Zoe, trois ans, avec ses cheveux bruns bouclés, sa cambrure exagérée et son ventre rond impressionnant, gigota pour se libérer de l'étreinte maternelle et se jeta sur le paquet.

— J'ai aidé ! J'ai mis les paillettes !

Hannah chassa la main de Zoe.

— Arrête ! Tu gâches la surprise. Hein, maman ? Elle gâche la surprise !

— Je suis déjà surpris, dis-je. Entrez. Entrez donc. Il fait froid là, dehors.

Elaine tendit le bras pour prendre la main de Mia, qui se cachait derrière ses jambes.

— Mia est ravie de voir Rufus, dit Elaine, et la petite fille de quatre ans glissa un œil sous son épaisse frange brune.

Pendant qu'ils accrochaient leurs manteaux, je dis à Mia :

— Je ne sais pas trop où se trouve Rufus, mais je parie qu'il viendra si tu l'appelles.

Elle disparut à nouveau derrière les jambes de sa mère.

Peter la prit dans ses bras, la fit voler dans les airs dans un concert de piaillements, avant de la caler sur sa hanche.

— Et si toi et moi, on partait à la recherche de ce toutou. C'est toi qu'il préfère, alors tu ferais bien de l'appeler, toi.

Dans les bras son père, Mia s'ouvrit d'un coup, se déplia tel un oiseau en origami, rejetant la tête en arrière en riant et en criant :

— Rufus-Bufus !!! Viens là, toutou ! Viens me voir, Rufus-Bufus, viens mon petit chien !

Peter joignit sa voix à la sienne :

— Viens mon petit chien !, comme si c'était un refrain qu'ils avaient écrit ensemble.

Rufus sortit en courant de la chambre d'Evangeline. Il bondit sur Peter, frottant sa truffe contre les jambes de Mia. Elle gloussa de bonheur et descendit pour se jeter sur

Rufus, qui roula sur le dos pour qu'elle puisse caresser son ventre rose. Peter avait raison, Rufus avait toujours préféré la timide petite Mia.

Tandis que les autres filles se précipitaient à leur tour, Evangeline, qui était sortie de sa chambre, s'assit sur le sol à côté d'elles. Lorsqu'elle vit Zoe en train de taper le chien comme s'il était un jouet agaçant, elle lui toucha le bras et lui chuchota sur un air de confidence :

— Tu veux savoir ce que Rufus aime vraiment ?

Zoe hocha la tête avec vigueur.

— C'est un peu technique, mais je crois que tu vas y arriver. Tu vois ce que je suis en train de faire ?

Evangeline caressa doucement ses oreilles avec deux doigts. Et instantanément, Zoe fut toute douceur et attention, utilisant toute la force de sa concentration pour contrôler ses mains agitées, pressantes.

Puis Hannah tira sur le bras d'Evangeline, essayant de la détourner de Zoe.

— On a un cadeau pour toi. Viens.

Dans la cuisine, Hannah attrapa le sac et me le tendit tandis que Zoe et elle criaient :

— Regarde dedans ! Regarde dedans !

— Et si on laissait à Evangeline l'honneur de l'ouvrir, dis-je, en proposant que nous nous installions à la table de la cuisine.

Zoe cria :

— Oui ! Evange, vas-y !, et toutes trois tentèrent de grimper sur les genoux de Peter pour bien voir.

— Hé, protesta Elaine. Et moi, j'ai des poux, ou quoi ?

— Non maman, dit Mia en se glissant sur les genoux de sa mère pour se blottir contre elle.

Ayant remporté la bataille pour son père, Zoe, debout sur ses cuisses, se mit à fléchir les genoux, les mains enfoncées dans les cheveux de Peter comme si elle était sur un ski nautique dans une baie agitée et qu'il était le palonnier. Puis elle s'attaqua à son crâne, tirant des mèches pour les faire tenir à des angles bizarres, avant de chantonner :

— Coiffé avec un clou, coiffé avec un clou.

Quand Zoe finit par s'installer, Evangeline défit précautionneusement le ruban et d'un grand geste sortit chaque objet, annonçant avec une joie manifeste le cidre pétillant, les crécelles, le pop-corn à faire dans le micro-ondes. Elle réserva une exclamation particulièrement stupéfaite pour les cookies faits maison avec des pépites colorées formant nos initiales : certains étaient ornés de I et d'autres, de E.

Peter tapota sur l'épaule de Mia.

— Dis à Isaac et Evangeline qui a eu l'idée des décorations.

Elle enfouit son visage contre la poitrine de sa mère en murmurant :

— Moi.

— Peut-être un peu plus fort ? Pour qu'ils entendent bien.

Elle tourna le visage juste assez pour libérer sa bouche.

— Moi, dit-elle, d'une voix effrayée mais teintée de fierté aussi, jetant un coup d'œil vers son père à la recherche de son approbation.

Peter lui sourit, rayonnant de fierté, et elle sourit à son tour, puis elle se tourna de manière à se trouver face au groupe.

Evangeline demanda s'ils pouvaient tous prendre un cookie tout de suite avant d'"aller jouer" dans sa chambre.

Elaine rit.

— Tant que tu n'as pas peur pour tes affaires !

Hannah regarda ses petites sœurs et annonça d'un ton solennel :

— Je surveillerai qu'elles ne cassent rien.

— Eh bien, dit Peter avec la même gravité, on ne pouvait rêver meilleure garantie.

Une fois qu'elles furent parties, Peter ricana :

— Hannah est la pire des trois !

Pendant l'heure qui suivit, on entendit de temps en temps crier les quatre filles qui jouaient dans une pièce au bout du hall, et on avait l'impression que la chaudière avait enfin démarré. Je ne me souviens pas de quoi nous avons parlé, probablement des festivités et de projets pour l'été, mais j'étais distrait. Peter dévisageait sa femme avec une expression que je ne parvenais pas à m'expliquer. Un genre d'envie, presque de la révérence, que l'on réserve à un nouvel amour fragile, pas à la femme avec qui il se querellait à propos des factures, des enfants et de corvées domestiques. Il donnait l'impression de découvrir aujourd'hui seulement la profondeur de ses mystères et ses merveilles.

Lorsqu'ils partirent cet après-midi-là, les petites filles avaient du rouge à lèvres, du blush et des rubans argentés dans leurs tresses, et pour la première fois depuis longtemps, je retrouvais la familiarité affectueuse avec Peter qui me manquait depuis longtemps.

Ce soir-là, je passai un peu de temps dans mon bureau à trier mes emails et à penser à Peter, qui ne quittait pas Elaine des yeux, la dévorant avec une curiosité pleine de tendresse, et je me demandai si après avoir épousé Katherine, j'avais jamais posé mon regard sur elle de cette manière.

Probablement pas. Le jour où nous échangeâmes nos vœux, je croyais que je voyais ma femme avec une clarté quasi parfaite. Je croyais que c'était ce regard qui garderait toute sa solidité à notre mariage. En vérité, je m'étais rendu aveugle à elle, je l'avais figée, j'avais détruit toute possibilité de découvrir chez elle quelque chose de nouveau. Je l'appelais toujours "mon épouse". Et pour une femme comme Katherine, ce terme même n'était-il pas une violence ? Il revenait à désépaissir un être humain libre et entier en une forme qui peut être possédée et contenue, soigneusement à l'abri, totalement connue. "Mon épouse". Je disais toujours ça. Pas étonnant qu'elle ait fui mon territoire.

J'étais sur le point de fermer l'ordinateur lorsqu'Evangeline passa sa tête pour dire qu'elle allait se coucher.

— C'était bien, non ? dis-je.

— Quoi ?

— Que Peter et Elaine viennent.

Evangeline haussa les épaules.

— Tu n'étais pas contente de les avoir ici ?

— Les petites filles étaient chouettes.

— Et Peter et Elaine ?

— Elaine a l'air sympa.

— Mais pas Peter ?

— Je n'ai pas envie d'en parler.

Je me tournai pour lui faire face.

— Non, vraiment, j'aimerais savoir.

— C'est juste que… (Elle laissa échapper un soupir d'exaspération.) C'est juste qu'à mon avis, il n'est pas ce que vous croyez.

— Qu'est-ce que tu veux dire ?

— Son numéro genre je-suis-un-papa-extra-et-un-super-principal. C'est du foutage de gueule.

— Je ne vois pas ce qui te permet de…

Elle leva la main.

— Je vous l'ai dit. Je ne veux pas en parler. J'ai dit que j'allais me coucher, c'est exactement ce que je vais faire.

Après son départ, je suis resté un moment à regarder fixement l'écran de l'ordinateur. Cela avait dû être douloureux pour Evangeline de voir une famille aussi soudée, d'être témoin de leurs contacts faciles et de leurs rires, de savoir que chaque enfant était chéri. Je comprenais pourquoi elle préférait nier la réalité d'une telle famille plutôt qu'accepter l'injustice de sa propre vie.

Quant à Peter, la machine à ragots du lycée devait contribuer à l'impression fausse qu'il donnait. À l'automne le bruit avait couru que Peter entretenait une liaison avec une jolie enseignante arrivée récemment. J'étais sur la côte Est quand la rumeur avait atteint son bref apogée, mais je ne l'aurais jamais crue, de toute manière. Les élèves imaginent des batifolages entre enseignants et membres du personnel administratif sur la base de l'indice le plus ténu. Peter était un homme puissant. Cela ne me surprenait pas le moins du monde qu'il soit devenu, en quelques occasions, l'objet de fantasmes sexuels.

Quand l'école rouvrit ses portes, la vie s'inscrivit dans une routine apaisante. Je répugnais tellement à la mettre en péril que j'envisageai d'annuler le comité de clarification. Mais George s'était donné du mal pour l'organiser et les plannings avaient très certainement été modifiés pour moi.

Le deuxième mardi de janvier, j'arrivai à la Maison quaker à six heures et demie. George venait de finir d'installer la salle de réunion. Il avait disposé trois chaises en arc de cercle en face d'une quatrième qui m'était destinée. Une petite table avec une lampe était posée à côté de la chaise isolée. Bien que le but fût certainement de créer une ambiance chaleureuse, la manière dont George avait disposé la lampe, au bout d'une longue rallonge orange tirée sur des mètres de linoléum nu, créait une atmosphère plus proche de l'Inquisition que de la réunion bienveillante.

Mais j'approuvai les autres choix de George. Il avait éteint les tubes fluorescents au plafond et ajouté deux autres lampes qui éclairaient une étroite crédence le long du mur. Il avait replié la grande table centrale et l'avait rangée au fond de la salle pour qu'il n'y ait pas de barrière entre nous. Le résultat, bien que loin d'être intime, était dans l'ensemble moins sévère qu'il l'aurait été sans ses efforts.

George et moi avions convenu que le comité serait restreint. Je ne savais pas qui il avait choisi. Il n'avait pas spontanément divulgué cette information et j'avais décidé de considérer comme partie intégrante de ma pratique spirituelle le fait d'accepter toute personne qui se présenterait.

Ralph Prouser fut le premier à arriver. Je lançai un regard furieux à George – il comprenait certainement les origines de la tension qui existait entre nous depuis longtemps –, mais il avait le dos tourné car il saluait Ralph, qui me signifia sa présence d'un bref hochement de tête. Petit, sec, avec une barbe grisonnante mal entretenue, Ralph n'avait pas quitté la salopette et la veste en grosse toile qu'il portait toujours dans la friperie où il travaillait. Depuis toutes ces années que je le connaissais, il n'avait jamais brisé le silence pendant le culte et était plutôt avare de mots à l'extérieur aussi.

Une des rares fois où il m'avait parlé, c'était lors d'une réunion festive. Il avait bu plusieurs verres de vin, avant de se rapprocher de moi au moment où je m'apprêtais à goûter le dip à l'oignon.

— Peut-être que tu pourrais me dire, Isaac, comment le Seigneur et toi en êtes venus à être si proches. Je n'ai jamais rencontré de personne qu'il choisisse avec une telle régularité pour délivrer le message divin.

J'en fus ulcéré. Ralph ne croyait pas, contrairement à moi, qu'il fallait un signe physique de Dieu avant de briser le silence. Mon culte en Pennsylvanie insistait sur une manifestation physique avant de s'exprimer, ce qu'ils appelaient un *quickening*, – un tremblement, une suée ou une accélération du rythme cardiaque, un signe clair que Dieu souhaitait faire passer un message. De nombreux quakers de la côte Ouest ne reconnaissaient même pas l'idée du *quickening*. Ils brisaient le silence au moindre prétexte, suggérant qu'il suffisait que l'Ami reçoive un "petit encouragement intérieur".

Un jour j'ai proposé que nous adoptions une norme plus exigeante, faisant remarquer qu'un "encouragement" était bien plus susceptible de naître de l'ego d'une personne que d'un signe du Divin. Ralph accueillit ma proposition avec un ricanement. Je vous assure, c'était presque un gros rire. Et là, à ce buffet de fête, il se moquait de moi, sous-entendait que c'était moi qui avais transgressé les règles quaker.

J'aurais dû exiger explicitement que Ralph ne soit pas dans mon comité. J'étais encore en train d'essayer de croiser le regard de George quand Abigail Groff franchit le seuil. Bien que ses longs cheveux gris fussent ternes et son teint, cireux, on voyait la beauté qu'elle avait été autrefois – avant que son mari meure d'un cancer du pancréas à l'âge de cinquante-quatre ans et que des décennies de travail dans leur centre de dressage de chevaux soient englouties par leur faillite, avant que le stress ne lui laisse plus que la peau sur les os, un corps maigre et anguleux dans sa chemise de flanelle et ses godillots. Mais quand elle se tourna de mon côté, une force descendit sur moi, une intelligence plus profonde et plus belle que celle que n'importe quelle jeune femme pourrait jamais manifester.

— Je suis contente de te voir.

— Merci, répondis-je. Merci de participer.

Je me rappelai les autres et les saluai aussi.

— C'est un cadeau considérable que vous me faites.

Abigail me tendit une bougie.

— Elle a des vertus apaisantes.

Je la posai sur la petite table et elle l'alluma ; les parfums de la cire et de la lavande se répandirent et une volute de fumée monta vers le plafond.

Nous prîmes place. George s'assit en face de moi, flanqué d'Abigail et de Ralph. George s'éclaircit la voix mais ne se mit pas debout, ne voulant pas se placer au-dessus de nous autres.

— Je suis certain que nous comprenons tous la raison de notre présence ici, commença-t-il. Je vais brièvement rappeler la procédure. Pour certains d'entre nous, elle peut être un souvenir vague, et même dans les circonstances les plus favorables, elle peut être délicate.

Il lut ce qui était écrit sur un bout de papier.

— Un comité de clarification est sous-tendu par la croyance que chacun d'entre nous porte en lui un enseignant intérieur, une voix de la vérité qui le guide. Nous ne sommes pas réunis pour réparer Isaac, ni lui donner des conseils, ni le sauver. Nous sommes ici pour l'aider à trouver en lui les réponses et les forces dont il a besoin.

Il ne s'arrêta pas là, mais je ne pus m'empêcher de lancer des coups d'œil à Abigail, qui gardait les yeux baissés pour se concentrer, le violet délicat autour de ses yeux et la courbe creuse de ses joues éclairés par la douce lueur qui régnait dans la salle. Ralph aussi ne cessait de la regarder. Quelque chose comme de l'affection apparut sur son visage et je me demandai de quel droit il éprouvait ce genre de sentiment pour elle. Son mari était décédé depuis moins d'un an, et Ralph était marié, même si sa femme l'avait quitté quelques années auparavant.

— Posez seulement des questions ouvertes ayant pour but d'aider Isaac à aller plus loin, disait George. N'essayez pas de le guider vers l'aboutissement qui a votre préférence ou de satisfaire votre curiosité. Pas "Est-ce que tu as pensé à..." ni "Est-ce que ça te met en colère?" Suivez les indices qu'il fournit: "Qu'est-ce que tu entends par frustré?" ou "Est-ce que ça te rappelle un autre moment de ta vie?"

En parlant, il gardait le regard dans le vague, fermant parfois les yeux, tellement absorbé par sa tâche qu'il ne remarqua pas la distraction évidente de Ralph captivé par Abigail.

— Les seules réponses qui importent sont celles qui émergent de la vérité intérieure d'Isaac. Nous sommes ici pour tenir Isaac dans la lumière, dans l'amour, et l'aider à s'ouvrir à sa propre sagesse.

Percevant peut-être un ton conclusif dans la voix de George, Ralph posa ses yeux sur moi.

Lorsqu'il constata que je le dévisageais, il baissa la tête comme s'il était gêné.

— Isaac, au cours des quinze dernières minutes, tu pourras choisir, si tu le souhaites, que nous te restituions une synthèse de ce que nous avons vu et entendu ; le comité peut également demeurer ouvert aux questions, ou garder le silence. (Se tournant vers Abigail et Ralph, George ajouta :) Rappelez-vous, si nous qui sommes extérieurs injectons notre point de vue, si subtilement que ce soit, nous compliquerons la tâche à Isaac, qui aura plus de mal à entendre la petite voix ténue de son âme.

Ensuite, il nous invita tous au silence.

En tant que demandeur, il me revenait de briser le silence quand je serais prêt. Selon la tradition, cela passerait par la présentation du sujet que je souhaitais traiter. Il me fallut dix bonnes minutes pour me calmer au sujet de Ralph. Je ne cessais de ruminer sa question piège au buffet, et j'étais troublé par ses sentiments apparents pour Abigail.

Finalement, je remarquai que Ralph était tranquille, les paupières baissées, plongé dans une méditation paisible, et j'éprouvai une soudaine gratitude. Où donc, dans ce monde de matérialisme, de narcissisme et d'indiscipline idéologique, pouvait-on entendre un homme adulte parler de la “petite voix ténue de l'âme” ? Où donc pouvais-je me trouver avec un groupe de pairs convaincus que je saurais découvrir ma propre sagesse sans m'approprier la leur ? Comme j'étais chanceux d'être entouré de ceux qui croyaient que la présence aimante et les cœurs attentifs avaient sauvé plus d'âmes que les millions de mots écrits par l'homme au nom de Dieu.

Ils resteraient assis en silence pendant les deux prochaines heures si tel était mon choix. Et même si le fait d'être tenu dans la lumière est un véritable cadeau, je voulais parler, accomplir ma tâche. Mais je n'arrivais pas à décider par où commencer. Quand enfin j'ouvris la bouche pour parler, les yeux des trois Amis se levèrent d'un même mouvement.

— Je ne sais pas par où commencer.

Nous restâmes ainsi quelques minutes, puis Abigail dit :

— Y a-t-il quelque chose que ton esprit ne cesse de rejouer, sans que tu saches pourquoi ? Qui revient encore et encore ?

De nombreuses choses tournaient en boucle dans ma tête, la plupart pour des raisons évidentes, comme mon dernier matin avec Daniel ou la phrase d'Evangeline "je détestais votre fils." Mais il y avait autre chose, qui remontait à quelques années. D'une certaine manière, la raison était claire – le souvenir impliquait un conflit entre Daniel et Jonah – et mon esprit recherchait des détails.

Je dis que oui, un événement ne cessait de se dérouler dans ma mémoire, mais je ne savais pas trop quelle importance il avait. Nous gardâmes le silence à nouveau. J'attendais de trouver l'inspiration divine. N'en trouvant aucune, je commençai seul.

— Il y a deux ou trois ans, Katherine, les deux garçons et moi avons emprunté le bateau de George pour faire une sortie de deux jours. Tu te souviens, George ?

Il sourit mais garda les yeux baissés.

— On était en septembre, c'était un de ces derniers jours de l'été, vingt degrés, ensoleillé. La journée parfaite. Nous sommes arrivés à Desolate Bay en fin d'après-midi. Les garçons n'avaient pas cessé de se chamailler. Rien de grave, juste les petites disputes habituelles. Je me suis dit que nous pourrions dévier une partie de cette énergie en sortant les kayaks.

Je bus une gorgée d'eau et réfléchis.

— Au bout d'une demi-heure, Daniel s'est dirigé vers la sortie de la baie, vers la pleine mer. Elle était calme, et nous étions tous des kayakistes confirmés, alors je n'y ai pas vu de problème. De plus près, le littoral… nous a paru étrange. Difficile à décrire, en réalité. Tous ces gros rochers lisses, surbaissés, entassés. Je me suis approché, et les rochers se sont mis à aboyer. Puis à bouger, à s'écarter les uns des autres.

Les trois Amis avaient les yeux rivés sur moi.

— Des lions de mer, dis-je. Des centaines et des centaines de lions de mer. George sait que j'ai passé un certain temps dans ces îles, mais je n'en avais jamais vu autant dans un seul endroit.

"Trois d'entre eux se sont laissés glisser et ont disparu dans l'eau. Les autres hurlaient et aboyaient contre nous, incroyablement réactifs. Ils devaient avoir eu des petits récemment.

"Katherine et moi savions qu'il valait mieux battre en retraite, mais Jonah et Daniel se sont rapprochés. Je leur ai crié de les laisser tranquilles, mais je doute qu'ils m'aient entendu. Une bagarre a éclaté entre eux. Jonah a donné un coup à Daniel, probablement exprès. Et Daniel a poussé fort le kayak de Jonah avec sa rame. Il a failli le renverser.

"Ensuite, les lions de mer sont sortis de l'eau. Ils ne devaient pas être à plus de six ou sept mètres des garçons.

Mon cœur battait la chamade et je m'interrompis, le temps qu'il ralentisse. Les trois Amis me regardaient toujours, mais lorsque je croisai le regard d'Abigail, elle baissa la tête.

— Vous savez à quel point leurs yeux sont plats et noirs ? On aurait dit des trous. Je vous assure. Et ils voulaient qu'on parte. J'ai appelé les garçons. Ils ont fait demi-tour, mais ils ont continué à se disputer. Le vent s'était levé et je n'entendais pas ce qu'ils disaient. J'avais juste l'impression qu'ils se chamaillaient.

"Bref, à ce moment les lions de mer nous suivent, comme pour nous escorter hors de leur territoire, et j'entends un bruit d'éclaboussure derrière moi. Au départ, je pense que c'est l'un d'eux, mais quand je me retourne, je vois que c'est Daniel. Cet idiot est sorti de son kayak et il se dirige vers les animaux à la nage. Puis Jonah plonge à son tour. Et ces lions de mer n'ont pas l'intention de battre en retraite.

"Bon, on a maintenant les garçons à l'eau, les lions de mer et les kayaks qui dérivent. Je crie, et Daniel s'arrête, réalisant sa bêtise, j'imagine. Jonah aussi. Un des animaux disparaît sous la surface, et quelques instants plus tard, Daniel se met à hurler, le bras en l'air, avec du sang qui coule.

"Jonah est retourné à son kayak en nageant comme il pouvait. Mais Katherine s'est jetée à l'eau, et a foncé à la nage, en poussant des cris et en soulevant de grandes gerbes d'eau. Elle a fichu une trouille bleue aux lions de mer. Ils ont plongé et quand ils ont réapparu, ils étaient beaucoup plus loin.

Je m'arrêtai. Nous restâmes silencieux un long moment. George parla le premier.

— À ton avis, pourquoi tu ne m'as jamais raconté toute l'histoire ?

Cette question constituait une infraction au protocole, puisqu'elle était plutôt destinée à lui – par curiosité ou fierté blessée – qu'à moi. Néanmoins c'était une bonne question.

— Parce que je ne connais pas toute l'histoire. Je ne sais pas qui a commencé la dispute, et pourquoi, et ce qu'ils se sont lancé à la figure. Je ne sais pas pourquoi Daniel est parti rejoindre les lions de mer à la nage. Même s'il ignorait qu'ils pouvaient être agressifs – alors qu'il le savait, c'est certain –, pourquoi abandonner son kayak en pleine mer comme ça ? La seule explication qu'il m'ait jamais donnée était qu'il "voulait rencontrer les lions de mer". (Je restai silencieux une minute ou deux.) Surtout, je n'ai jamais raconté l'histoire parce que je ne sais pas ce que j'ai fait pendant que ma femme se portait au secours de notre fils.

— Tu récupérais les kayaks et aidais Jonah à remonter dans le sien, avant d'aller rejoindre Katherine et Daniel, dit Abigail avec précipitation.

George et moi l'interrompîmes d'un regard.

— Pardon, dit-elle, avant de reprendre sa posture d'écoute attentive.

Je pris plusieurs inspirations profondes.

— C'est probablement vrai. Nous avons récupéré les kayaks et remonté les garçons à bord. J'ai probablement participé à ça. Mais quand je repense à ce jour-là, je vois seulement Katherine. Elle est belle et terrifiante. Je ne veux pas vraiment dire comme femme, même si c'était un peu le cas, j'imagine. Mais elle était plus que cela. Une explosion d'amour et de violence. Pure, sans retenue… (Je cherchai mes mots. Une minute s'écoula, puis une autre.) La vie. Elle était la vie.

Nous restâmes silencieux après cela, au moins vingt minutes. Je n'avais toujours aucune idée de ce que je devais faire de cette histoire. Il y avait eu une dispute entre les garçons. Ce n'était pas la première fois. Daniel avait été blessé, mais il s'était remis rapidement. Je réfléchissais à ces choses lorsqu'Abigail demanda :

— Et toi, qu'est-ce que tu étais ce jour-là, Isaac ?

Les réponses ne sont pas exigées dans les comités de clarification. Les questions sont uniquement destinées à la personne qui les reçoit, pour qu'elle les utilise comme il lui convient. Je n'offris pas de réponse, et nous prolongeâmes le silence jusqu'à la fin de la réunion. Mais la question demeura dans mon esprit, car je ne connaissais que trop bien la réponse.

Ce que j'étais le jour où le lion de mer a attaqué Daniel ? J'étais un débris inutile flottant à la surface d'une mer dangereuse.

47

LE JOUR DE MA MORT

PENDANT DIX-SEPT ANS, j'ai été un garçon prénommé Jonah. Ensuite, un acte et *boum!* je suis un meurtrier, une étiquette qui résonne bien plus fort que n'importe quel nom. Et le garçon appelé Jonah? Il s'avère qu'il n'a jamais existé. Il n'a jamais été qu'un meurtrier, planqué, attendant son heure, dans des habits de garçon.

Voilà comment ça se passera, quand ils trouveront ma lettre, plus tard dans la matinée. Tout le monde fouillera ma vie, cherchant les empreintes du diable sur ma peau. Je l'ai fait moi aussi. Pendant des jours, j'ai senti des points sensibles sur mon crâne comme si des cornes cherchaient à percer. Mais je ne cesse de penser à quelque chose que M. Balch a dit au printemps dernier, alors que nous rentrions du culte.

J'avais commencé à bavasser sur un sujet politique, et j'ai fini par lâcher qu'un de nos dirigeants était quelqu'un d'intrinsèquement mauvais. M. Balch, qui était resté assez silencieux jusque-là, s'est arrêté et s'est tourné vers moi, pour me dire de son ton pressant habituel:

— Le mal n'est pas une personne. Ce n'est pas non plus un groupe politique. Ni une religion, contrairement à ce que pensent certaines personnes. Le mal est une force. Comme la gravité. Elle agit sur nous tous. Nous sommes tous vulnérables au mal.

J'ai discuté pendant un moment avec lui. Je trouvais des milliers de mauvaises personnes dans l'histoire. Il m'a écouté attentivement comme toujours, ensuite il s'est remis à marcher. De la part de n'importe qui d'autre, j'aurais interprété son geste comme un manque de respect à mon égard, mais M. Balch, je savais qu'il réfléchissait à ses arguments. Il a fini par dire :

— Ma mère est morte d'un cancer. La dernière fois qu'ils l'ont ouverte, elle avait tellement de tumeurs qu'ils l'ont recousue sans intervenir. Le médecin a dit qu'ils n'avaient trouvé que ça à l'intérieur, des cancers partout.

J'ai attendu une explication.

— Je ne saisis pas, j'ai lancé après quelques pâtés de maisons.

Le gravier a crissé pendant un moment sous ses pieds.

— Ma mère avait un cancer, elle souffrait d'un cancer, mais personne n'a jamais pensé qu'elle était le cancer. (Il fit quelques pas de plus.) Malgré toutes les preuves.

Je regrette d'avoir arrêté d'aller au culte au printemps dernier. Ces Amis assis dans cette grande pièce nue créaient un champ de force qui oblitérait la souffrance dans ma tête. La plus grande partie était due à mon père, au fait que je ne savais jamais qui j'aurais en face de moi, d'une minute à l'autre. Et il y avait les cours, et les amis, qui faisaient semblant que j'avais ma place alors que je savais que c'était faux. Tout le problème de l'argent aussi, les difficultés de maman. L'électricité et le chauffage tout le temps coupés. Même pour un enfant, ces factures impayées étaient comme des monstres qui tapaient aux carreaux si bruyamment qu'il était difficile de penser à quoi que ce soit d'autre.

Mais au culte, il n'y avait pas de monstres, pas de papa, rien qui tapait aux carreaux de mon esprit. Juste la paix. Dans ma vie, la paix était la chose la plus étrange du monde.

Quand j'ai commencé à venir toutes les semaines après que Daniel avait cessé d'y aller, je me suis inquiété qu'il se fâche ou qu'il pense que j'étais idiot. Il s'est contenté de me dire :

— Fais comme tu veux.

Et je sais que M. Balch était content que je vienne. Il n'est pas du genre à sourire, mais quand il m'apercevait, c'était comme s'il n'arrivait pas à se retenir ; les coins de sa bouche remontaient un tout petit peu. Ensuite, on rentrait toujours à pied ensemble, et même sans parler, il nous semblait qu'on échangeait plein de choses entre nos pas silencieux.

L'année de mes seize ans, il s'est passé un drôle de truc au culte. Une lumière, une grosse boule brillante comme un petit soleil, est apparue à un petit mètre au-dessus de la tête d'une Amie. Ensuite, la boule est descendue et a fait briller l'Amie. C'était une dame assez âgée, ses cheveux gris étaient tellement rares qu'elle était presque chauve. Et pile à ce moment-là, elle s'est mise à chanter. Le truc extraordinaire, c'est qu'elle chantait comme une casserole, et pourtant, son chant était la chose la plus magique que j'aie jamais entendue. De l'amour pur, complètement faux. Une autre fois, la boule brillante s'est formée au milieu de nous. Elle est devenue de plus en plus grosse pendant l'heure, jusqu'à planer sur toute la pièce, en étincelant comme le vaisseau spatial dans *Rencontres du troisième type*. En rentrant à la maison, M. Balch a dit :

— C'était un culte recueilli. Tu l'as senti ?

— Ouais, dis-je. Je l'ai vu, aussi.

Il m'a regardé comme si je disais vraiment n'importe quoi.

— Tu sais ce qu'est un culte recueilli ?

— Vous voulez parler de la lumière ?

Il est resté silencieux quelques instants.

— J'imagine qu'on pourrait l'exprimer de cette façon. Un culte recueilli est difficile à décrire. Le temps est aboli. Comme si le Divin – la Lumière, dirais-tu – se manifestait dans toute la pièce, pas seulement chez un Ami. Nous le sentons tous.

— Ouais, je l'ai senti, j'ai dit, sans m'étendre davantage.

Après ça, j'ai fait quelques recherches en ligne. Je n'ai rien vu sur des boules brillantes chez des quakers, et personne n'en a jamais parlé pendant les cultes, ni après. Peut-être que j'étais le seul à les voir. La dernière fois que j'en ai vu une, la boule planait au-dessus d'un Ami qui s'est exprimé, avant de se déplacer lentement jusqu'à un autre Ami qui a parlé aussi. Mais très souvent, des Amis prenaient la parole et je ne voyais pas de boule de lumière ; je n'en ai jamais vu au-dessus de la tête de M. Balch, alors que c'était lui qui s'exprimait le plus souvent.

J'ai fini par trouver le courage d'en parler à M. Balch, j'ai tout dit, direct.

— Parfois, je vois de la lumière autour des gens avant qu'ils prennent la parole.

Il a eu l'air surpris, m'a demandé quelques exemples. Je crois qu'il crevait d'envie de savoir si j'en avais déjà vu près de lui, mais il n'a pas posé la question directement. J'étais soulagé. Il aurait été déçu.

— On dirait bien que tu es un mystique, a-t-il dit.

J'ai cru qu'il se moquait de moi, mais il a secoué la tête.

— Non, vraiment. Beaucoup de quakers croient au mysticisme.

— Au mysticisme ?

Il a réfléchi quelques instants.

— Je suppose que ça peut se résumer à une relation directe avec Dieu. Une union avec le Divin.

Je ne comprenais toujours pas.

— Est-ce que ça a quelque chose à voir avec les lumières ?

— C'est différent pour chaque personne. Certains Amis entendent Dieu. D'autres sont si submergés qu'ils tremblent*. Mon grand-père tremblait, avec une intensité effrayante parfois, au point qu'on pouvait croire qu'il faisait une attaque. C'est de là que vient le terme de quaker. Au départ, ce terme visait à nous ridiculiser – ces satanés "trembleurs" –, mais nous l'avons adopté comme une distinction honorifique. Et une grande partie de l'expérience mystique passe par la lumière ; ce que tu décris ressemble à une vision de Dieu.

— Est-ce que tout le monde a ça ? Et vous ? Peut-être pas les lumières, mais quelque chose qui y ressemble.

Il pinça très fort les lèvres.

— Non. Ce n'est pas le cas de tout le monde.

Rien de tout ça ne se déroulait comme je voulais. J'avais espéré qu'il dirait, Oh, cette histoire de lumière, ça arrive tout le temps, d'un air un peu blasé, comme si c'était

* Trembler : to quake, en anglais.

tellement courant qu'on se demandait même pourquoi en parler. Je ne voulais pas être un mystique. J'étais déjà assez bizarre comme ça.

La dernière fois que j'ai assisté au culte, nous avions déjà bien dépassé la moitié de la séance et tout avait été calme. Pas de lumière. Rien. Juste des toussotements et des petits mouvements, un peu plus que d'habitude. J'ai cru que c'était un de ces cultes qui ne prend pas, agréable mais où le temps s'écoule une seconde après l'autre, et tout le monde compte jusqu'à ce que ce soit fini. C'est là qu'un rayon lumineux est tombé sur moi, une clarté intense comme si les nuages s'ouvraient et que Dieu nous éclairait, bien que par les fenêtres on ne voie que du gris.

Mes jambes se sont mises à tressauter et mes yeux ont frémi dans leurs orbites. Mes mains se sont soulevées, émettant une lumière vive. Mais tout ça, ce n'était même plus moi. J'aurais juré que ma peau s'était dissoute, que je n'étais plus rien que des atomes qui dansaient. Malgré tout, il restait quelque chose de moi, parce que lorsque des mots se sont bousculés dans ma bouche, j'ai décidé qu'il n'était pas question de les laisser sortir. J'espérais encore que personne n'avait rien vu. Même si certains Amis tremblaient comme M. Balch l'avait dit, je n'étais pas quaker et je ne les avais jamais vus faire. Je ne voulais pas qu'ils pensent que j'étais un mec bizarre. Ou pire, que je me moquais d'eux.

Je n'y suis plus jamais retourné après. Je me suis persuadé que tout le monde regardait ma présence d'un mauvais œil. Ce qui est triste quand on y pense. Si ces Amis ont effectivement désapprouvé quelque chose, et je suis prêt à parier que ce n'est pas le cas, c'était le fait que je ne sois pas revenu.

48

Avant les fêtes, Evangeline pensait rarement à l'ancienne petite amie de Daniel, Samantha. Elles évoluaient dans des sphères extrêmement différentes. Sammy se déplaçait dans les couloirs avec ses cheveux d'un blond éclatant et les garçons se figeaient sur place comme pétrifiés par un coup de Taser. Quand leurs chemins se croisaient, le regard de Sammy traversait Evangeline sans la voir. Mais à la reprise de janvier, chaque fois qu'Evangeline levait la tête, la fille avait les yeux rivés sur elle. Elle avait pensé que son ventre était bien caché, mais apparemment pas, parce que Sammy regardait fixement plus bas que son visage.

La deuxième semaine de janvier, un jour où Evangeline traversait le réfectoire en portant son plateau, Sammy et sa troupe d'amies s'arrêtèrent de manger pour regarder son ventre, dégoûtées. Evangeline soutint leur regard. Elles devinrent aussitôt complètement inexpressives, comme s'il n'y avait personne en face, et retournèrent à leur repas. La semaine suivante, les filles devinrent plus audacieuses, marmonnant "grosse vache" ou meuglant quand elles la croisaient. Jason Brewster, le nouveau petit ami de Sammy, percuta Evangeline lors d'une course précipitée entre deux cours, la faisant trébucher en arrière. Il regarda son ventre rebondi d'un air narquois et dit :

— J'espère que j'ai pas fait mal au bébé de l'assassin.

Evangeline interrogea Natalia.

— Est-ce qu'il insinue que c'est moi l'assassin, comme on l'a dit de Rebekah ? Ou est-ce qu'il parle du père ?

— J'imagine qu'il parle du père. Amanda Bryant – tu sais, celle qui porte ces pulls bizarres –, elle a commencé à raconter à tout le monde qu'elle t'a vue au parc quelques jours avant le meurtre.

— Et elle se met à raconter ça seulement maintenant ?

Natalia prit une autre bouchée de salade.

— La grossesse ajoute une nouvelle couche de mystère.

— Mais est-ce que les gens ne cherchaient pas tous des événements liés aux garçons ? Si elle m'a vue avec Jonah…

Le regard de Natalia fusa.

— Qui a dit qu'on t'avait vue avec Jonah ?

Masie et Jillian commencèrent à manger à une autre table, mais Natalia resta. Elle avait appris la grossesse de son amie juste après Noël. Evangeline était allée dormir chez elle. Elles avaient commandé une pizza et regardé *Princess Bride* avec Sophie, qui n'arrêtait pas de rire et de crier "Je m'appelle Inigo Montoya, tu as tué mon père, prépare-toi à mourir !" et "Inconcevable !"

Plus tard, alors qu'elles étaient allongées sur le dos dans le grand lit de Natalia, médisant comme d'habitude sur les gens du lycée, Natalia se mit sur le côté, tendit le bras et posa sa main sur le ventre d'Evangeline.

— Ouais. Je suis bien enceinte, dit Evangeline.

Natalia se rapprocha et posa sa tête là où elle avait mis sa main.

— T'entends quelque chose ? demanda Evangeline.

— Des gargouillis. Tu crois que c'est peut-être le bébé ?

— Possible. Je le sens bouger là-dedans, de temps en temps.

— Maintenant ?

— Non, pas maintenant.

Natalia se remit sur le dos, fixa le plafond.

— Je sais que c'est sûrement chiant, mais en même temps, c'est génial, tu trouves pas ?

Evangeline regarda le plafond à son tour.

— Ouais, dit-elle. C'est chiant et c'est génial. En gros, c'est ça.

Natalia tapota son ventre comme si elle aussi était peut-être enceinte.

— Et le papa ? Qu'est-ce qu'il en pense ?

Evangeline se tourna vers elle.

— Il ne sait pas et il ne saura jamais. Et ne va pas t'imaginer que j'ai dit que c'était Jonah ou Daniel, parce que c'est pas vrai.

— Qu'est-ce que tu dis, alors ?

— Je sais pas. Ne me demande pas, d'accord ?

— Mais…

— N'y pense même pas.

Il fallut toute la force de Natalia pour se taire. Evangeline le voyait bien. Mais elle réussit. Elle réussit à se taire pendant quelques minutes, avant de dire à mi-voix :

— Peut-être que tu me diras un jour ?

Evangeline rit.

— Ouais. Peut-être qu'un jour je te dirai.

Chaque fois que Natalia posait son plateau à côté de celui d'Evangeline, elle se penchait et chuchotait : “Laisse pisser les cons” qu'elle résumait en “LPC” et Evangeline savait qu'elle ne parlait pas seulement de Jillian et Masie et de la vilaine clique de Sammy, mais du monde entier. Quand Natalia finit par craquer et lui demanda direct si c'était vrai, l'histoire des garçons et elle, Evangeline marmonna :

— C'est tout comme.

Natalia écarta une mèche de cheveux tombée sur la joue d'Evangeline.

— Ouais, c'est tout comme, dit-elle.

Evangeline savait qu'elle comprenait et elle lui en sut terriblement gré de ne pas chercher plus loin.

Le troisième mardi de janvier, Evangeline alla chez Natalia après l'école pour préparer un contrôle de chimie. Lorsqu'elle rentra à sept heures, la maison était plongée dans l'obscurité. Un frisson lui parcourut l'échine tandis qu'elle ouvrait la porte. Un instant, elle se dit qu'un autre adulte avait disparu de sa vie. Mais en allumant la lumière, elle découvrit le mot laissé par Isaac. Le comité de clarification. Elle avait oublié.

Tout lui donnait quand même l'impression d'être un peu décalée, mais elle était à la maison et cette expression, “à la maison”, était un miracle. La vaisselle sale du petit déjeuner était posée sur le plan de travail. Et pour la première fois, elle ne fut pas contrariée qu'Isaac ne se soit pas donné la peine de mettre son bol à tremper, que des céréales soient restées collées à l'intérieur, et elle ouvrit le robinet pour remplir l'évier.

Au moment où elle posait la dernière tasse sur un torchon pour qu'elle sèche, une lame du plancher émit un bruit sec à l'étage. Elle pensa qu'elle devrait avoir peur. Mais ce n'était pas le cas. Cette antique baraque ajustait constamment son corps comme une vieille dame arthritique. Même si des fantômes habitaient dans la maison, elle avait décidé qu'ils étaient gentils. D'après elle, la maison l'aimait, puisqu'elle s'assurait qu'elle était nourrie, toujours au chaud et qu'on s'occupait d'elle.

Est-ce qu'Isaac l'aimait aussi ? Il était bon avec elle. Elle lui reconnaissait cela. Plus que bon. Mais est-ce qu'il l'aimait ? Elle ne le croyait pas. Il le voulait. Au nom de Dieu, comme une preuve de la Lumière divine, il le voulait. Mais il ne l'aimait pas. Peut-être qu'il ne le pouvait pas. Peut-être qu'il avait enterré tout son amour en même temps que Daniel.

Elle se mit à essuyer la vaisselle et la maison parla à nouveau, plus fort cette fois, un bruit sourd parfaitement distinct à l'étage, lourd et étouffé, comme un sac de sable mouillé qui tombe. Elle était prête à incriminer Rufus, mais à ce moment-là, elle entendit le chien qui aboyait depuis le terrain. Ah, voilà ce qui lui avait paru bizarre quand elle était rentrée : Rufus n'était pas là pour l'accueillir. Avait-il passé toute la journée dehors ?

Un autre coup, au-dessus. Isaac lui avait demandé de ne pas y monter, et elle avait obéi. Peu importait le nombre de fois qu'elle s'était approchée de la porte de l'escalier, elle ne l'avait jamais ouverte. Mais maintenant, la maison l'appelait, se montrait assez insistante, en fait.

Evangeline s'approcha de la porte à pas de loup. Certains au lycée disaient que l'étage inachevé donnait la chair de poule, et lui demandaient si elle avait jamais entendu Daniel là-haut. Ils essayaient de lui ficher la trouille. Elle détestait qu'on lui fasse ça. Elle détestait encore plus quand la tactique fonctionnait. La raison pour laquelle elle n'avait pas ouvert la porte n'était pas l'absence de curiosité ni qu'elle en avait fait la promesse à Isaac. La raison pour laquelle elle n'avait pas ouvert la porte était qu'elle avait peur. C'était naze.

Elle resta quelques secondes la main posée sur la poignée, puis l'ouvris d'un geste. Juste un escalier rustique avec des lattes à peine dégrossies, égratignées comme si quelqu'un était monté avec des chaussures à crampons.

— Y a quelqu'un ? Isaac ?

Après avoir attiré son attention, la maison était devenue silencieuse.

— OK, maison. Je monte. C'est ce que tu veux, hein ?

Elle n'obtint pas de réponse, mais le silence l'incita à poursuivre, un craquement de plancher après l'autre.

Elle s'arrêta en haut de l'escalier. Une ampoule nue se balançait au bout d'un cordon entortillé, et quelque part dans les poutres sombres, des ailes battirent puis s'immobilisèrent, après avoir cisaillé et replié l'air autour. Devant elle, le cadre d'une salle de bains, des poteaux sans cloisons, des tuyaux nus émergeant du sol. Une douche, un truc en plastique d'un seul tenant pas très solide avec un rideau taché de moisissures, flottait dans ce vide comme une capsule d'extraterrestres. À sa droite, quelqu'un avait créé un passage à travers le placo. Elle détourna précipitamment le regard – le bruit était venu de là. Dans cet espace à moitié fini, Daniel était complètement vivant, on aurait cru qu'il risquait d'émerger de la pénombre.

Elle avait souvent pensé à Daniel depuis qu'elle s'était installée – comment aurait-elle pu l'éviter ? –, même si, avec le temps, c'était de moins en moins fréquent. Parfois, elle prenait une photo de lui et l'examinait, se demandait si son enfant lui ressemblerait, serait lui aussi athlétique, grand, beau. Mais les jours passant, au fur et à mesure que le bébé grandissait, il semblait de plus en plus se faire tout seul. Elle avait fini par penser la vie à l'intérieur d'elle comme une Immaculée Conception. Risible ou non, l'hypothèse paraissait vraie. Quels que soient les faits biologiques, tous les scénarios possibles de sa conception impliquaient un innocent et la culpabilité d'un autre.

Evangeline se tourna et se trouva face à ce qu'elle supposa être la chambre de Daniel. Quelque chose de pointu s'enfonça dans son crâne et elle se donna une tape, pour écraser rapidement la chose importune. Un insecte qui la piquait ? Un clou qui dépassait ? Mais elle ne trouva que ses cheveux et en dessous un point douloureux.

Elle essaya d'obtenir de ses jambes qu'elles la ramènent au rez-de-chaussée, mais elles refusèrent. Finalement, elle se dirigea délibérément vers la chambre de Daniel. Elle croyait fermement qu'il fallait se confronter à sa peur s'il n'y avait pas d'autre choix possible. Quand elle arriva au seuil, un froid mordant la saisit. Elle se redressa, tentant de distinguer des formes dans la pénombre, et entendit ce qui ressemblait à une respiration moite.

— Hé-ho ? Il y a quelqu'un ?

Un mouvement sur le lit, quelque chose de dense et lourd, et elle s'émerveilla devant la manière dont la chose modifia l'air, comprima sa forme pour tenir dans la pièce. Elle le percevait presque par la pression sur sa peau.

— Hé-ho ? répéta-t-elle, et cette fois, elle entendit des coups réguliers.

— Rufus ?

Les coups s'accélérèrent, et elle rit.

— Rufus ! Tu m'as fichu une trouille bleue ! Allez viens, viens !

Mais Rufus ne vint pas. Elle hésita. Ses yeux ne s'étaient pas complètement accommodés à la pénombre et des doutes subsistaient. Pourquoi le chien ne l'avait-il pas accueillie quand elle était montée ? Pourquoi choisissait-il maintenant de désobéir ? Et comment était-il monté, pour commencer ? Elle n'avait jamais vu la porte de l'escalier ouverte, et elle était fermée quand elle avait décidé cette exploration.

— Rufus ! Sérieusement, allez, viens ! Tout de suite !

Les coups cessèrent, et elle n'entendit qu'un halètement. Elle prit son courage à deux mains et entra, mais en se rapprochant de l'ombre massive sur le lit, elle entendit un grondement sourd. Pas féroce, seulement un avertissement. Malgré tout, elle replia son bras immédiatement. Un chien comme Rufus pouvait vous arracher un membre d'un coup de mâchoire. Jamais auparavant il n'avait grogné contre elle, et elle se demanda si ce n'était pas un chien fantôme, plutôt, qui lui faisait une visite. Elle remarqua une lampe de chevet et l'alluma ; une faible lumière se diffusa à travers un abat-jour marron.

C'était bien Rufus qui était assis sur le lit, en train de la fixer, le double reflet de l'ampoule du palier au bout de son fil se balançant dans ses yeux. Evangeline recula d'un pas, et il parut soudain s'excuser. Il se laissa tomber sur le ventre, étira ses pattes arrière et tendit ses pattes de devant pour exagérer son étirement. Puis il se tourna pour exposer son ventre nu, tourna la tête vers elle, et geignit, tellement mignon qu'elle se rapprocha et lui caressa la poitrine.

— Pourquoi tu as fait ça, mon grand ? Pourquoi tu m'as fait peur comme ça ?

Sous sa main, il ferma les yeux, et ses babines se retroussèrent comme s'il souriait. Evangeline s'assit sur le lit. Même si la porte en bas s'était mystérieusement ouverte, même si un courant d'air avait refermé cette porte après que le chien s'était aventuré là-haut, n'avait-elle pas entendu Rufus aboyer dans le terrain ?

Puis elle vit gonfler le rideau. Pas étonnant qu'il fasse froid ; la fenêtre était ouverte. Rufus avait probablement passé sa tête pour crier son indignation à des cerfs dans le terrain ou peut-être pour prévenir de son enfermement là-haut. Elle se leva et Rufus se mit immédiatement sur le flanc, la regardant plein d'espoir. Elle ferma la fenêtre et dit :

— Allez, mon grand, on y va, OK ?

Le chien ne bougea pas. Elle aurait volontiers attrapé son collier pour l'emmener, mais le grognement de tout à l'heure la fit hésiter. Elle s'assit à côté de lui, prenant le temps de s'imprégner de l'atmosphère du lieu. Bien que Rufus l'ait froissé, le lit avait été fait soigneusement. En réalité, tout semblait parfaitement en ordre : un bouquet de fleurs séchées sur la commode, des prospectus universitaires sur le bureau, des chemises sur des cintres contre le mur opposé, des chaussures de sport et des chaussures de travail alignées dans un coin. Quelqu'un avait essayé de bien ranger, comme s'il espérait que son occupant reviendrait.

Rufus reprit ses gémissements, et elle lui caressa le museau ; son regard était devenu doux. Ce chien pouvait vous hypnotiser, rendre vos muscles tout mous et vos paupières lourdes. Elle bâilla et il se tourna de l'autre côté, la laissa se coller contre son dos.

Quand elle se fut enfoncée dans cet espace entre la conscience et les rêves, une autre présence apparut dans la chambre et s'assit sur le lit. Elle essaya d'ouvrir les yeux, de voir de qui il s'agissait, mais ses muscles refusèrent d'obéir, comme si son corps s'était endormi sans avoir emmené son esprit avec lui.

À un moment, elle avait dû s'assoupir complètement, parce qu'elle se réveilla en sursaut quand Rufus sauta du lit en aboyant. Il avait probablement entendu la voiture d'Isaac remonter l'allée. Elle bondit aussi, un peu étourdie, passa sa main sur le lit pour lisser les draps puis descendit sans bruit au rez-de-chaussée.

Rufus avait intercepté Isaac en lui faisant une fête exubérante. Son maître était accroupi et caressait la tête du chien.

— Eh bien, tu es sacrément content de me voir !

Quand il vit Evangeline, il fronça les sourcils comme s'il était inquiet.

— Tu es fatiguée ?

— Un peu abrutie. J'ai dû m'endormir.

Il se remit debout et parcourut des yeux les plans de travail. Pas le moindre signe que la préparation du repas avait commencé.

— Rufus a mangé ?

Elle secoua la tête.

— Et toi ?

Elle secoua à nouveau la tête.

— Il est neuf heures passé. Tu t'es vraiment endormie. Donne donc à manger à Rufus. Je vais nous faire griller des sandwichs à la dinde et au fromage.

— Vous êtes sûr ? Je suis désolée. Je n'avais pas l'intention…

— C'est toi qui as préparé le dîner ces derniers jours.

Isaac avait l'air exténué aussi, les yeux cernés d'une fatigue grise, mais il était déjà au travail, sortant ce dont il avait besoin. Evangeline se demanda si elle s'était trompée sur son compte, se demanda si l'amour pouvait ressembler à ça, à un vieux monsieur fouillant dans son réfrigérateur à la recherche de dinde et de fromage.

Après un dîner mangé et débarrassé en silence, elle s'allongea, Rufus à sa place habituelle, au pied du lit. Tout lui paraissait différent. L'autre présence dans la pièce n'était pas le fait de son imagination. Daniel était là. L'espace de quelques secondes, elle avait été Daniel, avec ses muscles gonflés et sa foi en sa destinée. Mais ces prérogatives paraissaient forcées, comme s'il n'y croyait pas complètement. Et elle avait ressenti de l'insécurité, de la honte et une solitude tenace grondant en dessous. Une grande tristesse aussi, comme si son cœur avait été brisé. Néanmoins, elle trouvait la chose difficile à croire, difficile de croire qu'un garçon comme Daniel, qui avait le monde à ses pieds, avait peut-être aussi souffert.

Elle examina les indices pour la millionième fois. Sammy avait largué Daniel juste avant le meurtre. Et cette nuit-là, dans les bois, il avait dit "T'as envie de moi, t'as envie de moi", les yeux mouillés et bizarres. Elle essaya de créer une nouvelle version de cette nuit-là, une version qui lui causait moins de souffrance. Mais rien ne fonctionna. Même s'il n'avait pas eu l'intention de lui faire du mal, il avait été aveugle et irresponsable et indifférent. Il l'avait traitée comme si elle n'était rien de plus qu'un accessoire dans une histoire de sa création à lui.

Daniel l'avait violée. Voilà, elle se permettait le mot. Elle n'avait peut-être pas crié, mais elle n'avait été ni vague ni ambiguë. Elle ne se raconterait plus qu'elle l'avait été. Se mentir ne lui avait pas permis de se sentir mieux. Bien qu'elle ait été victime de lui, elle n'avait pas été faible. Et elle n'était pas pour autant une victime. Elle avait été forte. Elle avait pris le contrôle qu'elle pouvait.

C'était étrange, comment le fait d'admettre ça, de le voir pour ce que c'était, ne lui compliquait pas la tâche de pardonner à Daniel. Au contraire, elle sentit une ouverture qu'elle n'avait jamais éprouvée avant. Elle avait lutté avec elle-même, s'était forcée à lui pardonner sans reconnaître ce qu'il avait fait, parce qu'elle avait peur : si elle osait reconnaître la vérité, ne serait-ce que vis-à-vis d'elle-même, elle serait pour toujours noyée dans la colère contre le garçon qui était peut-être le père de son enfant. Mais maintenant, elle comprenait. On peut voir les crimes que les gens commettent, les voir dans leur brutalité évidente, et pourtant, un jour, réussir à pardonner. C'était peut-être la seule manière. Pardonner ce qui n'est pas identifié n'est pas du pardon, n'est-ce pas ?

Mais le savoir ne signifiait pas pour autant qu'elle l'avait fait. Alors elle essaya une dernière chose. Elle se représenta

Daniel en petit garçon, le garçon qui avait dormi dans ce lit pendant des années, le bras posé sur le dos d'un pitbull à l'haleine fétide. Elle ne fut pas tellement contrariée par ce garçon. Demain, elle referait une tentative et l'imaginerait un peu plus âgé. Elle le construirait jour après jour. À un moment, il serait le garçon qui l'avait entraînée dans les bois. Elle ne pouvait pas effacer cela, mais à ce stade, il aura été d'autres choses aussi.

C'était bizarre, comme elle tenait à lui pardonner, et encore plus bizarre qu'elle y arrive presque. Elle ne le faisait pas pour Daniel. Quelle utilité pouvait-il y trouver désormais ? Il fallait qu'elle sauve son cœur à elle. Ça se résumait à ça. Elle s'était nourrie de poison pendant des années, un cocktail de mécontentement et de ressentiment, d'amertume et de rage. Avant, si elle abrutissait son cœur, quelle importance ? Il n'était rien qu'une menace tenace qui la poignardait, en demande, toujours affamé, en colère et perdu.

Mais maintenant, il devait être sauvé pour le bébé. Le bébé avait besoin de son cœur. D'une façon ou d'une autre, est-ce que le cœur d'une mère ne finit pas toujours par battre dans la poitrine de ses enfants ?

Alors elle allait travailler à pardonner à Daniel, ensuite elle entreprendrait de se pardonner à elle-même. N'avait-elle pas déjà accompli des progrès ? En ne se sentant plus responsable des actes de Daniel ? Il restait la myriade de petits délits et la complaisance excessive qu'elle avait pratiqués toute sa vie.

Bien entendu, il lui resterait aussi l'excursion à Bremerton. Si elle pouvait se pardonner cela, elle trouverait peut-être un véritable soulagement. Mais comment était-ce possible ? Elle se verrait toujours en train d'ouvrir cette portière de voiture pour monter, sachant très bien ce qui l'attendait. Quelle latitude y avait-il là ?

Evangeline ferma les yeux, essayant de chasser ce souvenir. Elle avait oublié Rufus lorsqu'il se mit à remonter depuis le pied du lit. Il s'arrêta à mi-chemin et posa son nez à quelques centimètres de son ventre, les yeux fixés sur la bosse qui était le bébé.

C'était comme s'il avait le regard plongé dans les yeux d'un autre.

49

Un jour, j'avais presque quarante ans, j'ai embrassé Abigail Groff. Nous étions tous deux mariés et l'histoire n'alla jamais plus loin. Mais à mesure que le comité de clarification avançait, qu'Abigail soulevait ses questions toujours réfléchies, je me surpris à me demander à quoi ma vie aurait ressemblé si nous ne nous étions pas arrêtés là. De plus en plus, mon attention pendant ces séances était perturbée par des élucubrations inutiles sur une vie que je n'avais pas eue.

Lors des rencontres suivantes, mes préoccupations se focalisèrent spécifiquement sur le fait que je n'avais pas réussi à protéger Daniel de son ami. Je me persuadai que ma plus grande faute se trouvait là. Pour la quatrième séance, je vins préparé, ayant pillé ma mémoire à la recherche d'images et de bribes prouvant le danger que représentait Jonah. Je le décrivis à cinq ans, piquant une crise après avoir perdu à un jeu ; à huit ans, tenant la maquette d'avion de Daniel, dont les ailes étaient pulvérisées ; à dix ans, debout derrière Daniel à la chorale, lui flanquant un coup de genou tellement puissant qu'il poussa un cri. Je n'éprouvais pas de colère contre Jonah pour ces choses-là. La rage qui me dévorait était dirigée contre moi qui n'avais pas vu les signes.

Les trois Amis écoutaient avec une attention respectueuse, mais je sentais bien qu'ils ne réussissaient pas à percevoir l'importance de ces histoires, qu'ils interprétaient ces vignettes comme des anecdotes normales de l'enfance. Cette attitude se reflétait dans des questions qui paraissaient de plus en plus éloquentes :

— Est-ce que tu te souviens de Daniel faisant quelque chose de similaire ? demanda Ralph.

Cherchant désespérément un exemple qu'ils comprendraient, je trouvai :

— Il a fait mal à Rufus.

Leurs têtes se levèrent avec un intérêt redoublé. Ils avaient probablement entendu dire que les psychopathes commençaient souvent par exercer leur sadisme sur des animaux. Je leur racontai une autre histoire. Une dont je m'étais convaincu qu'elle était vraie. Ils n'avaient pas vraiment besoin d'une autre anecdote sur Jonah. Moi non plus. Mais j'avais échafaudé une thèse et je voulais à tout prix déployer le plus de preuves possibles pour l'appuyer, cela m'obsédait.

— Quand les garçons avaient douze ou treize ans, Jonah voulut un jour que Rufus les rejoigne dans la cabane. Tous deux essayèrent de me convaincre de le hisser là-haut, mais je refusai, ne voyant pas le bien qui pourrait en résulter. Peu de temps après, je jetai un œil dehors et vis Rufus suspendu en l'air. Ils avaient fabriqué une écharpe matelassée avec des serviettes, créé un harnais à l'aide d'un morceau de corde et l'avaient attaché à une autre corde qu'ils avaient passée sur une branche. Daniel utilisait son poids pour soulever le chien tandis que Jonah, cramponné au cadre de la porte de la cabane, le tirait. Le temps que je sorte, Rufus était là-haut et aboyait furieusement.

“Je ne pouvais plus faire grand-chose, alors je rentrai à l'intérieur. Une heure plus tard, environ, Daniel vint me voir pour me dire qu'ils n'arrivaient pas à faire descendre Rufus. Ils parvenaient à lui passer l'écharpe, mais arrivé à la porte, il était pris de panique. Je dis que j'arrivais et Daniel repartit en courant.

“J'enfilais mon blouson quand je vis Jonah et Rufus à la porte de la cabane. Puis Rufus qui tombait. D'une hauteur d'au moins quatre mètres. Je me suis précipité.

Je m'arrêtai. Trois paires d'yeux se levèrent vers moi, attendant la suite.

Au bout de quelques minutes, George dit :

— Je sais que ce n'est pas exactement dans l'esprit de cette réunion, mais qu'est-ce qui s'est passé ?

— Je vous ai dit le plus important.

— Mais il n'a rien eu ? Et qu'est-ce que Daniel a dit ?

George avait raison. Les questions n'étaient pas appropriées, mais je comprenais l'incertitude dans laquelle je les laissais.

— Rufus s'en est très bien sorti. Un peu abasourdi mais assis, et il agitait la queue. Daniel par contre était dans un drôle d'état. Il pleurait et riait et serrait le chien dans ses bras. Quand il a fini par se calmer, il a dit que Rufus était tombé, qu'il ne savait pas comment, qu'il avait dégringolé. Il croyait que Rufus allait mourir ou au moins se casser quelque chose. Mais il a prétendu que Rufus avait atterri comme un cascadeur, avec un genre de roulade, et qu'il s'était rapidement remis sur ses pattes. Il a dit que c'était "totalement génial".

À leurs visages, je voyais bien que les Amis s'étaient laissé distraire par la fin heureuse de l'histoire, alors j'ajoutai :

— Plus important : le jour suivant, Daniel a sauté de la table de la salle à manger et s'est démis l'épaule. Il essayait de reproduire l'atterrissage de Rufus à la demande de Jonah.

George lança un regard interrogateur aux autres. Au bout d'un moment, Ralph demanda :

— Et comment cette histoire est-elle reliée à ce qui t'agite ?

Je suis certain que je parus irrité quand je leur fis remarquer que Jonah avait persuadé Daniel de mettre Rufus en danger, ensuite qu'il avait très certainement poussé notre chien par la porte de la cabane. Et comme si cela ne suffisait pas, il avait convaincu Daniel de faire quelque chose de dangereux pour son propre amusement. Néanmoins, malgré toutes les preuves, je n'avais pas identifié le danger que représentait Jonah.

— Ah, fit Ralph.

Abigail était particulièrement silencieuse lors de cette quatrième session. Elle ne posa pas une seule question, jusqu'à la fin, où elle dit :

— Si tu devais décrire Jonah en un mot, lequel choisirais-tu ?

Elle pensait que j'allais dire "meurtrier". J'en suis certain. Elle avait tort. Le mot que j'aurais probablement choisi était "perturbé". Sur le coup, je vis la question comme un piège malin. Une question apparemment ouverte, mais dont Abigail croyait connaître la réponse. La question n'était pas du tout une question, mais une affirmation : Tu as résumé un enfant de Dieu à un mot, un mot qui réduit toute une vie à un seul instant, un mot qui ignore Dieu en lui.

Je levai les sourcils à l'intention de George, me demandant s'il voulait bien, enfin, intervenir pour faire cesser ces grossières violations du protocole. Il me dévisagea d'un air placide. Je remerciai Abigail pour sa question et dis que j'y réfléchirais. Je demandai que nous passions le temps restant en silence et refusai leur synthèse finale.

J'étais furieux contre Abigail. La seule Amie sur laquelle j'étais certain de pouvoir compter s'avérait juger autant que les autres. De quel droit se comportait-elle ainsi ? Avait-elle perdu un enfant ? Cet enfant avait-il été assassiné par un garçon qu'elle avait toujours considéré comme un fils ? Je ne décolérai pas jusqu'à la fin de la réunion. Je les remerciai poliment de m'avoir si généreusement consacré de leur temps et partis sans autres salutations.

Lorsque je rentrai à neuf heures et quart, Lorrie était dans la cuisine en train d'essuyer une grande casserole. Depuis Noël, elle venait plus souvent. Elle utilisait toutes sortes d'excuses : elle apportait des cookies ou des plats mijotés, aidait Evangeline à faire des projets scolaires, ou bavardait simplement avec la jeune fille. Si elle prévoyait de rester plus de quelques minutes, elle amenait Nells avec elle. Plus d'une fois, je rentrai à la maison et les trouvai toutes les trois en train de travailler à la table de la salle à manger. Mais c'était la première fois que je la trouvais seule dans ma cuisine à une heure si tardive. J'entrai sans enlever mon manteau.

Elle se tourna et sourit.

— Les filles et moi, on a préparé un bon ragoût. Il en reste beaucoup, si tu as faim.

— C'est gentil de ta part.

Bien que j'eusse parlé gentiment, ses mains s'immobilisèrent. Elle me tourna le dos comme si c'était nécessaire pour poser la casserole. Par-dessus son épaule, elle lança, avec une gaieté un peu trop forcée.

— Pas tant que ça. Evangeline a fait l'essentiel du travail.

Comme il n'y avait plus le prétexte de la casserole, elle se tourna vers moi mais sans me regarder.

— Je ne voulais pas laisser du désordre derrière moi.

— À nouveau, c'est très gentil de ta part.

Elle leva la tête.

— Tout va bien ?

— Bien sûr. Où sont les filles ?

— Evangeline est dans sa chambre, elle finit ses devoirs pour demain et Nells est rentrée il y a quelques minutes. Pourquoi ai-je l'impression qu'il y a quelque chose qui te tracasse ?

J'étais encore agité à cause de la réunion, des parasites crépitaient dans ma tête, mais jamais je ne ferais subir ma colère à cette pauvre femme, une femme qui avait manifestement mal interprété mes précédents actes de gentillesse. Je dis, avec la voix la plus bienveillante dont je fusse capable :

— Je crains de t'avoir induite en erreur.

Elle soutint mon regard.

— Non, tu ne m'as absolument pas induite en erreur.

Les mots sortirent comme sous pression, et j'entendis l'accusation : Crois-moi, ton manque de générosité n'aurait pas pu être plus clair.

— Je ne comprends pas, dis-je, laissant une tension aiguiser mes paroles.

J'attendis quelques instants, appréciant l'instant précédant le coup.

— Pourquoi tu es ici, alors que ta fille est toute seule chez toi ?

Est-ce que je compris sur le moment à quel point j'étais cruel ? Oui. Je me rappelle avoir pris un certain plaisir à voir le visage de Lorrie blêmir, sa respiration s'accélérer tandis qu'elle reprenait le contrôle de ses traits, l'effort qu'il lui fallut pour plier le torchon, le poser sur le plan de travail et sortir.

Elle avait presque passé la porte quand elle s'arrêta et revint dans la pièce.

— Tu crois que c'est facile ? De venir ici ? Dans cette maison, sachant ce que tu ressens ? (Sa voix tremblait.) Eh bien, ça n'est pas facile. Chaque fois, j'ai peur, il faut que je me raisonne.

Je restai planté là, bouillant d'une rage que je ne voulais plus nier.

— Et est-ce que tu crois que c'est facile pour moi de te voir dans cette maison, de rentrer chez moi et de te trouver ici, sachant ce que tu as fait ?

— Qu'est-ce que j'ai fait, Isaac ? Dis-moi. Qu'est-ce que j'ai jamais fait d'autre que de te témoigner de la gentillesse ?

Ses joues étaient rouges de colère et j'y retrouvai son visage lors de cette fameuse nuit de septembre, la nuit où je l'avais vue à côté du baril. C'était quelques jours après la disparition de Daniel. Nous ne savions pas encore qu'il était mort. J'étais assis dans la pénombre de la cuisine vers onze heures le soir, épuisé après la longue journée de recherches. Je remarquai alors la fumée provenant du terrain derrière chez Lorrie. Un vagabond avait mis le feu à la cabane des Wiley quelques mois auparavant, alors j'enfilai une veste et me dirigeai lentement vers les arbres. En approchant, mon esprit fut agité par une pensée étrange. J'allais trouver Daniel à côté du feu. J'en étais certain. Il avait été gravement blessé et il avait allumé le feu pour appeler au secours.

Mais c'est Lorrie que je vis. Elle avait allumé un feu dans le vieux baril à l'extérieur de nos portails. Elle ramassa un paquet mou – on aurait dit une taie d'oreiller pleine de choses – et le jeta dans les flammes. Ensuite, elle y ajouta ce qui ressemblait à des chaussures, mais je devais me tromper, parce que des chaussures ne brûleraient pas ainsi, et l'objet en question fit fuser une flamme qui faillit mettre le feu aux arbres. Dans cet éclair soudain, son visage se trouva baigné d'un rouge effrayant, hideux. Pendant une seconde seulement, ensuite la flamme redescendit et Lorrie disparut dans l'ombre.

Mais son visage n'était pas dans l'ombre maintenant, et une envie irrépressible s'empara de moi.

— Était-ce gentil de brûler les vêtements de Jonah ? Ses chaussures ? De les tremper dans de l'essence pour être sûre que les preuves seraient détruites ? Était-ce gentil de nous laisser, Katherine et moi, chercher notre fils ? (Sa bouche s'ouvrit, mais je la coupai.) J'ai vu la fumée. J'étais inquiet pour toi, alors j'y suis allé. (Je ris un peu.) Je m'inquiétais pour toi. Je m'inquiétais pour Nells et Jonah. Même là, même épuisé, cette nuit-là, alors que mon fils avait disparu, je m'inquiétais pour toi.

Je m'arrêtai là, voulant que le silence la tourmente. Les genoux de Lorrie semblaient incapables de la soutenir, et elle s'écroula sur une chaise.

— Jonah avait tué un cerf, chuchota-t-elle. Il avait rapporté la viande à la maison. C'était du sang de cerf que je n'arrivais pas à laver.

— Alors pourquoi brûler les vêtements, les chaussures ? Pourquoi ne rien avoir dit à la police ?

Elle fixa le sol, silencieuse, et se leva, comme si elle s'apprêtait à partir. Mais je me précipitai sur elle, l'attrapai par le bras et l'obligeant à se retourner, je criai :

— Pour autant que tu en savais, mon fils était toujours vivant quelque part, blessé et en sang, mais vivant ! Tu voulais le laisser mourir, pour protéger le tien ! Tu voulais le laisser mourir !

Je n'avais pas réalisé que je croyais cela jusqu'à ce que les mots sortent.

Le visage de Lorrie était bizarrement inexpressif, presque serein, comme si elle acceptait son sort.

— Non, je n'aurais jamais fait courir de risque à Daniel.

— Mais tu l'as fait.

— Non. Il ne courait pas de risque, dit-elle, sa voix aussi atone que son regard. Si le sang était celui de Daniel, il était déjà mort, j'en étais sûre.

Qui pouvait être prêt à recevoir des paroles comme celles-là ? Maintenant, c'était mes genoux qui ne me portaient plus. Et nous étions là, un homme et une femme écroulés sur des chaises de cuisine, à peine capables de respirer.

— Jonah t'a dit ?

— Non, fit-elle, posant ses mains sur la table pour se lever.

— Alors, comment tu savais ?

Prête à partir, elle se tourna et, de la même voix monocorde, dit :

— À cause de tout le sang, il y en avait tellement. À cause de l'odeur.

Je l'entendis partir. Je restai pétrifié dans la cuisine pendant de longues minutes, jusqu'au moment où je réussis à me lever, à aller dans le vestibule et à fermer la porte à double tour.

50

LE JOUR DE MA MORT

C'EST ÉTRANGE, la vitesse à laquelle les yeux de Daniel sont devenus vitreux, comme ceux du cerf. Comment le corps, la carcasse, n'était plus du tout Daniel, n'était même pas humain. Seulement une autre créature de la forêt au mauvais endroit au mauvais moment. Une créature qui n'était pas destinée, quel que soit le scénario, à vivre éternellement. J'ai commencé à croire que je pouvais le laisser là avec tous les autres animaux qui finissent par mourir un jour, que je pourrais sortir de cette forêt et retrouver ma vie.

Il a fallu une demi heure, mais j'ai réussi à cacher le corps tout au fond d'un épais buisson de ronces. J'ai traîné le cerf éviscéré par-dessus l'endroit où Daniel s'était vidé de son sang, j'ai étalé les entrailles pour cacher les giclées de sang. Si des charognards attiraient l'attention en volant en cercle au-dessus, les restes de l'animal couperaient court aux questions. Pour finir, j'ai prélevé les filets mignons du cerf et laissé le reste. Ma mère me disputerait parce que je n'avais pas respecté la saison de la chasse, mais elle mangerait ces steaks quand même. Et quelle meilleure explication pouvais-je donner pour mes vêtements trempés de sang qu'un cerf que j'avais pris pour mort, un cerf qui s'était débattu sous ma lame et dont le sang avait giclé partout sur moi ?

Je suis rentré à la maison sous un ciel nocturne sans étoiles, le siège couvert de trousses à outils, les morceaux de viande sanguinolente à côté de moi. Je n'arrêtais pas de sentir Daniel. Contrairement à ce que j'avais fait au cerf, je lui avais lacéré le ventre. Deux fois j'ai été obligé de m'arrêter pour vomir. Et pendant tout le trajet, je me suis trituré les méninges, essayant de me souvenir si quelqu'un avait vu Daniel monter dans mon pick-up après l'entraînement. Je ne le croyais pas, mais en même temps, qui fait attention quand sa vie n'est pas en jeu ?

Quand je suis arrivé à la maison ce soir-là, j'ai glissé un coup d'œil par la fenêtre de la cuisine. Maman était assise à la vieille table en formica, voûtée sur ses manuels pour préparer ses examens d'infirmière. Après la mort de papa, maman s'est ajouté des heures supplémentaires et a repris les cours, décidée à "faire quelque chose de sa vie" même si ça devait la tuer. Quand je l'ai vue comme ça, épuisée après une journée à changer des couches à la maison de retraite, ressemblant plus à ma grand-mère qu'à ma mère, j'ai eu envie de pleurer. Et voilà que j'étais sur le point d'entrer avec un autre paquet de souffrances. J'ai essayé de m'éclipser, mais elle m'a vu et m'a souri.

Entre la faible lumière de la cuisine et mes vêtements de couleur sombre, elle n'a pas tout de suite vu les taches de sang, mais je n'avais pas fait deux pas qu'elle avait repéré l'odeur.

— Grands dieux, Jonah, qu'est-ce que tu as abattu ? Ça devait être un gros animal.

Vers onze heures, je suis allé lui dire bonne nuit. Elle était debout devant l'évier de la cuisine. Le blouson que je portais était trempé, en boule. Une manche traînait négligemment sur le plan de travail de couleur claire et il en coulait du sang partout. Maman avait les lèvres entrouvertes, elle ne regardait pas l'eau qui faisait une flaque rouge, et éclaboussait du rouge partout; elle fixait ses paumes. Elle les tenait tendues devant elle, les regardait comme si c'était la première fois qu'elle les voyait, comme si on avait cousu les mains de quelqu'un d'autre au bout de ses bras.

Elle devait avoir conscience que j'étais là. Je me trouvais au bord de sa vision périphérique, à la porte de la cuisine. Elle n'a pas bougé, pas parlé, mais quand le plancher a craqué sous mon poids, sa respiration s'est arrêtée comme si quelque chose en elle venait de lâcher. J'ai attendu un peu, et comme il ne se passait rien de plus, je me suis tourné, prêt à m'en aller.

— Nells.

Elle le dit d'un ton féroce, comme un avertissement.

— Dans sa chambre. Endormie.

— Assure-toi qu'elle y reste. Compris ?

Le jour suivant, la nouvelle de la disparition de Daniel s'est répandue rapidement. Il s'est avéré que deux ou trois filles de première année l'avaient vu monter dans mon pick-up après l'entraînement de foot. J'aurais dû m'en douter. Les filles gardent toujours un œil sur lui. Mais au lieu que cela fasse de moi un suspect, je suis devenu une célébrité. Tout le monde voulait tirer une part de bénéfice, et Jonah Geiger le maigrichon était ce qui leur était le plus accessible. Sammy et ses amies se sont assises à côté de moi au déjeuner, essayant d'insérer Sammy dans le déroulé des événements, de transformer l'affaire en une histoire d'amour tragique. Je voyais bien qu'elle espérait un gros titre comme "Le garçon au cœur brisé disparaît".

J'ai dit la même chose à tous. J'avais déposé Daniel dans le petit supermarché près de la salle de sport.

— Il a dit qu'il voulait acheter une barre énergétique et un Gatorade avant d'aller soulever de la fonte.

La police a compris assez vite qu'il n'était probablement jamais arrivé au supermarché ni à la salle. Malgré tout, personne ne m'a soupçonné de quoi que ce soit. Tout le monde pensait qu'il réapparaîtrait. Même ma mère ne m'a pas posé de questions supplémentaires sur mon histoire. Mais elle était obsédée par mes vêtements. Elle les a imbibés de détachant, les a frottés et lavés plusieurs fois, et le lendemain, elle est rentrée avec un nouveau jean et de nouvelles chaussures, disant que mes anciennes étaient "irrécupérables" et qu'elle les avait jetées.

Quant à la viande, elle l'a donnée en douce aux chiens des Wiley. Elle ne m'a pas disputé. Elle a juste dit :

— Je n'aurais jamais pensé qu'une bête pouvait saigner autant.

Deux jours après la disparition de Daniel, le principal Thibodeau a annulé les cours pour que les élèves puissent participer aux recherches. Ce qui en dit long sur l'aura qu'avait Daniel dans notre ville. Je me suis joint aux autres pour aider à coller des affiches dans le quartier. Ce n'était pas aussi difficile qu'on l'aurait cru, de se comporter comme si rien ne s'était passé. En présence de gens qui ne pouvaient pas m'imaginer autrement que comme un garçon inoffensif, je ne le pouvais pas non plus. Pourtant, dès que j'étais seul, surtout la nuit, l'odeur de Daniel suintait de ma peau et remplissait la pièce.

Le troisième jour, la police a appelé et m'a demandé de venir pour un interrogatoire. Sammy en avait fait des tonnes pour les aiguiller vers le chagrin d'amour, et M. Balch leur avait dit que Daniel était agité le matin de sa disparition. Ils ont prétendu enquêter sur "l'hypothèse qu'il se soit fait du mal" et pensaient que je pouvais peut-être les aider.

Quand j'ai raccroché, ma mère s'est tournée vers moi. Immédiatement, j'ai remarqué sa voix bizarre, une voix qui disait : tu ferais bien d'écouter attentivement sinon, la situation pourrait se gâter.

— Ils veulent me parler à moi aussi, a-t-elle dit. Dommage que j'étais à la bibliothèque en train de réviser, ce soir-là. Je ne vais pas pouvoir les aider.

Plus tard, au moment où je partais, elle m'a dit, de cette même voix :

— Cela fait teeccllement longtemps que tu n'as pas rapporté de gibier à la maison, Jonah. Peut-être qu'à la reprise de la saison de la chasse...

J'ai cru qu'elle s'inquiétait à cause de mon infraction ; j'ai suivi la piste qu'elle m'avait suggérée, et j'ai dit à la police qu'après avoir déposé Daniel à l'épicerie, j'étais allé m'entraîner un peu au tir sur cible, à l'écart des sentiers, à la sortie de la ville, quelque chose que j'avais effectivement fait quelques jours avant sa mort. Après le dîner ce soir-là, j'ai remercié ma mère de ne pas avoir parlé du cerf à la police. Elle était en train de raccommoder une vieille veste en laine dont elle espérait qu'elle me tiendrait encore l'hiver. Sans lever les yeux, elle dit :

— Pas la peine de les envoyer faire de vaines recherches dans les bois.

Je ne cesse de me répéter que maman ne sait pas, qu'elle sera choquée demain quand le shérif découvrira ma lettre ; je veux croire qu'elle ne pourrait pas m'imaginer en train de faire une chose pareille.

Mais elle le peut, et j'ai l'impression terriblement triste et claire que c'est bien ce qu'elle imagine.

51

Le lundi suivant, après l'épouvantable comité de clarification, j'appelai George et lui dis que je ne me sentais pas assez en forme pour une réunion cette semaine.

— La semaine prochaine, alors.

Je voulais dire non, pas la prochaine non plus, ni la suivante. Au lieu de cela je dis :

— Nous verrons.

— Isaac... (Je le sentais en train de peser chaque mot.) J'espère que nous poursuivrons notre travail. Tu sais que la résistance est un signe que tu approches.

— Que j'approche de quoi ? D'un surcroît de souffrance ?

À nouveau le long silence, puis :

— Je pense que lorsqu'on est confronté à une grande perte, on est souvent distrait...

— Grands dieux, dis-le, tout simplement ! Tu penses que le fait de me concentrer sur Jonah est... quoi ? Une façon erronée de raconter les choses ? Le garçon qui a assassiné mon fils ne serait pas un psychopathe ? Tu penses que la culpabilité que je ressens d'avoir insisté pour que mon fils passe du temps avec son meurtrier est un égarement insignifiant ?

Il ne dit rien pendant une bonne minute. Lorsqu'il reprit, il avait retrouvé sa voix habituelle.

— Pas insignifiant. Mais je pense que tu tournes autour de quelque chose de plus profond. Et avant que tu poses la question, je n'ai aucune idée de quoi il s'agit. Mais je le sens. Et je devine que toi aussi.

J'avais envie de lui crier que j'en avais terminé avec leur suffisance et leurs jugements. J'en avais terminé avec la foi quaker et sa fausse promesse d'un lien avec le Divin, ses arrogances cachées et ses silences pesants. Que m'avait-elle apporté, à part m'éloigner de ma femme et de mon fils ? Que m'avait-elle apporté, si ce n'est me laisser complètement isolé ?

— Merci pour tes éclairages, George, dis-je. Mais je crois que je poursuivrai mon processus de discernement seul.

Avec l'annulation du comité de clarification, je m'étais retiré de tous les aspects de mon culte. À la maison, je devais faire face au trouble et au chagrin d'Evangeline face à la soudaine disparition de Lorrie, un désarroi qui se manifestait par des commentaires désinvoltes du genre : "Je crois que Lorrie a parlé de faire des heures supplémentaires" et "Vous savez, Nells traverse une période difficile. Elle a probablement besoin de sa mère." Elle voulait tellement m'expliquer la chose, cette femme qui l'abandonnait.

Mais comment pouvais-je discuter de Lorrie avec elle ? Chaque fois que je pensais à la mère de Jonah, mon cœur tressaillait. Je voulais croire que j'avais mal interprété ce que j'avais vu, mais quand je l'avais confondue, Lorrie ne m'avait opposé aucune défense. Et il y avait ses mots : "Si c'était le sang de Daniel, il était déjà mort, j'en étais sûre." Comment était-il possible que ces mots ne deviennent pas la plus atroce des rengaines, revenant me tourmenter à la seule mention du nom de celle qui les avait prononcés ? Pourtant, je n'étais pas allé en parler aux autorités. Je ne cessai d'imaginer Nells envoyée chez un parent éloigné ou en famille d'accueil. Comment le monde pouvait-il recevoir encore un enfant sans parent ?

La solitude me poursuivait au lycée aussi. Malgré la promesse faite lors de sa visite, Peter semblait changé en cette nouvelle année. Il s'absentait de plus en plus souvent, et il paraissait souvent stressé quand je le trouvais enfin, regardant les horloges à la dérobée, essayant de contrôler un mouvement nerveux de son pied. Bien qu'il ait parlé de "tracas administratifs" pour justifier ses absences, il n'expliqua jamais en quoi ils consistaient. Il ne posait plus de questions sur Evangeline, et quand je demandai des nouvelles d'Elaine et des filles, il me répondit sèchement par "Elles vont bien, merci."

Un vendredi, fin février, Evangeline m'envoya un SMS pour me demander si elle pouvait dormir chez Natalia. Je lui répondis oui, puis j'écrivis un message à Peter pour lui proposer de prendre une bière en ville. Je soupçonnai que Peter se montrait distant parce qu'il ne voulait pas m'imposer ses propres soucis. Si nous parvenions à avoir un moment de détente ensemble, il s'en ouvrirait peut-être à moi.

Peter ne répondant pas, j'appelai sur son portable, mais je tombai directement sur sa messagerie. Il oubliait parfois de charger son téléphone, et je décidai de passer chez lui aux environs de sept heures. Il vivait dans un des quartiers de la ville où toutes les maisons étaient bien entretenues, avec des jardins proprets et des allées soignées menant à la porte d'entrée. Bien que la Volvo de Peter fût garée devant, la maison était plongée dans le noir, et je ne vis pas la Subaru d'Elaine. Je supposai que la famille était sortie et j'étais sur le point de m'en aller lorsqu'une lumière s'alluma dans le salon.

Je me garai et m'approchai à pied, remarquant que les stores étaient tirés. Pendant tous les repas, les jeux, les conversations que j'avais connus dans cette maison depuis des années, je ne me rappelai pas un seul store baissé. Malgré mes nombreux coups de sonnette et coups frappés à la porte, personne ne m'ouvrit. Je criai :

— Peter ! C'est moi, Isaac !

Les minutes s'écoulèrent, puis une ombre passa devant la fenêtre. Je criai à nouveau. En réponse, la lumière dans le salon s'éteignit. Quelle chose étrange, cette lumière soudain disparue, comme si je pouvais oublier qu'elle avait été allumée.

Le jour suivant, je rappelai Peter.

— Salut. Pardon d'avoir manqué ton message. Apparemment, mon portable ne tient pas la charge.

— Je me suis inquiété.

— Une bière, ç'aurait été super, mais je n'aurais pas pu, de toute façon. Le cinéma Uptown passait le premier volet du film d'animation *Dragons*. On y a emmené les filles, une sortie en famille.

— Tu étais sorti hier soir ?

— Ouais. Pourquoi ?

— Je suis passé chez toi.

— Zut. Dommage que je t'aie raté.

— Mais il y avait quelqu'un, insistai-je.

— Ah, dit Peter. Alors, elle s'est levée. Quand nous sommes partis, la sœur d'Elaine, Josie, était couchée avec une migraine.

— Une migraine ? Elle a dû adorer m'entendre frapper, sonner et crier de l'autre côté de la porte.

— T'inquiète pas. Même avec une migraine, si elle était levée, elle aurait dû ouvrir.

Je lui fis remarquer que les migraines pouvaient être très invalidantes et lui demandai de lui présenter mes excuses.

— Tu veux qu'on convienne d'un moment pour aller boire une bière ?

— Super, dit Peter. La prochaine semaine est assez chargée, mais peut-être la suivante. Rappelle-moi à ce moment-là – il y a plein de choses en suspens.

Peter avait raison, il y avait beaucoup de choses en suspens, comme la raison de son mensonge sur la présence de la minuscule Josie. L'ombre qui était passée derrière les stores avant que la lumière s'éteigne avait la carrure d'un taureau.

52

EVANGELINE ÉTAIT ALLONGÉE sur le dos, portant une casaque du cabinet, la tête posée sur un oreiller. On était mi-mars et un gris bruineux collait à la vitre de la salle d'examen.

La situation s'améliorait au lycée. Elle avait essentiellement des B, et le harcèlement s'était quasiment arrêté, ce qui, étant donné son ventre spectaculaire, était assez étonnant. Mais en même temps, sa grossesse était tellement évidente désormais que toute personne se comportant comme si c'était un vilain secret passait pour un idiot. Tout le monde avait tourné la page, la plupart des élèves semblant accepter l'histoire que Natalia faisait circuler, à savoir que le père était un petit ami qu'avait Evangeline avant d'arriver en ville.

Mais une semaine auparavant, la situation avait pris un tour particulier. Deux filles du clan de Sammy s'étaient donné la peine de se faufiler avec Evangeline dans les toilettes pour lui dire qu'elles trouvaient qu'elle "était courageuse". Quelques jours plus tard, cela s'était reproduit avec deux autres filles du groupe. Ensuite, hier, elle avait senti quelqu'un lui taper sur l'épaule et en se retournant, s'était trouvée face à la chef de la bande.

Sammy se pencha si près qu'Evangeline put sentir la sauce au bleu dans son haleine. Quelque chose de bizarre se passait avec sa bouche, elle mordait sa lèvre tordue. Était-elle gênée ? Sur le point de s'excuser ? Puis Evangeline comprit qu'elle avait été piégée. Les filles des toilettes s'inscrivaient dans un plan de plus grande envergure. Sammy se mordait la lèvre pour ne pas rire.

Quand Sammy commença par : "Je voulais juste dire que je te trouve vraiment…", Evangeline l'interrompit.

— Ouais, je sais, courageuse. OK, c'est quoi la chute ? C'est toi qui es censée la balancer, non ? Alors, dis-le.

— La chute ?

Et Evangeline dut lui reconnaître cela, elle parut troublée, mais Evangeline n'allait pas abandonner en si bon chemin.

— Tu sais, courageuse parce que je me balade en ressemblant à une vache, ou courageuse parce que je porte le bébé de Satan, ou…

Le visage de Sammy changea d'expression, comme si elle comprenait tout à coup.

— C'est ça que tu penses ? Que je suis là pour me foutre de toi ?

Evangeline ricana.

— Ouais, on se demande pourquoi je penserais une chose pareille.

Les deux filles restèrent là à se dévisager. Elles étaient si proches qu'elles ne pouvaient pas voir beaucoup plus que les yeux de l'autre, ne pouvaient pas se laisser distraire par un mouvement de cheveux blonds ou un ventre de mammouth.

Il fallut une seconde seulement à Evangeline pour réaliser qu'elle n'avait jamais vu cette fille-là avant.

Et maintenant, tandis qu'Evangeline ajustait l'oreiller sous sa tête en attendant le médecin, elle se dit que peut-être la Sammy qu'elle avait vue au réfectoire et dans les couloirs avait prévu de dire une méchanceté, ou peut-être que non. Difficile d'être sûre. Tout ce qu'elle savait, c'était que la Sammy de la veille avait soudain eu le regard plus doux, sa respiration s'était un peu accélérée, probablement parce qu'elle était effrayée d'être quelqu'un d'autre, et elle avait dit avec un vrai chagrin :

— Je suis désolée. Vraiment.

Et ses mots sortis du cœur transformèrent Evangeline en une fille différente aussi. Au lieu de porter le coup de grâce, après avoir supporté toutes ces semaines de tourments, elle répondit :

— Merci, c'est gentil.

Evangeline se disait que peut-être elle poussait tout ce truc du pardon un peu trop loin quand le Dr Taylor entra, les yeux baissés sur son dossier.

— On est là pour l'examen de la vingt-huitième semaine, c'est ça ?

— Quelque chose comme ça, oui.

— Vous vous êtes vidé la vessie ?

Le Dr Taylor n'y allait pas par quatre chemins. Evangeline essaya de se l'imaginer sans le dossier et la blouse blanche, sans l'attitude imposante, en train de s'amuser, mais la seule chose qui lui vint fut l'image d'une femme sérieuse, se tenant bien droite, en vêtements décontractés.

— Ouaip.

— Bien. OK. On va ouvrir la casaque.

Le docteur se mit à palper son abdomen, surtout autour de son ombilic. Evangeline aimait bien utiliser des mots comme ça dans sa tête.

— On va chercher le fundus, dit le docteur.

Le haut de l'utérus, se dit Evangeline.

— Vous mangez correctement ? Activité physique modérée ?

— Ouaip et ouaip. J'aime presque les légumes, maintenant, et je marche beaucoup. Je suis venue à pied aujourd'hui.

Le médecin appuya sur son tube pour déposer du gel glacial sur son ventre et passa le Doppler jusqu'à ce qu'elles entendent les battements du cœur du bébé. Ils étaient toujours tellement rapides, comme s'il courait fort fort, mais le docteur disait que c'était exactement ce qu'elle voulait entendre.

— Bien, fit-elle en essuyant le gel. Maintenant, la hauteur utérine.

Elle déroula un mètre ruban et mesura la distance entre son nombril et le haut de son os pubien. Regarda, et recommença.

— Rappelez-moi. Quand est votre terme ?

— Le 9 juin.

Le médecin se mit à feuilleter les pages du dossier.

— La première fois que vous êtes venue, vous sembliez assez sûre de la date de vos dernières règles. Pouvez-vous m'en dire plus ? Elles étaient comment ?

— Comment ça ?

— Elles étaient moins abondantes que d'habitude ? Ou plus ? Autre chose ?

— Pour moi, moins abondantes.

— Plus précisément ? Des petites pertes, pendant un jour ou deux ?

— Un jour, je dirais. Mais un vrai saignement.

— D'accord, dit-elle. Et avant ? Les dernières règles avant ça, c'était quand ?

Evangeline s'agita. Elle n'aimait pas être interrogée.

— Je ne sais pas. Elles ne sont pas très régulières. Il se trouve que je me suis rappelé les dernières.

— OK, laissez-moi vérifier deux trois petites choses, fit le docteur, avant de reculer.

Elle se leva et dit à Evangeline de se rhabiller, qu'elle revenait dans une minute.

Le docteur Taylor revint.

— Tout paraît bien aller pour vous et le bébé. Mais la hauteur utérine ne correspond pas à la date de terme prévue. Elle peut varier d'un à trois centimètres, mais dans votre cas, elle est constamment supérieure à la moyenne. Aucune raison de s'inquiéter, mais à ce stade, je suis presque sûre que ce que vous avez cru être vos dernières règles était en fait un saignement d'implantation, des petites pertes qui ont lieu environ une semaine après la fécondation. Cette date serait bien plus logique compte tenu de ce que nous avons aujourd'hui.

— Alors, le décalage est de combien ?

— Comme ça, je dirais trois semaines.

— Trois semaines ? Ça veut dire que peut-être que je suis tombée enceinte trois semaines plus tôt que ce que je croyais ?

— Oui. Mais comme j'ai dit, voyons comment ça évolue au prochain examen. Plusieurs variables peuvent affecter la hauteur utérine.

Quand Evangeline arriva à la maison, elle tremblait, elle avait froid jusqu'aux os. Le Dr Taylor devait se tromper. N'avait-elle pas reconnu qu'elle n'était pas certaine ? Daniel était grand. Son gamin le serait forcément, non ? Peut-être que son propre père à elle était balaise et lui avait transmis ses gènes.

Elle aurait tant voulu être avec une amie, quelqu'un qui verrait qu'elle était chamboulée mais qui n'insisterait pas pour en connaître la raison. Quelqu'un qui la laisserait parler, ou pas, selon ce qu'elle choisirait. Pas Natalia. Evangeline l'adorait, mais l'amitié à leur âge était fondée sur les révélations, les preuves de confiance par des confidences. C'était de Lorrie qu'elle avait besoin. Lorrie avec son acceptation silencieuse de ce qui lui était présenté.

Elle envisagea de lui rendre visite, mais elle ne pouvait pas. Après la soirée où elles avaient préparé le ragoût, Lorrie s'était volatilisée de la surface de la terre. Enfin, pas tout à fait. Sa vieille Toyota allait et venait, et Evangeline voyait parfois Nells à vélo sur la route. Fin février, alors que cela ne faisait que quelques semaines que Lorrie avait disparu de la circulation, Evangeline était allée chez elle. Mais à mi-chemin, elle avait fait demi-tour, trop effrayée pour prendre le risque. Et maintenant, il s'était écoulé tellement de temps, comment pourrait-elle s'expliquer ?

Evangeline essaya de faire une sieste pour oublier pendant un moment, mais elle ne cessait de tourner et se retourner ; le bébé avait l'air de piquer une espèce de crise. Un nouveau terme allait tout gâcher, pas seulement avec Lorrie mais avec Isaac. Elle savait qu'il espérait que le bébé soit de Daniel, et elle avait besoin de cette possibilité, elle aussi. Le bébé avait apporté une légitimité à sa présence ici – cette maison, ce foyer. Sauf que maintenant, le bébé n'avait pas le moindre lien avec tout cela.

Elle balaya du regard la chambre dans laquelle elle avait vécu ces cinq derniers mois. Rien ne lui parut familier, ni la porte si ornementée, ni le lustre chargé, pas même ses propres vêtements étalés par terre. Elle vit ce qu'elle était, une écharde sale qui s'était glissée sous la peau de la maison et avait commencé à suppurer.

La pression commençait à monter. À tout moment, la maison allait essayer de l'expulser.

PARTIE 3

53

PARFOIS, JE ME DIS que je savais avant d'entrer dans le lycée ce matin de fin mars. Il régnait sur le parking une atmosphère voilée, une sorte d'étouffement des sons, les premiers bonjours assourdis comme s'ils étaient prononcés sous l'eau. Le bâtiment lui-mêmc paraissait plus dense, recroquevillé sur lui-même, et en approchant de ses portes, je sentis un regard sur moi, je sus que Carol Marsten attendait.

Elle était postée à l'accueil, le visage cireux et le regard vidc. Sans un mot, elle me conduisit dans son bureau, ferma la porte, me fit signe de m'asseoir. Elle rapprocha sa chaise ; son souffle était court et son haleine un peu aigre.

— Vous êtes au courant, pour Peter ?

Elle avait la mine de quelqu'un qui annonce un décès. Je secouai la tête, comme entraîné dans une chute vertigineuse.

— Il a démissionné ce matin.

Malgré le choc, je me sentis ragaillardi. Il était vivant. Une démission, ce n'était pas irrémédiable. Après coup, il me parut étrange que spontanément, j'aie cru qu'il était mort.

— Vous savez, pour les femmes ?

À nouveau, je secouai la tête, et cette fois, je chuchotai :

— Non.

Et c'était vrai. Mais je fus pris de nausée comme si en réalité, je ne l'ignorais pas.

— Apparemment, il avait une liaison avec deux mères d'élèves. L'une d'elles a commencé à avoir des soupçons et elle l'a photographié alors qu'il allait dans un motel avec l'autre. Elle l'a dénoncé à Newland.

Je revis Peter dans ma cuisine pendant les vacances, Mia sur la hanche en train d'appeler Rufus à grands cris, Zoe sautant effrontément sur ses genoux, et faisant bisquer sa sœur Hannah. Et ses regards si intenses vers Elaine. Il y avait de l'amour dans ces regards. Clairement de l'amour.

— Ce n'est pas possible. Que dit Peter ?

— Je ne lui ai pas parlé. J'ai appris tout ça il y a une heure seulement. Par un SMS de son avocat.

— Son avocat ?

— Larry Hallstrom va le représenter.

— Je croyais que Larry ne prenait que des affaires criminelles.

— J'essaie encore de comprendre. Mais je sais à quel point vous êtes proches. Je voulais que vous l'appreniez par moi. D'ici midi, la nouvelle se sera répandue comme une traînée de poudre.

J'allai dans ma salle de cours et fermai la porte à clé. Même si Peter ne répondait pas à mes appels ni à mes messages, ma certitude quant à son innocence demeurait intacte. Les parents mécontents harcelaient toujours le principal. Ces affirmations étaient probablement malveillantes et sans fondement, et Peter, pensant toujours aux autres, quittait son poste temporairement de manière à ne pas perturber l'établissement, le temps que son nom soit lavé.

À midi, d'autres enseignants discutaient de la nouvelle dans la salle des professeurs. Alors que je restais assis dans mon coin, seul, Connie Swanson approcha une chaise et posa son casse-croûte sur la table basse entre nous.

— Il n'y a pas que les deux mères, fit-elle.

J'évitais les ragots, tout le monde le savait, et peu de gens venaient m'en rapporter. Je supposai donc que les révélations de Connie avaient quelque lien avec moi, et un bourdonnement puissant résonna dans mes oreilles.

— Peter a été arrêté à Bremerton hier soir.

— Connie, je n'ai pas besoin de…

— Il s'est fait coincer avec une fille mineure qui a des antécédents de prostitution.

Je regardai fixement les lèvres de Connie. Elles avaient produit des inepties, et j'attendais qu'elles les ponctuent d'un rire révélateur ou qu'elles ajoutent des mots qui créeraient du sens. Comme rien ne venait, je me levai et ramassai les vestiges de mon déjeuner.

— J'éviterais de faire circuler des ragots aussi malfaisants. On peut être poursuivi en justice pour moins que ça.

— Ce ne sont pas des ragots, Isaac.

Elle parlait calmement, comme si elle me corrigeait sur l'heure de la prochaine réunion d'enseignants.

— Il a été arrêté. C'est pour ça que Larry Hallstrom est dans le coup. Et que Peter est parti si brusquement.

Je me rassis.

— Il a démissionné à cause des liaisons.

— Une mère d'élève a effectivement parlé au directeur. C'était il y a des mois. Elle était mariée et pas très pressée que l'information devienne publique. Elle voulait juste que Newland oblige Peter à démissionner. Il l'a convaincue qu'il était en train "d'enquêter". Ce qui était faux. Il protégeait un ami.

— Peut-être que Peter a fini par être innocenté.

Elle secoua la tête.

— Non. Nous n'aurions jamais entendu parler des liaisons s'il n'y avait pas eu l'arrestation. Mais maintenant, elles paraissent anodines en comparaison avec une pute mineure.

J'étais ahuri que Connie accorde du crédit à une telle histoire.

— Tu y crois ?

— Oui.

— Mais comment… ? (Je m'interrompis, cherchant mes mots.) Comment se fait-il que tu n'aies pas l'air surprise ?

Elle croqua dans un morceau de céleri, et même si elle n'était qu'une femme en train de finir son déjeuner, je vis ses dents broyer l'aliment, aussi mécaniquement qu'un écureuil, et je luttai contre une envie impérieuse de la gifler. Elle avala et dit :

— Bien sûr que c'est choquant. Bien sûr. Pas une fois je n'ai pensé consciemment à quelque chose comme ça. Mais inconsciemment, j'ai dû le faire. Toutes ces rumeurs, depuis des années, à propos de conquêtes féminines.

— Il y a des rumeurs similaires sur tout le monde.

— Pas sur tout le monde. Je n'ai jamais entendu ce genre de ragots à ton propos.

— Quand même. Une liaison, c'est une chose. Mais une fille mineure ?

— Je ne sais pas quoi te répondre. Tu as dit que je n'avais pas l'air étonnée. Et tu as raison. Je n'ai pas été surprise. C'est précisément ce qui m'a surprise. (Elle continua à mâcher énergiquement, et entre deux bouchées, ajouta :) Espérons qu'aucune de nos élèves n'est impliquée dans tout ça.

Pendant la journée, j'essayai plusieurs fois de joindre Peter. Je voulais lui proposer mon aide. Après une carrière sans la moindre anicroche, se retrouver confronté à ce genre d'allégations était au-delà de tout ce que je pouvais imaginer. Après les cours, je passai chez lui, mais sa voiture n'était pas là et personne n'ouvrit la porte.

Au dîner, Evangeline chipota un morceau de poulet rôti, le regard perdu dans le fond de son assiette. J'essayai de trouver un sujet de discussion quand elle dit :

— Vous avez appris, pour le principal Thibodeau ?

— Bien sûr.

Ses yeux se plissèrent.

— Vous avez entendu parler de la fille aussi ?

— Quelle fille ?

— Celle avec laquelle il s'est fait arrêter à Bremerton ?

Je fus choqué de découvrir que la nouvelle s'était répandue parmi les élèves avec autant de détails.

— Tes camarades pensent que c'est vrai ?

Evangeline secoua la tête comme si elle était embrouillée.

— Il n'y a rien à penser. Il a été arrêté avec une mineure qui racolait.

— Il a perdu son poste à cause de ses liaisons avec deux mères d'élèves.

— Ça, c'est l'histoire officielle. Mais il a été arrêté, non ?

— Je ne sais pas. Même si c'est le cas, il doit y avoir une explication. C'est tout simplement impossible.

Evangeline mangea quelques bouchées de brocoli trop cuit, se retenant visiblement de parler.

— Tu crois à cette histoire ? demandai-je.

Elle posa sa fourchette, lentement, comme si elle était en train de prendre une décision.

— Je n'ai pas besoin d'y croire. Je sais que c'est vrai.

Une erreur due à sa jeunesse, cette certitude fondée sur rien de plus qu'une antipathie instinctive. Elle avait pensé pis que pendre de Peter depuis qu'il avait soulevé le problème de la déclaration aux services sociaux.

— À moins que tu aies été présente, tu ne peux pas savoir.

Elle me lança un regard noir. Plein de défi.

— Et si je vous disais que j'y étais ?

Je me figeai, mais je réfléchis.

— Je dirais que c'est impossible. Tu étais ici avec moi hier soir, quand il a été soi-disant arrêté.

Elle se leva, ramassa son dîner à moitié mangé et posa l'assiette à grand bruit sur le comptoir.

— Je vais dans ma chambre. C'est à votre tour de débarrasser.

J'avais perdu tout appétit moi aussi ; je m'approchai de l'évier, face aux assiettes graisseuses. Je venais d'être testé. Et bien que je ne comprenne pas dans quel but, je savais que j'avais échoué.

54

EVANGELINE SE RÉVEILLA un samedi de début avril, victime des accès de colère de son bébé. Il devenait belliqueux, luttant contre l'exiguïté de son lieu de vie avec force coups de pied et coups de poing, comme s'il espérait agrandir son territoire en lui cassant quelques côtes. La vessie et les poumons précédemment mésestimés d'Evangeline étaient relégués à une fraction de l'espace qu'ils occupaient avant, la forçant à respirer deux fois plus vite en montée et à foncer aux toilettes toutes les dix minutes.

Son cœur aussi était malmené par les exigences du corps étranger. Incapable désormais de faire circuler correctement les fluides, il les laissait s'amasser dans ses chevilles et alourdir ses pieds. Quand elle appuyait un doigt sur la chair enflée de ses mollets et que le creux persistait, tenace, elle comprenait que son orgueil – car Evangeline avait toujours été fière de ses chevilles fines – allait devoir se faire discret.

À neuf heures et demie, Evangeline arriva dans la cuisine et trouva un mot laissé par Isaac. "Parti me promener avec George. Amuse-toi bien à Silverdale." Natalia passait la prendre vers dix heures pour qu'elles aillent faire du shopping. Elle voulait qu'Evangeline l'aide à choisir une robe pour le bal de fin d'année. Evangeline n'y allait pas, bien que Scottie Wilkerson l'ait invitée. Il était sympa ; elle se fichait de son bégaiement. Mais elle ne voyait pas comment trouver une robe dans laquelle elle rentrerait. En plus, elle avait bien aimé voir la profonde déception de Scottie quand elle avait repoussé son invitation. Ça lui donnait de l'espoir.

Elle n'avait pas bien dormi, et après avoir été obligée d'aller uriner pour la troisième fois en une demi-heure, elle appela Natalia ; elle était désolée, le bébé sautait sur sa vessie comme sur un trampoline et il ne la laisserait jamais partir. Natalia rit et dit qu'elle allait lui manquer. Evangeline retourna dans sa chambre et se glissa sous la couette, pleurant presque tant cet endroit était confortable et l'idée de pouvoir éventuellement le perdre, angoissante.

Elle tapota le lit, pour inviter Rufus à monter. Il bondit, mais ses pattes arrière ne sautèrent pas assez haut et il retomba par terre.

— Rufus ! s'exclama-t-elle en riant. Allez. Tu peux faire mieux que ça.

Il posa son regard sur elle, replia ses pattes arrière. Cette fois, il accrocha une surface assez grande du lit pour qu'elle puisse l'attraper et le hisser.

Elle l'examina. Son nez était plus morveux que jamais et son expression paraissait un peu affolée, probablement à la suite de la chute. En y réfléchissant, elle trouva qu'il avait perdu un peu de poids, mais malgré tout, il restait le même. Elle l'attira contre elle.

— Je t'ai, toi, quoi qu'il arrive, hein ?

De plus en plus, elle s'efforçait de lister ce qu'elle avait. Elle regardait autour d'elle, tout ce qui lui avait été donné, et s'imprégnait de chacun de ces signes qui montraient que quelqu'un était attaché à elle. Pendant des mois, elle avait rejeté cette idée, supposé qu'il s'agissait d'une manipulation, refusé de ressentir l'amour qui lui était porté. Elle le regrettait maintenant.

Le soir où Peter avait démissionné, elle avait voulu forcer Isaac à choisir entre son ami et elle. Mais au moment de parler, elle s'était rendu compte que l'univers avait déjà choisi pour lui, il avait révélé au grand jour la véritable nature de Peter. Dieu merci, elle était restée tellement vague et incompréhensible qu'elle pouvait pardonner à Isaac son refus d'y croire. Dieu merci, elle pouvait encore se dire : J'ai Isaac ! J'ai Isaac ! J'ai Isaac !

Sauf qu'elle savait que ce n'était pas le cas. Pas vraiment. Pendant ces premiers jours d'avril, tandis que des pluies incessantes faisaient monter les herbes à hauteur de taille dans les champs et imbibaient les vestes et les chaussures d'une humidité tenace, un marécage impossible commença à s'étendre entre l'homme et elle. Il existait une vérité fondamentale qu'elle n'avait pas encore énoncée : le bébé n'était pas de Daniel, n'était d'aucun des garçons. Cette dernière semaine, le Dr Taylor avait avancé la date du terme du 9 juin au 19 mai. Il n'y avait pas eu moyen de la faire changer d'avis.

Evangeline se revit trois semaines avant sa rencontre avec les garçons. Elle était montée sans payer dans un bus pour Bremerton, une ville portuaire à une heure et demie de route vers le sud. Elle s'était dit qu'elle y allait parce qu'il fallait bien prendre l'air de temps en temps. Et elle avait entendu parler d'une rue où une fille pouvait se faire un joli petit paquet en un après-midi… eh bien, disons que c'était un à-côté culturel intéressant.

Un courant d'air souleva le rideau de sa chambre jusqu'à ce qu'il soit engrossé d'air vide, et elle s'autorisa à revoir l'homme. Ce n'était pas Peter. Peter s'était bien arrêté à côté d'elle cet après-midi du mois d'août. Il s'était penché et avait ouvert la portière. Elle était montée. Ses mains étaient cramponnées sur le volant, mais il ne démarra pas. Il ne la regarda pas non plus. Cet aveuglement inflexible disait un tel désespoir. Quand il se tourna enfin vers elle, ses mains quittèrent le volant.

— Quel âge as-tu ?

— Quel âge voulez-vous que j'aie ? répondit-elle.

Il secoua la tête, les lèvres serrées, et son regard se perdit à nouveau dans le lointain.

— Désolé. Je t'ai prise pour quelqu'un d'autre.

Elle sortit de la voiture et il partit en trombe. Mais elle le vit s'arrêter une rue plus loin, à côté d'une fille qui s'était sapée pour avoir l'air plus âgée. Cette fille avait dû fournir la réponse qu'il attendait, parce qu'elle monta et ils s'éloignèrent.

L'homme qu'Evangeline cherchait à revoir dans sa tête s'arrêta moins de dix minutes plus tard. Il ne lui demanda pas son âge, ni rien. Il lui dit juste de monter. Elle se rappelait ses cheveux clairsemés, son crâne pâle, presque rose, visible sous les longues mèches brunes. Elle s'était focalisée sur ce détail, ne voulant pas connaître la forme de sa bouche ni la couleur de ses yeux, se rendant compte seulement aujourd'hui que son crâne nu était ce qu'il lui montrait de plus intime, car il obligeait Evangeline à ressentir les insécurités et les vanités de cet homme, son regret de ce qui était aujourd'hui perdu.

Il lui offrit quarante dollars de plus si elle acceptait la "version sans capote", disant qu'il était père de famille, qu'il ne faisait jamais ce genre de choses, qu'il était "très propre". Elle calcula la quantité de nourriture qu'elle pourrait acheter avec ça, puis essaya de se rappeler où elle en était de son cycle. Ses dernières règles remontaient à des semaines, et elle avait eu mal au ventre plus tôt ce jour-là, alors elle dit d'accord.

Quand elle était montée dans cette voiture, elle n'avait pas de maison, pas de famille, pas d'amis. Personne au monde ne se préoccupait de ce qui pouvait lui arriver. Pour autant qu'elle sache, personne ne savait qu'elle existait. Elle-même avait commencé à se demander si elle existait, d'ailleurs. Capote ou pas, quelle importance ?

Quand ce fut terminé, après qu'il eut joui dans une ultime secousse comme s'il avait été électrocuté, elle récupéra sa culotte et son petit sac à main qui étaient tombés. Sous le siège, elle trouva une Barbie qui portait une longue robe rose à paillettes. Elle l'attrapa. Il la lui prit et la tint, le visage abattu et honteux. Il lissa la robe de la poupée, presque tendrement, puis la posa sur le siège arrière. Il prit deux autres billets de vingt dans sa pince à billets avant de les lui jeter sur les genoux, son regard, pareil à celui de Peter, perdu dans le lointain. C'était comme s'il jetait de l'argent sur un siège vide.

Et ce fut tout. Son seul et unique client. Elle ne pourrait survivre à plus. Sa mère avait sans aucun doute mené cette vie plus longtemps. Peut-être que sa mère était plus forte. Ou plus faible. Peut-être que c'était tous les hommes et les innombrables manières dont ils l'avaient contrainte, pénétrée, souillée de sperme qui avaient rendu non seulement possible mais nécessaire l'abandon de sa fille adolescente.

Le bébé bougea. Evangeline frotta son ventre et roucoula, et le bébé s'immobilisa. Savait-elle depuis longtemps qu'aucun des garçons n'était le père ? Parfois elle le pensait. Qu'elle s'était leurrée exprès. Il fallait qu'un des deux garçons soit le père. Pourquoi, autrement, Isaac ou Lorrie se préoccuperaient-ils d'elle ? Parfois elle se disait qu'elle savait qu'elle était enceinte avant même de rencontrer les garçons, et que c'était la raison pour laquelle elle avait été aussi irréfléchie avec Daniel et ardente avec Jonah. Peut-être qu'elle avait voulu créer d'autres possibilités pour son enfant.

Elle se leva à nouveau avec l'envie d'uriner, voulant cesser de penser à tous ses mensonges et au fait qu'ils avaient empoisonné ce qui aurait pu arriver. En revenant, elle entendit George et Isaac parler dans la cuisine. Elle retournait vers sa chambre en chaussettes quand elle entendit son nom. Elle s'arrêta. Son nom, à nouveau. Elle se rendit compte qu'Isaac devait penser qu'elle était à Silverdale et elle se rapprocha, se colla contre le mur juste à côté de la porte de la cuisine.

— Tu as raison, mais je ne peux pas être sa mère. Je suis un vieux monsieur.

— À cinquante ans, tu es loin d'être un vieux monsieur. Tu as le même âge que celui que tu avais avec Daniel.

— Regarde ces mains. On dirait celles d'un vieillard de quatre-vingt-dix ans. Mais tu as raison. Peut-être que c'est la perspective de ce bébé qui fait que je me sens vieux.

Ils restèrent muets quelques instants, le silence interrompu seulement par le bruit des tasses qu'on prend et qu'on repose.

— Ce truc avec Evangeline. C'était une erreur. Elle…

Evangeline n'entendit pas la suite. Elle essaya mais ne réussit pas. Une voix moqueuse résonna dans sa tête. Combien de fois allait-elle se faire avoir ! Elle battit en retraite, se jeta sur son lit. Elle se mit à taper sa cuisse avec son poing. Plus fort, plus fort, sans pouvoir s'arrêter. Elle avait besoin de prouver qu'elle était bien réelle, faite de sang, d'os et de chair qui pouvait être meurtrie. Elle se frappa jusqu'à ce qu'elle soit certaine de la preuve de son existence, puis laissa son bras retomber le long de son flanc.

Elle resta dans sa chambre, percluse de douleurs et épuisée, regardant fixement le plafond. Elle y resta jusqu'à ce qu'elle risque de faire pipi dans son lit, et réussit tout juste à atteindre les toilettes à temps. Lorsqu'elle en sortit, elle trouva Isaac dans le hall.

— Je croyais que tu étais à Silverdale.

Une accusation.

— J'ai annulé. Je n'ai pas dormi de la nuit, alors je suis retournée me coucher après le petit déjeuner.

Il la dévisagea.

— Ça va ?

— Ouais, dit-elle. (Elle se dirigea vers la cuisine, lançant par-dessus son épaule :) Quand est-ce que George va nous emmener à nouveau sur son bateau ? C'était chouette.

— Tu sais, dit Isaac, d'une voix plus gaie, je ne lui ai pas demandé mais c'est une bonne idée. Tu penses que tu serais assez en forme ?

Elle dit absolument, même si c'était insensé. Elle ne pouvait pas aller faire des courses avec Natalia. Isaac la suivit dans la cuisine, peut-être pour l'examiner dans une meilleure lumière. L'expression agréable qu'elle se colla sur le visage devait être convaincante, parce qu'il émit un soupir de soulagement et dit gaiement :

— Je vais lui demander, promis. (Il s'apprêtait à partir, puis se retourna.) Au fait, il m'a invité à dîner ce soir. Je suis sûr qu'il t'aurait volontiers invitée toi aussi, mais je lui ai dit que tu avais prévu de manger quelque part après ton shopping. Tu veux que je l'appelle ?

Evangeline dit non merci, elle était encore assez fatiguée et prévoyait d'aller se coucher tôt.

— Je vais rester alors, et je préparerai le dîner.

— Non, dit-elle. Allez-y.

— Tu es sûre ?

Elle répondit qu'elle l'était et il dit bon, d'accord.

Sa chambre, quand elle la retrouva, ne lui parut pas plus réelle qu'un décor de théâtre, le lustre et la tête de lit en bois sculpté n'étaient que des accessoires. Comme c'était étrange qu'elle ait cru un instant qu'elle avait sa place dans cet endroit. Isaac avait raison : croire qu'elle avait une place, qu'elle pourrait faire partie de la famille était fondé sur une erreur.

Elle prit une grande inspiration et expira l'air dans la chambre. Bon, se dit-elle, c'est mon dernier jour avec lui.

55

Avec la démission de Peter, la salle des professeurs se transforma en un amphithéâtre où des bribes d'information – l'âge de la fille, d'autres aventures – étaient jetées dans l'arène pour y être dépecées par des bouches écumantes. Je commençai à m'isoler, à déjeuner dans ma salle fermée à clé, à entrer et sortir du lycée par une porte de service.

De plus en plus, le seul soulagement de ma journée était quand je rentrais à la maison auprès d'Evangeline et de Rufus. George aussi était une source de réconfort. Depuis que j'avais mis fin au comité de clarification, je le voyais bien plus souvent qu'avant. Il passait le soir avec un pot de glace ou un mini-cake acheté au supermarché, ou les deux. Chaque fois qu'on plongeait nos cuillères dans les tourbillons de caramel ou les couches de chocolat moelleux, je regardais son gros ventre et me disais que ça ne devait pas lui faire de bien.

Certes, il était heureux de partager un vice avec moi, mais il y avait plus que cela. Il espérait me persuader de convoquer une nouvelle fois le comité. Lorsque je dis non avec fermeté et conviction, il ne souleva plus jamais la question.

Libérées de cette tension, nos conversations prirent un tour plus apaisé, et je me souvins combien nous avions été proches autrefois.

Un soir, après qu'Evangeline était partie dans sa chambre, il étendit les bras sur le dossier du canapé comme s'il prévoyait de rester un moment. Il parla du vieillissement de notre culte, de la désaffection des jeunes, et se demanda comment notre groupe pourrait continuer dans les décennies à venir. J'exprimai le regret que Daniel ait abandonné, des années auparavant.

George resta silencieux un moment.

— Tu sais, je crois qu'aucun de mes enfants ne restera quaker, après leur départ de la maison. Ce n'est pas qu'ils désapprouvent ou qu'ils se rebellent. Rien à voir. C'est juste que le silence ne leur parle pas.

“Parfois, je me demande ce qui arrive à leur cerveau, avec ces appareils qui créent des troubles de l'attention. On est comme des oiseaux qui picorent dans une mangeoire à la recherche de la prochaine dose de came…

George continua dans la même veine. Les intonations et la gravité de ses réflexions étaient familières à mon oreille ; je réalisai qu'elles me rappelaient mon père. Je me souvins alors des fois où mon père n'avait pas été silencieux, des fois où il m'avait ouvert son cœur et son esprit. J'eus l'impression d'être entré dans une pièce dont j'avais oublié l'existence. Il est difficile de rendre avec justesse l'impression qu'a suscitée cet instant, où je me trouvais chez moi avec cet homme appelé George, qui sans en avoir jamais appris les paroles ni la mélodie, chantait une chanson perdue de mon enfance.

D'habitude, je ne voyais pas George le week-end, et je fus surpris de l'entendre frapper un samedi matin au début du mois d'avril. Quand il s'assit à la table de la cuisine et se servit dans l'assiette de tartines beurrées que je m'étais préparée, je suggérai une promenade avec Rufus.

Quelques minutes plus tard, le chien trottinait devant nous sur le sentier, les aulnes et les bouleaux couverts de bourgeons, les buissons de roses en boutons. Nous parlâmes du travail de sa femme qui était contrôleuse de gestion à l'hôpital et des difficultés avec ses enfants – des amours adolescentes, une performance décevante au SAT. Cela faisait longtemps que personne n'avait partagé ses soucis avec moi, en particulier à propos de ses enfants. Je fus ému par sa générosité.

Lorsque nous arrivâmes à la maison, je lui servis une dernière tasse de café et il me demanda comment je voyais les choses après l'arrivée du bébé. Je lui répondis que je me sentais un peu submergé, qu'Evangeline avait vraiment besoin d'une femme dans sa vie. Je m'inquiétais d'avoir commis une erreur en la recueillant.

— J'étais certain que Dieu avait une raison de me l'envoyer. Je venais de perdre Daniel, et tout à coup, elle est arrivée. Seule et enceinte.

— Tu étais au courant, pour le bébé ?

J'acquiesçai.

— Dès les premiers jours. Je ne sais pas qui est le père. Je crois qu'elle non plus. Mais elle connaissait les garçons. Elle les a rencontrés peu de temps avant le meurtre.

— Et Lorrie ? Elle est au courant ?

— Oui. Evangeline et elle sont devenues assez proches quand j'étais en Pennsylvanie. (J'étouffai un rire.) Tu aurais dû les voir ensemble, comme elles se parlaient.

— Que lui est-il arrivé ?

— À Lorrie ?

Je faisais l'imbécile, exprès.

— Oui, Lorrie. (Il leva un sourcil.) La femme dans la vie d'Evangeline. Tu viens de dire qu'elle en avait besoin, non ?

Je tripotai ma tasse, but une gorgée.

— Lorrie a cessé de venir.

— Cessé ? Comme ça ?

Je hochai la tête.

— Elle doit lui manquer, à Evangeline.

Je hochai à nouveau la tête.

— Et quand tu as demandé à Lorrie pourquoi elle avait abandonné Evangeline, qu'est-ce qu'elle a répondu ?

Je déglutis avec peine, et dis que je n'avais pas eu cette conversation avec elle.

Il me dévisagea quelques instants.

— Eh bien, tu sais te montrer convaincant, Isaac. Je suis sûr que quand tu lui parleras, elle reverra sa position. Le cœur sait toujours ouvrir la voie.

Il se leva.

— Amy a fait un grand plat de lasagnes pour ce soir et les enfants ont d'autres projets. Tu veux venir nous aider à le manger ?

J'acceptai et le raccompagnai.

Quand je rentrai de chez George vers neuf heures et demie, la porte d'Evangeline était fermée, sa chambre plongée dans le noir. Bien que Rufus soit endormi dans la cuisine, je n'y accordai pas d'attention. Souvent, elle évitait de le prendre dans sa chambre quand j'étais sorti pour ne pas qu'il la réveille à mon retour.

Ce n'est que vers dix heures le lendemain matin que je finis par frapper à sa porte. Evangeline pouvait facilement dormir jusqu'à midi, mais je ne l'avais pas entendue une seule fois pendant la nuit. Sans réaction de sa part, j'entrouvris la porte.

— Tout va bien ?

Pas de réponse. J'allumai la lumière. Le lit était fait, le sol était dépourvu du désordre habituel. Sur son oreiller, un morceau de papier plié avec mon nom écrit. Je le pris, et l'ouvris, les mains tremblantes.

> Je ne veux être "l'erreur" de personne. Evangeline.

Je retournai la feuille me disant qu'il y avait peut-être autre chosc. Ne trouvant rien, je restai là, incapable de bouger pendant plusieurs minutes. Je fonçai dans la cuisine, jetai le mot sur le plan dc travail. Je fourrageai dans un tiroir, sortis une manique dans laquelle j'avais caché cent dollars. L'argent avait disparu, et à sa place jc trouvai un autre mot :

> Je suis désolée. Je vous rembourserai un jour. Je vous le promets.

Je m'écroulai sur une chaise et regardai fixement ces mots d'un langage de fille que je n'avais pas encore appris. Me levant d'un bond, je déchirai les deux messages et renversai une chaise. Voyant que cela ne résolvait rien, j'envoyai valser une autre chaise, puis me déchaînai dans toute la maison, ouvrant les placards, arrachant les tiroirs. Après avoir constaté que son armoire à pharmacie autrefois pleine de produits était vide, je fermai la porte brutalement, et le miroir se fendit au milieu. J'ouvris la porte à nouveau et la claquai avec violence. Encore une fois. Et encore une fois. Je recommençai jusqu'à ce que le miroir se détache complètement, qu'il tranche l'air en milliers d'arcs de lumière fragmentée.

Jusqu'à ce que le dernier morceau explose dans le lavabo.

56

Simplicity avait été facile à trouver, et Evangeline se souvenait que George cachait une clé dans le coffre du pont arrière. Elle n'avait pas vu âme qui vive sur les pontons hier soir, pas même lors de ses multiples allers-retours, enveloppée dans le grand ciré de George, pour se rendre aux toilettes de la marina.

Quand vint le matin, Evangeline resta en bas, rideaux tirés, se demandant à quel moment Isaac trouverait son mot. À neuf heures, des gens arpentaient les pontons, nettoyaient les ponts au tuyau d'arrosage et décapaient des boiseries au papier de verre, la radio allumée. Elle était obligée d'utiliser les sanitaires du bateau désormais. Ils avaient probablement été vidangés récemment. George semblait pointilleux sur ce genre de choses.

Sur la table à cartes, elle trouva le manuel du moteur Yanmar qu'elle posa quelques minutes plus tard pour se plonger dans la contemplation des lambris en teck du bateau. Ils étaient arrondis, ajustés à la main. Elle s'imagina George en train de passer les doigts sur les parois en plaçant chaque panneau. Elle éprouva une espèce de tristesse devant cette tendresse imaginée, la vie de passions silencieuses qu'avaient les gens – même les vieux quakers.

Elle se demanda comment elle avait fini par se retrouver ici. Hier soir, Isaac était déjà presque sorti quand il était revenu sur ses pas et avait glissé sa tête par la porte.

— Tu es sûre que tu ne veux pas venir ? George dit qu'il y a amplement de quoi dîner.

Elle aurait dû y aller avec lui. Elle avait voulu y aller, voulu oublier ce qu'elle avait entendu, voulu faire partie de cette famille qu'elle avait construite dans sa tête. Et c'était ça, le truc – cette famille n'était pas réelle. Peut-être qu'aucune famille ne l'était. Elle passa en revue toute la liste – sa mère et son père, Jonah et Lorrie, même Isaac –, tous les gens qui l'avaient abandonnée, d'une manière ou d'une autre. Alors elle se dit non merci, décidant que si partir faisait partie de la vie, elle ferait bien d'acquérir une compétence en la matière.

La préparation de ses affaires, le fait d'être forcée de toucher tout ce qu'on lui avait donné lui donna un répit. Mais quel choix avait-elle ? Isaac avait commis une "erreur". Il allait probablement la dénoncer aux services sociaux. Et les bureaucrates, qu'est-ce qu'ils feraient du bébé d'une adolescente à la rue ?

La cuisine fut la pièce la plus difficile à quitter, avec ses souvenirs de repas en commun, avec Rufus couché en rond sur son fauteuil. Quand elle entra avec ses bagages, le chien la regarda sans comprendre. Elle le rejoignit, approcha son visage tout près et lui caressa les oreilles.

— Je t'aime, Rufus. Tu m'aimes, toi ?

Il refusa de répondre, acceptant son affection avec des clignements d'yeux pleins de lassitude.

Elle lui donna une nouvelle chance ; elle gazouilla avec son visage tellement près qu'il pouvait sourire et la lécher, la barbouiller de bave et de morve. D'habitude, il adorait. Mais il lui refusa même cela, détourna la tête, morose. Elle se remit debout. Qu'il aille se faire… Elle savait depuis le début que son amour était une escroquerie, n'est-ce pas. Dans le tiroir contenant les maniques, elle saisit la verte. Elle se sentait super mal de prendre cet argent, mais Isaac lui avait dit qu'il était là si elle avait un besoin urgent.

Elle passa le reste de la matinée sur *Simplicity*, regardant à la dérobée par les hublots, pour étudier les cordes qui retenaient le bateau au ponton. En les enlevant toutes sauf les amarres avant et arrière qu'elle laisserait enroulées d'un tour seulement autour des taquets, elle n'aurait pas besoin d'aide pour s'écarter du ponton. Elle pourrait les récupérer en les tirant depuis le bateau et s'en aller.

À midi, elle mangca une autre boîte de ragoût froid et se dit qu'Isaac avait certainement trouvé son mot. Elle était certaine qu'il se mettrait à la chercher tout seul. Il ne semblait pas être du genre à déballer ses inquiétudes devant tout le monde.

Elle se plongea dans l'étude du tableau de bord. Certains instruments étaient faciles. L'interrupteur Prises Cabine était en position marche. Cela expliquait pourquoi le chauffage et la lampe fonctionnaient. Mais que faisaient les boutons 240VAC, 50HZ et LPG Control ? Pourquoi y avait-il différentes sortes de courant ? Elle chercha des manuels pendant plus d'une heure sans rien trouver. Comment pouvait-elle partir sans avoir compris ?

À deux heures, elle s'écroulait dans le salon, frustrée devant la complexité de *Simplicity* et furieuse contre Isaac. Pas parce qu'il avait dit qu'elle était une erreur – elle savait au fond d'elle-même qu'elle avait mal compris –, mais parce qu'il n'avait pas réussi à la retrouver.

Quand elle avait quitté la maison la veille au soir, elle s'était dirigée vers l'arrêt du bus qui l'emmènerait à une heure de route vers le sud, jusqu'au ferry de Seattle. En approchant de l'abribus, elle vit deux femmes en train de bavarder à l'intérieur, leurs visages luisants et jaunes dans la semi-pénombre. Elle s'arrêta et plissa les yeux, avant de jurer à voix basse. L'une d'elles était Mme Swanson, son professeur de chimie.

Evangeline fit demi-tour et alla se cacher. Voilà pourquoi elle devait s'enfuir de cette ville – partout où on allait, on tombait sur des gens qui vous connaissaient, qui surveillaient tous vos faits et gestes. Elle décida de prendre un autre ferry, à seulement dix minutes à pied. Elle pouvait monter à bord directement. Il la déposerait très au nord de Seattle, mais elle pourrait attraper un bus.

Le temps qu'elle arrive au ferry en traînant ses bagages, elle était trempée de sueur. Le bateau se découpait dans la nuit, la porte du pont-garage telle une bouche attendant d'être nourrie. Le bébé lui balança une série de coups de pied furieux et elle se plia en deux de douleur. Trébuchant, elle réussit à atteindre un banc voisin ; puis elle examina la côte, en face. Rien qu'un mur de noir sans lumière. Même si elle réussissait à atteindre Seattle, ce serait une perte de temps. Sa mère ne retournait jamais aux endroits qu'elle avait quittés. Et sa mère, elle le savait, était la raison pour laquelle elle se trouvait là. Tout ceci n'avait rien à voir avec Isaac ou les connards du lycée, ou ses angoisses par rapport aux services sociaux. Elle recherchait une mère qui ne voulait pas être retrouvée.

C'était plus difficile qu'on ne croyait, de renoncer à quelque chose comme ça.

Elle remarqua alors les lumières de la marina, un peu plus loin, leurs lueurs chaudes oscillant sur les mâts.

Isaac ne vint pas. Ni à quatre heures, ni à cinq heures, ni à cinq heures et demie. À six heures et demie, avec le monde qui commençait à s'obscurcir, elle se mit à faire les cent pas dans le carré. Peut-être qu'elle n'avait pas déformé ses paroles. Peut-être qu'il avait voulu dire exactement ce qu'il avait dit, et comme sa mère et comme Lorrie, il était soulagé d'être débarrassé d'elle.

À sept heures, elle décida d'arrêter de penser pour ce soir. Elle était tellement épuisée qu'elle était sûre d'y arriver. Au matin, elle examinerait les choix qui lui restaient, mais pour l'instant, recroquevillée dans la couchette à l'avant avec ses coussins et ses voiles moisis, elle essayait de lire *Gunkholing in the Puget Sound* à la lueur d'une petite lampe de poche. Elle contemplait une image d'un bateau ancré dans une baie aux eaux cristallines quand le *Simplicity* vacilla, s'inclinant sous le poids d'un homme qui montait à bord. Elle éteignit sa lampe, tira une voile par-dessus sa tête, la chaleur moite de sa respiration retombant comme une brume.

Quand elle reconnut le poids et le rythme de ses pas, son cœur s'accéléra tant elle était soulagée.

Il descendait l'escalier.

— Evangeline ?

Elle passa la main sur son ventre, heureuse que le bébé soit endormi. Bien que ce fût enfantin, elle voulait être retrouvée exactement là où elle était. Isaac entra dans le carré mais tout à coup s'arrêta, s'asseyant sur les coussins avec un soupir fatigué.

Au bout d'un moment, il dit :

— Je sais que tu es dans la proue. J'ai vu la lumière. Et ce sont tes bagages, là.

Elle n'arrivait pas à bouger. Ni à parler.

— Je ne sais pas bien ce que tu as entendu. Mais tu n'es pas une erreur, Evangeline. Je m'inquiétais que ce soit moi, l'erreur, pour toi.

Elle avait envie de repousser les voiles et d'aller le voir, de lui dire Je sais, je sais, mais elle se surprit à devoir réprimer de la colère. Pourquoi lui avait-il fallu autant de temps pour arriver ? Pourquoi l'avait-il fait souffrir ainsi ?

Il parla comme s'il lisait dans ses pensées.

— J'aurais dû venir plus vite. Je ne pouvais pas… (Il resta silencieux un long moment. Finalement, il dit :) Je suis là, maintenant.

Les mots étaient comme Isaac lui-même, sans artifices et pourtant solides comme l'acier. Ces quatre mots se dépliant en un discours bien plus long : Je t'ai retrouvée, à nouveau, mais cette fois tu vas devoir faire les derniers pas. Il n'y a pas que toi qui as eu le cœur brisé.

Elle gigota un peu pour confirmer qu'elle était bien là, pour lui donner une chance supplémentaire de venir la rejoindre. Quand il ne bougea pas, elle retrouva sa voix.

— Je suis là.

Le bateau oscilla dans le roulis provoqué par le passage d'une grosse embarcation.

— Je sais où tu es. (Il attendit quelques instants avant d'ajouter :) Et tu sais où me trouver.

Il ne s'agissait pas d'un simple jeu de pouvoir. Elle le savait. Elle devait lui prouver que ce qu'ils avaient – quel que fût le nom qu'on donne à cette nouvelle famille – allait dans les deux sens. Qu'elle était capable d'apprendre une nouvelle façon de gérer les problèmes, autre que la fuite perpétuelle.

Une corne de brume résonna au loin. Des drisses cliquetèrent à quelques bateaux de là, et l'air frais de la mer qui était entré avec Isaac tourbillonna autour de la couchette. Le bateau oscillait vraiment doucement. Elle savait qu'Isaac pouvait rester assis là éternellement, s'il le fallait pour que les choses rentrent dans l'ordre.

Soudain la proue s'éclaira comme si on avait actionné un interrupteur. La tête sous la voile, elle jeta un coup d'œil à la dérobée, aperçut les parois sombres qui luisaient et tendit la main ; un sillage d'étincelles phosphorescentes se dessina.

— Dommage que tu ne voies pas ça, bébé, chuchota-t-elle. C'est vraiment fou !

Elle réussit à s'extraire de la couchette, en se disant qu'il faudrait bien qu'elle finisse par se lever. Lorsqu'elle arriva dans le carré, Isaac se leva, la dévisagea longuement, avant de saisir ses deux sacs.

Cette nuit-là, couchée dans ce qui était forcément le lit le plus moelleux du monde, Rufus pelotonné à côté d'elle, elle ne cessa de penser au sourire d'Isaac quand elle était entrée dans le carré. Sa bouche n'avait pas changé, mais tout son visage et son corps avaient rayonné.

57

Le lendemain du soir où je retrouvai Evangeline, j'appelai George. Je lui racontai ce qui était arrivé, et m'engageai à lui rembourser la nourriture qu'elle avait mangée et les frais additionnels.

— Et si, en examinant ton bateau – parce que, George, elle lisait le manuel du moteur, incroyable, non ? – tu découvres qu'elle a fait une bêtise ou causé le moindre dégât…

Il m'interrompit.

— Il n'y a pas de dégât. J'y suis allé ce matin et j'ai bien vu que quelqu'un était monté à bord. J'ai supposé qu'il s'agissait d'un vagabond, alors j'ai tout inspecté en détail. Il ne manque rien, et rien ne cloche. Enfin, sauf le contenu de quelques boîtes de conserve.

Ces nouvelles m'apportèrent un soulagement plus important que je ne m'y attendais, et je réalisai que j'avais été inquiet qu'elle ait empoché quelques souvenirs du bateau. Nous parlâmes un peu, puis George dit :

— Pas de souci, Isaac. Evangeline s'en sortira très bien. Elle a une intelligence affûtée et elle est motivée. Peut-être pas toujours dans la bonne direction.

Nous éclatâmes de rire tous les deux et je compris qu'il attendait que je lui dise au revoir. Devant mon silence, il reprit :

— Il y a autre chose qui te turlupine ?

— Oui, dis-je. Je voudrais convoquer à nouveau le comité de clarification si tu penses que les autres veulent bien.

— Ils veulent bien. J'en suis certain.

Une semaine plus tard, quand j'arrivai à la Maison quaker, c'était comme si nous ne nous étions jamais interrompus – les mêmes chaises, les mêmes lampes, la même rallonge électrique, quoiqu'une nouvelle bougie à la lavande avait été placée à côté de ma chaise. George, Ralph et Abigail étaient déjà assis, et nos échanges de salutations furent sobres. Une nouvelle timidité s'était installée.

George avait eu raison de remettre en question mon travail lors des séances précédentes du comité. J'avais gâché ces premières sessions en me concentrant sur une fausse culpabilité. Je n'avais jamais perçu Jonah comme dangereux. Pas vraiment. J'avais déformé ces histoires normales entre garçons parce qu'il était plus facile de se sentir coupable d'être passé à côté d'un danger que personne n'aurait pu prévoir que de me confronter au rôle plus général que j'avais joué dans la mort de mon fils.

Après un silence d'ouverture, je dis :

— Je veux parler de mon fils.

Au bout de quelques minutes, George dit doucement :

— Bien sûr.

Je ne parvins pas à trouver de mots, alors nous restâmes dans le calme de cette salle, une grenouille coassant à l'extérieur. Ralph s'éclaircit la voix, bougea sur sa chaise comme si son dos le faisait souffrir.

Dans ce silence tendu, je finis par énoncer :

— Daniel pouvait être cruel.

Je vis sur leurs visages qu'ils savaient que c'était vrai, et je faillis fondre en larmes tant cette découverte me fit souffrir. Je déglutis.

— Je le voyais parfois, il se moquait de garçons moins forts que lui. Je me disais que c'était des railleries bon enfant ou je rendais l'autre garçon responsable. Je refusais de reconnaître cette caractéristique chez lui, de voir la brute chez mon fils.

Le temps de silence adéquat fut respecté, puis George demanda :

— Est-ce que tu as une idée de la raison pour laquelle tu as choisi de ne pas le voir ?

La réponse évidente était qu'il n'est jamais facile de penser du mal de son propre enfant. Mais George savait que j'avais toujours mis les errements moraux de mon fils sur le compte de sa jeunesse et essayé d'en discuter avec lui. J'étais moins dans le jugement et plus lucide que la plupart des pères. Nous luttons toujours contre la bête. Il n'y a pas de honte là-dedans. Pourquoi faisais-je preuve d'un tel aveuglement sur ce trait de caractère précis ?

Je pensai à mon propre père, la honte que j'éprouvais devant sa passivité. La honte que j'éprouvais devant la mienne : quand j'avais regardé Katherine sauver Daniel des lions de mer, quand j'avais refusé de savoir que ma femme me trompait ou que Peter avait besoin d'aide, quand j'évitais ma famille en prétextant mes pratiques de discernement. Katherine m'avait trahi. Mon fils avait été tué. Même Dieu, apparemment, m'avait abandonné. J'étais une victime de la vie.

— Parce qu'alors, j'aurais été obligé d'admettre que j'admirais ce trait chez lui.

Je le sentais plus clairement maintenant. Mon fils était tout ce que je n'étais pas. Il était un mâle alpha, un être fort, musculeux, qui s'emparait de ce qu'il voulait. Il se battait de tout son être sur le terrain de foot, à la lutte, à la salle de gym. Il se battait pour consolider sa suprématie dans tous les domaines de sa vie. Quand j'avais été témoin de sa manière d'exercer sa domination par des actes petits, cruels, je l'avais vu comme on regardait une panthère, belle, puissante, féroce, prenant ce qui lui appartenait.

Je l'avais envié. Et je lui avais été étrangement reconnaissant. Quel soulagement, de voir une petite part de ma propre violence exprimée à travers mon fils.

Je ne suis pas certain de ce que je dis ensuite, ni d'avoir même parlé, mais je me rappelle que la salle semblait vibrer de tout ce qui avait été libéré.

58

LE JOUR DE MA MORT

Cela fait une semaine que la lame a tranché la gorge de Daniel. Maintenant, il est trois heures et quart du matin, du dernier matin de ma vie.

Je n'ai pas peur. Je suis déjà mort une fois. Quand on a enterré papa, je suis devenu un fantôme flottant. Puis Red est apparue dans ce parc de fin d'été et elle a opéré une résurrection. Ces yeux, ce regard, il a plongé en moi et m'a parfaitement identifié. Il m'a rendu ma vie.

Mais Daniel a pris cette vie. Et j'ai pris la sienne. Et maintenant je ne cesse de penser au pistolet. Au pistolet que papa a utilisé. Le SIG Sauer P226.

— C'est l'arme que portent les SEALs de la Navy.

Papa n'arrêtait pas de dire ça, tout fier, comme s'il en avait été un.

Après que papa s'est fait sauter la tête, maman a emballé le SIG dans une vieille serviette bleue, celle qu'elle utilisait pour nettoyer quand Brody ne réussissait pas à sortir à temps. Elle a rangé le SIG dans sa table de nuit avec un chargeur quinze coups. On pourrait penser qu'il lui rappellerait de mauvais souvenirs, mais j'imagine qu'il l'aidait à se sentir en sécurité. Certaines personnes désapprouvent, une arme chargée dans une maison avec des enfants… Mais cette arme nous a tous sauvés. C'est Nells qui m'a fait comprendre ça.

Quelques mois après la mort de papa, je lui ai demandé si elle trouvait que c'était bizarre que maman garde le SIG comme ça. Elle m'a dévisagé, avec son air supérieur et dédaigneux. Même pas treize ans et elle pensait qu'elle avait tout pigé.

— Putain, tu es d'accord avec les conneries libérales que balance M. Balch, que les armes à feu dézinguent les gens toutes seules.

— Mais s'il n'avait pas eu ce pistolet, peut-être que…

— Papa était complètement cinglé. CIN-GLÉ.

— Exactement. Donc, s'il n'avait pas eu…

— Non ! Quelle différence ça fait, quelle arme ? Il en aurait trouvé une. (Son visage se déforma avec méchanceté, plein de rage haineuse.) Si ce pistolet l'a effectivement tué, alors je suis contente qu'il l'ait fait.

Je faillis répondre : Tu ne parles pas sérieusement, mais je savais qu'elle ne plaisantait pas. Nells avait des raisons de le détester, plus que nous autres, d'ailleurs. Mais il n'était pas responsable de ce qu'il nous avait fait subir. Son esprit était détraqué. C'était forcément l'explication. Elle l'avait dit elle-même : “Tu fais jamais un truc pareil à moins d'être cinglé.”

— De toute manière, maman a besoin du pistolet, dit Nells, simulant un désintérêt total, comme si elle s'ennuyait à mourir.

Elle était tout le temps en train de travailler ses postures.

— Les gens qui appellent ici, ceux qui essaient de nous soutirer du fric. Il y en a un qui a laissé un message la semaine dernière, disant à maman qu'elle avait pas intérêt à oublier de fermer les portes et les fenêtres la nuit. C'est juste des conneries pour l'intimider, mais maman le sait pas.

Elle était forte, Nells. Peut-être que c'était pour cela que Red me touchait autant. Elles avaient la même étincelle féroce dans le regard. Mais Nells avait seulement deux attitudes : recroquevillée, prête à frapper ou l'air aussi inerte qu'un animal écrasé au bord de la route. Red, quoi qu'elle ait traversé, n'était pas complètement détruite. Bien sûr, elle s'était rétractée à l'intérieur, se cachant derrière toutes sortes de conneries pour se protéger, mais elle était là et bien là, avec son regard pénétrant, qui vous perce à jour.

Ma petite sœur était sacrément amochée. Mais elle était encore jeune. Elle avait une chance de réussir à s'en sortir. S'il n'arrivait pas d'autre merde. Si je m'assurais qu'il n'en arrive pas d'autre.

Hier, je suis allé voir dans le tiroir de la table de nuit. La vieille serviette bleue s'y trouvait. Maman avait eu beau la laver, les vieilles taches du temps de Brody n'étaient jamais parties. Cette serviette m'a ému. Plus que le pistolet, même. Brody était toujours tellement honteux quand il n'arrivait pas à sortir à temps. Il baissait la tête et n'arrêtait pas de jeter des regards vers son cul comme s'il ne croyait pas ce qu'il venait de faire, tout perdu, tout paniqué.

Là, j'ai perdu pied. Je me suis mis à chialer comme un gamin. Il me manquait tellement. Quel con. Mais quel con. Il y avait tellement d'autres raisons de pleurer, et le simple fait de penser à mon vieux chien me faisait chialer comme un veau. Je me souviens de maman disant : “Ce chien donne tellement d'amour qu'il rendrait heureux n'importe qui." Et peut-être qu'il en était capable. Les dernières fois que j'ai vu mon père heureux, ou au moins pas triste ou fâché, c'était quand il était à genoux par terre en train de caresser la tête de Brody après un de ses accidents, et qu'il chuchotait: "T'inquiète pas, mon pote. Ça nous arrive à tous, un jour ou l'autre." Brody soutenait le regard de papa, comme s'il le remerciait, et posait sa tête sur ses genoux. Mon père continuait à frotter son nez gris et quelque chose comme de la sérénité se peignait sur son visage.

Si papa avait vécu, on aurait probablement un nouveau chien, aujourd'hui. Il adorait les chiens. Avec eux, il devenait une autre personne. Parfois je me dis que c'est la perte de Brody qui lui a tordu la tête jusqu'à cette ultime violence.

Quand maman a repris ses études, Nells a voulu lui demander de prendre un chiot. J'en voulais un aussi, mais je l'ai persuadée d'abandonner l'idée. Il faut du temps et de l'argent pour élever un chien, et maman n'avait ni l'un ni l'autre. Nells a boudé, mais maman avait l'air tellement triste et stressée que même Nells a compris, et elle a renoncé.

Maman allait bientôt rentrer, il fallait que j'arrête de pleurer. J'ai sorti le pistolet de la serviette et je l'ai tenu dans ma main. Ça a aidé. C'est souvent le cas, avec les armes. Et celle-ci était super belle, noire, anguleuse, rassurante comme le sont toutes les choses qui sont conçues parfaitement pour leur fonction. Tenir un pistolet comme ça, c'était une bénédiction. On ne l'imaginerait pas, après tout ce qui s'est passé, mais c'était vrai. Tout ce pouvoir, juste là. Une fois que le métal atteignait la température de la peau, on ne formait plus qu'un avec le pistolet, on devenait le dieu qu'on voulait être. *Boum*. Comme ça.

Quand j'ai entendu la porte de la cuisine s'ouvrir et Nells balancer son sac à dos sur la table de la cuisine, j'étais en position de tir, les bras tendus, les mains serrées, le canon dirigé vers la photo de mon père sur la commode. J'ai désarmé le pistolet, je l'ai remballé dans la serviette et rangé dans le tiroir. En retournant à pas de loup dans ma chambre, j'ai entendu Nells fouiller dans le réfrigérateur, en marmonnant :

— Pourquoi il n'y a jamais rien de sympa à manger dans cette maison ?

Ça, c'était hier. Le jour où j'ai enfin su ce qu'il fallait faire.

59

Après qu'Isaac était allé la chercher sur le bateau, Evangeline ne fit pas d'autre tentative pour s'enfuir, et il n'en reparla plus. Il n'était pas le genre d'homme qui pensait que parler résolvait toujours tout. Il rapporta à la maison des échantillons de peinture bleu pâle, couleur lavande et jaune chaud, et lui demanda si elle en aimait une en particulier. Il trouva une vieille armoire dans un magasin de meubles d'occasion – "une antiquité", dit-il – et proposa qu'ils convertissent le grand dressing en nursery pour le bébé. Ce n'est qu'à ce moment-là qu'Evangeline comprit qu'il avait l'intention de la garder après la naissance. Ensemble ils peignirent la chambre jaune d'or, Isaac insistant pour qu'elle porte un masque bien qu'il ait acheté la peinture sans COV.

Fin avril, Evangeline trouva à son réveil un mot d'Isaac disant qu'il était parti tôt au lycée et qu'il lui souhaitait bonne chance pour sa composition de chimie. La dernière semaine avait été maussade, voilée d'une bruine ininterrompue. Mais ce matin-là, le ciel était éclairé de bleu, d'or et de rose, vivant, différent chaque fois qu'elle jetait un coup d'œil dehors. La cuisine aussi frémissait avec ses plans de travail plastifiés tachés et ses placards écaillés, le bol sale posé à côté de l'évier, la vibration sourde de la bouche de chauffage et ce message – de ceux qu'un père laisserait à sa fille :

Bonne chance pour la composition de chimie !

Toutes ces choses étaient source d'émerveillement pour Evangeline. Elles exprimaient la famille, le foyer, l'affection. Le point d'exclamation en particulier la toucha, son exubérance spontanée, sa tendre familiarité.

Elle avait pris une douche et se sentait étrangement belle malgré un ventre qui dépassait de loin sa poitrine. Elle portait le legging de maternité noir et la robe en laine bleu cobalt que Lorrie l'avait aidée à trouver à Silverdale en janvier. Evangeline avait craint que la couleur ne jure avec ses cheveux roux, mais Lorrie avait dit :

— Le bleu fait ressortir les nuances foncées du rouge. Ça donne un air assez mystérieux.

Lorrie avait rougi, comme si elle venait d'avouer qu'elle avait le béguin. Evangeline ignorait ce que signifiait avoir des cheveux mystérieux, mais elle ne pouvait s'empêcher de s'examiner dans le miroir chaque fois qu'elle portait la robe bleue, à la recherche d'une identité cachée.

Peut-être était-ce la raison pour laquelle Lorrie avait cessé de venir. Peut-être qu'elle était gênée. Cela faisait des mois, maintenant, et Evangeline essayait toujours de comprendre.

Mais stop ! Elle avait le petit mot d'Isaac et il avait même monté un peu le chauffage ce matin. Et Rufus était là, endormi sur son fauteuil, respirant par la bouche plus fort que jamais. Il déclinait, le pauvre vieux. De plus en plus souvent, elle devait l'aider à monter sur le lit, et il ne mangeait presque plus. Quand il bougeait, il ressemblait à Isaac, ses articulations le faisant souffrir. Pire, cette dernière semaine, il avait commencé à avoir des accidents dans la maison. Evangeline décida qu'il vaudrait mieux essayer de le faire sortir une dernière fois avant de partir en cours. Elle détestait l'idée qu'il reste toute la journée couché dans son urine. Elle se rapprocha de lui.

— Allez, viens mon grand.

Ses paupières se soulevèrent, mais ses yeux étaient opaques, comme s'il essayait d'émerger d'une anesthésie.

— Rufus, allez. Tu peux y arriver.

Elle tira sur son collier. Sa tête se souleva et les muscles de son arrière-train se contractèrent, mais ses membres se relâchèrent et sa tête se posa à nouveau sur ses pattes.

Elle s'accroupit devant lui et le caressa. Comme toujours ces derniers temps, une morve sanguinolente coulait dans sa bouche ouverte. Elle se leva, revint avec un chiffon humide et quelques mouchoirs en papier. Ça devait être dégueulasse, d'avoir toute cette morve sur le menton. La couverture sur laquelle il était couché était affreusement sale aussi, toute croûteuse. Elle la laverait dès qu'elle rentrerait du lycée.

Tandis qu'elle lui essuyait la tête, il blottit son museau dans sa main à travers le chiffon chaud. Mais quand elle essaya de l'essuyer, il recula brusquement, puis sa tête fut projetée en avant par un énorme éternuement. Des gouttes rouge vif éclaboussèrent le visage, le cou, les mains d'Evangeline, sa jolie robe bleue, le tapis et les lames du plancher. Le sang dégoulinait du nez de Rufus, trempait l'accoudoir du fauteuil. Ses yeux s'écarquillèrent, cerclés de blanc comme un cheval sur le champ de bataille.

Elle appuya le chiffon contre sa truffe, mais l'hémorragie ne cessait pas. Elle essaya de lui fourrer des mouchoirs en papier dans les narines, pour compresser ce qui avait éclaté. Cela aurait pu fonctionner s'il n'avait pas éternué sans arrêt, s'il n'avait pas continué à répandre du sang partout.

Il fallait qu'elle l'emmène chez un vétérinaire. Mais comment ? Isaac avait pris sa voiture ce matin. Est-ce que ça existait, les ambulances pour animaux ? Forcément. Forcément. Mais elle savait que ce n'était pas le cas.

— Reste là, dit-elle, bien que Rufus semblât incapable de s'enfuir.

Elle sortit en courant par le vestibule, traversa le terrain, la rangée d'arbres, tenant son ventre pour le protéger des secousses provoquées par sa course, extrêmement attentive aux racines et aux plantes rampantes qui risqueraient de la faire tomber, parce qu'après tout ce qu'elle avait vécu dans sa vie, la seule chose qui ne pouvait pas arriver, qu'elle ne laisserait pas arriver, serait de faire du mal au bébé, dans sa précipitation.

Puis elle fut devant la porte de Lorrie, à tambouriner, tambouriner. Et Lorrie apparut, un miracle dans son jean et sa chemise de travail ; elle ouvrit grand la porte, l'épouvante se peignant soudain sur son visage. Quel tableau devait-elle donner à voir !

— C'est Rufus. Il saigne. Il saigne beaucoup beaucoup !

Lorrie la fit entrer.

— Doucement. Dis-moi, d'où il saigne ?

— Du nez. Il y a tellement de sang.

— Tu as essayé d'appliquer de la pression ? Des mèches ?

Evangeline acquiesça, en essayant de reprendre son souffle.

— Ça coule toujours aussi fort.

— D'accord. Prends une grande inspiration. Une autre. Bien. Il y a un vétérinaire d'urgence à Chimacum. Je t'emmène.

— C'est à vingt minutes d'ici. Il risque de mourir avant.

— C'est tout ce qu'on a, dit Lorrie.

La fermeté, le sang-froid mêlé d'autorité dans sa voix apaisa le cœur d'Evangeline.

— Retourne là-bas. Pince-lui les narines jusqu'à ce que j'arrive. J'ai un spray nasal qui va peut-être aider. Vas-y ! Je te retrouve chez toi dans une minute.

Evangeline repartit en courant et trouva Rufus en boule sur le sol. Il avait dû essayer de se mettre debout et s'était écroulé. Sa tête gisait dans une mare de sang. Elle pinça ses narines, mais de toutes les choses débiles que le chien pouvait faire, il choisit de fermer la bouche à ce moment-là, de consommer le peu de force qu'il avait pour lutter avec elle, les yeux écarquillés par la panique.

— Respire par la bouche, idiot ! C'est ce que tu fais tout le temps, de toute façon.

Au bout d'une minute, ses yeux se retournèrent et il ouvrit la bouche. Il engloutit une goulée d'air, qui le réveilla, et il referma la bouche avant de se débattre à nouveau.

Lorrie était à la porte, une laisse dans la main. Quand elle le vit, elle dit :

— Grands dieux, il ne peut pas marcher !

Evangeline enleva sa main de son museau et essaya de le soulever, mais c'était comme s'il n'avait plus d'os dans les pattes. Lorrie s'approcha, envoya deux ou trois pulvérisations dans chaque narine. Et Dieu merci, le saignement ralentit suffisamment pour qu'avec le chiffon, elles parviennent à garder le contrôle de la situation.

— Bien, dit Lorrie. C'est bien. (Elle tendit les clés de la voiture à Evangeline.) Il y a un sac-poubelle et des serviettes de toilette dans le coffre. Recouvre la banquette arrière avec le plastique, et mets les serviettes par-dessus. Je vais le porter.

Evangeline attrapa les clés et sortit. Elle venait de finir d'installer une épaisse couche de serviettes quand elle vit Lorrie, une femme qui ne devait pas peser plus de quarante-cinq kilos, approcher d'un pas vacillant avec Rufus dans les bras. Penchée en arrière, elle avait passé ses bras sous son ventre, laissant sa tête et ses pattes pendre. Evangeline voulut l'aider, mais Lorrie alla jusqu'à la voiture et déposa le chien sur la banquette comme un sac de jute.

— Assieds-toi derrière avec lui, dit-elle. Continue à maintenir la pression sur son nez.

— Quand je fais ça, il ne respire pas.

— Il se remettra à respirer au bout d'un moment.

— Est-ce que je peux avoir le spray ?

Lorrie fouilla dans sa poche et le lui donna.

— Il faut qu'on demande d'abord. Pas question de risquer une overdose.

Evangeline se glissa du côté de la tête de Rufus. Bien que sa robe fût définitivement endommagée, elle étendit une serviette sur elle et posa sa tête sur ses genoux. Elle appuya le chiffon humide sur son nez en prenant garde de ne pas bloquer sa bouche.

— Est-ce qu'il y a toujours un vétérinaire là-bas ?

— J'ai appelé. Il sera là-bas avant nous.

Tandis que Lorrie sortait de l'allée, Evangeline caressa la tête de Rufus. Il ne pouvait pas mourir. Il fallait qu'il vive pour le bébé, pour aider le bébé à démarrer dans la vie. Elle déposa un baiser sur sa tête et chuchota :

— Je t'interdis de mourir. Sérieusement, je te l'interdis. Même pas en rêve.

Lorsqu'elles se garèrent sur le parking de graviers, le vétérinaire attendait en fumant une cigarette devant un bâtiment bas peint en rouge. Il l'éteignit et s'approcha d'un pas tranquille pour les aider. Evangeline était furieuse. N'était-il pas un peu nonchalant ? Est-ce que c'était hygiénique, d'ailleurs, de fumer avant de voir un patient ? Mais quand elle le vit avec la tête de Rufus au creux de son bras, qu'elle l'entendit chuchoter : "T'es un bon chien, on va t'arranger ça", elle lui pardonna la cigarette, parce que sa voix était douce et rassurante, presque musicale, comme s'il connaissait précisément le rythme et la mélodie nécessaires pour sauver un chien de l'hémorragie.

Une fois à l'intérieur, Lorrie et le vétérinaire posèrent Rufus sur une table en aluminium. Le Dr Abrams – c'était le nom qui figurait sur sa blouse blanche – demanda à Evangeline de tenir la tête de Rufus pendant qu'il extrayait doucement un gros caillot. Puis il examina l'intérieur de son nez et commença à "cautériser les vaisseaux" avec un outil qui ressemblait à un fer à souder. Ce fut terminé en une minute, Rufus était couché paisiblement sur la table, le nez sec, la tête propre, plus somnolent qu'effrayé.

— Je pense qu'il n'a pas perdu autant de sang qu'il y paraissait, dit le Dr Abrams, mais je voudrais le garder vingt-quatre heures, lui faire une transfusion et le perfuser.

Il parlait à Evangeline, et elle en fut surprise. Les adultes lui demandaient rarement sa permission, même pour des choses qui la concernaient. Elle voulait dire Oui, oui, bien sûr, tout ce qu'il faudra. Dans les faits, elle jeta un coup d'œil anxieux du côté de Lorrie.

Lorrie se tourna vers le docteur.

— Est-ce que vous pourriez nous donner une estimation de ce que cela coûterait ? Je vais essayer de joindre Isaac. Il adore Rufus, mais c'est un vieux chien. J'imagine qu'il ne lui reste pas beaucoup de temps à vivre.

Evangeline plissa les yeux ; elle avait envie de la taper pour avoir dit une chose pareille. Mais les adultes l'ignoraient maintenant, et ça, c'était rassurant.

— Il y a autre chose, dit le vétérinaire. Il a une tumeur qui a envahi le cartilage des deux côtés. J'imagine qu'il respire beaucoup par la bouche ces derniers temps.

— Ça a vraiment empiré, dit Evangeline.

— Il n'a pas d'autre voie respiratoire. Si vous voulez qu'il soit plus à son aise, il va falloir une opération pour réduire la tumeur. Ça ne serait pas donné, mais le pauvre souffre beaucoup.

— C'est un cancer ? demanda-t-elle, craignant la réponse.

— Il y a des chances, oui. Isaac me l'a amené il y a un mois pour un problème respiratoire. J'ai vu une petite lésion. Qui n'avait pas l'air grave, en réalité. Mais maintenant, elle est devenue sacrément envahissante. Les lésions bénignes ne grossissent généralement pas aussi vite.

— Docteur, dit Lorrie, est-ce que nous pourrions laisser Rufus chez vous quelques heures ? Je vais aller au lycée pour discuter avec Isaac. Est-ce que vous accepteriez qu'il vous rappelle dans la matinée ?

Elle avait sa voix genre je-maîtrise, mais Evangeline perçut un tremblement. Le vétérinaire répondit qu'il ferait de son mieux pour prendre l'appel d'Isaac, et Lorrie s'apprêta à partir. Evangeline, toujours couverte de taches de sang, se pencha sur Rufus. Elle ne le caressa pas, ne lui parla pas. Elle évita tout ce qu'il pourrait interpréter comme un adieu ; elle se contenta de le regarder, les yeux plissés : Même pas en rêve !

Elle se remit debout et sortit, s'essuyant le visage avec son bras.

60

Judith me fit appeler à nouveau pendant un cours. Je supposai que la situation de Tante Becky avait changé, mais elle me dit qu'une femme m'attendait au bureau.

En entrant, je m'immobilisai. Lorrie était assise, voûtée, sur une chaise. Quand elle me vit, la peur déforma ses traits, mais elle se leva, la mâchoire crispée par la détermination. Nous empruntâmes l'ancien bureau de Peter, et je fermai la porte derrière nous. Je ne proposai pas que nous nous asseyions, et elle non plus, alors nous restâmes debout, enfermés dans la pièce. Elle ne me regardait pas en face, mais je refusai de briser le silence. Posant les yeux sur moi, elle finit par dire :

— Je suis désolée. Pour ce que j'ai fait l'automne dernier. De t'avoir laissé souffrir sans savoir.

Elle ne cilla pas, voulant me faire comprendre qu'il lui avait fallu réunir toutes ses forces pour venir jusqu'à moi et qu'elle me laisserait la blesser à nouveau si j'en avais besoin. Elle se présentait sans défense, alors toute cruauté que je lui infligerais ferait de moi un monstre. Mais peu m'importait. J'avais fait de moi un monstre en février, et je ne voyais aucune raison de changer d'attitude.

— Est-ce la raison de ta venue ? demandai-je, en m'avançant vers elle, la dominant de toute ma hauteur.

Ses yeux se remplirent de larmes, mais elle ne tressaillit pas.

— Merci de ne pas être allé voir la police. De permettre que Nells garde sa…

— Judith a dit qu'il y avait une urgence. Était-ce un autre de tes mensonges ?

Même à ce moment-là, je m'émerveillai devant ma cruauté, me demandai si j'avais adopté la méchanceté de mon fils comme il avait, d'une certaine façon, adopté la mienne.

Lorrie frémit mais se dépêcha de me parler de Rufus, d'Evangeline, du sang, de la course chez le vétérinaire à Chimacum. Je me sentis honteux de l'avoir traitée ainsi et encore plus fâché qu'elle ait provoqué ce sentiment chez moi.

— Le Dr Abrams veut garder Rufus jusqu'à demain. Il voudrait te parler des différentes options ; il a demandé que tu l'appelles dès que possible.

Elle tourna les talons.

— Lorrie, dis-je.

Elle se figea mais ne me regarda pas.

Je ne savais pas si je voulais la disputer ou la remercier, mais lorsque je prononçai son nom, un nœud serré à l'intérieur, un bandeau épais qui enserrait ma poitrine, se défit.

Constatant que je ne parvenais pas à ajouter un mot, elle me fit son petit signe de tête caractéristique et partit.

Le Dr Abrams conseillait une "ablation totale". Il voulait ouvrir la tête de Rufus comme on écarte les deux pans d'une porte de hangar.

— Pourquoi ne pas y accéder par les narines ?

Il pouffa.

— Vous savez à quel point les sinus d'un chien sont alambiqués ?

J'avais envie de lui rétorquer : Pourquoi une telle cruauté ? Rufus n'a-t-il donc pas assez souffert ? Mais je savais que dans le monde du Dr Abrams, violence médicale et héroïsme médical étaient souvent la même chose. C'était à moi d'épargner trop de souffrances à Rufus.

La question aurait dû être simple. Mais je tergiversai. Quand je voyais mon chien, je voyais aussi mon fils. Quelques jours à peine avant sa mort, Daniel avait joué à pourchasser le chien. Rufus, dont les pattes glissaient sur le plancher, lançait des regards de joie terrifiée par-dessus son épaule comme le chiot qu'il était autrefois. Puis les deux avaient roulé sur le sol, Daniel gazouillant : "Qui c'est, le gentil chien ? Hein, qui c'est ?" Étant donné les mystères et hostilités de mon fils ces dernières années, mon désir de revoir ce garçon joueur, amusant, était intense. Par moments, je me disais que j'irais jusqu'à torturer le chien si cela pouvait me donner l'occasion d'apercevoir Daniel encore une fois.

Maintenant, face à Rufus qui luttait pour respirer, je réalisai que j'avais arrêté ce petit film trop tôt. Quand Daniel avait fini de jouer ce jour-là, il avait caressé la tête du chien et couru au premier. Rufus, abandonné dans son vieux corps usé, avait gémi un peu, comme s'il espérait que Daniel reviendrait, avant de se remettre péniblement debout et de retourner à son fauteuil en boitillant.

Finalement, le Dr Abrams effectua une biopsie. Quelques jours plus tard, il m'appela pour me dire que c'était un cancer.

— Une ablation pourrait lui donner quelques mois de plus, dit-il. Peut-être jusqu'à six, on ne sait jamais. Mais avec les ganglions lymphatiques touchés, et les complications d'une chirurgie dans cette zone, l'espoir de guérison est infime.

Parmi les autres options, il y avait une chimiothérapie expérimentale et des rayons à l'école vétérinaire à l'autre bout de l'État, mais toutes avaient des effets secondaires douloureux et aucune n'offrait l'espoir d'une survie à long terme. Après ça, je restai assis, le dos raide, dans mon bureau, pour calmer mon esprit, essayer de me focaliser sur la lumière qui apparaissait au loin et filait comme un poisson effarouché dès que j'approchai. Une heure plus tard, mon esprit fut envahi d'images du pauvre Rufus, monstrueux, la tête rasée, de grosses agrafes noires maintenant la couture entre les deux moitiés de sa tête, ses yeux accusateurs larmoyant de douleur.

Je partageai mon avis avec Evangeline tout en lui faisant savoir que je tiendrais aussi compte du sien, que je reconnaissais le lien qui s'était formé entre eux. Elle hocha la tête et alla dans sa chambre, emmenant Rufus avec elle. Une heure plus tard, elle en sortit, les yeux gonflés et cerclés de rouge.

— Est-ce que le docteur peut l'aider à respirer sans lui faire mal ?

— Il peut passer par les narines pour ouvrir un peu les voies respiratoires. Ça aiderait pendant un certain temps.

— On pourrait faire ça ?

— Bien sûr.

— D'accord, dit-elle, évitant mon regard.

Puis elle quitta la pièce.

J'appelai le Dr Abrams et exprimai mon souhait.

— Tant que vous savez que c'est un acte uniquement palliatif.

C'était précisément ce que mon cœur voulait – du réconfort sans fausses promesses. J'avais déjà vécu cela. La dernière fois que j'avais vu ma mère, elle était couchée dans un lit d'hôpital, esclave de machines qui pompaient et drainaient, affolaient et avertissaient. De temps en temps, des chirurgiens chassaient son cancer, découpaient un morceau de ceci, enlevaient cela. Ils firent d'elle une étrangère à la peau grise, moitié machine et à peine humaine. Je vous le jure, elle n'aurait jamais choisi ça. Elle l'endura pour mon père et moi. Pour que nous puissions nous accrocher un peu plus longtemps à un espoir déraisonnable.

Le seul moment où je vis ma mère paisible pendant ces dernières semaines fut celui où trois Amis se réunirent autour de son lit et lui chantèrent l'océan, lui chantèrent l'Unique.

Rufus mourrait de sa tumeur, mais je n'envisageai jamais de l'euthanasier. Parfois, en constatant à quel point il souffrait, je m'étonnais que mon cœur le permette. Mais les animaux savent mourir. Une fois qu'un destin est clair – et je crois fermement qu'il était aussi clair pour Rufus qu'il l'était pour moi –, ils font le choix de rester ou de partir. J'avais euthanasié des animaux de compagnie dans le passé, et il m'arriverait peut-être de le faire à l'avenir, mais Rufus était un être singulier. Mon devoir était de ne pas interférer, de continuer à croire qu'il avait ses raisons de rester ou de partir.

L'intervention se passa bien, et quelques jours plus tard, la respiration de Rufus était plus aisée. Le vendredi suivant, Evangeline alla dormir chez Natalia. J'étais content qu'elle ait un semblant d'adolescence normale, mais quand je rentrai à la maison pour trouver Rufus levant à peine la tête et Evangeline absente, je me sentis un peu perdu.

Depuis que j'avais ramené Evangeline du bateau de George, la maison était redevenue un foyer. Et c'était d'autant plus flagrant en son absence. Je me rappelai Evangeline apparaissant dans le carré, sa réticence à faire quelques pas, puis cette façon d'agir comme s'ils ne signifiaient pas grand-chose. Mais ces pas avaient fait toute la différence. Pas seulement pour moi mais pour elle. De cette manière, elle saurait, sentirait jusqu'au fond d'elle-même, qu'elle avait fait le choix de revenir.

Dans le vestibule, j'enfilai une veste légère et sortis ; je me dirigeai vers la maison de Lorrie. Je ne savais pas trop ce que je prévoyais de faire. Peut-être frapper à la porte, l'inviter avec Nells à dîner, faire semblant que je n'avais pas déjà détruit ce qui aurait peut-être pu être sauvé.

Une fois de plus, je demeurai caché dans les arbres. Dans la semi-pénombre du crépuscule, je vis la lumière allumée dans la cuisine. Lorrie travaillait devant la cuisinière, Nells coupait quelque chose sur le plan de travail. Lorrie sortit une casserole du feu et s'approcha de sa fille, l'observa pendant une minute, puis sembla lui donner des instructions. Nells parut fâchée, gesticula, mais peut-être que non, parce que tout à coup elles éclatèrent de rire, clairement, elles riaient. Lorrie déposa un baiser sur la nuque de sa fille et retourna à ses casseroles.

Leur intimité et leur affection, leur agacement et leur tendresse, éclairés dans cette petite cuisine, illuminaient toute la maison et tout le terrain. Même à cette distance je sentis l'amour entre elles, et j'eus le cœur brisé de savoir ce dont Evangeline serait toujours privée.

61

LE JOUR DE MA MORT

Il y a quelques jours, le shérif a pris mon pick-up. Je n'ai pas demandé à voir un mandat. Il s'est avéré qu'ils n'en avaient pas, mais je n'aurais pas voulu éveiller les soupçons, de toute manière. Ils ont dit que je n'étais pas suspect, mais que quelque chose dans mon véhicule pourrait peut-être aider à retrouver Daniel. D'un air parfaitement nonchalant, j'ai dit :

— Bien sûr, allez-y.

Ils ont trouvé l'ADN de Daniel, des bouts de peau, des cheveux. Dans le cas contraire, j'aurais été suspect, étant donné qu'il montait tout le temps dans mon pick-up. Ils ont aussi trouvé du sang, mais c'était le sang du cerf dont j'avais consciencieusement barbouillé l'intérieur. Pas une goutte de celui de Daniel. Ce qui me surprit. J'avais pris la précaution d'emballer mes chaussures dans des sacs et d'en étaler sur le siège, mais on aurait pensé qu'une ou deux gouttes seraient tombées quelque part. Les flics ont probablement merdé. Il n'y a pas beaucoup de meurtres dans le coin. Mais en même temps, ils ne savent pas encore qu'il s'agit d'un meurtre. Pour le moment, un jeune homme a disparu.

Voilà ce qui m'a choqué au plus haut point. Quand l'appel me disculpant est arrivé hier, je me suis senti tellement mal qu'on aurait cru qu'ils allaient me lyncher dans l'heure qui suivait. Après des jours sans dormir, à tremper mes T-shirts tant je transpirais, voilà qu'on m'annonce que je peux venir chercher mon pick-up, ils sont désolés de m'avoir fait subir tout ça, et j'ai envie de défoncer un putain de mur avec mon poing.

Je n'arrêtais pas de penser : Mais quand est-ce que ces idiots vont trouver Daniel ? Combien de temps M. Balch va-t-il devoir souffrir sans savoir ? La maman de Daniel aussi. Ils étaient comme des zombies tous les deux, la peau grise et tombante, on aurait dit qu'on leur avait arraché les yeux et collé des faux à la place. Je sais que c'est bizarre que je m'inquiète comme ça pour eux, quand on y pense. Mais c'était le cas. Je me disais : Et qu'est-ce que je dois faire, bordel, maintenant qu'à cause de ces idiots ça dépend de moi ?

Les parents de Daniel n'étaient pas les seuls qui avaient une mine de déterrés. Les derniers jours, quand je participais aux recherches, il y avait toujours quelqu'un pour me dire que j'avais les traits tirés, que je devais rentrer à la maison me reposer. Pour eux, j'étais en train de mourir de chagrin. Ils avaient raison sur ce point. Daniel me manquait. Il était la personne à qui j'avais le plus envie de parler. Il aurait adoré cette histoire, l'effet de surprise : moi, le tuer ! Qui aurait deviné une chose pareille ? Il m'aurait demandé de la lui raconter, encore et encore. Ensuite, dans les soirées, il aurait mimé la scène, bondissant exagérément, balayant l'air avec le couteau, il en aurait fait des tonnes. Sans même mentionner le fait que j'étais là. Je me mettrais à l'écart, les bras croisés sur la poitrine, en train de bouder comme d'habitude. Je le traiterais de connard, et je dirais que le meurtrier c'était moi, pas lui, mais personne ne remarquerait ma présence.

J'aurais donné n'importe quoi pour ça.

Alors ouais, j'étais bien en train de mourir. Comme j'ai dit, c'est l'amour qui vous fiche en l'air, et vu mon lien avec Daniel, j'étais complètement foutu.

Ce matin – enfin, techniquement, je suppose que c'est hier matin –, je suis retourné en voiture à l'endroit où ça s'est passé. Je m'attendais presque à être suivi. Moi, je me serais suivi. Mais je crois qu'il n'y avait personne. Cela n'aurait pas eu d'importance, en fait. Je suis sorti de mon pick-up et j'ai refait le trajet qu'on avait parcouru à pied ce soir là, notant les distances, les virages et les repères sur le sentier pour permettre à l'équipe de recherches de se rapprocher.

Je n'ai pas pu me résoudre à faire les quatre cents derniers mètres. Cela aurait peut-être été impossible. Je jure que les sapins et le taillis s'étaient épaissis pendant la dernière semaine, s'étaient densifiés comme des mûriers de conte de fées. Le silence s'est abattu sur les bois au dernier tournant, comme si toutes les créatures m'observaient. Partout il y avait des branches cassées et des buissons complètement piétinés. Je me suis presque demandé si Daniel avait survécu, s'il avait réussi à s'extraire de son trou. Ou si Dieu avait touché la terre, s'il avait laminé ce kilomètre carré de fureur. Mais évidemment, c'était moi qui avais fait ces dégâts en m'arrachant de là, couvert du sang de ma victime, en pleine crise de démence.

L'odeur sulfureuse de la mort m'est parvenue, même là, alors j'ai amassé un tas avec des branches cassées pour en faire un repère et je suis reparti. Ils avaient des chiens. Ils le retrouveraient facilement.

Je suis rentré à la maison vers midi. Il n'y avait pas grand-chose à faire. Je ne pouvais pas ramener Daniel, je ne pouvais pas rester dans les parages pour maman, Nells ou Red. Je n'arrivai pas à échafauder le moindre scénario qui fonctionne. Mais je pouvais épargner aux Balch les questionnements. Je pouvais épargner à tous les autres la souffrance de me voir menotté et emmené, le petit Blanc maigrichon et chochotte, qu'on allait mettre à l'ombre pour longtemps. Je ne voulais pas qu'ils imaginent ce qui m'arrivait là-bas. Parce que ces idiots finiraient par comprendre. Finalement. Les os seraient trouvés, on identifierait des empreintes. Ils viendraient frapper à ma porte. Et cela ne ferait de bien à personne.

Et même si je réussissais à me tirer de toute cette affaire, c'était la pire possibilité de toutes, parce qu'alors, un gars errerait dans les rues de Port Furlong ne sachant pas qui il voulait tuer tant qu'il n'était pas couvert de sang. Pas question, je ne voulais pas qu'un cinglé pareil soit en liberté. Pas avec des gens que j'aimais sur son chemin.

Je n'avais jamais rien fait de tel auparavant, je n'avais même jamais frappé ma sœur, mais ce n'était pas la peine d'être un mystique pour savoir d'où ça venait et où ça allait me mener. Comme disait mon père, le fruit ne tombe jamais loin de l'arbre.

Ne vous méprenez pas. Je ne dis pas que je suis quelqu'un de mauvais. Mon père ne l'était pas non plus. Je suis d'accord avec ce que M. Balch a dit sur le fait que le mal est une force, tout ça. Mais apparemment, quand même, certaines personnes sont sujettes à des crises de mal, et je pense que mon père et moi, on est comme ça.

En biologie, M. Balch nous parlait parfois de désordres bizarres, comme des tumeurs qui vous font perdre votre proprioception, ce truc qui fait que vous savez comment se situe votre corps dans l'espace. Avec une tumeur comme celle-là, la gravité fiche la pagaille. Vous êtes toujours en train de tomber.

Et c'est ainsi que ça marche pour moi, il semblerait que ma proprioception pour le mal est cassée, à cause d'un défaut de câblage que j'ai hérité de mon père. Le problème, c'est que quand vous êtes la proie du mal, quelqu'un d'autre en paye le prix. C'est moi qui suis malade, mais c'est vous qui tombez.

Après chacune des crises de mal de papa, il jurait que ça n'arriverait plus. Mais il était plein de lignes de fracture cachées, alors il avait beau tout bien verrouiller, le monstre s'infiltrait et pénétrait chez nous, nous mettant tous par terre. Mon père ne pouvait pas empêcher le mal d'agir sur lui, tout comme les gens qui ont ces tumeurs ne peuvent pas empêcher la gravité de les mettre par terre.

M. Balch dit que des tas de chercheurs s'intéressent au problème de la proprioception. Certains ont même fabriqué un prototype de casque qui permet aux patients de tenir debout, de marcher et de mener une vie à moitié normale. Je voudrais tellement un casque pareil, un qui m'aiderait à résister au mal même s'il se réveille avec fureur. Mais personne n'étudie ça. Parce que, vous voyez, trop de gens pensent que quelqu'un comme moi est le mal incarné. Ce qui revient à dire que quelqu'un peut être la gravité incarnée si la gravité le fait tomber par terre.

Je suis cassé et j'ai besoin d'aide pour me libérer. Mais les flics et les avocats, le juge et les jurés jetteront un regard sur ces photos de Daniel, ce qui reste de lui, et pas un seul d'entre eux ne verra les choses comme ça. Si je n'avais pas moi-même commis l'assassinat, je serais pareil. J'aurais envie de découper en morceaux le fils de pute qui a fait ça. Mais c'est précisément la contagion causée par le mal, et raison de plus pour aider ceux qui sont potentiellement victimes à résister. Comme a dit M. Balch: “Si suffisamment de gens souffrent de cette maladie, personne ne sera épargné.”

Si je reste là, il n'y aura pas d'aide. On me jugera comme un adulte et on me jettera en prison où ce monstre pourra travailler sur moi à plein temps, me casser si fort en tellement d'endroits que s'ils m'ouvrent, il n'y aura que du monstre, aussi loin qu'ils poussent l'exploration. Ensuite ils secoueront la tête, la mine consternée, et diront qu'ils le savaient depuis le début.

Je vois la scène tellement clairement, je dois vraiment être un mystique.

Il était temps de m'y mettre. J'ai pris un stylo. D'abord, j'ai présenté mes excuses aux Balch. “Je regrette d'avoir tué Daniel.” Ça vous donne envie de vous marrer comme des baleines, hein ? “Désolé d'avoir assassiné votre fils.” Vous voyez le problème. Mais même si vous crachiez tous les mots jamais créés, puis avec un haut-le-cœur, ravaliez chacune de ces choses inutiles pour les recracher dans une nouvelle disposition, même si vous faisiez ça mille fois, un million de fois, vous ne trouveriez rien qui fonctionne mieux. Alors j'ai laissé cette phrase telle quelle et leur ai dit où ils pourraient trouver leur fils.

Une fois que j'ai eu tout écrit dans les moindres détails, que je n'ai plus trouvé d'autre précision à ajouter, j'ai poursuivi :

> Si je n'avais pas dépecé le cerf, si je n'avais pas bu, s'il n'avait pas été sur mon dos depuis tellement longtemps, s'il n'avait pas dit – avec une telle putain de désinvolture – qu'il avait sauté la seule fille à laquelle je tenais, et il le savait, la seule fille dans notre vie qui m'avait choisi. Si je ne l'avais pas cru. Si j'avais compris pourquoi il l'avait fait. Pourquoi elle l'avait fait. Si je ne l'avais pas aimé. Si je ne l'avais pas aimée.
>
> Si. Si. Si. Tellement de putain de si. Juste un paquet d'excuses. Qui en a quelque chose à foutre, de toute façon ? Mais le truc, c'est que je ne savais pas que je voulais tuer Daniel avant qu'il soit mort. C'est pour ça que je dois le faire. J'ai la même chose que papa, ce monstre qui s'infiltre, qui vous fait faire des choses que vous ne faites jamais, des choses qui vous rendent malade. Papa ne voulait pas nous faire de mal. Il nous aimait. Et finalement, il nous l'a prouvé, non ? Il n'y avait qu'une seule façon de nous sauver de ce monstre, et il savait exactement comment faire. Il a renoncé à tout pour nous. C'est un héros. Vraiment.
>
> Maman, Nells, Red, quelle autre solution ai-je si je veux vous protéger ?
>
> Je vous aime, Jonah

Est-ce que c'était juste à l'égard de Daniel ? Comment puis-je le savoir ? Comment quelqu'un pourrait-il le savoir ? Parce qu'à un moment donné, j'avais commencé à le voir par les yeux du monstre.

Quelques minutes plus tard, j'ai coupé la lettre en deux. J'ai gardé les excuses en une ligne et les indications menant au corps de Daniel, essayant de ne pas imaginer ce qu'ils allaient trouver. Le reste – la partie sur Daniel et moi et mon père – je l'ai déchiré en petits morceaux et je l'ai jeté dans les toilettes. Personne n'a besoin de mes excuses et je ne peux pas risquer que Red soit rendue responsable.

J'ai dîné avec maman et Nells comme d'habitude. Ensuite, quand j'ai vu Nells dans le couloir, je l'ai attrapée comme si je chahutais et je l'ai serrée fort. Elle m'a repoussé en disant : "T'es dégueu ! Va prendre une douche !"

Je puais. Je n'avais pas vraiment fait attention à ça. J'ai pris une douche rapidement et je suis allé voir maman. Elle finissait la vaisselle. Je me suis approché d'elle par-derrière et je l'ai serrée elle aussi, je lui ai dit que je l'aimais. Elle s'est retournée, l'air apeuré, m'a demandé si tout allait bien, est-ce que j'allais bien ? J'ai fourré mes mains dans mes poches et j'ai dit, oui, bien sûr, j'allais bien. Pourquoi ? Je veux dire, j'étais inquiet à propos de Daniel, tout ça, mais j'allais bien. Et elle ?

À son regard, on aurait pensé qu'au lieu de lui dire que je l'aimais, je lui avais planté un couteau dans le ventre et que je le tournais dans tous les sens. Elle n'a rien dit pendant un long moment, elle a juste gardé les yeux rivés sur moi comme si nous avions toute cette conversation sans dire un mot : qu'elle m'aimait, qu'elle m'aimerait toujours, qu'elle se sentait responsable d'avoir foutu ma vie en l'air même si elle ne savait pas ce qu'elle avait fait de travers, qu'elle se demandait s'il y avait quoi que ce soit qu'elle pouvait faire pour changer les choses ? Parce qu'elle le ferait, sans hésiter.

Quand elle m'a eu regardé assez longtemps pour savoir que les jeux étaient faits, que la décision était irrévocable et qu'il ne restait plus qu'à supporter, elle a dit :

— Ouais. Ça va.

— Tant mieux, maman.

— Tu as l'air fatigué. Tu devrais aller te reposer, a-t-elle dit, avant de reprendre sa vaisselle.

Quand je suis arrivé à la porte de la cuisine, je me suis arrêté et j'ai dit :

— Bonne nuit, maman.

Elle a hoché la tête, mais elle ne s'est pas tournée vers moi, et elle ne m'a pas souhaité bonne nuit.

62

Après avoir ignoré tous mes appels pendant un mois, Peter accepta que je passe le voir. Même s'il plaidait non coupable d'avoir payé une mineure, sa culpabilité était incontestable, et il ne fit aucune tentative pour sauver son poste. Carol Marsten laissa échapper que cinq ans plus tôt, il avait été arrêté en compagnie d'une prostituée. Cette fois-là, il avait réussi à étouffer l'affaire grâce à un règlement à l'amiable.

Lorsque j'entrai dans sa maison ce matin-là de la fin avril, je fus abasourdi de la découvrir presque vide, à l'exception de deux chaises pliantes et de son vieux fauteuil inclinable. Il le tapota pour m'inviter à m'asseoir et approcha une chaise.

— Elaine et les filles ont emporté le reste. J'y tenais.

— Quand est-ce que c'est arrivé ?

Il réfléchit.

— Tu te souviens du soir où tu es passé ? Quand je t'ai dit que Josie était là ?

J'acquiesçai.

— Elaine était partie quelques jours avant, avec les filles. Elle avait déjà emporté certains meubles. Je ne voulais pas que tu voies ma maison à ce point défigurée. Je continuais à penser qu'elles allaient revenir.

— Elle est partie à cause de tes liaisons ?

— Ouais. Elle n'était pas au courant du reste. La femme qui est allée voir Newland a aussi informé Elaine.

Nous restâmes silencieux un moment.

— Ça te dirait, une bière ? demanda-t-il.

— Il est dix heures du matin. Tu aurais du café ?

— Oui, mais je ne te promets pas qu'il sera aussi affreux que le tien.

Je ris.

— Ça ira.

Tandis qu'il se dirigeait vers la cuisine, je l'examinai plus en détail. Il ne s'était pas rasé depuis des semaines mais autrement, il était soigné, les cheveux peignés, portant un nouveau polo et un jean propre. Lorsqu'il revint, je lui demandai :

— Tu te laisses pousser la barbe ?

Il frotta sa mâchoire si reconnaissable.

— J'y pense. Même si c'est bien dommage de cacher ce chef-d'œuvre.

Le silence s'imposa. Dix minutes. Quinze. Comme dans un comité de clarification, sauf que je ne savais pas si c'était mon comité, ou le sien. Au bout de vingt minutes, je demandai :

— Evangeline ?

Son visage demeura étrangement impassible.

— Non. Jamais avec elle. Mais je l'ai vue une fois dans la rue, là-bas. Je me suis arrêté, je lui ai parlé, mais je ne suis pas allé plus loin. Elle était clairement trop jeune.

Sa voix avait la froideur qu'il utilisait pour relayer des directives administratives. Il se frotta la mâchoire à nouveau.

— Tu vois. Je ne suis pas tout à fait le monstre pour lequel on me fait passer.

— Evangeline t'a reconnu au lycée ?

— Oui.

— Est-ce que tu l'as vue avec les garçons ?

— Oui.

— Et tu n'en as pas parlé au shérif parce qu'elle risquait de se souvenir de toi.

Il confirma d'un signe de tête.

J'avais des quasi-certitudes sur ces points, mais lorsqu'il confirma leur véracité, je fus submergé par le chagrin, comme si j'avais glissé un œil à l'intérieur de lui et découvert d'innombrables lésions en train de le consumer. Un nuage assombrit la pièce, donnant à la moquette une teinte bordeaux, et j'eus de la peine pour Peter et Elaine, pour Hannah, Zoe et la timide petite Mia. J'eus de la peine d'avoir perdu mon ami, de n'avoir pas su qu'il était malade, d'avoir pris, à un moment donné, la décision de ne pas savoir.

Nous restâmes encore une demi-heure, le silence installé entre nous, des bruits de morceaux de glace qui tombaient dans le congélateur, des cris d'enfants dans un jardin voisin, piégés là avec l'odeur rance de la sueur masculine et de poubelles de cuisine qu'il aurait fallu sortir. J'ignorai les preuves que j'avais devant moi et le maintins dans la Lumière, me le représentai illuminé du Divin qui existait encore en lui. Et pendant ces minutes, il changea, les couches artificielles de pas-Dieu, pas-amour, s'évanouirent, les fausses protections de l'ego tombèrent. Et il sanglota. Tremblant sans bruit tandis que les larmes coulaient sur ses joues.

Nous restâmes ainsi jusqu'à ce qu'il s'apaise. Puis encore un moment. Je me mis debout et attendis quelques minutes. Enfin j'ouvris mes bras.

Il hésita mais vint me rejoindre, et je voulus tenir l'étincelle divine qu'il contenait encore, tenir l'homme avec toutes ses lésions, et me tenir moi-même qui étais là, qui l'accueillais, alors même que le pas-Dieu en moi rugissait avec une douloureuse envie d'infliger de graves blessures à cet homme, de lui faire éprouver tout ce qu'il avait infligé à d'autres.

Quand je lui eus donné tout ce que je pouvais, je m'écartai. Je le quittai avant que le pas-amour en moi se réveille, avant qu'il étouffe l'élan du Divin.

Pendant le comité suivant avec George et les autres, nous restâmes silencieux. On aurait pensé qu'avec la révélation effrayante de la cruauté de Daniel, j'aurais touché le cœur de ce qui me minait, mais au contraire, j'étais devenu plus brutal, infligeant de la souffrance à Lorrie dans les moments où elle était la plus vulnérable. Clairement, quelque chose de plus important demeurait enfoui dans mon cœur.

Une demi-heure après le début, je dis :

— Ce soir, je n'ai pas de mots.

— Tu n'as pas besoin de mots, dit George doucement. Tu le sais.

Nous restâmes silencieux encore une demi-heure. J'ouvris la bouche, prêt à déclarer la fin du comité, mais je me surpris à dire :

— Je ne connais pas Dieu. Depuis toujours, je pense.

Si les Amis étaient surpris, leur visage ne trahit rien. Le silence s'abattit à nouveau sur la salle tandis que la portée de mon aveu se dessinait. Finalement, Abigail parla, d'une voix bienveillante et sans curiosité.

— Qu'est-ce que tu entends par "connaître" ?

Je pouvais répéter l'affirmation classique, qu'il y a "de Dieu" en chacun de nous, du criminel le plus corrompu jusqu'au saint. Cependant, cette connaissance extérieure reviendrait à dire que je connais les baleines parce que je comprends où on pourrait les trouver. Je laissai échapper un soupir frustré.

— Je ne sais pas. Peut-être quand mon cœur se met à battre fort ou que mes membres tremblent ou que je vois des lumières qui brillent. Comment puis-je dire comment je connais Dieu alors que Dieu ne se montre pas à moi depuis toutes ces années ?

Ralph se mit à parler.

— Donc, on connaît Dieu quand on vit un premier amour ? Ou devant un tour de passe-passe ?

George se racla la gorge.

— Ralph, puis-je te rappeler la forme que doivent prendre les questions ?

— Bien sûr, dit Ralph, baissant la tête comme s'il regrettait, mais les coins de sa bouche remontèrent légèrement.

George parut sur le point de relancer le débat, alors je l'interrompis.

— Oui ! Toute ma vie, j'ai vu le Divin apparaître chez des Amis, parler par eux. Toute ma vie, j'ai attendu que l'Unique se manifeste en moi, s'exprime par moi…

Je me tus. Non seulement j'avais révélé mon imposture depuis des années en décrétant que je m'imposais une norme plus stricte, prétendant ne parler que de l'insistance de Dieu, mais aussi par l'absurdité infantile de la preuve que j'exigeais. Ralph avait vu clair dans mon jeu depuis le début.

Je refusais de "connaître" Dieu tant qu'il ne clarifiait pas d'abord, pour moi, ce qui faisait de moi un être spécial avant de le dévoiler au monde. Les miracles du monde, les fleurs, les animaux, les cieux qui flamboyaient de lumière et de couleur, la profondeur de la nuit, les cœurs battants de ces chers Amis – toutes ces manifestations qui m'étaient offertes à chaque instant ne suffisaient pas.

Après de longues minutes, George dit doucement :

— De s'exprimer par toi pour quoi, Isaac ? Peux-tu nous en dire davantage ?

Je connaissais la réponse sans avoir besoin de réfléchir plus longuement.

— Pour satisfaire mon ego. Pour prouver que je mérite ma place de sage, de quaker incontournable après toutes ces années…

Je m'interrompis, persuadé que j'allais bientôt compter chacun de ces chers Amis comme d'autres pertes dans ma vie. Je déglutis et dis :

— Après toutes ces années d'imposture.

Nous passâmes le temps restant en silence. Il n'y eut pas de petit sourire satisfait, même de la part de Ralph. Dans cette salle austère avec sa rallonge industrielle et sa bougie consumée depuis longtemps, avec ses quatre chaises dures et ces quakers usés par la vie, je ne ressentis que de l'amour.

63

Evangeline était à peine rentrée de chez Natalia ce samedi matin quand George apparut avec un autre Ami qu'il présenta comme étant Ralph. Tout rouges, haletants, ils transportèrent une commode jusqu'à sa chambre, et avec l'aide d'Isaac, entreprirent d'enlever les étagères du dressing. À midi, il était vidé et les hommes prenaient les mesures pour percer un trou dans le mur extérieur.

— Pour une fenêtre, dirent-ils.

Elle n'aurait pas cru, mais une fois vide, le dressing était assez grand pour un berceau et un fauteuil. Un coffre contenant des couvertures et des jouets tiendrait dans un coin. Les tiroirs existaient déjà, elle aurait donc tout ce dont elle avait besoin.

Cet après-midi-là, elle alla constater la progression et remarqua une tablette en bois qui dépassait d'un tonneau dans la chambre. Elle avait besoin d'une étagère pour ses livres, alors elle la prit, et ce faisant, aperçut quelque chose qui tombait. Au fond du tonneau, couvert de poussière de plâtre, se trouvait le bracelet de Jonah.

— Tu veux garder ça ? demanda George.

Elle releva la tête brusquement.

— Pardon… quoi ?

— C'est un bon morceau de bois. Il fera une étagère solide pour ta chambre. Ralph, tu voudras bien m'aider ? À installer une étagère pour Evangeline ?

Ralph grogna qu'il le ferait volontiers.

Evangeline jeta un coup d'œil au bracelet, puis aux hommes.

— Ce serait super.

Isaac cria qu'il avait besoin d'elle à l'extérieur. Elle prit congé, se disant qu'elle récupérerait le bracelet plus tard, mais lorsqu'elle revint, le baril avait été vidé. Elle demanda à George où étaient partis les déchets.

— J'ai tout mis à l'arrière de mon pick-up. Pourquoi ? Il y a quelque chose que tu veux récupérer ?

Elle dit non, mais s'empressa d'inventer un prétexte pour s'en aller, et alla rôder près du pick-up. La couche de débris était épaisse d'au moins un mètre. Il lui faudrait grimper et fouiller. S'ils la voyaient, elle serait obligée d'expliquer, et elle n'arrivait même pas à se l'expliquer à elle-même.

Qu'éprouvait-elle en pensant à Jonah ? Qu'avait-elle éprouvé ? Elle l'avait reconnu, et il l'avait reconnue. Et peut-être que c'était un genre d'amour, trouver chez quelqu'un la même rivière que celle qui coule en soi, partager les mêmes berges. Mais qu'est-ce que cela signifiait quand cette rivière bouillonnait comme si un million de poissons remontaient son courant en bondissant ? Quand elle imaginait Jonah se déchaînant sur Daniel – ce qu'elle avait fait mille fois –, elle sentait cette rivière bouillonnante déferler dans son cœur, remonter dans son bras jusqu'à cette lame meurtrière. Une passion comme celle-là pouvait-elle être de l'amour si elle produisait ce genre de choses ?

Elle regarda les débris sur le plateau, puis les trois hommes qui contemplaient le nouveau trou dans le mur. Elle s'éloigna du pick-up, des poissons bondissants, des éclaboussures de sang et des questions sans réponses, et alla rejoindre Isaac et ses amis.

Deux semaines plus tard, les murs de la nursery étaient illuminés du même jaune d'or que sa chambre et une chaude brise printanière soulevait le rideau en voile léger dans l'encadrement de la nouvelle fenêtre. Les trois quakers assemblaient un berceau blanc. Nombre de jérémiades bon enfant accompagnaient le travail, mais des rires résonnaient aussi dans la pièce. Quand ils eurent fini, Ralph enfonça un clou dans le mur et sortit de son sac à dos un cadre avec un chien de dessin animé coloré. Il l'accrocha avec un drôle de petit sourire, comme si l'image ravivait une tendresse ancienne.

Après un déjeuner tardif de salade au poulet, les Amis firent des adieux pudiques. Une demi-heure plus tard, Lorrie et Nells arrivèrent en traînant un gros coffre en bois peint avec de larges bandes fuchsia, bleu sarcelle et jaune canari. À l'exception de l'urgence avec Rufus, Evangeline n'avait vu ni l'une ni l'autre depuis la première semaine de février.

Elles posèrent le coffre dans un coin de la cuisine. Lorrie enlaça Evangeline et la serra fort, un peu trop longtemps et un peu trop fort, voulant rattraper le temps perdu. Evangeline faillit crier de douleur, mais Lorrie la lâcha, tourna vaguement la tête vers Isaac pour lui adresser un bonjour à voix basse.

— Je suis content que vous ayez pu venir, marmonna-t-il, sans avoir l'air content du tout.

Il ne cessait de regarder par la fenêtre comme s'il attendait quelqu'un d'autre, soulagé à l'évidence lorsque Natalia, Sophie et leur mère apparurent quelques minutes plus tard. Elles envahirent la maison bruyamment avec leurs rires, portant des paquets emballés dans des papiers de couleurs vives.

Un moment plus tard, Isaac sortit un gâteau blanc décoré d'un glaçage à la meringue cotonneuse, acheté en magasin mais bon quand même. Au début, il évitait de parler à Lorrie, mais lorsque tout le monde partit en fin d'après-midi, il avait eu la présence d'esprit de l'interroger sur ses études et de rire quand elle avait fait une plaisanterie idiote.

Au moment de partir, Lorrie dit à Isaac :

— Merci. De nous avoir invitées.

Cette fois, ce fut Isaac qui fit un petit signe de tête, et bien qu'il y eût de la retenue entre eux, Evangeline sentit aussi l'affection ravivée.

Elle se rendit compte que la journée entière avait été un genre de fête prénatale et s'émerveilla de la manière dont Isaac avait tout organisé. Elle comprenait maintenant que l'absence de Lorrie dans leurs vies n'avait rien à voir avec elle. Il y avait eu une rupture douloureuse entre les adultes. Et ce fut le plus beau cadeau de tous, parce qu'elle voyait à quel point il était difficile pour Lorrie et Isaac d'être ensemble et pourtant, ils l'avaient fait pour elle.

Ce soir-là, après qu'Isaac se fut retiré dans sa chambre, elle retourna dans la nursery. La lumière projetée par un lampadaire adoucissait l'atmosphère ; elle s'assit sur le fauteuil moelleux et pleura. Pas de joie, mais parce que rien au monde ne la terrifiait autant que le bonheur.

Les jours suivants, ce tourbillon de bonheur fut émoussé par le retour sournois et familier de la peur. La nuit, même pendant les heures bénies où le bébé dormait paisiblement dans son ventre, Evangeline était éveillée, la présence de la nursery tout équipée lui pesant sur la poitrine, aspirant tout l'oxygène de ses poumons. La permanence de ce qui se profilait et la perte de la personne qu'elle était avant, et aujourd'hui – de celle qu'elle n'aurait jamais l'occasion de devenir –, ne pouvaient plus être ignorées désormais. C'était étrange, qu'elle n'y ait jamais vraiment pensé avant, à toutes les morts qui accompagnent la naissance.

L'absence de sa mère était amplifiée d'un facteur mille par l'arrivée imminente du bébé. Elle se demandait si sa mère était au courant ; il fallait qu'elle le soit, parce que sinon, si Evangeline était à ce point seule au monde, alors cela signifiait qu'elle n'existait pas du tout. Mais si sa mère savait et n'était pas présente, qu'est-ce que ça disait d'Evangeline ?

Depuis des semaines d'insomnies, elle réfléchissait à la question de la paternité de ce bébé. Personne n'avait mentionné le moindre test. Il allait naître "en avancc", d'un poids inhabituel pour un "préma". Mais il ressemblerait à tous les bébés, mou et informe, une masse de chair miaulante. Il faudrait un peu de temps pour que ses traits se précisent et probablement des années, pour qu'un détail révélateur se manifeste, si cela arrivait un jour. Après ces premières semaines, si les yeux du bébé devenaient verts ou noisette, Isaac et Lorrie diraient qu'il était de l'un ou l'autre des garçons. Des yeux bruns indiqueraient plutôt que Daniel était le père, mais la mère d'Evangeline avait les yeux bruns, et en plus, la jeune fille sentait déjà qu'ils ne seraient pas bruns.

Quelle que soit leur couleur, à un moment donné – et Evangeline réalisa la chose tout à coup –, elle avouerait. Elle leur dirait la vérité : aucun des garçons n'était le père. Isaac réagirait avec courtoisie, insisterait pour qu'elle reste à la maison. Son Dieu exigerait qu'il offre un toit à la putain et son bâtard, même si bien entendu, il ne le formulerait jamais en ces termes. Pas avec une telle dureté. Il devait protéger son image de lui-même. Mais sous la gentillesse de surface, d'autres sentiments, plus sombres et plus complexes, affleureraient. C'était précisément ce qui l'inquiétait : la façon dont le ressenti qui n'était pas formulé, qu'il n'était même pas permis de penser, pèserait entre eux. La colère qui rôdait sous la surface finissait par tout tuer.

Pourtant, même avec toutes ses inquiétudes et ses peurs légitimes, Evangeline savait que quelque chose de plus grand et de plus puissant était en train de lui arriver. Pour la première fois de sa vie, elle sentait dans sa poitrine le cœur d'autres gens – tant celui d'Isaac que celui de Lorrie – avec une clarté si constante qu'elle était prête à payer l'affreux prix de la vérité. Leur douleur, leur besoin, désormais siens.

Quel miracle – un miracle douloureux, horrible, terrifiant – que cette compréhension inattendue de ce qu'était l'amour.

64

TROIS FOIS, j'ai essayé d'écrire une invitation à Lorrie pour la fête prénatale d'Evangeline. Trois fois, je l'ai déchirée en mille morceaux avant de l'enfouir au fond de la poubelle. J'avais peur qu'elle refuse de venir. J'avais peur qu'elle accepte. Lorsque je réussis à déposer ma quatrième version dans sa boîte aux lettres, un sentiment de délivrance me submergea, comme si je venais d'être libéré après avoir été longtemps enchaîné en plein désert.

Plus tard, tandis que je l'observais dans la cuisine – que je découvrais son regard brillant posé sur les filles, que je les voyais rire ensemble –, j'eus du mal à retrouver la Lorrie que j'avais aperçue devant le feu à l'automne dernier. Je l'avoue, je fis de gros efforts pour que l'image me revienne. Daniel m'avait appelé là. C'était son sang qu'on brûlait. Laisser partir ce moment reviendrait à laisser partir mon fils.

À la même période, les paupières internes de Rufus se mirent à harceler ses yeux, les membranes nictitantes, fines, laiteuses, comme des voilages se fermant pour les protéger de la lumière. Elles lui donnaient un air horrible, un fantôme de chien sorti de la tombe. Je m'attendais à ce qu'Evangeline trouve cela répugnant, mais elle n'en éprouva qu'un regain de tendresse.

Le mercredi suivant, elle rentra après l'école avec des gouttes achetées à la pharmacie.

— Je m'inquiète pour ces trucs internes – ces machines nicotinantes – j'ai peur qu'elles sèchent et qu'elles restent coincées comme ça. D'après le type de la pharmacie, ces gouttes pourraient lui faire du bien.

Elle s'assit à côté de Rufus et déposa un peu de liquide au bord de ses paupières inférieures.

— Il a dit de faire comme ça. Juste au bord. Pas question que ça éclabousse ses globes oculaires.

Elle ferma les paupières du chien et les massa doucement. Rufus ne résista pas, pas du tout. J'étais content qu'il accepte les soins prodigués par Evangeline, mais un voile de mélancolie vint se poser sur mon cœur. À peine un mois plus tôt, il se débattait comme un beau diable quand je tentais de lui administrer des gouttes pour une légère infection, tordant le cou dans tous les sens pour libérer sa tête. Quand Rufus était jeune, le Dr Abrams et moi n'étions pas trop de deux pour maintenir son poitrail puissant.

J'aurais voulu que les gouttes l'apaisent, mais ses paupières internes ne se rétractaient pas. Il s'éteignait d'autres manières aussi. Malgré les cajoleries, il ne voulait plus manger et perdait du poids rapidement. Je me dis que c'était son droit. N'était-ce pas ainsi que de nombreux animaux, y compris certains humains, choisissaient de mourir ? La mort est certaine. Néanmoins, nous sommes constamment abreuvés d'histoires d'âmes qui "se sont battues avec courage" contre leur affection mortelle “jusqu'à la fin”, comme si le fait de lutter contre un destin irrévocable était le summum du bien. La prochaine grande transition de Rufus était la mort, et la manière dont il l'approchait était une décision qui lui appartenait.

Son identité de chien l'abandonnait. Un jour que je me préparai une pomme pour mon goûter, Rufus s'approcha de moi en trottinant comme il le faisait toujours, attendant sa friandise. Je lui tendis une tranche. Rufus y colla sa truffe, puis recula, visiblement troublé. Cela me parut étrange, alors j'allai jusqu'au réfrigérateur, trouvai un morceau de viande et lui en coupai un morceau. À nouveau, il se pencha, les narines frémissantes, puis battit en retraite, me fixant comme si je le trahissais. Je compris. La tumeur avait détruit son odorat. Sans odeur, une pomme n'est pas une pomme. De même pour un morceau de viande. Il se demandait pourquoi je le narguais avec des faux.

Je me souvins de ce moment, la semaine précédente, où j'avais trouvé Rufus dans mon placard, fouillant mon linge sale. Quand je m'étais accroupi pour le caresser, il avait fourré sa truffe mouillée dans mon aisselle, frottant fort comme s'il cherchait quelque chose, et tandis qu'il sortait sa tête et me regardait dans les yeux, il avait l'air terriblement triste.

Maintenant qu'il était privé de son odorat, je disparaissais de sa vie. Non seulement il n'avait plus d'appétit, mais il était presque complètement aveugle, car c'était mon odeur qui lui disait ce qu'il avait besoin de savoir, où j'étais allé pendant la journée, avec qui j'avais passé du temps, si j'étais content ou angoissé ou triste. Il me humait, me faisait tourner dans sa bouche, laissait l'état de mon cœur se dessiner à l'intérieur de lui. Même l'amour – ou son absence – peut être perçu dans le langage invisible des odeurs.

Parfois, ces derniers mois, quand il se précipitait pour m'accueillir, je pensais à tout ce qu'il ne percevrait pas sur ma peau, le désert de ma vie. Il connaissait ma solitude. Et maintenant, je connaissais la sienne.

Le monde avec ses averses de printemps et ses montées de sève dans les arbres, ses oisillons cachés dans les buissons et ses orages menaçants, avait pris forme dans son esprit par l'odorat. Quand il collait sa truffe au sol ou la dressait au vent, le temps n'était pas linéaire, mais il comportait plusieurs couches, avec tout – le passé, le présent, l'avenir – d'un seul tenant. Chaque plante, chaque animal laissait des traces de sa vie, des histoires de lutte et de paix : des arbrisseaux gorgeant l'air de grands nuages d'odeurs, des biches broutant dans la légère bruine du matin ou s'enfuyant en panique dans une forêt nocturne. Tout un univers d'histoires. Toutes perdues pour lui, désormais.

Je ne parlai pas de cela à Evangeline, et j'oubliai de prendre en compte la férocité de son attachement, de sa croyance juvénile que la mort était toujours l'ennemie. Je rentrai le soir suivant et trouvai Rufus sorti de son fauteuil, assis bien droit, Evangeline accroupie près de lui. Elle avait mixé de la nourriture pour chien en boîte avec du bouillon de poulet et elle injectait le mélange dans sa bouche avec une seringue.

Rufus ne portait aucun intérêt à la nourriture, mais il gardait ses yeux ouverts et étonnamment clairs rivés sur les siens. Lorsqu'elle injecta le liquide d'un gris brunâtre dans sa bouche, il eut un haut-le-cœur mais, obéissant, essaya d'avaler. Une grande partie déborda par les côtés de sa bouche et coula le long de son menton, mais son regard de dévotion inaltérable ne changea pas. Lorsqu'elle le félicita, il agita la queue de contentement, quelque chose de béat dans l'expression, comme s'il avait renoncé à la dernière once de désir pour lui-même et qu'il ne se préoccupait que d'une chose – soulager sa souffrance à elle.

Le fait de regarder cette merveilleuse créature en train de faire tous les efforts du monde pour avaler, malgré la nausée, un aliment qui était forcément sans goût, sachant qu'il allait nourrir une vie qu'il était prêt à quitter, était peut-être l'acte d'amour le plus dévoué auquel j'aie jamais assisté.

Evangeline leva les yeux vers moi, son visage ravagé par le chagrin et l'espoir.

— Ça marche, dit-elle d'une voix ferme.

Rebelle. Déjà au combat. Elle injecta une nouvelle dose. À nouveau, il s'efforça de ne pas vomir et réussit à en avaler une partie.

— Vous voyez. Il veut manger.

Je m'approchai et je lui touchai l'épaule. Ce fut tout.

Elle se figea, puis lâcha la seringue. Sa bouche se tordit et elle se détourna de moi, son corps agité de soubresauts. Je descendis mes genoux indociles jusqu'au sol, les posai doucement entre la fille et le chien, et passai un bras autour de l'un et de l'autre. Evangeline se raidit, mais un instant seulement, avant de se laisser aller contre moi. Rufus aussi s'appuya sur moi. L'amour qui grésilla entre eux m'emporta dans une vitalité terrible, une vitalité qui ôtait tout sens aux étiquettes de chien, homme, fille et contenait un moment qui n'était pas un moment, mais un lieu hors du temps, un lieu qui n'englobait rien, et tout.

Une vie entière. Des millions de vies.

Soudain, disparues. Cette vacuité bénie, cette plénitude écrasante, disparues. Retour à une seconde. Et la suivante. Nous réapparûmes : Un chien. Une fille. Un homme. Tous endeuillés.

65

La semaine suivante, Rufus bougeait de moins en moins, et quand il tentait de se lever pour sortir, il s'écroulait souvent. Je le portais pour le déposer sur l'herbe puis le rentrais, dans l'espoir qu'il garde un tout petit peu de dignité. Comme il ne pouvait plus même tenter de sauter sur le lit d'Evangeline, il dormait à côté d'elle sur une couverture posée par terre. Plusieurs fois, je me réveillai en entendant sa voix chuchotant de l'autre côté de la porte.

— Isaac. C'est Rufus. Je crois qu'il a besoin de sortir.

Je me levai, enfilai un jean et allai chercher le pauvre animal.

Elle l'aurait porté elle-même si elle avait pu. Mais même si elle avait été aussi forte que Lorrie, le premier devoir d'Evangeline était de veiller sur son enfant, de se protéger de tout effort. Elle arrivait aux dernières semaines de sa grossesse. Peut-être avais-je oublié la taille énorme qu'une femme pouvait atteindre à la fin, mais je ne parvenais pas à imaginer trois semaines supplémentaires de croissance pour ce bébé.

À ma grande surprise, Evangeline m'avait demandé d'être présent à l'accouchement.

— Vous savez, près de ma tête, pour me tenir compagnie.

Ma surprise fut aussi grande quand je découvris à quel point je tenais à être présent, à quel point cela paraissait être ma place, comme si elle était ma fille.

Le troisième samedi de mai commença avec le crachin habituel mais dès le milieu de la matinée, les herbes nouvelles du terrain étaient baignées de soleil. La respiration de Rufus se résumait à des halètements mouillés et sifflants qui lui raclaient les côtes. Quand j'entrai dans la cuisine cet après-midi-là, je m'attendais presque à le trouver mort. Mais Rufus leva la tête avec une allégresse disparue depuis longtemps. Son regard était limpide, les paupières internes s'étaient rétractées, et les muscles de sa tête et son cou revenus, tendus par un nouvel élan.

À mon grand étonnement, il descendit péniblement de son fauteuil et se dirigea d'un pas lourd vers la porte donnant à l'extérieur. Avec difficulté mais avec une inexplicable constance dans l'intention et l'action, il se traîna dehors. Je ne l'accompagnai pas, je restai à la fenêtre au cas où il aurait besoin de moi.

Je passai l'essentiel de l'heure suivante à l'observer, abasourdi par ce que je voyais. Je faillis appeler Evangeline, mais elle faisait sa sieste, et son sommeil avait été chaotique ces dernières semaines. Par ailleurs, j'avais la certitude que si Rufus avait eu l'intention de faire participer Evangeline à ceci – sa cérémonie du souvenir –, il se serait organisé pour cela. En l'occurrence, il m'avait choisi moi, un de ses humains chéris, pour assister à cet épisode de son dernier voyage.

Ce chien, qui depuis plus d'une semaine, était incapable de soulever son propre poids, traversait d'un pas régulier le terrain à l'arrière de la maison, dans les grandes herbes vertes. Une fois qu'il fut parvenu au portail du fond, il s'assit et contempla à travers le grillage le champ dans lequel des biches se rassemblaient souvent. Au cours de sa vie il avait passé beaucoup de temps là-bas, toujours fasciné par les animaux sauvages qui s'aventuraient si près de son domaine.

Il resta assis dans une immobilité absolue pendant presque dix minutes. J'étais sur le point d'aller le rejoindre, me disant qu'il était à bout d'énergie, mais il se remit debout et partit à pas lents vers le vieux chêne d'où il était tombé autrefois, qui cachait dans son feuillage printanier les vestiges de la cabane de Daniel. À nouveau, le chien s'assit et regarda fixement le haut de l'arbre cette fois, maintenant une posture remarquablement droite, comme s'il montait la garde.

Il poursuivit son plan, alla jusqu'au centre du terrain, face à la maison. Je pris les jumelles et sursautai quand je vis son regard, clairement dirigé vers moi, comme s'il fouillait le tréfonds de mon âme depuis cet endroit si éloigné. La souffrance que son regard éveillait en moi était telle que je détournai les yeux. À ce moment-là, il se déplaça jusqu'à l'autre côté de la maison, pour s'installer sous le vieux prunier où Evangeline et lui s'étaient rencontrés le premier soir. Lorsqu'il revint à la maison, il rampa jusque sous la table de la cuisine, un endroit où il avait passé de nombreuses heures, toujours vautré sur une paire de pieds ou une autre, attendant que Daniel lui donne subrepticement des bouts de poulet ou de viande, prêt à accepter aussi le brocoli.

Je n'étais pas certain qu'il parviendrait à ressortir de ce labyrinthe de pieds de chaises mais il réussit, et cette fois, quand il me regarda, je crus lire un avertissement. Il alla jusqu'à la porte qui menait à l'étage, l'accrocha du bout de la patte et aboya, de cet aboiement joyeux avec lequel il nous accueillait le soir. J'ouvris la porte et le regardai monter les marches en bois brut. À deux reprises une patte arrière dérapa, mais chaque fois, il retrouva son équilibre et poursuivit son ascension. Au sommet, il s'arrêta et se retourna, pour me contempler longuement, d'un regard profond qui ne peut être décrit que comme une invitation à la guérison, un acte d'amour pur, un regard différent de tous ceux que j'aie jamais échangés avec une autre créature. Je me rappelai comment j'avais imaginé Daniel rentrant à la maison la semaine de sa disparition, me regardant du haut de l'escalier.

Rufus se retourna et se dirigea vers la chambre de Daniel. Je ne le suivis pas. Je ne sais pas pourquoi. Quelque chose d'intime dans ses mouvements. J'entendis ses griffes sur les lames du plancher et son poids tombant sur le lit de mon fils, même si j'étais incapable d'imaginer comment il avait réussi un tel exploit.

Environ dix minutes plus tard, j'entendis un gémissement, et j'allai le rejoindre.

Je n'étais pas allé dans la chambre de Daniel depuis de nombreux mois. Ce fut un choc de voir cette forme sur le lit, je m'attendais presque à ce qu'elle se tourne, se lève et devienne mon fils. Mais bien sûr, c'était Rufus, et lorsque j'allumai la lampe de chevet, je vis qu'il avait retrouvé son état d'avant : la tête basse, les muscles fondus, les yeux voilés par la membrane interne. Je soulevai mon chien bien-aimé – j'eus la sensation que c'était mon fils – et le descendis au rez-de-chaussée.

Il resta couché sur le plancher dans une immobilité parfaite, me suivant de son regard embrumé tandis que j'enlevai la vieille couverture du fauteuil pour la remplacer par une polaire douce et propre. Je la disposai avec le plus grand soin, pour qu'il ne reste pas le moindre pli. Puis je passai mes bras sous lui, le hissai contre ma poitrine et le posai sur son fauteuil.

Une fois qu'il eut terminé ses derniers ajustements, je commençai à chanter.

66

D'HABITUDE, PENDANT LA SIESTE, elle ne rêvait pas, mais ce troisième samedi de mai, elle rêva d'hommes et de bêtes à quatre pattes qui couraient vers le premier étage, d'une lumière éblouissante provenant de la chambre de Daniel, de Rufus éventré, les côtes écartelées, le cœur flottant au-dessus du sol.

Elle se réveilla en sursaut, et dans la semi-pénombre de la pièce, sentant à quel point son esprit était embrumé, elle jeta un coup d'œil au réveil. Quatre heures et demie. Elle avait dormi trois heures alors qu'elle n'avait prévu qu'une heure. Elle se mit debout et alla aux toilettes, émerveillée d'avoir tenu si longtemps.

Elle retournait dans sa chambre après s'être passé de l'eau froide sur le visage, quand elle s'arrêta au milieu du hall. Quelqu'un chantait, une seule voix masculine. Soutenant son ventre d'un bras, Evangeline suivit la direction du chant. Un spasme l'arrêta net, elle s'appuya contre le mur. Elle avait de fausses contractions depuis des semaines, et elle ne s'en préoccupa pas. Si le Dr Taylor avait raison, son terme était imminent, mais elle avait entendu dire que beaucoup de femmes accouchaient après la date, la première fois.

La douleur passa, et elle arriva à la cuisine. Rufus était couché, recroquevillé, dans son fauteuil. Isaac était à genoux devant lui, dos à la porte, et il tenait la tête du chien dans ses bras. Il chantait d'une voix râpeuse, une lamentation à mi-voix qui donnait à chaque syllabe tout son espace.

The o'cean is breath'ing.
The o'cean is breath'ing me.
The o'cean is breath'ing.
The o'cean is breath'ing you.
The o'cean is breath'ing.
The o'cean is breath'ing… us.

C'était un chant non pas de deuil mais de consolation, et les respirations laborieuses de Rufus serpentaient dans ses notes de douce affliction comme s'il chantait aussi.

Une lame du plancher grinça sous le pied d'Evangeline. Une vague hésitation fit vibrer la voix d'Isaac et un muscle tressaillit sur le côté de son cou. Il ne se tourna pas, il ne s'arrêta pas, il chanta le même refrain à nouveau. Quand il eut terminé, elle s'approcha, posa une main sur son dos. Elle vit que le chien avait déjà commencé son voyage et se mit à genoux à côté de lui. Elle ne pleurait pas. Il se passait quelque chose de bien plus important.

Toute l'attention d'Isaac était concentrée sur le chien, sur les détails de ses mains qui tenaient la tête de Rufus. Il prit une nouvelle inspiration, et cette fois, lorsqu'il chanta, elle se joignit à lui, son soprano tremblotant s'accordant avec sa voix de ténor.

En entendant la jeune fille, Rufus ouvrit les yeux. Elle regretta qu'il fasse cet effort, mais son regard était un miracle, on aurait dit que la peau du ciel s'était retirée pour révéler tout ce qui était, ou, comme Evangeline le dit plus tard à Natalia quand elle essaya de l'expliquer, "la nature même de l'amour ou de Dieu ou d'un truc comme ça".

Qui pourrait dire combien de temps elle resta dans ce moment ? Quand le regard de Rufus la quitta, elle chantait encore, mais Isaac s'était tu. Rufus était transformé. Ses yeux étaient ouverts et sereins, sur sa gueule presque un sourire. Il semblait plus lui-même qu'il ne l'était depuis des mois, ses muscles dessinés et pleins comme s'il avait sauté sur ce fauteuil avec l'énergie de la jeunesse. La mort, qui avait fait son œuvre, avait laissé son corps en paix.

Elle se jeta sur Rufus, sanglotant et criant, le plaisir de son chagrin d'une intensité infinie.

Après avoir lâché le corps du chien, épuisée, et s'être effondrée sur le sol, elle sentit des bras se glisser sous elle prêts à la soulever comme un bébé. Elle essaya de se lever. Avec son mal de dos, Isaac ne devrait pas faire ça.

Au moment où elle réussit à se mettre à genoux, une violente douleur s'empara de ses côtes, parcourant sa colonne vertébrale et son bassin, traversant ses os comme une décharge électrique et elle s'écroula sur le flanc.

La voix d'Isaac était tout près.

— Où as-tu mal ?

— Au dos… au ventre.

Parler était un effort. Son visage et ses bras étaient moites et une chaleur se répandit le long de ses jambes.

— J'appelle le 911.

Quand il fut parti téléphoner, elle tenta à nouveau de se redresser, en s'agrippant à l'accoudoir du fauteuil. Une fois de plus, elle s'écroula. Isaac avait à peine terminé de confirmer l'adresse qu'une sirène se mit à résonner au loin, et Evangeline aima cette petite ville, aima tout – les vieux bâtiments hantés, les professeurs aux arrêts de bus le samedi soir, le fait que tout ce dont on avait besoin était toujours près. Le fait qu'une ambulance pouvait arriver en quelques minutes pour vous sauver, votre bébé et vous.

Isaac raccrocha, s'accroupit à côté d'elle et lui prit la main.

— Ils arrivent tout de suite.

Quelque chose attira son regard, et il toucha l'accoudoir du fauteuil.

— Est-ce que Rufus a saigné ? (Il reprit sa main.) Grands dieux. C'est toi qui saignes. Où ?

— En bas. Il s'est passé quelque chose.

Isaac saisit sa main à nouveau.

— Ça va aller. Respire. Tiens encore une minute.

Une sirène remonta l'allée en trombe et il se mit péniblement debout.

— Je reviens tout de suite.

En attendant, elle toucha la patte de Rufus, mais ce n'était plus sa patte. C'était quelque chose de vide qu'on avait fourré avec de l'épaisse bourre de coton, comme les vieux matelas pleins de bosses sur lesquels elle dormait quand elle était enfant.

Quand trois hommes en uniforme firent irruption dans la pièce, elle se demandait si son bébé et elle étaient en train de mourir. Impossible de décrire les hommes, si ce n'était qu'un était âgé et les deux autres, jeunes. Les jeunes s'accroupirent près d'elle, la touchèrent d'une main rassurante, prirent sa tension, écoutèrent son cœur et celui du bébé. Ils n'arrêtaient pas de poser des questions, de les répéter, mais elle était distraite par l'homme plus âgé à quelques mètres, son énergie autoritaire et sa radio qui ne cessait de crépiter.

— Véhicule 19, demande de renforts.

Parasites.

— Nature de l'incident ?

— Présence policière requise.

Sa voix était ferme sans être inquiète, et Evangeline réalisa la scène qu'ils devaient avoir sous les yeux, avec le chien mort et le sang partout. Isaac n'avait pas parlé de sang quand il avait appelé.

— Essayez de vous concentrer, dit le jeune homme qui était près de sa tête. (Son haleine sentait la menthe et le burrito de fast-food.) Racontez-nous ce qui s'est passé.

Elle répondit à leurs questions du mieux qu'elle put, mais il semblait que Rufus était la clé de tout, et ils ne le voyaient pas ainsi.

— On va descendre votre legging pour vous examiner, OK ? dit celui qui se trouvait au niveau de ses hanches.

L'homme plus âgé prit Isaac par le bras et l'emmena à l'autre bout de la pièce, et le jeune tira sur son legging, chaque mouvement provoquant une douleur atroce. Il cessa, et elle entendit des ciseaux qui coupaient, sentit de l'air frais sur son ventre et ses cuisses. Celui qui maniait les ciseaux dit à celui qui se trouvait avec Isaac :

— Saignement vaginal important.

— Et le bébé ?

— Évacuation recommandée.

Evangeline ne suivit pas complètement ce qui se passa ensuite, si ce n'est que les mots "rupture du placenta" résonnèrent dans la pièce et déclenchèrent un débordement d'activité. En moins d'une minute, on avait recouvert ses jambes nues d'une couverture, on l'avait installée sur un brancard sur le côté gauche, et emmenée à l'extérieur.

Une voiture de police s'arrêta en dérapant à l'instant où on la chargeait dans l'ambulance. Elle ne vit pas l'agent mais entendit la portière claquer et le gravier crisser sous ses pas.

— Isaac, s'écria-t-elle. Isaac !

— Il ne viendra pas avec vous, dit le policier, sans se donner la peine de se montrer.

Déjà elle le haïssait.

Elle se mit à hurler.

— Il n'a rien fait ! J'étais bouleversée par la mort du chien. S'il vous plaît…

Mais c'était comme si aucun son ne sortait de sa bouche. Un des jeunes gars plaça un masque à oxygène sur son visage tandis que l'autre lui installait une perfusion dans le bras.

— Ils vous attendent en salle d'accouchement, dit le gars menthe-burrito, et dans le brouillard de l'oxygène et de la douleur, elle trouva qu'il était mignon, avec son visage presque imberbe, comme Jonah.

— Je vais accoucher ? demanda-t-elle dans son masque.

Le gars souleva le masque et elle reposa sa question.

— Ça va venir. Par césarienne, je pense.

— Le bébé va bien ?

— On l'espère, dit-il, mais elle entendit le ton hésitant du doute. Je vous remets le masque. Essayez de vous détendre.

Il posa ensuite sa main sur son poignet comme pour prendre son pouls, mais Evangeline était sûre qu'il voulait juste la toucher.

— J'étais bouleversée par le chien, chuchota-t-elle tout doucement.

Elle ferma les yeux, occulta le hurlement de la sirène et se permit d'imaginer – sans que cela paraisse d'une audace déraisonnable – que c'était sa mère qui, du bout des doigts, cherchait le battement de son cœur.

67

LE JOUR DE MA MORT

Je prends un dernier moment pour écouter le monde nocturne. Un avion vire dans le ciel tandis que résonne loin sur l'eau la sirène d'un cargo. Des grenouilles braillent des chants d'amour et de guerre et je me demande si dans tout ce fracas j'entends celle que j'ai attrapée pour Red.

Les coyotes s'y mettent, leur gorge débitant des mélodies sanglantes, et je me redresse ; je glisse la lettre dans un sac en plastique – au cas où ça coulerait partout – et je la range dans la poche de mon blouson. Mon sac à dos est prêt, avec tout ce dont j'ai besoin. Je sors par la fenêtre de ma chambre et je marche jusqu'à mon pick-up. Plus tôt, je l'ai garé à quelques rues de chez nous, au fond d'une impasse où personne n'entendra le moteur.

Je prends mon temps. J'ai toujours aimé me trouver dehors dans ces premières heures du jour, avoir l'impression, dans le silence et le noir, de faire partie du tout, d'être un des animaux de la nature. Des nuages minces s'interposent devant la lune presque pleine, diffusant sa lumière dans un brillant bout de ciel. Un petit animal traverse devant moi – un lapin, je crois. Je suis toujours surpris de voir à quelle vitesse ils se déplacent. Ça me manquera. La vie. Parce que malgré tout ce qui est arrivé, elle est tellement belle qu'elle peut parfois vous faire chialer.

Je m'arrête. Je manque faire demi-tour ; mais je sentirais toujours Daniel sur ma peau et l'ombre de papa planer sur moi.

Nous n'en avons jamais parlé, maman, Nells et moi, mais nous avions tous remarqué que quelque chose clochait ce dernier matin. Alors que papa était occupé à crier contre maman, Nells m'a donné un coup de coude et a articulé un C'est quoi ce bordel ? silencieux.

Papa avait les yeux plus injectés de sang que d'habitude. À la fin du petit déjeuner, il en était à sa quatrième bière et gueulait contre les salopards de bureaucrates qui augmentaient les taux d'intérêt uniquement parce qu'ils pouvaient le faire – comment croyaient-ils qu'un homme allait subvenir aux besoins de sa famille dans ces conditions ? Et les médecins, alors là, c'était encore une autre histoire, ils se comportaient comme si leur patient mentait quand il disait qu'il souffrait, comme s'il était une espèce de junkie. Ces fils de putes n'avaient jamais eu la colonne écrasée par une benne de bois de charpente. N'avaient pas eu leur système nerveux transformé en putain de salle de torture.

Nous l'avions déjà vu comme ça, plein de fois, mais jamais si tôt dans la journée, jamais autant enfermé dans son délire. Ensuite Brody a eu un autre accident, il a pissé partout sur le fauteuil et par terre. Le pauvre vieux a eu l'air gêné comme toujours. Il a essayé de se lever mais s'est écroulé sur le sol, en plein dans la flaque. Son regard était si pathétique, plein de honte et de désarroi que j'ai presque compris pourquoi papa a fait ce qu'il a fait. Pourquoi il est sorti de la pièce, avant de revenir avec le SIG Sauer pour tirer une balle dans la tête de Brody.

Nells a disjoncté, elle s'est jetée sur Brody en hurlant. Mon père l'a relevée brutalement, lui a retourné le bras dans le dos et l'a maintenue comme ça, avec le SIG collé contre sa tempe.

— Tu l'aimes tant que ça ? C'est vrai ? Tu veux aller le rejoindre ?

Ma mère et moi, on a bondi, et le pistolet s'est braqué sur nous.

— Quinze balles. Plus qu'assez pour nous tous.

Les larmes coulaient sur ses joues, mais il ne semblait pas s'en apercevoir.

Ma mère a parlé, d'une voix étrangement calme.

— Roy, tu as fait ce qu'il fallait avec Brody, il souffrait. Tu as fait ce qu'il fallait. Ça fait mal. Je sais. Nous l'aimions tous. Maintenant, lâche Nells. Il faut qu'on aille enterrer Brody.

Mon père pleurait plus fort, et poussait Nells d'un côté, de l'autre, pataugeant dans le sang de Brody.

Il marmonnait, peut-être qu'il devrait mettre fin à nos souffrances, nous rendre service à tous. Chaque fois que maman ou moi on faisait un geste, il tirait le bras de Nells en arrière plus fort, lui enfonçait le SIG Sauer plus fort. Au bout d'un moment, Nells a arrêté de pleurer et son regard est devenu vide.

Maman n'arrêtait pas de parler, doucement, d'une voix apaisante, comme s'il était un enfant alité à qui une forte fièvre donnait des hallucinations. Elle lui a raconté des histoires de quand on était petits, les week-ends en camping et les barbecues, les pièces de théâtre de l'école et les spectacles de danse, remontant dans le passé jusqu'à raconter la scène où elle l'avait rencontré au bal du lycée, quand ils avaient seize ans.

— Les enfants, vous ne croiriez jamais ce dont votre père était capable, à l'époque. Je n'avais jamais vu un garçon danser comme ça. Tu te souviens, Roy ? Les surnoms que tu te donnais ? Le Serpent ? La Méduse bondissante ? C'était un sacré danseur.

Il a ri un peu et a paru se détendre. Mais quand il a vu l'espoir sur nos visages, il a tiré sur le bras de Nells comme sur une manivelle, comme s'il voulait la forcer à gémir de douleur. La guerre à l'intérieur de lui faisait rage à nouveau. Tous les petits tics, les jurons, la sueur qui perlait sur son front. On était tous les trois tétanisés.

Et là, quelque chose a changé. Il a laissé partir Nells. Maman s'est précipitée, l'a serrée contre elle. Nells n'était plus elle-même. On aurait dit une poupée de chiffon qu'on aurait essayé de fabriquer à son image, sans succès. Papa a regardé maman lui caresser les cheveux, les bras ballants, bouche bée. Au bout de quelques minutes, nous avons lu sur son visage qu'il se rappelait tout à coup qui on était. Et en même temps, l'agitation montait comme des eaux usées dans son regard.

— Bon sang, a-t-il dit. J'ai tellement envie de pisser. Ce sera la dernière chose que je ferai de ma vie, et je finirai en pissant dans mon froc.

C'est là qu'il a collé l'arme sur sa tempe et qu'il a appuyé sur la détente.

En arrivant à proximité de mon pick-up, j'ai compris que j'avais assisté à la dernière bataille de mon père avec son monstre, à la fin de la guerre de toute une vie contre le mal. Il avait réussi à le mettre au tapis, mais il savait qu'il ne pourrait pas l'y maintenir longtemps. Il savait qu'il n'avait que quelques secondes pour nous sauver.

Mon père a tout sacrifié pour nous.

Mon monstre à moi ? Il a déjà assassiné Daniel. Il faut que je sois courageux comme papa. Il faut que je m'arrête là.

En peu de temps j'arrive au bureau du shérif. Je fais le tour, je m'assure que tout est plongé dans l'obscurité et je me gare sur la place du shérif Barton, sur le côté du bâtiment tout contre un mur de pierre. C'est une allée étroite, il n'y a que quelques bennes à ordures et le panneau PARKING STRICTEMENT INTERDIT À TOUTE HEURE. Quand on passe en voiture, on ne peut pas savoir si le shérif est là ou pas. Il aime bien avoir cette possibilité de se tirer par une porte annexe au moment où certaines personnes entrent par-devant.

Il faut que le shérif Barton me trouve. Il a toujours été sympa avec maman, en particulier à la mort de papa. Je regrette le choc que je vais provoquer, et il est important que ce soit lui qui le gère, pas maman. Ce sera lui qui lui annoncera. Il la rattrapera quand elle tombera.

Il est quatre heures et quart. À moins qu'il y ait un appel d'urgence, il se passera encore des heures avant que quelqu'un arrive. Je sors du paquet les sacs-poubelle et le scotch et je passe les dix minutes suivantes à recouvrir les sièges, la banquette arrière et le plancher, même les vitres et le tableau de bord. Peut-être que maman pourra revendre ce vieux pick-up pour quelques dollars.

Quand tout est tapissé sauf la portière du conducteur, je sors le SIG Sauer et je le pose sur le siège. Je vérifie tout et je sors. Je ne remarque pas si les arbres sont agités ou si la lune est obscurcie par des nuages. Je n'espère pas apercevoir des lapins bondissants ou des biches vagabondes, je ne jette même pas un regard vers le Puget Sound. J'ai fait mes adieux à tout cela.

Je vais derrière la benne à ordures et je pisse une dernière fois.

68

LES INFIRMIERS POUSSAIENT Evangeline dans un long couloir, le brancard faisant un fracas tel qu'on l'aurait cru prêt à s'écrouler.

— Le Dr Taylor vient d'arriver. On va essayer une péridurale.

La voix de la femme, qui venait de derrière l'épaule droite d'Evangeline, s'adressait non pas à elle mais à d'autres qu'elle ne pouvait voir, des gens qui trottinaient à côté d'elle et qui semblaient avoir besoin d'instructions.

Une péridurale. Elle serait réveillée pour l'intervention, alors. Elle imagina une lame la charcutant comme celle d'un poissonnier levant des filets. Non pas que ça l'effrayait. Un scalpel serait doux en comparaison de la serre qui enfonçait ses longs doigts crochus dans ses muscles et ses viscères. Mais même cette douleur, cette douleur qui aurait été absolument insupportable une semaine auparavant, était sans conséquence. Evangeline n'était plus Evangeline. Elle était juste un corps – deux corps – qui avait urgemment besoin d'être réparé.

Le brancard franchit brutalement une double porte qui menait dans une salle d'opération. Evangeline fut dévêtue et lavée. Des gens entrèrent et sortirent. Une aiguille fut enfoncée profondément dans le bas de son dos. Et à nouveau, elle n'en eut rien à faire. Rien du tout. Jusqu'à ce qu'une infirmière tende une toile comme un mur au niveau de sa poitrine, séparant son corps en deux moitiés.

— Vous allez sentir une pression, maintenant.

Il y eut une pression, puis elle disparut. Elle était une demi-femme sur une table, seule avec les bruits de la chair qu'on découpait quelque part, hors de sa vue.

Une supplication terrible s'imposa à son esprit, une prière incessante pour que sa mère vienne. Si seulement sa mère voulait bien apparaître, la mère d'autrefois qui la tenait contre elle, chuchotait des mots d'amour – "je pourrais te dévorer toute crue" – avant les addictions aux drogues, à Jésus, aux hommes; si cette mère-là apparaissait, tout irait bien.

Mais ses prières ne réussirent pas à lui ramener sa mère, et Evangeline essaya de soudoyer l'autorité qui décidait de ces choses-là. Elle ne mentirait plus, elle ne volerait plus, elle arrêterait de déconner. Elle bosserait comme une folle pour ses études, aurait un bon travail, serait la meilleure mère du monde. Néanmoins, personne ne vint – ni sa mère, ni Isaac, ni Lorrie – et elle fut à court de propositions. Il ne lui restait plus qu'une litanie intérieure : Tu es un corps, juste un corps. Elle répéta, encore et encore : Juste un corps, juste un corps.

Elle se dit que tout le reste pouvait attendre – la douleur et la peur, le mystère de tout ce qui approchait, tout ce qui allait transformer sa vie. Là, tout de suite, elle était un animal qui devait survivre. Elle était la seule à se rappeler qui elle était, qu'elle avait seize ans, qu'elle mettait au monde son enfant seule, sans personne à ses côtés qui la connaissait, qui s'inquiétait qu'elle se vide de son sang sur la table. Personne qui se préoccupait du bébé, qu'il vive ou meure.

Peut-être parla-t-elle à haute voix. Peut-être dit-elle certains de ces mots clairement, car une voix se fit entendre derrière sa tête.

— Je suis là, dit Isaac, sur le ton de l'excuse plus que du réconfort, semblant attristé de n'avoir que lui-même à offrir.

Elle se tordit vers lui.

— Ne bougez pas ! lança-t-on derrière le rideau.

Elle se redressa, et Isaac s'avança, lui prit la main. Il portait une casaque, des gants et un masque mais c'était lui, et peu importait qu'elle ne puisse pas vraiment le voir, peu importait comment ou quand il était arrivé. Il était là, et c'était tout ce qu'elle voulait.

— J'ai peur, chuchota-t-elle.

— Je suis là.

Sa voix exprimait la même douleur que lorsqu'ils étaient avec Rufus et elle se demanda s'il allait se mettre à chanter. Se rappelant les paroles, elle s'imagina comme un océan, ses poumons se gonflant comme des vagues, montant, descendant, montant, descendant. Et elle voulait se laisser aller, se laisser glisser hors de son corps blessé, hors du monde. Depuis toujours, elle demeurait sur cette planète en se cramponnant de toutes ses forces. Quel soulagement ce serait de lâcher.

Elle se reprit comme si elle se réveillait.

— Le bébé, fit-elle.

Une douleur profonde comme une lame émoussée sciant un muscle.

— Ils y travaillent, dit Isaac. Vous êtes tous les deux entre de bonnes mains.

Derrière le rideau :

— Écarteur. Trois centimètres encore. Bien. Tenez-le.

On l'arrachait, on la découpait, on la poignardait, impossible de savoir ce qui se passait, et soudain, une frayeur subite s'empara d'elle.

— Ne faites pas de mal au bébé ! cria-t-elle.

Puis elle fut frappée avec une force comparable à une voiture lancée dans son ventre à pleine vitesse, avant de passer en marche arrière et de reculer. Quelques instants plus tard, la pièce bougea, un flot de lumière apparut derrière le rideau. Une petite fille couverte de sang fut tenue au-dessus de la tenture, mais seulement une seconde, assez longtemps pour qu'Evangeline voie sa bouche grande ouverte dans un cri. Mais aucun son ne sortait. Evangeline se demanda si elle était devenue sourde. Le bébé ne devrait-il pas crier ? Et une autre chose était bizarre : sous le sang, le bébé était de la couleur du crépuscule.

Des gens en blouse emmenèrent rapidement l'enfant sur le côté, la posèrent sur un comptoir. Quelques instants plus tard, elle trouva ses poumons, sa gorge, sa bouche et se mit à hurler. Evangeline et Isaac poussèrent un cri de joie, mais pas les infirmières et les médecins. Pourquoi n'étaient-ils pas contents ? Le bébé n'avait-il donc pas le droit de se plaindre ?

— Je veux la prendre, dit-elle.

Mais un nouveau médecin était arrivé, une femme assez jeune qui se précipita sur le nouveau-né vagissant sans parler à Evangeline. Au bout d'un moment, elle la prit et l'emmena ailleurs.

— Où elle va ?

Evangeline avait été oubliée. Même Isaac n'était plus à côté d'elle.

— Qu'est-ce qui se passe ? demanda-t-elle dans le vide.

— Ils l'emmènent en observation. Juste par précaution.

La voix de la femme venait de loin, de l'autre côté du rideau. Evangeline n'avait pas été complètement abandonnée.

— Pourquoi ?

— Juste par précaution, répéta la voix.

— Isaac ! cria-t-elle et il apparut immédiatement.

— Elle va bien, dit-il. Elle était un peu bleue au départ, mais elle est toute rose maintenant. Ils la gardent sous surveillance un petit moment.

Elle se demanda si c'était ça, être mère. Souffrir pour une vie qui n'était pas la sienne, brûler d'amour pour un enfant qui pouvait, sans la moindre action de sa part à elle, disparaître totalement de son champ de vision.

Elle n'entendait plus le bébé, seulement les petits coups de ciseaux des dernières sutures derrière la tenture, mais elle sentit sa fille là, recroquevillée et permanente dans son ventre évidé, et elle comprit que sa propre mère, où qu'elle soit, n'aurait jamais pu échapper à une souffrance comme celle-là.

69

TANDIS QUE LES INFIRMIÈRES transféraient Evangeline en salle de réveil, je suivis le bébé aux soins intensifs. L'hôpital était trop petit pour avoir un service spécifique de médecine néonatale et je trouvai étrange de passer devant des chambres pleines de patients âgés, à la recherche d'un nouveau-né.

Une infirmière me vit me diriger vers la chambre du bébé et s'interposa entre la porte et moi. Quand je lui demandai pourquoi la petite se trouvait là, elle dit qu'il fallait que j'interroge le médecin. Une infirmière plus âgée s'approcha de moi. Elle m'accompagna dans le couloir en me servant quelques banalités sur le temps, puis s'arrêta et baissa ses lunettes cerclées de métal.

— Le médecin craignait une possible hypoxie, un taux d'oxygène trop bas. Mais tous les indicateurs sont bons. Honnêtement, je ne sais pas trop pourquoi elle est ici. Pour ce que j'en vois, c'est un bébé de presque quatre kilos en pleine santé.

— Quatre kilos ? N'est-ce pas énorme pour un bébé si prématuré ?

L'infirmière parut troublée.

— Prématuré ? On est deux jours après... (Elle se reprit.) Le plus important, c'est qu'elle soit en bonne santé.

En salle de réveil, Evangeline dormait profondément, la bouche ouverte, un peu de bave sur la joue. Plusieurs heures s'écoulèrent avant qu'elle émerge, et quand elle refit surface, elle était très vaseuse, la diction pâteuse.

Ils avaient probablement augmenté les doses de morphine après l'accouchement. Vers huit heures et demie, elle retrouva sa lucidité, se redressa, l'œil vif, et déclara :

— Je vais chercher Emma.

— Emma ?

— Emma Lorrie McKensey. Et je vais la chercher, maintenant.

L'infirmière de nuit, une jeune femme d'une efficacité discrète qui était occupée à accrocher des poches au chevet d'Evangeline, lui dit :

— Je crains que non. Il faut attendre encore au moins une heure avant de pouvoir vous lever.

— Est-ce que quelqu'un pourrait me l'amener ? Isaac, par exemple ?

— Pas tout de suite. Nous verrons dans une heure.

À dix heures, une infirmière amena une Emma endormie et emmaillotée. Evangeline tendit les bras, la bouche ouverte d'émerveillement. Le bébé se débattit un peu dans les langes, émettant de douces plaintes. Evangeline me demanda de détourner les yeux. Quand j'eus la permission de la regarder, elle avait démailloté Emma et l'avait posée contre sa peau nue, la couverture pudiquement arrangée sur elle. Elle regarda le bébé fixement, puis moi. Elle bougea les lèvres comme pour parler mais rien ne sortit, alors elle rit.

Je ne peux pas décrire ce qui se produisit entre la mère et l'enfant dans l'heure qui suivit. Cela se situait à un niveau dont j'ignore tout. Elles passèrent leur temps à échanger des messages dans un code secret, des récits millénaires. Lorsque l'infirmière consultante en lactation arriva à onze heures, je fus renvoyé de la chambre.

Dans le hall d'accueil désert, j'achetai une barre chocolatée au distributeur, mordis une bouchée de noisettes caramélisées rances, et la jetai. Je détestai être homme, puis je détestai ne jamais pouvoir offrir à Evangeline la mère dont elle avait besoin.

Je ne savais pas combien de temps attendre. Quand je revins, il était presque minuit et Evangeline dormait ; le bébé était reparti à la pouponnière. Je caressai les cheveux d'Evangeline comme si elle était Rufus, et je faillis fondre en larmes en me rappelant mon chien. Je ne sais pas vraiment pourquoi je la touchai ainsi, je tenais probablement à ce qu'elle sache, même dans son sommeil, qu'elle était aimée, et que j'étais désemparé quant à la manière de l'exprimer. Je partis doucement et demandai à l'infirmière au poste de dire à Evangeline que je reviendrais à sept heures.

En rentrant en voiture, je repensai à ce que j'allais trouver à mon arrivée. J'étais trop épuisé pour m'occuper de Rufus, du sang, trop épuisé même pour pleurer, mais je ne me voyais pas passer devant lui et aller me coucher.

J'allumai la lumière de la cuisine d'un geste hésitant. Rufus avait disparu. Même le sang n'était plus là. Je m'interrogeais sur ma santé mentale quand je vis le mot posé sur la table.

Isaac,

Quand je suis rentrée un peu après sept heures, Nells m'a parlé de l'ambulance. Je suis venue voir si tout allait bien et j'ai constaté que ce bon vieux Rufus était mort. On dirait qu'il a eu une autre grosse hémorragie à la fin. J'ai nettoyé du mieux que j'ai pu. Je l'aurais volontiers enterré (je te suis tellement reconnaissante d'avoir enterré Brody pour moi), mais je me suis dit que tu voudrais peut-être lui dire adieu. Il est enveloppé dans une couverture dans notre abri de jardin, où il fait frais. Je peux l'enterrer demain après le travail si ça te va. Je sais que c'était terriblement présomptueux de ma part, mais avec l'ambulance et tout, et peut-être un nouveau bébé qui arrive à la maison, je ne voulais pas que ce soit la première chose que tu voies. Je suis tellement désolée pour Rufus. Je prie pour toi, pour Evangeline et le bébé.

Lorrie

Je l'appelai. Bien qu'il fût presque une heure du matin, je n'hésitai pas. Cela me paraissait être la chose la plus naturelle du monde, comme si nous nous réveillions souvent mutuellement au milieu de la nuit. Lorsqu'elle décrocha, je ne pus me retenir une seconde.

— Le bébé est là, dis-je. Emma. Elle est en bonne santé. Il y a eu quelques difficultés, mais elle va bien.

— Dieu merci. (Elle resta silencieuse quelques instants) Et Evangeline ?

— Elle va bien. Mais elle a accouché par césarienne.

— Je m'en doutais un peu. L'ambulance, et tout.

Nous restâmes silencieux. Il y avait tant de choses que je voulais lui dire, auxquelles je voulais réfléchir avec elle.

Je suis certain que nous nous demandions tous les deux qui était le père du bébé. Mais au milieu de la nuit, alors que le monde s'était évanoui, la naissance de l'enfant était suffisante.

— Merci d'avoir pris soin de Rufus, merci pour le nettoyage du sang.

Voilà ce que je dis – le nettoyage du sang.

— Pas de souci. (Au bout d'un moment, elle ajouta :) Je voudrais l'enterrer pour toi, si tu acceptes.

Sa voix exprimait un vrai désir, un besoin de m'offrir cela.

— Rufus est mort avant notre départ. Evangeline et moi avons fait nos adieux. Je t'en serais reconnaissant, si tu voulais bien.

Elle laissa échapper un hoquet de surprise, un soupir de soulagement, me sembla-t-il.

— Merci. C'est très important pour moi.

Elle me demanda où je souhaitais qu'il repose. Je n'y avais pas du tout pensé, mais à cette heure tardive de la nuit, entre nos voix si proches, je trouvai la réponse.

– Rufus voulait toujours franchir la clôture de derrière. Je suis sûr que tu l'as souvent vu là-bas. Entendu aussi. Que dirais-tu de l'enterrer juste de l'autre côté de nos clôtures, dans la bande de servitude ?

— À côté de Brody ?

J'attendis, pour m'assurer que ça me convenait bien.

— Si ça ne t'ennuie pas.

— Ça ne m'ennuie pas.

Un long silence s'ensuivit. Où il y avait de la communion. Du réconfort.

— Pardon d'avoir appelé si tard. Pardon de t'avoir réveillée.

Je la sentis sourire.

— Je n'étais pas très endormie. Et un bébé est une bonne raison de se réveiller.

Quand j'arrivai le lendemain matin, Evangeline tenait Emma dans ses bras. Des fleurs colorées égayaient sa table de chevet et Evangeline remarqua mon regard.

— Elles viennent du jardin de Lorrie. Elles sont belles, hein ? Je crois qu'elle avait prévu de les déposer pendant que je dormais avant d'aller travailler, mais j'étais réveillée et je nourrissais la petite. Elle a de l'appétit !

En temps normal, elle m'aurait interrogé plus longuement sur Lorrie, ce qu'elle avait dit quand je lui avais annoncé la nouvelle, mais Emma était devenue son monde. Le bébé se mit à pleurer. Je m'attendais à ce qu'Evangeline demande de l'aide. Moi, je l'aurais fait. En fait, elle me pria de sortir pendant qu'elle donnait le sein. Quand je me levai, elle dit :

— Je vais faire des progrès. Vous savez, sur la disposition des langes, tout ça. Vous ne serez pas toujours obligé de sortir.

Quand je revins, la mère et l'enfant dormaient. Je m'assis sur le fauteuil et les observai. Je ressentais plein de choses, sans pouvoir les démêler. Mais j'étais au clair sur un point : Evangeline et Emma étaient ma famille désormais. Et ces fleurs – motivées par un appel en pleine nuit – semblaient faire partie de ce nouveau jardin qui fleurissait dans ma poitrine.

Le Dr Taylor entra. Elle réveilla Evangeline, l'interrogea sur ses niveaux de douleur, ses gaz et d'autres choses.

— Il est temps qu'on vous fasse bouger. Et si vous laissiez ce monsieur ici (elle me fit un clin d'œil) tenir la petite quelques minutes pendant que vous essayez de marcher jusqu'au bout du couloir ?

Le regard d'Evangeline fit plusieurs allers-retours entre Emma et moi. Son expression était au mieux dubitative.

— Oh, allez, reprit le docteur. Quel meilleur endroit pour le tester qu'un hôpital ?

— Vous avez sûrement raison, dit-elle, mais elle ne parvenait pas à ordonner à ses bras de lâcher sa fille.

Après m'avoir abreuvé d'instructions sur la nécessité de soutenir sa tête, Evangeline réussit à la placer dans mes bras. J'avais oublié le poids chaud, doux d'un bébé, son odeur de lait. Emma pinça les lèvres et grimaça brusquement comme si elle allait se mettre à pleurer, mais en une seconde, son envie lui passa et elle se rendormit facilement. Daniel était pareil, tout petit – même ses hurlements les plus violents pouvaient cesser en un instant. À quoi ressemblerait le monde si nous pouvions tous faire cela ?

Evangeline m'obligea à m'asseoir, "comme ça vous ne risquez pas de la faire tomber", avant d'accepter de s'aventurer dans le couloir. Une fois qu'elle fut partie, j'écartai la petite de ma poitrine et la posai sur mes genoux. Chaque mèche de ses fins cheveux roux se soulevait et ondulait dans un courant d'air invisible. Elle ouvrit les yeux – de ce bleu profond caractéristique du nouveau-né, qui donne un regard insondable –, mais à cause de la lumière provenant de la fenêtre elle les referma aussitôt en plissant les paupières et se tordit, en pleurant de détresse. Je bougeai le fauteuil pour que son visage soit à l'ombre, et au bout d'une minute, elle les rouvrit.

Elle ne me regardait pas. Elle ne regardait rien, parce que – et je le sentis distinctement – il n'y avait rien à voir.

Elle ne s'était pas encore séparée du grand tout de la création. Elle était moi et sa mère et la douce couverture dans laquelle elle était emmaillotée. Elle était ce rai de lumière qui lui faisait mal aux yeux et les ombres apaisantes. Ses paupières s'alourdirent et elle s'endormit.

Je ne savais pas si c'était l'enfant de Daniel. Je ne le croyais pas. Mais cela n'avait pas la moindre importance parce qu'elle était Daniel lui-même, voyez-vous. Et Rufus. Et Jonah. Elle était mon père et ma mère et chacun des amis et animaux que j'avais perdus. Et je le savais parce que Rufus m'avait emmené à l'endroit d'où elle venait tout juste d'arriver. Il m'avait aidé à me rappeler qui nous sommes.

Elle oublierait tout ceci très bientôt. Comme nous tous.

Il y a des chances que j'oublie cet instant à la prochaine respiration.

Le matin suivant, je passai au lycée voir Carol Marsten, qui avait été nommée principale. Je lui dis que je travaillerais jusqu'à jeudi, le jour où Evangeline devait quitter la maternité. Après cela, je prendrais un congé pour raisons familiales. Elle hésita, prétendant qu'il lui fallait un document officiel stipulant que j'étais le tuteur d'Evangeline.

Dick Nelson, qui surprit notre conversation, passa sa tête dans le bureau et dit :

— Carol, les papiers sont là quelque part, mais sinon, je suis sûr qu'après toutes ces années, Isaac a des mois de congé maladie qu'il peut prendre, et franchement, il a l'air un peu patraque.

Cette après-midi-là, quand j'arrivai à l'hôpital, Evangeline m'accueillit par ces mots :

— Vous n'êtes pas obligé de venir. Je n'ai pas vraiment besoin d'un baby-sitter.

Elle avait l'air de trouver que je la dérangeais, et je me dis, eh bien, pourquoi ne pas rentrer ? J'avais terriblement besoin d'une sieste et des copies à corriger. Mais je ne pouvais imaginer ce que devait vivre Evangeline, se trouver face à son avenir avec un bébé, sans parents ni compagnon.

— Est-ce que je pourrais rester ? demandai-je. La maison paraît vraiment vide sans Rufus et sans toi.

Elle parut surprise, comme si elle venait juste de se souvenir de lui.

— Je suis désolée.

— Pour quoi ?

— J'avais oublié, pour Rufus. Pas qu'il était mort ! Je n'oublierais jamais. Mais le fait que vous retrouvez tout ça en rentrant.

Quand je lui racontai ce que Lorrie avait fait, elle dit :

— C'est vraiment hyper gentil. Vous ne trouvez pas ?

— Très gentil, oui.

— Vraiment hyper gentil ! Je ne ferais jamais une chose comme ça.

— Je n'en suis pas sûr. À mon avis, un jour tu feras toutes sortes de choses comme ça.

Elle réfléchit.

— Peut-être. Peut-être bien, fit-elle, comme si elle prenait une décision sur la personne qu'elle pourrait devenir.

Puis, avec un petit sourire :

— Si je craque pour quelqu'un.

70

QUAND J'ARRIVAI le mardi après-midi, le bébé dormait dans les bras d'Evangeline. Lorrie était assise à côté du lit, et les deux étaient si absorbées dans leur conversation qu'elles ne remarquèrent pas que j'étais entré dans la pièce. Je me raclai la gorge et elles relevèrent la tête de concert.

— Je ne voulais pas vous interrompre.

Lorrie tapota la main d'Evangeline, se leva et dit :

— Ne t'inquiète pas. Tout va s'arranger. (Elle ramassa son sac à main.) Isaac, je voudrais passer ce soir déposer des choses que des collègues m'ont données. Quelle heure t'arrangerait ?

— Tu as été si généreuse, nous n'avons besoin de rien de plus.

— Parlez pour vous, dit Evangeline. On n'a jamais assez de vêtements de bébé.

— Je ne sais pas trop quand je rentrerai, fis-je. Et je sais que Lorrie se lève tôt.

Evangeline m'ignora et s'adressant à Lorrie :

— Je le renverrai à la maison à huit heures. Passez vers huit heures et demie.

Lorrie leva des sourcils interrogateurs et je répondis que c'était parfait.

Quand elle fut partie, je me tournai vers Evangeline.

— Tout va bien ?

— Oui. Pourquoi vous me demandez ?

— Lorrie a dit pas d'inquiétude, que tout irait bien.

— Elle voulait juste parler du bébé. Du fait d'être mère, tout ça. Ça fait un peu peur.

Je le reconnus volontiers. Je lui annonçai que j'avais prévu un remplaçant pour mes cours et que je serais là pour l'aider quand elle rentrerait à la maison.

— Vous n'êtes pas obligé. Lorrie peut m'aider.

Je fus surpris par la blessure que provoqua cette légère rebuffade. Je lui objectai que Lorrie était assez occupée avec son travail, ses études et sa fille adolescente.

— Vous avez sans doute raison, répondit Evangeline.

Peut-être est-ce son apparente préférence pour Lorrie qui me fit avancer sur un terrain que j'avais évité, ou peut-être avais-je juste besoin de savoir.

— On dirait que tu t'étais trompée sur ton terme.

Elle acquiesça, toujours concentrée sur la petite.

— Je vais juste poser la question. Est-ce que Daniel est le père ? Est-ce qu'il pourrait être le père ?

Elle ouvrit la bouche – prompte à mentir, soupçonnai-je. Mais elle se reprit et dit doucement.

— J'ai pensé un moment qu'il était peut-être son père. Mais non, ce n'est pas lui. Je suis désolée.

J'avais le cœur brisé d'entendre la confirmation, mais je crois que je le savais depuis le début. Peut-être était-ce la raison pour laquelle je réussis à éprouver une certaine joie. Evangeline avait vu que j'avais besoin de la vérité. Elle avait dû croire qu'elle risquait tout en refusant de mentir. Elle avait dû se sentir comme moi quand j'avais révélé à mes Amis que j'étais un imposteur. J'espère qu'en retour, elle aussi ne sentit que de l'amour, je prie pour que ce soit le cas.

Comme promis, Lorrie arriva à huit heures et demie avec un grand carton dans les bras. Je le pris et l'invitai à entrer, mais elle était déjà repartie vers sa voiture, pour revenir une minute plus tard avec une balancelle.

— Des mamans au boulot ont apporté tout un bric-à-brac. Des trucs qui ne servent plus maintenant que leurs enfants ont grandi. Juste pour démarrer.

Du carton, je sortis des couvertures et des peluches de couleurs pastel, au moins une douzaine de tenues de bébé, un babyphone. Tout dans cette affaire m'agaçait, le fait qu'on m'impose une charité que je n'avais pas demandée, qu'on suppose que je n'allais pas être prêt – mais je réussis à dire :

— Merci et s'il te plaît, remercie tes amies. Je suis certain que tout ceci servira.

— Tu as un siège-auto, n'est-ce pas ? Ils ne la laisseront pas partir si tu n'en es pas équipé.

Je la rassurai, oui, le siège bébé était déjà installé à l'arrière de la voiture.

— Bien, fit-elle, son regard notant ma mâchoire serrée, mes bras croisés comme des barreaux sur ma poitrine. Isaac, je sais que c'est difficile pour nous, mais il y a un bébé, maintenant.

— Tu t'imagines que je ne le sais pas ?

Je croyais avoir pardonné à Lorrie, je pensais que mes dernières révélations spirituelles avaient été rendues possibles par un cœur plus aimant. J'avais cru que la tendresse avec laquelle Lorrie s'était occupée de Rufus, de son enterrement – des actions faites par amour, dans l'espoir d'une rédemption – avait réparé les dégâts. Mais la nouvelle, remontant à quelques heures à peine, que l'enfant n'était pas de Daniel, raviva les flammes du chagrin et de la rage qui couvaient encore en moi.

Lorrie osa une nouvelle approche.

— Evangeline va être ralentie pendant le prochain mois. La chirurgie abdominale, c'est violent. Je veux bien donner un coup de main.

— Nous y arriverons, rétorquai-je.

Je méprisais la personne que j'étais à ce moment précis. Que j'étais depuis des mois. Je n'avais jamais offert à Lorrie de véritable gentillesse et j'en étais incapable encore maintenant.

— Crois-moi, dis-je, je me suis beaucoup occupé de Daniel quand il était bébé.

Le nom de mon fils fut émis avec un venin appuyé, pareil à une substance corrosive avec laquelle je pouvais lui infliger une blessure indélébile.

Elle me dévisagea et je me demandai si elle voyait ce qui était enfermé à l'intérieur de moi, la créature étrangère, énorme, monstrueuse, cherchant à se libérer, voulant cracher d'autres mots horribles dans la pièce.

— Tu veux bien t'asseoir ? Est-ce qu'on pourrait parler de tout ça ? demanda-t-elle.

— Je suis fatigué, répondis-je. Peut-être un autre soir.

En quelques instants, ses yeux étincelaient de fureur.

— Fatigué ? Ouais, j'en connais un rayon. J'ai un boulot à plein temps, où je torche des vieillards, je m'occupe de ma fille adolescente qui, comme tu peux l'imaginer, mène toutes sortes de combats, j'essaie de préparer mes examens pour entrer à l'école d'infirmière, et je passe des heures à l'hôpital avec Evangeline. Alors, ouais, je comprends ce qu'est être fatigué. (Elle tira une chaise, s'assit et se pencha en avant.) Qu'est-ce qui se passe, là ? Je croyais qu'on avait résolu le problème entre nous.

Je restai debout, appuyé contre le bord dur du comptoir, mais mes bras retombèrent le long de mon corps. Quand je parlai enfin, ma voix tremblait.

— Il y a quelque chose qui ne va pas du tout chez moi.

Elle se leva comme si elle s'apprêtait à se rapprocher mais je me raidis, et elle s'immobilisa. D'une voix douce, elle dit :

— Bien sûr qu'il y a quelque chose qui ne va pas. Ton fils de toute beauté a été assassiné. Celle qui était ta femme depuis plus de vingt ans est partie. Tu as perdu ton meilleur ami, et tu es sur le point d'installer un nouveau-né dans cette maison. Le contraire serait surprenant.

Je pinçai les lèvres, essayant de garder une contenance, essayant de ne pas poser la question, mais à la mention de mon fils, la question s'imposa.

— Mon fils de toute beauté ?

— Quoi ?

— Avait-il une belle âme ? Arrivais-tu à voir sa Lumière intérieure ?

Comme je paraissais recroquevillé et effrayé en disant cela. Comme il était étrange que je lui pose cette question.

Elle hésita et j'eus ma réponse. Elle dit, sans méchanceté :

— Daniel était un adolescent, Isaac. Jonah aussi. Leurs âmes étaient belles. Mais l'adolescence est un territoire où règne une certaine violence, tu ne crois pas ?

Elle se tendit, semblant s'attendre à une réaction violente de ma part, mais l'image me parut d'une vérité criante.

— Jonah portait en lui une grande fébrilité. C'était un gamin très nerveux. Nous le voyions tous. Il démarrait au quart de tour, se mettait en pétard sans raison. La génétique, le trauma, il avait des raisons d'être comme ça. Même si je te le jure, Isaac, personne, ni Nells, ni moi, ni son père, ni Jonah lui-même, personne n'avait la moindre idée qu'il était capable de commettre cet acte. Il avait toujours été un garçon doux.

— Et Daniel ?

— Pouvais-je voir la lumière de Daniel ? (Elle marqua une pause pour réfléchir.) Oui. J'ai vu son grand cœur, sa manière d'être présent pour Jonah après la mort de Roy. Il a fait une place à Jonah dans son groupe d'amis, même si nous savions tous que Jonah ne s'y intégrait pas. Mais l'adolescent en Daniel… ce gars-là pouvait parfois être un peu brutal.

Les larmes inondèrent mes joues. Elle s'approcha de moi, et alors même que mes bras restaient immobiles le long de mes flancs, elle me prit dans les siens. Ce contact – le fait d'être étreint après être resté si longtemps seul dans mon corps – me submergea. Je m'écroulai contre elle, agité de tremblements, aspirant avec peine de grandes goulées d'air. Elle m'emmena jusqu'à l'ancien fauteuil de Rufus et m'ordonna de m'asseoir, puis s'accroupit devant moi et prit mes mains dans les siennes.

Lorsque je pus enfin parler sans étouffer, je levai les yeux. Je devais avoir une mine épouvantable, j'en suis sûr.

— Je suis désolé. Je suis tellement désolé.

— Ce n'est pas grave. C'est plutôt bien, même.

Elle crut que je lui présentais mes excuses, ou peut-être que j'acceptais sa généreuse proposition de nous aider.

— Non, dis-je. Je suis désolé, mais je ne peux pas faire ça.

— Faire quoi ?

J'agitai la main devant elle, puis devant moi, un geste de frustration, de gêne après avoir ainsi craqué.

— Ça. Je ne peux pas. Je suis désolé, mais il faut que tu t'en ailles.

Elle se dégagea.

— Oh !

Elle se mit debout, tremblant visiblement, bien que je ne puisse dire si c'était de gêne, de colère ou de honte. Je la vis essayer de trouver un peu de calme intérieur avant de parler. Quand elle réussit, sa voix était lente, autoritaire, avec une nuance de colère.

— Evangeline est là maintenant. Emma est là. (Elle marqua une pause.) Et nous sommes là. Toi et moi. Nous sommes là.

Je découvris le jour suivant qu'elle était allée à l'hôpital comme d'habitude, mais qu'elle en était partie bien avant que j'arrive.

71

La première semaine avec le bébé à la maison, Lorrie passa deux fois, chaque fois avec une salade de saison qui semblait déclencher des rires complices entre Evangeline et elle. J'étais soulagé de ne pas l'avoir définitivement chassée. Mais les deux fois, elle partit rapidement après avoir gazouillé quelques minutes en admirant le bébé. Même Evangeline ne parvenait pas à la convaincre de rester.

— Isaac a fait plein de poulet. Appelle Nells. Dînez avec nous.

Lorrie marmonnait qu'elle avait quelque chose au four ou un devoir pour lequel elle devait réviser. Après son départ, Evangeline me lançait un regard noir et sortait de la pièce à grands pas furieux.

Comme Lorrie l'avait prédit, la semaine fut épuisante. Le vendredi soir, après avoir terminé la vaisselle et être passé voir Evangeline, j'allai me coucher tôt. La soirée était chaude, une des premières de juin, et le ciel était coloré de bandes dégradées de bleus et de roses profonds. En m'endormant dans ce beau crépuscule, je me répétai qu'Evangeline prenait des forces tous les jours, que ça allait forcément devenir de plus en plus facile.

À deux heures du matin, quelqu'un frappa à la porte de ma chambre. Je dis "quelqu'un" parce que j'étais profondément endormi et sortir de ce royaume était comme émerger des profondeurs ténébreuses de l'océan. J'eus du mal à retrouver mes repères quand j'allai ouvrir. Pourtant, je vis immédiatement qu'Evangeline était malade. Sa peau était livide, et son front était parsemé de gouttes de sueur. Elle émettait une chaleur perceptible et son haleine sentait la viande avariée.

— Je vais chercher un thermomètre, dis-je.

— J'ai déjà pris ma température. Trente-neuf huit.

Je me figeai et la regardai fixement, luttant contre une violente envie de pleurer, qui me déconcerta. Pour l'instant, je n'avais aucune raison de m'inquiéter autant.

— J'ai préparé un sac. Il vaudrait mieux que j'aille à l'hôpital.

Je tournai la tête. J'avais commencé à sangloter – de manière incontrôlable, ridicule. Je n'arrivais pas à comprendre. Au bout d'une minute, je réussis à reprendre le contrôle de ma respiration. Je ne sais pas ce qu'Evangeline pensa pendant ce moment, mais elle attendit patiemment. Je me tournai enfin vers elle, espérant dans mon esprit embrumé par le sommeil qu'elle n'avait rien remarqué. Mais les premiers mots qui sortirent de sa bouche furent :

— Merci d'avoir pleuré.

Drôle de chose à dire, et il m'est difficile de décrire le ton qu'elle employa. Il était fatigué, posé et un peu contrarié, mais sincère. Elle appréciait mon chagrin ; elle n'avait tout simplement pas de temps à lui consacrer.

— Je ne suis pas en train de mourir. Mais je suis presque sûre que j'ai une infection.

Je me redressai et m'éclaircis la voix.

— Je vais préparer la petite.

— Elle est prête. Tout ce qu'il nous faut, c'est vous.

En les conduisant à l'hôpital, je me répétai que je n'étais pas inquiet. Les médecins allaient résoudre le problème. Pourtant, mes mains tremblaient sur le volant, un tremblement violent comme si j'étais furieux ou que je faisais une crise d'épilepsie. Je sais que ça paraît excessif, mais Evangeline, assise derrière avec Emma, entendit la vibration et demanda comment je pouvais avoir tellement froid alors qu'il devait faire au moins quinze degrés dehors.

Aux urgences, le Dr Wyman, un homme petit, vif, qui en parlant ne cessait de tapoter son stylo sur son écritoire, demanda des examens sanguins et urinaires, puis une échographie. Quand les résultats revinrent, révélant une infection et un gros abcès utérin, il tapota son stylo frénétiquement, insistant sur le fait que l'abcès était "une situation grave mais parfaitement gérable", comme si nous avions suggéré le contraire. Evangeline devait être hospitalisée pour un drainage chirurgical et un traitement antibiotique par intraveineuse de cinq jours. Avant de partir, le Dr Wyman désigna la petite, qui pleurait pratiquement sans arrêt depuis notre arrivée, et dit :

— Elle peut venir pendant la journée, mais la nuit, elle rentre à la maison.

À nouveau, je repensai à l'avertissement de Lorrie. S'occuper du bébé avait été beaucoup plus éprouvant que dans mon souvenir. Même avec Evangeline qui se chargeait de le nourrir et de le changer, j'étais épuisé par les interruptions de mon sommeil et les pleurs d'Emma.

Parfois, Evangeline pleurait aussi. Recroquevillée dans le fauteuil de Rufus pour allaiter, elle reniflait et essuyait des larmes. Quand elle se rendait compte que je l'avais vue, elle marmonnait :

— Saletés d'hormones.

Je savais que les hormones jouaient un rôle, mais il se passait d'autres choses aussi. Le bébé, avec tous ses besoins et toute notre incompétence, nous rendait étrangers l'un à l'autre. Nous pensions que nous devions nous sentir comme une famille, que nous devions éprouver de la joie devant cette nouvelle vie. Et c'était vrai. Bien sûr. Mais nous nous sentions aussi tous les deux perdus et un peu seuls, et l'écart entre ce que nous pensions être requis et ce que nous parvenions à vivre ajoutait encore à notre confusion.

Nous ne savions pas qui nous étions l'un pour l'autre. Bien que ce fût mon plus grand désir, je n'étais pas le père d'Evangeline. Et je n'étais pas non plus un grand-père. J'étais dans un hôpital au milieu de la nuit, et bientôt je partirais avec un bébé qui n'était pas de mon fils. Je n'avais pas oublié le dimanche matin après la naissance d'Emma, l'instant où j'avais vu Daniel – où j'avais vu tous les gens que j'aimais – en elle. Je m'étais appliqué à enfouir cet instant dans mon cœur, mais cela ne m'avait pas fait de bien. Je gardais le souvenir de quelque chose que je ne pouvais plus ressentir, d'un endroit auquel je ne pouvais plus accéder. Emma était un bébé particulier, désormais, et même si je ressentais pour elle une immense tendresse, quand je la regardais, je ne voyais plus qu'elle. Parfois, plus souvent que je n'aurais voulu l'admettre, je ne voyais que ce qu'elle n'était pas.

Le Dr Taylor vint à l'hôpital vers quatre heures, enchaînant les gorgées de café, des cernes noirs sous les yeux mais parfaitement concentrée, prête à "nettoyer un peu". Elle suggéra que je rentre dormir quelques heures avec Emma. Elle prévoyait d'effectuer d'autres examens et m'annonça que j'avais au moins trois heures devant moi. Je voulais rester pour Evangeline, mais le bébé n'avait pas arrêté de pleurer et j'étais dans un état d'épuisement avancé.

Avant notre départ, le Dr Taylor suggéra que la petite tète une dernière fois. Evangeline s'inquiéta qu'elle puisse tomber malade, mais le médecin la rassura :

— Les seules choses que vous donnerez à Emma sont vos anticorps, qui sont en pleine activité, en ce moment. En plus, une fois que nous aurons commencé les antibiotiques en perfusion, vous ne pourrez plus allaiter. Il faudra que vous tiriez votre lait avant de le jeter, si vous voulez que la lactation continue.

Evangeline pleura, mais le Dr Taylor la rassura, disant qu'elle verrait Emma tous les jours et qu'elle pourrait toujours la nourrir en peau à peau. Un type en tenue d'infirmier entra avec un fauteuil roulant pour emmener Evangeline faire ses examens. Voyant que j'étais sur le point de partir, Evangeline se lança dans une série de recommandations sur les moments où il fallait la nourrir, lui changer la couche, les différentes techniques pour lui faire faire son rot, et la signification de telle ou telle mimique spectaculaire.

— Tout va bien se passer.

— Elle n'aime pas rester toute seule.

— Bien sûr que non. Je ne la laisserais jamais seule.

— Je veux dire, elle veut être dans les bras.

Evangeline était déjà presque partie.

— Bien sûr. Très souvent dans les bras.

— Appelez Lorrie, lança-t-elle par-dessus son épaule. Promettez-le-moi.

Je la suivis dans le couloir.

— Je l'appellerai dans la matinée.

— Promettez-le, vous devez me le promettre.

— Je le promets, dis-je et elle disparut derrière les portes battantes.

Il était compréhensible qu'Evangeline soit réticente à me laisser la responsabilité d'Emma. Pendant la semaine précédente, je m'étais beaucoup investi dans les tâches domestiques, mais j'avais fait bien peu pour l'impressionner avec mes talents en puériculture. Dès qu'Emma commençait à geindre, je m'empressais de la rendre à sa maman.

Nous arrivâmes à la maison à quatre heures et demie, trop tôt pour appeler Lorrie. Je posai Emma et réussis à dormir quelques heures, puis je retournai à l'hôpital avant qu'Evangeline sorte du bloc opératoire. L'intervention s'était bien passée ; Evangeline revint dans la chambre encore vaseuse et dormit une grande partie de l'après-midi.

Ce jour-là, je tins Emma dans mes bras presque huit heures. Pendant ces périodes, elle et moi parvînmes à une compréhension mutuelle. Elle me regardait de ses yeux émerveillés, elle partageait ses cris du cœur, sa faim et ses instants de béatitude de nouveau-né, elle me traitait comme un être familier – pas du tout embarrassée par ses fonctions corporelles – et elle me faisait la grâce de dormir, satisfaite, dans mes bras. Et moi, en retour, je l'aimais.

Plus tard cet après-midi-là, quand Evangeline eut retrouvé toute sa lucidité et eut nourri le bébé, elle embrassa une des minuscules mains d'Emma et dit :

— Je suis surprise que Lorrie ne soit pas passée. C'est pourtant son jour de congé.

— Elle est très occupée.

— Qu'est-ce qu'elle a dit quand vous avez appelé ?

J'hésitai.

— Vous n'avez pas appelé ? (Elle était incrédule.) Après me l'avoir promis ?

— Je peux gérer Emma.

Son visage se crispa sous l'effet de la colère.

— Vous vous comportez comme si vous étiez la seule personne à avoir perdu un enfant. Eh bien, c'est faux !

— Qu'est-ce que ça a à voir avec…

— Vous lui en voulez. Vous rendez Lorrie responsable de la mort de Daniel.

— Non, je lui en veux pas. Pas pour ça.

— Pour quoi, alors ? Dites-moi.

— Je ne veux pas en discuter.

Elle me dévisagea un long moment, et j'eus l'impression qu'elle en savait plus qu'elle ne voulait le laisser paraître.

— Alors, à cause de ce truc entre vous, vous allez me priver de Lorrie ? Priver Emma de Lorrie ? C'est nous qui devons en subir les conséquences ?

— Et moi alors ? dis-je, surpris par la sécheresse de mon ton. Qu'est-ce que tu as avec Lorrie, pourquoi tu insistes tant pour me forcer à la voir ? C'est à cause de Jonah ? Parce que c'est lui le père ?

Si un chuchotement peut avoir la force d'un hurlement, elle y réussit :

— Non ! Oh, mon Dieu. Le bébé n'est pas de Jonah. Il n'est pas de Daniel. Vous le savez.

Je répétai ses mots dans ma tête, et même là, je ne comprenais pas.

— Jonah n'est pas le père ?

— Vous le savez. Vous m'avez interrogée sur le terme, et je vous l'ai dit.

Je réfléchis.

— Tu m'as dit que Daniel n'était pas le père. J'ai supposé que c'était donc Jonah. Je n'ai jamais eu connaissance d'une autre personne. Comment aurais-je pu ?

Tout en parlant, je me rendais compte à quel point mon comportement cette dernière semaine était méprisable. Je vis ma rage contre Lorrie parce qu'elle avait une petite-fille et moi non, je vis comment j'avais voulu la priver de l'enfant pour la punir parce que son fils m'avait privé du mien.

Evangeline, qui s'était penchée en avant avec la tension, s'adossa à ses oreillers.

— OK. D'accord. C'est vrai que je ne vous ai jamais trop parlé de ça.

— Est-ce que Lorrie sait qu'aucun des deux garçons n'est le père ?

Elle acquiesça.

— Le jour où vous êtes venu à l'hôpital et où vous nous avez trouvées en train de discuter. C'est là que je lui ai dit.

— Elle ne m'en a pas parlé.

Evangeline fronça les sourcils.

— Vous la regardez à peine. Vous le savez, ça ? Autrefois au moins, vous faisiez semblant d'être sympa, mais maintenant, vous n'essayez même plus. Vous êtes juste grossier avec elle. Elle a dit que je devais vous le dire. Ce même après-midi, vous m'avez posé des questions sur la date prévue et je vous l'ai donnée. Lorrie s'en fiche, de qui est le père. Elle m'aime quand même. Et elle aime Emma.

Je voulus l'interroger sur le père. Elle dut lire mes pensées, parce qu'elle reprit :

— Le père n'est pas là, et il ne le sera jamais. Appelez Lorrie si vous voulez en savoir plus, dites-lui que je suis d'accord pour qu'elle vous mette au courant. Tant que vous y êtes, décidez si vous allez laisser Lorrie et Nells faire partie de nos vies. Et je ne parle pas seulement de la laisser passer deux minutes pour déposer une salade. Il va falloir que vous décidiez si vous voulez m'obliger à choisir. Parce que je n'hésiterai pas, vous savez. À choisir.

Elle se tut et arrangea la couverture autour du bébé qui se tortillait.

— Je veux que vous partiez, maintenant.

Je me levai, mais je n'esquissai pas un mouvement vers la porte. Evangeline essuya de la bave sur le menton d'Emma.

— Alors… ?

— Il faut que je ramène Emma à la maison, tu te rappelles ?

Evangeline me fusilla du regard.

— Elle rentre avec Lorrie ce soir.

— Lorrie ne sait même pas que tu es ici. Le moment n'est peut-être pas bien choisi pour elle.

Elle réfléchit.

— Je vais l'appeler dès que vous serez parti. Vous envisagez un quart de seconde qu'elle ne viendra pas ? Si vous vous inquiétez vraiment qu'elle n'ait pas le temps ni l'énergie de prendre Emma, si c'est la vérité, alors appelez-la et organisez-vous.

— Ce n'est pas aussi simple.

Elle secoua la tête et se pencha sur son bébé. J'attendis qu'elle se radoucisse. Ne voyant rien venir, une agitation, proche de la panique, m'attaqua les poumons, rendant ma respiration difficile.

— Voici ce que je te propose, dis-je. Quand tu l'auras au téléphone, demande-lui de passer à la maison avec Emma ce soir.

— Pas question que je fasse ça, répondit-elle, sans même se donner la peine de lever les yeux.

— Tu n'es pas raisonnable. Qu'est-ce que tu veux de plus de moi ?

Evangeline se mit à fredonner à voix basse. Quand il fut clair qu'elle refuserait de me céder un pouce de terrain, j'affirmai avec fermeté :

— Ce bébé a besoin de moi.

Elle leva les yeux, me dévisagea. Je crois qu'elle se demandait si je l'avais insultée. Elle dut voir la vérité, que j'avais besoin de la petite au moins autant qu'elle avait besoin de moi.

Pour finir, elle dit :

— C'est peut-être vrai. Raison de plus pour que vous sortiez de votre merdier.

72

Evangeline tint Emma à bout de bras. Au bout d'une seconde, les yeux du bébé se fermèrent à demi, sa mère ayant disparu à l'horizon devenu flou.

— Mon bébé, chuchota Evangeline.

Les yeux d'Emma s'écarquillèrent et essayèrent d'accommoder, alors Evangeline la rapprocha, encore, jusqu'à ce que le regard d'Emma s'accroche au sien avec surprise, comme si sa mère était apparue tout à coup, sortie de nulle part.

— Lorrie arrive, dit-elle. Nous devrions lui donner un nom, tu ne crois pas ? Nana ? Mimi ? T'as une autre idée ?

Le bébé cligna des yeux et Evangeline la posa contre sa poitrine, huma sa douce odeur de bébé, aussi entêtante que celle du coton séché au soleil.

— On va bien trouver quelque chose. On va demander à Lorrie ce qu'elle aimerait, d'accord ?

Une infirmière entra, celle qui paraissait en charge de contrarier les patients. Elle commença à installer la poche d'antibiotiques.

— Cette petite rentre bien à la maison ? J'ai vu Isaac partir il y a dix minutes.

— Emma rentre avec Lorrie ce soir. Elle sera là d'une minute à l'autre.

L'infirmière arrêta de s'agiter, posa doucement sa paume contre le dos du bébé et dit :

— Tu as beaucoup de gens qui t'aiment, on dirait, petite fille.

Après ça, Evangeline n'en voulut plus autant à l'infirmière.

Elle n'avait pas prévu de renvoyer Isaac sans le bébé. Mais elle lui avait fait confiance pour dire à Lorrie qu'elle était à l'hôpital. La situation avait été grave. Elle avait failli mourir. Oui, elle avait dit à Isaac qu'elle n'était pas en danger, mais c'était parce qu'il s'était écroulé, et elle avait besoin qu'il se calme, pour Emma.

En vérité, quand elle s'était réveillée dans une mare de sueur avec une fièvre de plus de trente-neuf cinq et la peau toute grise, elle avait su que son corps subissait une attaque violente. Et après l'intervention, le médecin lui avait dit à quel point l'infection avait été grave. Alors quand Isaac n'avait pas appelé Lorrie, qu'il ne s'était même pas donné la peine de lui dire où elle se trouvait, elle éprouva une fureur qu'elle n'avait jamais connue, une fureur qui ne concernait pas sa personne, mais son bébé.

Elle n'allait pas laisser Isaac soustraire Emma à quelqu'un qui l'aimerait, qui s'occuperait d'elle, parce qu'Emma, sans père et avec une mère célibataire de seize ans abandonnée par sa propre mère, ne partait pas franchement avec beaucoup d'atouts dans la vie. Evangeline arracherait les yeux à toute personne qui tenterait d'interférer avec de l'amour provenant de quelque source que ce soit.

Bien sûr, elle avait peur. Qu'est-ce qu'elle savait du rôle de mère ? Raison de plus pour ne pas laisser Isaac éloigner la seule femme qui s'était comportée cette dernière année comme une mère pour elle. Evangeline observait Lorrie avec Nells depuis des mois, voyait quand Lorrie tendait la main ou choisissait la retenue, quand elle donnait un tour de vis ou qu'elle se radoucissait, comment elle maniait les rênes de la distance entre elle et sa fille. Au départ, Evangeline crut qu'il s'agissait d'une formule qu'elle pourrait apprendre. Mais il ne lui fallut pas longtemps pour comprendre qu'il n'y avait ni recette ni équation. Être parent était un flot de décisions, d'intuitions spontanées, une mise en équilibre entre ses propres besoins – qui d'une façon ou d'une autre pesaient dans la balance – et ceux de l'enfant. Mais surtout, c'était être là, réellement là, avec tous ses sens. Avoir confiance en cette compétence du cœur qui naît de l'attention absolue. Lorrie avait cela. Elle avait un don pour l'attention du cœur.

Quant à Isaac, Evangeline croyait intimement qu'il ne la laisserait pas tomber. Elle le croyait malgré la colère contre laquelle il devait lutter. Lorrie lui avait parlé des vêtements de Jonah qu'elle avait brûlés, du fait qu'Isaac l'avait vue. Elle le lui avait dit non pas pour la tourmenter, mais pour qu'Evangeline sache "à qui en vouloir" pour son absence prolongée dans sa vie.

— Je ne peux plus vivre avec des secrets, avait-elle dit.

Evangeline ne lui en voulut pas. Ni à Isaac. Même pendant ces premiers jours avec Emma, l'amour grandissant faillit l'étouffer par sa plénitude, et elle sut que tout serait possible si c'était pour défendre son enfant. Avec un amour comme ça, elle aurait peut-être agi comme Lorrie. Et si elle avait été Isaac, elle n'aurait peut-être pas pardonné. Elle vit l'impossibilité de vivre ensemble tous les quatre, Isaac et elle, Lorrie et Nells. Alors qu'elle le voulait. Pourtant, elle refusa de se rendre à l'évidence. Le bébé avait allumé un grand brasier d'amour en elle, et cet amour allait forcément rendre possible l'impossible.

Emma dormait, ses lèvres produisaient des petits gargouillis. Evangeline lui chuchota :

— Je sais que dalle, t'es au courant, hein ? Mais je fais du mieux que je peux.

Elle ne dit pas qu'elle serait la mère qu'elle aurait voulue pour elle-même, parce qu'elle n'était pas sûre d'y arriver. Elle savait seulement qu'elle essaierait.

L'infirmière revint avec un biberon de lait infantile. Evangeline sortit le bébé de ses langes, caressa chaque bras parfait, chaque plante de pied. La petite cria et chercha la tétine avec des mouvements frénétiques de la tête. Evangeline la posa contre son ventre et son sein nus, chatouilla son nez avec la tétine du biberon jusqu'à ce qu'Emma s'en empare. Et bien qu'il ne s'agisse pas de son sein, bien qu'il faille attendre encore cinq jours pour cesser de jeter son lait, Evangeline sentit chaque succion du bébé et son lait se remit à couler, alors qu'elle l'avait tiré moins d'une demi-heure avant.

Elle entendit Lorrie et Nells dans le couloir, approchant de sa chambre. Elle caressa la tête duveteuse du bébé, de cette enfant qui était elle et pas elle et toutes les autres personnes en même temps, et un amour féroce la traversa comme un éclair.

Emma. Le sens merveilleux soudain donné à sa vie. Cette vie. Cette vie qu'elle tenait contre elle.

73

La maison attendait quand je suis arrivé, un côté resplendissant dans la lumière dorée du soleil déclinant, l'autre plongé dans l'ombre. Je me plantai devant elle comme je l'avais fait à l'automne dernier, sauf que cette fois, personne ne m'attendait à l'intérieur, pas même Rufus.

Cette maison victorienne vide est vraiment un édifice monstrueux. Elle est posée lourdement sur la terre, vivante des terreurs et joies de ses habitants successifs, non seulement des humains et leurs animaux, mais de toutes les créatures qui creusent sous les planchers, se faufilent entre les cloisons, qui se nichent dans des coins noirs du sous-sol. La maison respire avec la terre, sans jamais juger ceux qui passent par elle.

J'entre, j'enlève ma veste. Mon regard se pose sur les biberons dans l'évier, un chiffon sale sur l'accoudoir du vieux fauteuil de Rufus. Respirer me demande un effort. J'essaie de me laisser aller dans ses murs, pour qu'elle respire à ma place. Les murs se dilatent et se contractent, et un battement sourd résonne à un rythme régulier, comme si j'étais installé dans un énorme cœur.

Des mots remontent d'un passé très ancien. Certains cœurs sont plus forts que d'autres. J'ai un choix à faire, et il est bien plus important que celui qu'Evangeline exige de moi. Je dois décider quelle est la force de mon cœur. Quelle force je veux qu'il ait. Je peux choisir. Et sachant cela, je n'ai pas d'excuse. Ma vie en dépend. D'autres vies aussi. Probablement plus que je ne le crois.

Je me lève. Je monte l'escalier rustique jusqu'à la chambre de Daniel. Ça sent le renfermé. La mort. Je vais à la fenêtre, j'enlève la tringle et le lourd rideau de couleur sombre qui y est suspendu, je les pose par terre. Bien que nous soyons en début de soirée, la lumière inonde la pièce.

Je me représente les murs enduits et peints, une nouvelle porte. Je vais sur le palier, et dans l'espace sombre de l'étage, je vois un bureau, une autre chambre, une pièce de vie. D'autres fenêtres apparaissent dans la pénombre, et entre les poutres, des puits de lumière, diffusant la clarté comme une bénédiction. Les voix d'une femme et d'une fille chantent dans un coin et un bébé gazouille non loin.

La maison se fait légère, se laisse porter par la promesse de l'été qui approche. Et je me rappelle ces mois, chaque année, où les fenêtres et les portes s'ouvrent grand, où la maison se gonfle à la moindre brise, transformée en un vaisseau équipé de voiles, ses occupants emportés dans un magnifique essor.

Je retourne dans la chambre et j'ouvre grand la fenêtre pour chasser l'odeur de renfermé. Le terrain derrière rayonne d'un bleu gris étonnant et de l'autre côté, la cuisine de Lorrie brille comme une étoile. Alors même que mon regard se pose sur tout cela, la clôture entre nos terrains se met à chatoyer, puis disparaît. Un chien aboie, une petite fille rit, et leurs ombres filent entre les arbres.

Je suis en bas maintenant. J'hésite à côté du téléphone, ma main récalcitrante. Je réussis à effectuer les derniers gestes. Je décroche et je compose le numéro. Ça sonne trois fois. Je m'inquiète qu'elle ait vu mon nom et refuse l'appel. À la quatrième sonnerie, on décroche.

— Isaac ?

Sa voix est haletante, comme si elle avait couru pour attraper le téléphone.

— Isaac ? Tu es là ?

J'entends le Divin qui attend une réaction à tout ce qui m'est offert. Est-ce que je suis là ? Suis-je prêt à être véritablement vivant pour ce qui se trouve devant moi ?

Mon cœur répond oui, en rouant mes côtes de coups tellement puissants que je suis certain que Lorrie les ressent dans sa poitrine. J'essaie de former des mots mais mes lèvres tremblent, vibrent avec la férocité du Divin. Enfin, je sens Dieu qui fait battre mon cœur, et je comprends. Dieu est en moi depuis toutes ces années, il ne m'a jamais abandonné. Dieu attend patiemment depuis tout ce temps, il attend que je dise oui.

— Lorrie, dis-je.

Et soudain mon cœur trouve un calme, une paix inattendue. Je prends une inspiration, et c'est plus facile maintenant. J'entends Emma miauler, un doux gémissement, si près. Elle doit être dans les bras de Lorrie.

— Lorrie, dis-je à nouveau, son nom énoncé comme une bénédiction, une preuve de ce qui est possible.

Je marque une pause et je sens à l'intérieur de moi le pouls et le poids de cette femme et de cet enfant. Quand je parle, les mots forment une prière.

— Je sais qu'il est tard, mais je me demandais si je pouvais passer.

ÉPILOGUE

J'EXPLOSE, ET À CET INSTANT, je me vois pour la première fois. Je suis un océan de lumière. Mon esprit de Jonah est là, mais il a l'air ridiculement petit, comme si j'avais passé tout ce temps à trébucher dans une culotte de nouveau-né alors que je suis tellement immense qu'il n'existe rien nulle part qui puisse contenir ce que je suis.

Ce n'est pas un scoop. Les prophètes et les mystiques parlent toujours de ça. Bon sang, les quakers de M. Balch n'arrêtaient pas de parler de l'Unique, ne cessant de répéter que nous faisons tous partie d'un grand Divin. Sauf que je ne pensais pas qu'il fallait le prendre au sens littéral. Et je n'avais clairement pas compris que j'étais deux gars : celui dans sa culotte de gamin et celui qui avait un soleil à l'intérieur, qui pouvait aveugler le monde avec sa lumière. Je n'ai vu arriver aucun de ces deux-là. Pourtant, c'est une information qui m'aurait été utile avant aujourd'hui.

Cet être que je suis, cet Unique, entoure ce minuscule esprit humain, l'avale, et il serait facile de perdre cette conscience, aussi facile que de mal placer un grain de sable donné sur une plage de deux mille kilomètres de long. Mais je m'y cramponne, à cet esprit de Jonah chétif, désirant ardemment un dernier moment de tendresse en miniature. Ce n'est probablement rien de plus qu'une habitude de désir ou peut-être le réflexe d'un organisme mourant. Mais ce n'est pas la sensation que j'ai. Ce que je ressens, c'est l'amour, la vérité, qui sont juste des manières différentes de dire la même chose.

Vous voyez, une fois que vous comprenez ce que vous êtes depuis le début, que vous comprenez vos véritables dimensions, vous regrettez ce que vous avez manqué, d'avoir été aveugle toute votre vie. Vous voulez en parler à quelqu'un que vous aimez pour qu'il ne regrette pas, lui non plus.

Je décide d'aller dans un seul autre endroit avec cet esprit de Jonah, car il s'avère que bien plus de choses sont possibles dans la mort que je ne l'imaginais. Je fouille l'océan de lumière à la recherche de Red et je la trouve sur un voilier dans huit mois – ou en réalité, à cet instant précis, parce que tout est là, contenu dans ce moment, le passé et l'avenir. Elle est en fin de grossesse, et je ne suis ni étonné ni pas étonné. Je ne me demande pas qui est le père. L'enfant est le mien, forcément. Étant donné qui je suis, cet Unique, il ne peut en être autrement.

Je me sens petit à petit éloigné de cette conscience de la taille d'une épingle, ramené progressivement à mon être océanique, le vrai, mais je reste avec cet esprit comme un point flottant assez longtemps pour me glisser à bord du bateau. Je dirai les mots qui m'ont empli au culte quaker il y a un an. Des mots que j'ai refusé d'énoncer parce que je ne les avais pas compris, parce que je n'ai pas cru que Dieu choisirait quelqu'un comme moi, parce que je me sentais trop petit pour les prononcer.

Isaac est dans le carré, il attend, et Red est dans la proue, elle attend aussi. Dans un ultime souffle de cette ancienne conscience, je m'approche de Red. Je chuchote les mots dans cet air salé, cet air aussi épais que la mer, puisque j'ai été choisi pour les dire.

Les syllabes se multiplient mille fois et se posent sur les voiles et les oreillers, sur le livre que tient Red, sur ses cheveux magnifiques. Ils étincellent sur les cils de ses yeux et sur ses lèvres chaudes, ils frémissent, délicats et vivants, comme si c'était elle qui les avait dits.

Je rayonne. Tu rayonnes.

Le monde entier est rayonnant.

Sa main se pose sur son ventre et elle roucoule doucement. Puis elle se lève et elle se dirige vers Isaac dans le carré, qui rayonne de sa propre lumière silencieuse.

REMERCIEMENTS

S'IL Y A au monde un roman qui a bénéficié de tous les soutiens possibles et imaginables, c'est celui-ci. Tout a commencé à Goddard College, où les enseignants du Master of Fine Arts – et en particulier mes formidables tuteurs Micheline Aharonian Marcom, Victoria Nelson et Aimee Liu – m'ont pressée de rester ouverte aux mystères de mon histoire alors même qu'ils m'aidaient à trouver sa forme. Mon livre eut ensuite la bonne fortune d'atterrir dans la boîte de réception de Mariah Stovall chez Writers House, qui l'a repêché de justesse, a vu des qualités dans cette première version du manuscrit, et l'a confiée à la femme qui allait devenir mon agent, mon merveilleux agent, la remarquable Susan Golomb. Susan et la brillante Genevieve Gagne-Hawes m'ont aidée à restructurer le texte et à le peaufiner avant de le livrer au vaste monde. Parmi les membres de l'incroyable équipe de Writers House, je citerai Maja Nikolic, Peggy Boulos Smith, Natalie Media, Ana Espinoza et Jessica Berger. Et quelle chance j'ai eue d'avoir Rich Green pour représenter mes droits médias, un homme doté du cœur, de la vision et du talent qu'il fallait pour aider mes personnages à prendre vie sous une nouvelle forme.

Il y a tant de personnes dans ma vie d'auteur à qui je veux témoigner ma gratitude : le Jentel Artist Residency Program ; les Amis à Pendle Hill, qui m'ont entourée de calme et de cœurs aimants ; et la Community of Writers à Squaw Valley, où j'ai rencontré Jordonna Grace et Kim Rogers, deux écrivains extraordinaires qui m'ont offert leur amitié, leurs éclairages et leur bonté pendant plus d'une dizaine d'années. Et je dois remercier les nombreux autres écrivains formidables qui m'ont offert critiques et soutien au cours de l'écriture. Parmi eux, mes complices passés et actuels de Goddard, mes groupes d'écriture à Seattle et Fort Mason, et toute la communauté d'écrivains de Port Townsend. J'adresse des remerciements particuliers à Nancy Kepner qui est singulièrement responsable de m'avoir servi de guide à mon entrée dans la vie d'écrivain, et à Karen Clemens, Mark Clemens, Ellie Mathews, Carl Youngman, Debra Borchert, et au regretté John Zobel.

De nombreux membres de ma famille et amis ont lu mes écrits et m'ont prodigué commentaires utiles et encouragements bienvenus, en particulier : Alexa Curry, Susan Smith, Becky Fulfs, Ray Tompkins, Jen Schorr, Kris Houser, Larry Cheek, Al Bergstein, Liz Leedom, George Finkle, et la regrettée Rosselle Pekelis, qui était ma plus fervente alliée depuis mes premières tentatives d'écriture et qui me manque terriblement. Que Jon Schorr soit particulièrement remercié pour des décennies de soutien moral, et sa joie devant le moindre petit succès.

Ce qui m'amène à Riverhead Books et à toute l'équipe de Penguin Random House. Je ne peux imaginer meilleure expérience pour une romancière débutante. J'ai bénéficié du niveau le plus élevé d'assistance éditoriale, de direction artistique et de marketing. J'ai été traitée avec une immense gentillesse, un respect remarquable et beaucoup de sensibilité. Je remercie chaleureusement Geoffrey Kloske, Jynne Dilling Martin et Kate Stark pour leur foi en ce projet, pour leur travail pour l'accompagner jusqu'au bout. Merci aussi à Alison Fairbrother pour ses relectures perspicaces, Randee Marullo qui n'a rien laissé passer, Helen Yentus et Lauren Peters-Collaer pour leur superbe conception graphique, Shailyn Tavella qui a aidé ce livre à trouver ses lecteurs, et Delia Taylor qui m'a beaucoup facilité la vie pendant tout le processus.

Enfin, je veux dire toute ma gratitude à l'incomparable Sarah McGrath, mon éditrice chez Riverhead, qui a partagé son cœur, sa vision et son extraordinaire talent avec moi, en me stimulant, m'orientant, et m'inspirant à chaque pas. Ce roman est aussi en grande partie le livre de Sarah.

DERNIÈRES PARUTIONS

Todd Robinson, *Les Morts de Riverford*
Christina Sweeney-Baird, *La Fin des hommes*
Larry Watson, *L'Un des nôtres*
Elliot Ackerman et James Stavridis, *2034*
Ellen G. Simensen, *La Vertu du mensonge*
Phil Clay, *Les Missionnaires*
Pete Fromm, *La Lac de nulle part*
James Crumley, *Les Serpents de la frontière*
John Gierach, *Nature morte avec truite*
Maren Uthaug, *Là où sont les oiseaux*
Craig Johnson, *Western Star*
William Boyle, *La Cité des marges*
Lance Weller, *Le Cercueil de Job*
Kate Reed Petty, *True Story*
Helene Bukowski, *Les Dents de lait*
Kathleen Dean Moore, *Sur quoi repose le monde*
S. Craig Zahler, *Dédale mortel*
Keith McCafferty, *Le Baiser des Crazy Mountains*
James McBride, *Deacon King Kong*
Claire Holroyde, *La Comète*
Amity Gaige, *Sous nos pieds l'océan*
Piergiorgio Pulixi, *L'Île des âmes*
David Vann, *Komodo*
James Carlos Blake, *Vies et morts de Stanley Ketchel*
Giulia Caminito, *Un jour viendra*
Peter Swanson, *Huit crimes parfaits*
Rye Curtis, *Kingdomtide*
David Heska Wanbli Weiden, *Justice indienne*
Edward Abbey, *En descendant la rivière*
Larry McMurtry, *Les Rues de Laredo*
Elliot Ackerman, *Le Passage*
Benjamin Whitmer, *Les Dynamiteurs*
Andy Davidson, *Dans la vallée du soleil*

Cet ouvrage a été imprimé sur du papier
dont les fibres de bois proviennent
de forêts durablement gérées

IMPRIM'VERT®

CET OUVRAGE A ÉTÉ COMPOSÉ PAR ATLANT'COMMUNICATION (VENDÉE)

ACHEVÉ D'IMPRIMER SUR ROTO-PAGE
PAR L'IMPRIMERIE FLOCH À MAYENNE
EN JANVIER 2022
POUR LE COMPTE DES ÉDITIONS GALLMEISTER
13, RUE DE NESLE
75006 PARIS

DÉPÔT LÉGAL : MARS 2022
1re ÉDITION
N° D'IMPRESSION : 99782
IMPRIMÉ EN FRANCE